DU MÊME AUTEUR

Driven
Fueled
Crashed
Raced
Aced
Slow Burn
Sweet Ache
Hard Beat
Down Shift
Sweet Cheeks
Sweet Rivalry
UnRaveled
The Player
The Catch
Everyday Heroes, Cuffed #1
Everyday Heroes, Combust #2
Everyday Heroes, Cockpit #3

Play HARD

1. HARD TO HANDLE

Titre de l'édition originale : *Hard to Handle*

Publié par JKB Publishing, LLC

Ce livre est un ouvrage de fiction. Les noms, personnages, lieux et événements et incidents sont issus de l'imagination de l'auteur ou utilisés de façon fictive. Toute ressemblance avec des faits réels, des lieux ou des personnages existants ou ayant existé serait totalement fortuite.

Édition en langue française : *Hard to Handle* (série *Play Hard*, tome 1)
Photographies de couverture : © Roman Samborskyi / © Irina Bg / © Dusan Petkovic / Shutterstock
Conception de la couverture : Camille Decoster / Studio Hugo

Ouvrage dirigé par Isabelle Solal
Collection New Romance® créée par Hugues de Saint Vincent,
dirigée par Arthur de Saint Vincent

34-36, rue La Pérouse
75116 - Paris
www.hugoetcie.fr

ISBN : 9782755687125
Dépôt légal : avril 2021
Imprimé en France par Corlet imprimeur
N° d'impression : 20110573

NEW ROMANCE®

Play HARD

1. HARD TO HANDLE

K. BROMBERG

Roman
Traduit de l'anglais (États-Unis)
par Sylvie Del Cotto

Hugo Roman

« Si la vie peut vous priver d'une personne
que vous n'auriez jamais imaginé perdre,
elle peut la remplacer par quelqu'un
que vous n'auriez jamais rêvé de rencontrer. »

Rachel Wolchin

Prologue

HUNTER

– Tu ne sais pas de quoi tu parles !

En proie à une vive colère, je regarde mon agent sans ciller et lui renvoie chaque reproche qu'il m'adresse alors qu'en mon for intérieur, je ne peux que reconnaître qu'il a raison.

– Ah non ? hurle-t-il. Alors, à quoi rime ce coup pendable ? Battre l'adversaire est une chose, Hunter, mais cogner sur ton coéquipier ?

– Où est le problème ? Qu'il soit mon coéquipier ou l'un de tes clients que tu essaies de vendre au plus offrant ? Je penche pour la seconde option. Mon instinct me dit qu'il est ton ultime ticket gagnant pour une commission d'enfer et, étant donné que la presse a déjà eu vent de la dispute, sa réputation irréprochable risque de s'en trouver quelque peu salie.

Je décale mon pied et me rapproche un peu.

– As-tu au moins pris le temps de te demander comment la presse l'a appris ? Non ? As-tu seulement envisagé que Dyson ait pu me provoquer et qu'il m'ait tendu un piège dans le seul but de faire le buzz sur les réseaux sociaux ? C'est un vrai défi de rester à la hauteur de son statut de jeune prodige autoproclamé quand un joueur de ma trempe le dépasse chaque fichu soir, haut la main, et lui vole la vedette, vu qu'il croit mériter les gros titres. Quelle est l'expression consacrée ? Aucune publicité n'est mauvaise ? On dirait qu'il mise sur le scandale pour faire sa pub.

Finn Sanderson se mordille la lèvre en m'observant. Derrière la perfection qui exsude de sa coupe de cheveux, de ses vêtements et de chaque détail de sa personne, une lueur d'incertitude que je déchiffre mal survole son expression. Ses yeux sombres me jaugent et m'examinent sans flancher un seul instant.

Il inspire à fond, puis fait la moue dans le silence qui s'éternise.

– Qu'est-ce qui t'arrive en ce moment, Hunter ?

Et c'est reparti.

– Comment ça, qu'est-ce qui m'arrive ?

– Tu as très bien compris. Qu'est-ce qui ne tourne pas rond chez toi ? Tu es sur le point d'envoyer dans le mur trois records historiques établis sur une période ridiculement courte. Du jamais-vu. Autrefois, ton jeu était tout en finesse et en élégance mais, à présent, tu joues comme un chat sauvage qui se prépare à…

– À quoi ? Chasser et dépecer ? Quelle importance ? Mes scores n'ont jamais été aussi élevés.

– J'allais dire que tu joues comme un homme qui ne recule devant rien pour gagner. Même si le prix à payer inclut des dommages collatéraux.

– La victoire nécessite parfois des sacrifices.

Son petit rire grave est pour le moins condescendant.

– Mais aux dépens de qui ? De tes coéquipiers ? De ton club ? (Il exprime sa frustration en secouant subtilement la tête.) Ils encaissent parce que tu gagnes, mais il y a des limites à tout. Tu joues depuis suffisamment longtemps pour savoir que personne n'est à l'abri d'une défaite et que le vent tourne un jour ou l'autre.

– Je sais, en douze années à la Ligue, je me suis élevé à un niveau que d'autres atteignent en nettement plus de temps, ce qui fait de moi un monument.

Au lieu d'atténuer l'ironie dans ma voix, je l'assume pour qu'il se rende compte du ridicule de la situation.

– Tes victoires imposent qu'on te tolère… mais tes frasques en dehors de la glace finiront par te coûter cher, à un point que tu n'imagines même pas.

– Je m'en fiche royalement.

Je sais pourtant qu'il n'a pas tort. Le hic, c'est que ça me passe au-dessus de la tête ces jours-ci.

– Comme tu voudras. (Il hausse les épaules avec indifférence.) Mais personne ne sera là pour calmer le jeu auprès des médias. Ni pour te défendre à propos de la bagarre que tu as provoquée pour un trou dans le mur. Ni pour transmettre tes doléances publiques au sujet de ta crise dans les vestiaires. Ou parce que tu snobes tes fans…

– Content que tu accordes plus de crédit à la presse qu'à ton client, dis-je.

– La scène a été filmée. Je vois difficilement comment nier que tu ne t'es pas arrêté devant ce gamin en chaise roulante qui te tendait une affiche pour avoir ton autographe.

Putain. Je ne fais jamais ça. Pas mon genre.

J'ai été *ce* gosse. À de nombreux égards, je continue de l'être, c'est pourquoi le fait que je ne l'ai pas vu aggrave encore mon cas. La presse, qui s'en sert contre moi, dépasse les bornes.

Je me rejoue la scène. Au téléphone, ma mère pète les plombs à cause de Jonah et refuse de me laisser lui parler de peur que je le contrarie. Son insistance chargée de culpabilité, le rappel constant du drame, du vrai responsable, l'idée que cela ait fait de nous des personnes que nous ne voulions pas devenir. Et moi, tête baissée, je me bouche l'autre oreille pour ne pas l'entendre. Les flashs des photographes m'aveuglent comme une ribambelle de lumières crues scintillant d'un seul coup. La charge mentale du match encore présente, renforcée par d'innombrables opportunités que j'ai échoué à transformer en buts. Mes coéquipiers derrière moi ; Dyson avec sa grande bouche et son attitude merdique, que je m'appliquais à ignorer.

Et je n'ai pas vu le gamin.

Je le regrette.

Je sais ce que ça fait d'espérer, de vouloir, de rêver… puis de vivre ce rêve, mais à quel prix !

– Une fois que tu te seras mis le public à dos, tu auras un mal fou à le reconquérir.

– Et avec toi, Finn ? Le vent a tourné entre nous ?

Il soutient mon regard, mâchant vigoureusement son chewing-gum, mais il ne formule pas les fichues pensées que je perçois dans ses yeux.

– Sérieusement ? je fais, exaspéré et dépité, alors que je ne devrais plus éprouver ces sentiments. Tu m'accompagnes depuis mes débuts. Tu me représentais déjà à la fin du lycée et ensuite, au fil des échanges et des renégociations qui ont jalonné ma carrière. Douze années et maintenant… maintenant, tu capitules parce que je traverse une période compliquée ?

Je marche jusqu'à la fenêtre. Un monde existe au-delà de cette patinoire, mais il est vrai que je ne le vois pas. Toute ma vie, je n'ai eu qu'un unique objectif depuis l'accident, un seul but depuis l'échange avec les LumberJacks, voilà deux ans, et à présent que le temps presse, je ne dois pas me détourner de ce but. Tout ceci alimente la colère qui brûle en moi depuis toujours, mais qui rejaillit à cet instant. La culpabilité qui me contrôlait déjà avant, mais qui me ronge désormais. Mes larmes naissantes m'irritent les yeux, mais je cille pour les repousser, cherchant à redevenir l'homme que j'étais des mois plus tôt, bien que je sache qu'il ne vaut pas un clou.

Il n'a jamais compté.

– Pour toutes ces raisons, je te demande instamment, qu'est-ce qui te perturbe ces temps-ci ?

– Je n'ai pas délibérément snobé ce gamin. Tu sais que ce n'est pas mon genre. Je n'aurais pas…

– Je ne suis plus sûr de rien, hormis que tu as l'air à côté de tes pompes, me coupe-t-il, les bras croisés sur sa poitrine.

– Avant, tu me défendais. À l'époque où tu prenais le parti de tes clients. On dirait que désormais tu aimes conquérir quiconque porte un maillot, pourvu qu'il ait le potentiel de faire reluire ta renommée, au détriment de ceux sur qui tu t'es appuyé pour bâtir ta réputation de pacotille.

Il grimace, mais contrairement à ce que j'espérais, il ne cède pas à la colère.

– Maddox, j'ai sur le dos trois sponsors qui attendent un seul faux pas de ta part pour rompre le contrat. Plus les directeurs de l'équipe qui exigent de savoir pourquoi leur capitaine – *mon client* – est le problème et pas la solution. Ils attendent que je leur explique ce qui te travaille, que j'arrange les choses parce qu'autrement tes futurs contrats à négocier ne seront pas reluisants.

– Ah, les menaces ! La carotte et le bâton pour revoir mon contrat à la baisse alors que n'importe quelle autre équipe tuerait pour m'engager.

Des foutaises, parce que je ne veux pas jouer ailleurs. Je veux rester avec les LumberJacks. Je veux faire partie d'une équipe où le hockey guide les décisions des managers, pas l'argent comme dans nombre de grandes équipes.

Et, par-dessus tout, je veux qu'on me connaisse comme le joueur vedette qui a décliné des contrats juteux pour jouer dans *la modeste équipe à fort potentiel* et les aider à décrocher une Stanley Cup.

J'ai mes raisons. Mais il ne s'est jamais donné la peine de me questionner sur mes motivations.

Au même instant, un sms fait vibrer mon téléphone, mais je ne m'embête pas à le consulter. Je ne réagis même pas à l'alerte. Je connais d'avance le contenu du message, en substance, et bordel, la dernière chose dont j'ai besoin pour l'instant, c'est de découvrir que j'ai déçu une personne de plus.

– Si les menaces te déplaisent, que dirais-tu de faire réapparaître le vrai Hunter Maddox ? Il manque à l'appel depuis trois ou quatre mois, et ce type coléreux et rancunier que j'ai en face de moi, je n'arrive pas à le cerner.

– Tu n'arrives pas à le cerner ou tu t'en balances, tant que je remplis les caisses ? Il y a des gars dans le milieu qui commettent des actes plus graves que les miens. Pourtant, ils restent non sanctionnés, et ils ne reçoivent pas de menaces pour autant.

– Sauf que tu es Hunter Maddox. Le type sur qui la Ligue nationale de hockey a tout misé pour se relever après la grève et la fermeture qui en a résulté.

– Et pas qu'un peu. Alors, tâche de ne pas l'oublier et de m'accorder le bénéfice du doute.

– Quand tu te mets à compromettre mes autres clients avec tes coups de sang d'une bêtise sans nom, je n'ai pas d'autre choix que de les faire passer en premier.

Mes poings se serrent tandis que la colère, le chagrin et la confusion implacables qui me troublent ces derniers mois, et même toute la dernière saison, bataillent juste sous la surface.

Obligations.

Culpabilité.

Responsabilités.

– Content de savoir dans quel camp tu te situes. Cette conversation est terminée ? Tu as fini ton sermon sur le thème

Annonçons à Hunter que c'est un sale con ? dis-je sans me soucier de la réponse.

– Bien sûr. J'ai fini. Autant éviter que je te fasse la morale sur le thème *Annonçons à Hunter que s'il recommence à dérailler, je ne pourrai plus être son agent.*

Sa réplique fait mouche, avec sa gravité et tout ce qu'elle implique.

– Tu me menaces, Finn ?

Il lève les mains devant lui.

– Je ne fais que présenter les choses telles qu'elles sont.

Je m'autorise à rire. Un son teinté d'incrédulité et relevé d'une généreuse dose de *va te faire foutre*.

– Je fais partie des premiers clients que tu as signés, l'un de ceux qui ont parié sur toi quand tu n'avais aucune expérience et que personne d'autre n'aurait pris ce risque. Et tu menaces de rompre notre association après toutes ces années, aussi facilement que ça ?

– Il faut bien que quelque chose te pousse à sortir la tête de l'eau.

Son regard est limpide, sa voix posée, mais il ignore complètement que je vis avec la sensation de m'enfoncer à tout jamais sous l'eau.

– Les menaces ne fonctionnent pas avec moi.

– On a tous besoin de poser des limites, et la mienne, c'est un faux pas de plus.

– C'est bon à savoir.

Je regarde fixement mon agent, la personne que je considérais comme un ami, et je me demande à quel moment il est devenu ce gars cupide qui n'a que ses propres intérêts à cœur.

Ensuite, je me demande si ça m'intéresse, en vérité, vu que ces temps-ci, je peine à éprouver une autre émotion que la colère.

Sans un mot de plus, je claque la porte.

1

DEKKER

LE MÉLODRAME À SON PAROXYSME.

Voilà l'unique pensée qui me traverse l'esprit alors que je prends place à la table de conférence, dans les locaux de Kincade Sports Management.

Brexton s'assoit bras croisés sur la poitrine, arborant sa tronche de peste dans toute sa splendeur. Son pied, posé sur le genou opposé, tressaute et elle fait défiler l'écran de son téléphone avec un désintérêt flagrant.

Sur son siège, Chase se tient droite comme un piquet, dans son tailleur impeccablement repassé, et tout ce qui compose sa tenue minutieusement assortie. Seigneur, même la couverture en cuir de son carnet est coordonnée. La perfection jusqu'à l'écœurement.

Lennox inspecte ses ongles. Ils sont trop longs et trop rouges, mais je suis sûre qu'elle a des raisons de sembler prête à arracher les yeux de quelqu'un avec ses griffes.

Espérons que cette fois, ce ne soit pas les miens.

Confortablement installée, je patiente, observe et m'interroge.

Ainsi réunies, ne composons-nous pas l'image même du dédain ? Je préférerais me trouver n'importe où – genre, même en train de faire du lèche-vitrines – plutôt qu'ici, avec elles. Je ne doute pas un seul instant qu'elles partagent mon sentiment.

La *joie* est probablement la dernière chose que nous ayons toutes ressentie en recevant notre convocation à cette réunion.

Mes concurrentes.

Mes rivales.

– Mesdames.

La voix de Kenyon Kincade retentit sitôt qu'il fait son entrée. Nos têtes se tournent, et seules deux d'entre nous répondent d'un hochement de tête, mais nous l'observons toutes.

La même paranoïa qui m'incite à me demander pourquoi semer la discorde en nous invitant toutes en même temps, me pousse à examiner ses mouvements de plus près. Bouge-t-il plus lentement ? Trahissent-ils un problème de santé ?

La peur rampe le long de mon échine d'une manière que je n'avais jamais éprouvée.

– Merci d'être venues.

Il s'éclaircit la voix, puis prend le temps de boire une gorgée de café, sifflant quand il se brûle la langue.

– Je sais que c'est exceptionnel de vous avoir toutes au bureau en même temps, mais accordez cette satisfaction à un vieil homme qui souhaite réunir ses quatre filles.

Brex, qui se mord la langue, attend qu'il aille droit au but. La patience n'a jamais été son fort, ce dont lui prend note avec un hochement de tête.

Me posant en chef de file, par habitude, j'énonce la question qui nous taraude toutes.

– Pourquoi nous as-tu convoquées, papa ?

– J'ai commis de nombreuses erreurs dans ma vie. Encore plus après le décès de votre mère, quand je me suis retrouvé seul à une trentaine d'années, sans grande expérience, pour élever quatre filles. J'ai fait de mon mieux, mais étant donné que vous préférez éviter de vous trouver au même endroit en même temps, j'ai le sentiment que mes efforts, les plus poussés soient-ils, n'ont pas suffi.

– Détrompe-toi.

– Alors, quelle est ton explication, Lennox ? l'interpelle-t-il. Pourquoi vous entendez-vous aussi mal toutes les quatre ?

Je songe aux années de compétition pour gagner et bénéficier de son attention. Un seul père avec des clients que nous pensions plus importants que nous, en ce temps-là. Non pas par sa faute mais plutôt en raison de sa nature prévenante. Nous recherchions son attention. Nous vivions pour ça.

Le goût doux-amer que me laisse mon statut d'aînée ne cesse de me piquer la langue. Tenir le rôle de la maman à quinze ans, quand on n'est pas la mère, génère beaucoup de ressentiment. Distribuer les corvées à vos sœurs dans une maison saturée d'œstrogènes ne favorise pas vraiment la paix sur le long cours.

Lennox rejette une mèche de cheveux derrière son épaule et rencontre son regard pour la première fois. Le seul homme qui sache apprivoiser ses railleries incessantes et son tempérament explosif.

– Nous sommes capables de nous entendre à merveille.

On distingue un ricanement étouffé, mais je m'interdis de fusiller des yeux celle qui l'a émis, quelle qu'elle soit… parce que je ne suis pas leur mère et je n'ai jamais voulu l'être.

– Vous vous bagarrez comme chiens et chats, proteste-t-il.

– Et nous nous aimons comme des lionnes, riposte-t-elle, et nous pouffons de rire. Nous sommes juste des personnes très différentes.

Son éclat de rire nous prend toutes de court.

– Peut-être parce que vous vous ressemblez énormément.

Comme chacune de nous se hérisse à la pensée de ressembler aux autres, il lève les mains pour nous adoucir.

– Sanderson est en train de nous dépouiller.

Notre agence rivale.

– Finn Sanderson, tu veux dire ? Explique-toi, exige Brex.

Les lèvres retroussées, il nous regarde tour à tour avant de répliquer.

– Douze clients au cours de l'année écoulée. Voilà ce qu'il nous a pris. Je ne saurais dire s'il propose une commission inférieure à la nôtre ou s'il ne se contente pas de flatter leur ego, mais pour moi, ce n'est pas tolérable.

Le ton de la voix de mon père en dit long sur son inquiétude.

Bordel.

– Sommes-nous dans le rouge ? Nous avons des ennuis ? reprend Brex, anxieuse, en s'avançant au bord de son siège.

Il regarde ses mains jointes devant lui, et le temps d'arrêt qu'il marque alors n'augure rien de bon.

– Papa ? Tout va bien ? dis-je d'une voix tremblante, l'esprit assailli de scénarios catastrophes.

Est-il souffrant ? Nous cache-t-il quelque chose ? Dans cette famille, il est le pilier qui résiste à tous les vents. Le tueur de croque-mitaine, l'as des câlins qui réconfortent un cœur brisé d'adolescente. Il a été ma force dans les moments sombres, si bien qu'il m'est impossible de l'imaginer autrement que redoutable… plus grand que nature. Mais pas en cet instant.

Quand il relève les yeux, devant son sourire forcé et son regard assombri, l'effroi m'envahit de nouveau.

– Rien de grave. C'est juste que… c'est tout ce que j'ai à vous léguer, mes filles – cette agence, ma réputation… *vos sœurs*. (La bouche tordue, il hoche la tête.) Dernièrement, j'ai l'impression d'avoir échoué à encourager et à entretenir tout cela.

Nous échangeons des regards en travers de la table. Pour autant que nous soyons toutes les quatre dotées d'un farouche esprit de compétition, Brexton a raison : nous nous aimons comme des lionnes et, au besoin, nous nous battrons à mort pour secourir notre famille. À voir l'expression de mes sœurs, nous sommes au cœur d'une situation d'urgence.

– Y a-t-il un rapport avec ton rendez-vous chez le médecin ? questionne Lennox, l'appréhension imprégnant chaque syllabe alors qu'elle formule ce qui nous tracasse toutes sans oser l'avouer à haute voix.

– Nous devons nous occuper de Sanderson.

Il n'en dit pas plus, mais un rapide coup d'œil à Lennox confirme qu'elle se tracasse autant que moi.

– Nous n'attribuons sûrement pas la même signification à cette injonction, observe Chase, blasée au possible alors que je sais que la seule mention de son ex fait rejaillir le souvenir de ses mauvais tours et ravive son ressentiment.

– Ne t'en fais pas, Chase. Nous verserons ta caution, murmure Brexton.

Si nous rions toutes, le silence de notre père ne passe pas inaperçu. Lentement, il promène son regard autour de la table, veillant à s'attarder sur chacune d'entre nous de cette façon qui annonce une déclaration cruciale, comme quand nous étions enfants et qu'il voulait que nous nous sentions adultes.

Il marque une pause au moment où ses yeux bleu clair s'arrêtent sur les miens.

– Qu'est-ce qui te fait tiquer, Dekker ? demande-t-il alors que, pensive et la bouche de travers, je me perds en conjectures.

– Évidemment, *la question est pour Dekk*, geint Lennox avec en fond sonore mes sœurs qui murmurent « c'est sa préférée », comme dans notre enfance.

– Tu es juste jalouse, dis-je en arborant un sourire étincelant pour les agacer.

– Jalouse de ta collection de chaussures, éventuellement, ironise Chase.

– Mesdemoiselles ! avertit mon père. Nous t'écoutons, Dekker.

Je m'éclaircis la voix avant de prendre la parole.

– Manifestement, tous les coups sont permis pour nous piquer nos clients. Sanderson n'en a cure de l'étiquette ou de la solidarité professionnelle ou…

– … de tout, hormis de l'argent ou des cuisses écartées de sa conquête.

Si j'avais été en train de boire, j'aurais recraché mon eau. C'est tellement rare que Chase manifeste une quelconque émotion que j'opine lentement. Après tout ce temps, elle continue de souffrir.

– De cela également.

– C'est toi, l'imbécile qui a fricoté avec la concurrence, souligne Lennox en levant les yeux au ciel, et nous éclatons toutes de rire.

Je donne un coup de coude à Chase en espérant que la plaisanterie de Lennox dissipe un peu de la colère dans ses yeux. Je me réjouis qu'un sourire effleure ses lèvres.

– À quoi penses-tu ? me demande mon père, dans une tentative de nous ramener au sujet principal.

– Comme il est dénué de sens moral et que c'est un enfoiré…

– Un enfoiré avisé, précise-t-il.

– Exactement. Alors pourquoi ne pas nous comporter comme lui ? Il ne fait aucun doute que je compte récupérer les clients qu'il nous a volés, mais nous devons viser plus haut. (Je tapote mon stylo sur mon carnet.) Unissons nos efforts pour recruter une célébrité.

– Bien que l'idée me séduise... (il secoue la tête et a un petit rire)... je ne suis pas sûr que ce soit judicieux que vous collaboriez toutes les quatre. Vous n'avez pas oublié notre dernière tentative ?

Embarrassée, Brexton s'agite pendant que notre père jette un regard sur le mur de droite, où un trou percé dans la cloison durant l'un de ses accès de colère a été rebouché depuis longtemps. Après quoi, les serre-livres ont été bannis du bureau.

– Je pense qu'en retour, nous devrions lui chiper un client, je suggère.

Lennox ricane, un son qui résume l'essence de ma proposition : utopique, insensée, *carrément géniale.*

Sans compter que c'est facile à dire – je vais voler un athlète de haut niveau à son représentant pour lui adresser une sorte de doigt d'honneur –, mais à mettre en pratique, c'est une autre paire de manches.

Toutefois, le sourire qui se dessine doucement sur le visage de mon père me dit que nous avons eu la même idée.

– Accordé. Combattre le feu par le feu est la seule option... en particulier avec lui.

– Comment comptes-tu procéder ? demande Brex.

– Nous devrions l'attaquer sur quatre fronts. Chacune avec un athlète à rallier à notre cause, suggère-t-il.

– Hormis gagner des clients, qu'est-ce que ça prouverait ? demande Lennox, bien que ce soit évident pour moi.

– Quand on regarde une personne, on ne peut s'empêcher de remarquer son attrait global. Les gens voient en toi l'ancienne reine de beauté, (il se tourne vers Lennox), l'athlète olympique, (vers Brexton), l'étudiante en gestion des affaires sortie major de sa promotion, (puis vers Chase) et l'avocate (son regard accroche le mien), et ils oublient la chose la plus importante de toutes, que mes quatre filles sont aussi diablement tenaces, professionnelles, déterminées et brillantes que leur vieux père l'était autrefois.

– *Était ?* je rétorque, immédiatement interpellée par l'emploi du passé.

– Est, se corrige-t-il avec un geste vague, sans croiser mon regard. Simple lapsus.

– Papa...

– Jusqu'à présent, vous avez toutes réussi à recruter des clients, mais vous avez toujours œuvré sous mon égide et mon nom. Pour le compte de mon agence. À présent, l'heure est venue de vous approprier Kincade Sports Management.

Le silence s'abat, tandis que chacune s'interroge sur cette soudaine pression, et je déteste toutes les réponses présumées qui me viennent.

– Devons-nous partir du principe que tu as tout planifié, comme toujours ?

La question de Chase élargit le sourire de notre père et chasse la tristesse dans ses yeux.

– Bien sûr que oui, répond-il. Nous divisons pour conquérir. Tu m'as déjà vu échouer à trouver une solution ?

Jamais ; il résout tous les problèmes.

– Qu'attends-tu de nous ?

Son grand sourire s'illumine rapidement, nous laissant entrevoir pour la première fois depuis le début de la réunion, l'image de mon père tenace et bosseur.

– Toi d'abord, Dekk.

Il regarde mes sœurs qui se remettent à chanter en chœur : « C'est la préférée. »

– Je viendrai à vous ensuite, mais le tien (il pointe le doigt dans ma direction) pourrait nous faciliter la tâche à la faveur de ses récentes facéties.

Ses récentes facéties ?

Une expression qu'aucun agent sensé ne souhaite entendre.
Mince.
Je le sens mal.

2

DEKKER

« Hunter Maddox. »

Pas bon du tout.

Chacune de mes terminaisons nerveuses réagit viscéralement aux deux mots qui tombent des lèvres de mon père.

Mes pensées s'emballent quand je tente d'assimiler ce qu'il insinue. Alors que je m'efforce de comprendre ce qui lui fait croire que je suis la plus appropriée pour cette mission, même si Hunter m'a brisé le cœur.

Mais comment saurait-il ? Les sms tardifs précisant où et quand le retrouver. Les parenthèses sensuelles dans des chambres d'hôtel dès que nous nous trouvions par hasard dans la même ville au même moment. Sans se promettre de partager davantage qu'une relation physique. Comment quiconque le saurait alors que j'ai fait comme si je n'accordais guère d'importance à notre aventure ?

Y compris avec Hunter lui-même.

J'ai beau examiner mon père, il ne se rétracte pas.

– Dis-moi que c'est une plaisanterie. Tu me fais une farce ? dis-je avec un rire mitigé malgré un ton catégorique.

– J'aimerais bien.

Au moins, sa voix laisse transparaître des remords, de sorte que je me demande si son instinct paternel le pousse à soupçonner mon histoire sans lendemain avec Hunter de s'être enracinée dans mon cœur.

– Je sais qu'il y a eu un truc entre vous, il y a des années et…

– Un *truc* ?

Je ricane, réalisant que je réagis à mes sentiments personnels que je lui ai cachés. Ses sourcils relevés attestent qu'il ne sait pas.

– Oui, voilà. Disons cela.

– Je t'ai vu discuter avec lui à l'ESPY[1], il y a quelques mois. Je n'ai pas eu l'impression qu'il y avait de l'animosité entre vous.

Pas de l'animosité. Plutôt des sentiments en souffrance.

– C'est juste une mauvaise idée, à tous points de vue.

– Sur le plan personnel ou professionnel ?

Et c'est ce ton – celui qui m'exhorte à ravaler ma fierté, à m'endurcir et à faire preuve de professionnalisme – qui fait office de réprimande, mais je ne réagis pas. Je suis trop occupée à me demander comment convaincre de rejoindre Kincade Sports Management un homme qui, en plus de m'exaspérer de toutes les manières possibles, m'a bouleversée d'un point de vue charnel et a révélé une sexualité explosive dont j'ignorais l'existence.

– Quoi qu'il en soit, Dekk, c'est celui qu'il nous faut à tout prix.

– Pourquoi ?

Un seul mot, néanmoins chargé de tension.

– Parce que c'est son année.

---

1. Cérémonie qui récompense le meilleur joueur. (NdT, ainsi que pour les notes suivantes)

– Son année pour quoi faire ? dis-je en ricanant. Faire l'andouille et saccager tout ce qu'il a construit ?

– Pour remporter la Stanley Cup.

– Je ne suis pas d'accord…

– Écoute-moi jusqu'au bout, me coupe-t-il, les mains levées.

Il s'exprime calmement, ce qui montre qu'il a mieux préparé son plan que moi.

– Hunter fait partie de la LNH[2] depuis douze ans. Dix ans dans différentes équipes, puis les LumberJacks l'ont engagé et ont décidé de fonder leurs espoirs en lui tellement il est doué.

– Qu'ils fondent leurs espoirs en qui que ce soit, ce n'est pas pour autant que ça se produira. (Je me lève de ma chaise et arpente la salle en cogitant.) Il y a eu cet incident avec le garçon en fauteuil roulant. Celui qu'il a ignoré. J'ai aussi entendu des rumeurs à propos d'une bagarre dans les vestiaires avec ses coéquipiers. La direction serait mécontente. On raconte…

– Donc, tu gardes un œil sur lui.

Mes pieds vacillent alors que je laisse ses mots flotter dans la pièce. Quelle que soit ma réponse, elle impliquera que je suis sur la défensive, sans raison valable étant donné que je ne suis pas attachée à lui.

– Je surveille tous les athlètes.

– Je vois, dit-il sur ce ton paternel moitié omniscient, moitié énervant, si bien que je préfère laisser couler. La question est : pourquoi déraille-t-il ? Pourquoi a-t-il eu une carrière admirable, une réputation irréprochable pendant une douzaine d'années, et soudain, il sort des clous ?

– Je ne suis pas psychologue, papa.

Il se penche en avant.

– Certes, mais tu le connais mieux que n'importe qui dans cette agence.

---

2. Ligue nationale de hockey.

Hélas, il a raison sur toute la ligne, pourtant j'ai envie de protester, de réfuter sa théorie parce que j'ai tourné la page, et je ne souhaite pas revoir mon grand chagrin d'amour.

– Envoie Lennox le démarcher, dis-je, lui offrant ma sœur en sacrifice bien qu'en même temps, je déteste l'idée qu'elle y parvienne. Attribue-moi un autre athlète à signer.

La panique bourdonne dans ma poitrine à la seule mention de Hunter et des souvenirs vifs de lui qui continuent probablement d'alimenter ma banque de fantasmes.

– Hunter et Lennox ? rit-il. Eux deux, ça collerait aussi mal que l'huile et l'eau.

– Eh bien, nous aussi, avant, je rétorque en m'évertuant à saisir pourquoi mon père présume que je suis plus appropriée pour approcher Hunter.

Nous deux, c'est comme l'allumette et l'essence.

D'ailleurs, ça me rappelle notre expérience inoubliable avec de l'huile.

– Nous pouvons retourner votre passade à notre avantage.

– L'utiliser à *notre* avantage, c'est une chose. Et ce qu'il signifie pour moi, ça compte ? je fais, dévoilant ce que je taisais jusqu'alors : il était vraisemblablement bien plus qu'une passade pour moi.

Des instantanés du passé défilent dans mon esprit à la manière d'un montage vidéo. Des contacts charnels explosifs, délicieusement addictifs, toujours marqués par notre incapacité à rester courtois. Et je suis néanmoins tombée amoureuse de lui. J'ai, malgré tout, voulu essayer d'aller plus loin avec lui.

Il m'a tout de même laissée m'éloigner sans un mot.

– C'est la personne qu'il nous faut, fillette, décrète mon père, me détachant du documentaire diffusé dans ma tête. D'un point de vue statistique, il est phénoménal. Il est en bonne voie pour pulvériser tous les records en termes de buts et de passes décisives. Il est l'un des plus rapides sur la glace à l'heure actuelle, et ses techniques de maniement de la crosse sont inégalées.

– N'oublie pas que c'est un sale con.

J'affiche un sourire ironique.

– À qui cela n'arrive jamais, d'une façon ou d'une autre? (Sourcils arqués, il me renvoie mon sourire.) Tu sais, sous réserve qu'il ne se blesse pas, il pourrait devenir l'un des prochains grands champions. Et l'avoir comme client serait un atout majeur pour nous.

– Il pourrait aussi bien partir en vrille, auquel cas nous serions contraints de nous démener pour sauver sa carrière.

– Alors, hâtons-nous de le secourir avant qu'il ne commette l'irréparable, parce que je te garantis que Sanderson ne le couvre pas.

– Ce n'est pas aussi simple.

– Au contraire, Dekk. Il va renégocier un contrat à la fin de la saison, qui pourrait lui assurer une hausse de revenus substantielle. Associe cela à ses écarts de conduite et aux records au long cours qu'il est sur le point d'établir, et nous pourrions l'aider à y parvenir. *Tu* pourrais l'aider à réussir. Je l'ai observé, admiré pendant de nombreuses années, mais ces derniers temps, il est clair qu'il traverse une mauvaise passe.

– Je ne suis pas une nourrice, papa.

– Je le sais bien, répond-il, et son rire emplit la pièce. Je ne te demande pas de lui tenir la main. Juste d'aller le voir. Discuter avec lui. Suis l'équipe durant leur prochain déplacement et laisse venir les idées à toi. Mets en avant le fait que tu le comprends, alors que Sanderson court après la notoriété désormais. Il vise les clients les plus en vue, pas nécessairement les plus talentueux. Et tu sais ce qu'il advient des étoiles qui brillent trop fort.

– Elles se consument.

Il approuve, et son regard qui soutient le mien se teinte de gravité.

– Nous pouvons lui promettre un plus gros pourcentage s'il signe avec nous. Glisse des noms dans la conversation, donne-lui des exemples de contrats que nous avons négociés à la hausse.

– C'est pour cela que tu penses qu'il quittera Sanderson ? dis-je avec un rire incrédule. Mon apparition aura pour seul effet de le faire fuir.

Ou de vouloir coucher. Ce qui n'est pas envisageable, encore moins si nous devons nouer une relation professionnelle ainsi que mon père s'applique à m'en persuader.

– Tu te sous-estimes, Dekker. Depuis toute petite.

Le silence s'étire alors que nous nous mesurons du regard. Le bourdonnement des bavardages de mes sœurs dans le bureau principal nous parvient assourdi, mais c'est lui qui me captive.

– Papa ? Que se passe-t-il ? L'agence bat de l'aile ? Le médecin t'a annoncé une nouvelle inquiétante lors de ta dernière visite ? Je veux dire… pourquoi tout ce cirque ?

Un sourire étire lentement ses lèvres, aussi doux que sa voix.

– C'est juste le bon moment pour que vous repreniez le flambeau. Rien d'alarmant, affirme-t-il, mais je ne le crois pas. Veille à établir un plan d'attaque au préalable. Ne sous-estime pas Hunter. Tu dois…

– Saccager des bars, se bagarrer avec ses camarades, dédaigner des gamins… *je brûle d'impatience.*

– Il a été élu meilleur joueur de la Ligue nationale deux ans d'affilée, alors je pense que cette année, il sera lauréat du trophée Hart. Tu n'as de cesse de souligner les points négatifs, mais rien de tout cela n'affecte ses performances sur la glace. Cherche ce qui a perturbé son comportement en dehors de la patinoire. Il n'est pas comme ça, et tu le sais.

Il a raison. Je le sais pertinemment. *Je ne l'avais jamais vu ignorer un admirateur. Encore moins un enfant.* Mais je ne peux pas m'impliquer émotionnellement. Pas une seconde fois.

– Dans l'immédiat, occupe-toi de préparer tes bagages et de planifier ton séjour, lâche-t-il en repoussant sa chaise de la table.

– Pardon ?

– Tu m'as entendu. Ce soir, tu auras tout le temps nécessaire pour réfléchir à la meilleure approche quand tu seras dans l'avion pour Chicago.

– Ce soir ? dis-je, mais il me faut un instant pour digérer l'info.

– Oui, ce soir.

– Tu t'attends à ce que je parte dans la foulée, sans protester ? j'insiste, comme si c'était une première et que je n'étais jamais partie au débotté.

Sauf que là, il s'agit de Hunter. Ma faiblesse inavouée et ma peine de cœur secrète.

– J'ai des projets avec Chad ce soir. Son gala est un événement majeur. Je ne peux pas juste…

– Naturellement, tu peux. Je suis sûr qu'il comprendra. (Son sourire est tendu et son expression sévère.) Ce n'est pas comme s'il modifiait ses obligations professionnelles pour toi.

– Toujours le même reproche, je marmonne.

Il s'arrête en chemin vers la sortie pour se retourner.

– Je ne te reproche rien. Seulement, il n'est pas du genre à s'engager et, en dépit de ma bonne volonté, je ne vois pas ce que tu lui trouves. Il est brillant et séduisant, pour qui recherche ce type d'homme, ce qui n'est pas ton cas en général…

– Dis-moi un peu de quel type d'homme nous parlons ?

– Le genre qui n'aime pas se salir les mains. (Il soutient mon regard.) Peut-être qu'il coche toutes les cases, ma chérie, mais je ne vois pas de flamme briller dans vos yeux quand vous êtes ensemble. Si vous voulez être amis, soyez amis, parce qu'il est sans doute *ami* avec pas mal de monde.

– Ma vie. Mes affaires, dis-je sur le ton de l'avertissement, cependant que je déteste ce pincement au cœur à l'idée qu'il me croie prête à me caser.

La camaraderie sous toutes ses formes devrait convenir... ne serait-ce que pour quelques sorties par mois, quelques bons dîners, des parties de jambes en l'air sur le mode mécanique. Une relation – et j'emploie ce mot au sens large – où l'engagement n'a jamais été évoqué ni même vraiment désiré.

– Exact. Tes affaires. Je suis sûr que Chad comprendra. D'autant plus qu'il t'a déjà mise de côté au profit de son métier. (Il saisit la poignée de la porte.) Je le redis, tu ne devrais pas avoir de mal à attraper le vol de ce soir de façon à arriver à temps pour le match des LumberJacks.

Il ouvre la porte de la salle de réunion et me lance un regard par-dessus son épaule.

– Bonne chance.

3

HUNTER

Papa: Ton jeu manquait de vigueur ce soir. Tu ne diriges pas ton équipe comme un capitaine le devrait. Ton pourcentage de tirs dégringole. Tes passes ont augmenté, mais tu es encore loin d'égaler les statistiques de ton frère.

4

DEKKER

Imparable.

À tous les coups, l'excitation d'un match et le rugissement de la foule me remontent le moral, clarifient mes pensées et génèrent le fameux afflux d'adrénaline qui me rappelle pourquoi j'adore mon job.

Le public se bouscule dans la salle du bar *The Tank*. L'alcool coule à flots tandis que tous les écrans de télévision sont branchés sur ESPN. Les présentateurs du SportsCenter promettent les moments forts du match auquel je viens d'assister, juste après la pause.

– C'est bien ici, le spot où les équipes viennent se détendre après les matchs ? interroge une fille d'une vingtaine d'années en se glissant à côté de moi sur le tabouret haut.

Sa robe en Lycra sculpte ses formes voluptueuses, sans doute pour gagner l'attention d'un joueur.

L'un d'eux mordra certainement à l'hameçon, surtout ce soir, avec l'enthousiasme de la victoire.

– Il me semble en effet que les équipes invitées fréquentent ce bar, je réponds dans un murmure, en souriant, car je sais pertinemment qu'ils ne vont pas tarder.

Callum a d'ailleurs confirmé qu'il me retrouverait au bar. Où qu'il aille, tout le monde le suit.

– Tu les as déjà croisés ? Tu vois, j'adore le hockey, vraiment, mais les joueurs m'obsèdent à un tout autre niveau. Et les Jacks sont bien lotis en mecs renversants. Ce que je ne donnerais pas pour…

Sa voix s'estompe à mesure que son désespoir transparaît. Chaque partie de moi songe à l'informer qu'ils profiteraient d'elle pour la nuit mais qu'ensuite, ils ne lui téléphoneraient jamais en dépit de leurs promesses. Toutefois, après un rapide coup d'œil, je réalise que, loin d'être naïve, elle en prend son parti.

Inutile de surprotéger cette demoiselle qui drague en connaissance de cause.

– Ces gars sont sympas. Ce sont de sacrés fêtards, mais pas des petits copains potentiels.

Des acclamations se déchaînent dans le bar, suivies d'une bouffée d'air froid au moment où les portes s'ouvrent. Je ne me retourne pas pour vérifier, mais entre l'explosion de joie et la fille en Lycra qui redonne du volume à ses cheveux, il est clair que les LumberJacks du New Jersey ont débarqué.

De la même façon, je n'ai pas besoin de me retourner pour savoir qu'ils tapent dans la main de leurs fans ultra-zélés qui espèrent décrocher quelques secondes avec leurs héros ou, du côté des filles, obtenir un peu plus à la faveur de leur minijupe ou de leur *crop top*. Sans doute vont-ils se regrouper dans le fond, de là où ils pourront surveiller les allées et venues dans leur espace réservé, de façon à ce que la sécurité puisse s'interposer si des admirateurs devenaient trop insistants.

Le *Tank* est connu pour sa bière brune, ses hockeyeurs accessibles et son ambiance insouciante.

Autant de choses amusantes ou dangereuses, selon les soirées.

Fermement concentrée sur le SportsCenter, j'apprécie la rapidité avec laquelle on me sert un second verre de vin.

– Je devrais m'inquiéter que tu te déplaces en personne ? lance une voix de ténor tout près de moi, en même temps qu'une main agrippe puis presse mon épaule.

– Callum Withers.

Mon sourire se fait authentique sitôt que je découvre le visage radieux de mon client et la marque écarlate qui barre sa joue, le souvenir d'un échange de coups de poing en plein match.

– Il faut bien que quelqu'un vienne te gronder quand tu te bagarres dans la cour d'école.

– Ça fait partie du taf, *maman*.

Son petit rire contagieux est en totale contradiction avec la sévérité de ses traits, son visage est fait de nuances sombres et de lignes acérées.

– Tu crois ça ?

– Ouaip.

Il adresse un signe au barman, sans avoir besoin de formuler sa commande, son statut d'habitué dès que l'équipe fait escale en ville lui garantit un service automatique.

– Tu as bien profité de tout ce temps dans la surface de réparation ?

– Dickman est un crétin. C'est une évidence jusque dans son nom, raille-t-il en faisant référence au joueur de l'équipe adverse avec lequel il s'est battu sur la glace. Ça lui pendait au nez, il a attaqué Hunter par surprise sur cette passe. Un coup pareil, c'est gratuit et vraiment petit.

– C'était méchamment déloyal, j'approuve en regardant par-dessus son épaule le point de rassemblement du reste de l'équipe, à la recherche du joueur en question.

– Tout ce que fait ce salopard de Dickman est moche, ricane-t-il avant d'avaler une gorgée de bière. Alors, dis-moi pourquoi tu nous rattrapes en déplacement à l'extérieur. Il y a forcément une raison.

Pas faux. Du genre que je refuse d'admettre.

5

HUNTER

NULLEMENT INTIMIDÉE.

Inébranlable.

Décomplexée.

Ces trois qualificatifs collent à la peau de la beauté assise dans le fond du bar.

Je contemple ses escarpins à talons noirs, son pull rose pâle et son pantalon foncé, le froissement de ses cheveux clairs remontés sur le sommet de sa tête. Élégante mais fougueuse, sublime mais effacée, posée mais bigrement agaçante… et investie à fond dans son job.

Pas une seule de ces caractéristiques n'amoindrit la familiarité que j'ai nouée avec chaque centimètre de son corps.

Dekker Kincade.

Bon sang, même mes précieuses se crispent à l'évocation de sa personne, à la vue et au souvenir d'elle.

C'est ainsi que je m'arrête en pleine phrase, ma bière à mi-chemin de ma bouche, au beau milieu de tout, dès que je l'aperçois assise au comptoir, en conversation avec Callum. Bien qu'elle me tourne le dos, je reconnaîtrais le galbe de ses épaules à des kilomètres.

– Un problème ? demande Frankie.

Je secoue la tête et me rapproche de lui, tentant vainement de retrouver le fil de la discussion.

Nom d'un chien, Dekker.

Depuis toujours, elle a la particularité de dominer mes pensées alors que je ne suis pas de ceux qui se laissent accaparer par autre chose que le hockey… et la famille.

Or, mes yeux se reportent lentement sur elle. Je n'apprécie pas que Callum pose la main sur le dossier de son siège ni que, la tête rejetée en arrière, il émette un rire forcé, trop puissant et qui sonne faux.

D'accord, il fait partie de ses clients, mais pas besoin d'être devin pour présumer qu'il coucherait avec elle à la première occasion.

Comme n'importe quel homme présent dans ce bar.

Je sais. Je suis l'un des petits veinards qui ont effectivement conclu avec elle.

Veinard ? Le mot est-il bien choisi, considérant qu'en à peine cinq minutes, sa présence réveille déjà des images démentielles ?

Au lit, c'était l'apothéose. Des heures de sexe sans cesser d'en vouloir toujours plus. Son intensité alors que, me fixant depuis l'entrée de la chambre, elle a un jour déclaré que notre… *amitié avec avantages* avait fait son temps.

Je m'étais convaincu qu'elle avait certainement rencontré quelqu'un.

Je faisais comme si cela m'importait peu.

Sauf que je n'y peux rien si la revoir me démontre le contraire. Presque trois années se sont écoulées depuis… depuis la fin de cette relation sans nom, mais maintenant qu'elle se trouve devant moi, je me remémore chaque soupir, chaque gémissement, absolument tout.

Évidemment, je n'aurais rien contre l'idée de me perdre en elle l'espace de quelques heures. J'ai beau essayer de me concentrer sur le baratin que Frankie me sert, mon mental et mes yeux reviennent sans cesse à elle. Vers ce que nous avons laissé en suspens et mon besoin inopiné de l'accoster, de lui parler… histoire de vérifier si elle ressent également cette fichue attirance.

– Pas vrai ? lance Frankie, ramenant mon attention à lui.

Mince, je ne suis pas cool avec lui.

– Tout à fait. Je… euh… j'ai aperçu quelqu'un avec qui je dois m'entretenir.

Sans attendre, je traverse le bar. Il est bondé ce soir, en majorité de nanas prêtes à tout pour allécher les joueurs, et de gars qui nous rincent pour célébrer la victoire.

Que la ville invitée à jouer jubile d'avoir écrasé l'équipe qui joue à domicile devrait susciter de la tristesse, mais notre tournée est spectaculaire et les fans aiment suivre la vague.

– Sacré jeu, Maddox, crie quelqu'un à ma droite, et je lève ma bière en remerciement, sans interrompre ma trajectoire.

– Withers.

Callum tourne les yeux vers moi alors que j'interpelle mon coéquipier. Il me salue d'un haussement du menton avant de continuer à bavarder avec Dekker.

– Maysen a besoin de toi, dis-je, au premier silence.

– Pour quoi faire ?

Il rencontre mon regard, mais je m'abstiens de jeter un œil vers Dekker. Et je mens.

– Aucune idée, mais il te cherche partout.

Impatient, j'attends une poignée de secondes qu'il s'éclipse, cesse d'aligner des banalités à l'intention de Dekker. À peine a-t-il libéré son tabouret que je pose une fesse dessus.

D'un signe à Donnie, je réclame une bière et incline ma bouteille vers le verre de Dekker pour qu'il lui remplisse.

– Tu es loin de chez toi, je murmure, alors que son parfum subtil – été et soleil de plomb – inonde mes narines.

– Je ne fais que mon boulot.

Sa voix, *nom de Dieu*, si suave, un brin rocailleuse, me fait l'effet d'ongles grattant légèrement ma peau.

– Quoi ? Pas *va au diable* ? Pas *dégage, Maddox* ? Pas *dans quelle chambre d'hôtel allons-nous tester chaque surface* ?

Je me tourne vers elle à présent. Ses yeux marron foncé un peu trop larges pour son visage, mais d'une manière qui lui sied. Ses lèvres veloutées, son nez droit traversé par une bande de taches de rousseur. Cependant, j'ai assez de jugeote pour ne pas me laisser berner par ces taches de son. Je sais que Dekker Kincade est une véritable déesse du sexe qui m'a possiblement amené à la supplier de m'en donner encore. Je n'ai pas honte de l'admettre.

– Tu te sens bien ?

– Très drôle, rétorque-t-elle en roulant des yeux.

– Je fais de mon mieux, dis-je en tapant mon genou contre le sien. Tu es là pour affaires, pas pour le plaisir, alors ?

Elle hausse un unique sourcil, et l'ombre d'un sourire pare ses lèvres.

– Pour raisons professionnelles, comme toujours.

– Autrefois, tu voyageais aussi pour nous.

– Il n'y a jamais eu de nous, conteste Dekker.

Pour toute réponse, j'émets un petit grognement souligné d'un rire rauque et entendu. Sa façon de redresser les épaules me dit qu'elle flaire le mensonge.

– Tu as raison. Physiquement, ce n'était pas éblouissant. Jamais tu ne m'as griffé le dos. Pas plus que tu n'as laissé de traces de morsures dans mon cou. (Je hausse les épaules.) Je ne sais pas ce que tu en penses, Dekk, mais à mon avis, en matière de plaisir, nous étions au top.

– Dommage que pour tout le reste, nous n'étions pas fichus de nous témoigner une once de gentillesse.

– Nous sommes peut-être faits pour les situations explosives !

Explosif est la seule manière de nous décrire dans l'intimité. Le désir était explosif. Le besoin était explosif. L'ambiance était explosive.

– Tu te souviens du bar avec toit terrasse à Los Angeles ? je demande, certain qu'elle n'a pas oublié. Par une chaude soirée d'été. Tu portais ta petite robe bain de soleil, et nous nous sommes planqués dans un coin du patio. J'ai dû étouffer tes gémissements avec ma main pour éviter qu'on nous entende. (Je ne cache pas mon appréciation de ce souvenir.) Bon sang, c'était chaud.

Bien qu'elle détourne le regard et secoue très légèrement la tête, elle ne me contredit pas. Évidemment qu'elle se rappelle cette soirée inouïe : le sexe sur le toit, la peur excitante de se faire surprendre, le sexe à l'hôtel après coup. C'est la seule fois où nous nous sommes retrouvés ailleurs que dans une chambre d'hôtel, ce qui m'incite à me demander pourquoi nous ne l'avons pas fait plus souvent.

Elle a mis le point final au rendez-vous suivant.

– Tu as bien joué ce soir.

Sa voix me ramène dans le présent. Amusé qu'elle tente de changer de sujet, j'esquisse un petit sourire satisfait et me penche, mes lèvres au bord de son oreille.

– Reste autant que tu veux sur ce tabouret, avec ton air guindé purement professionnel, mais je sais que ta petite culotte commence à se tremper, que la tension grimpe en flèche parce que tu te remémores à quel point c'était exquis et que nous étions habiles.

Elle s'éclaircit la voix et remue sur son siège pour essayer, sans succès, de creuser la distance entre nous. Après quoi, elle pivote vers moi sans paraître troublée le moins du monde.

– Tu as bien joué ce soir, répète-t-elle.

Mon sourire s'élargit. *Elle opte pour cette tactique ?* Elle préfère se comporter comme si nos retrouvailles ne ravivaient pas les braises ? Faire comme si une infime partie d'elle n'était pas tentée de tout revivre ? Cela dit, c'est elle qui a dit stop, pas moi. Pourtant… le fait qu'elle agisse comme s'il ne s'était rien passé entre nous m'exaspère comme c'est pas possible. Je ne l'ai pas oubliée.

M'a-t-elle oublié ?

Je m'adosse et, bras croisés, prends le temps de répondre, tandis que je me débats avec la nécessité qu'elle se souvienne.

– Mon jeu ? Très subjectif.

– Subjectif ?

Son rire fend la tension sexuelle, aussi instinctive à présent qu'autrefois dès que nous partagions le même espace.

– Deux buts. Trois passes décisives, plus le tir contré qui a permis à Katzen de se remettre du blocage précédent. Mais bon, c'est *subjectif*.

Elle lève les yeux au ciel d'une manière qui m'arrache un rire alors que mes yeux avides parcourent son pull, son décolleté en V qui ne montre rien mais suggère tout.

Nom de Dieu.

– J'ai loupé plus de coups que je n'en ai réussi, dis-je en réalisant que nous bavardons avec courtoisie, contrairement à nos anciennes habitudes.

La clientèle applaudit le point culminant de l'un de mes buts diffusé en générique de fin, à la clôture du SportsCenter. Je survole la foule du regard, mes coéquipiers massés dans le bar, et cherche à comprendre la raison de sa visite.

Une chose est sûre : elle n'est pas là pour moi.

– Alors, pourquoi es-tu venue ? Je te manque autant que ça ?

Une ombre navigue dans ses yeux, puis disparaît aussi rapidement qu'elle est apparue.

– Vantard.

– Donc, il s'agit d'une visite pour affaires. (Nos regards se verrouillent un court instant.) Je peux t'aider à conjuguer le plaisir avec ce motif professionnel.

Elle penche son verre dans ma direction.

– Merci pour le verre, mais…

– Garde ton argent. Et ton attitude, dis-je en repoussant les billets qu'elle glisse vers moi, sur le comptoir.

– Nous avons battu un record. Notre première discussion civilisée. (Un petit sourire satisfait.) Contente de t'avoir revu.

Je la rattrape par le poignet.

– On en revient à ça ?

– À quoi ?

Elle dégage son bras, mais ne s'éloigne pas.

– À toi qui t'évapores sans explication.

Son regard noir suffit à confirmer qu'elle a bien reçu la pique. Qu'elle se souvient aussi clairement que moi de notre dernier rencard.

– Je n'avais pas conscience de devoir justifier ma présence à Chicago.

Ce qu'elle est attirante quand elle s'entête ! Comme auparavant. Peut-être ai-je oublié à quel point… ou les années ont renforcé sa confiance en elle, si bien que son assurance fortifie tout ce qui la compose.

– Si je récapitule, dis-je en ignorant royalement sa remarque et en me délectant que cela la mette en rogne. Tu es en mission, mais tu n'es pas passée au QG ni avant ni après le match comme tu le faisais naguère. (Carré dans mon siège, je l'étudie.) Tu représentes certains joueurs de l'équipe, mais tu ne fais pas la fête avec eux. (Je ris.) Tu avances à couvert. Donc, tu es venue dans l'optique de voler un joueur.

– Qui t'a intronisé détective officiel des Jack ?

– Détective privé Dick au rapport ! je fais en mimant un salut militaire, ce qui me vaut un regard de travers. Eh bébé, tu as oublié que je te connais bien, dis-je pour le seul plaisir de la faire sortir de ses gonds.

– Je ne suis pas ton « bébé », tu ne me connais certainement pas (elle continue sans tenir compte de mon sourcil interrogateur) et je préfère le terme *recruter*.

– Recruter. Soit. Cela ne revient pas à employer le mot dérober à la place de voler ?

– Plutôt tête de nœud à la place de crétin, rectifie-t-elle, mais je ne suis pas dupe de sa manière innocente de battre des cils.

– J'ai toujours raffolé de ta langue bien pendue, je murmure en trinquant avec ma bouteille, mes yeux rivés aux siens.

– On a fait le tour du problème ? demande-t-elle sans pour autant esquisser un mouvement, ce qui répond à ma question.

Elle est effectivement ici pour un joueur.

– Alors, tu ne convoites pas Callum, vu que tu le représentes déjà. (Je me lève et me tords le cou.) Pourquoi pas Heffner ?

J'oriente ma bouteille vers le fond du bar, où notre défenseur massif fait le coq auprès de quelques dames.

– Nan. Trop difficile à impressionner, sans compter qu'il a signé un contrat à long terme parfaitement ficelé. Finch, alors ? Il ne semble pas satisfait de son agent, alors je gage que tu es là pour lui. Tu n'auras pas à te battre trop durement pour le persuader.

– Merci pour le tuyau. Je l'intégrerai à ma liste d'informations cruciales. Mais qui a dit que j'étais venue chasser le client ?

– Alors, tu es là pour coucher ? (Avec un large sourire, je tends les bras le long de mon corps.) Dans ce cas, tu peux compter sur moi.

– T'emballe pas.

De nouveau assise, elle décroise et recroise lentement les jambes ; j'en profite pour m'émerveiller qu'elles soient aussi fuselées.

– Tu es juste là pour la soirée ? Tu arrives de New York pour assister au match, puis t'asseoir dans un bar, discuter avec les gars mais tu… euh… ne recrutes pas ?

Une légère hésitation dans ses mouvements trahit ses intentions. Elle ambitionne sans aucun doute de détourner un client.

– Je suis juste venue apprécier l'ambiance festive de la victoire avec l'équipe, un joueur au sommet de son art… (elle me désigne du menton) et pour rompre temporairement la monotonie du quotidien.

– Comment se porte machin-chose ? dis-je en repensant au type qui l'accompagnait lors de mon dernier passage à New York.

Ou était-ce à la cérémonie de l'ESPY ? Toujours est-il qu'il était trop propret, trop mignon, et aux antipodes de ce qu'il lui faut.

Même si elle était à son bras, elle me mangeait des yeux.

Un couple assurément mal assorti, et c'est vache que je m'en réjouisse.

– Eh bien, j'étais supposée assister à un gala professionnel avec lui ce soir.

Sourcils arqués, elle hausse les épaules… mais elle ne dit pas tout.

– Alors quoi ? Il ne peut pas s'adapter à la brillante carrière de sa petite amie parce que cela lui rappelle qu'il a une petite bite ?

Les mots ont jailli malgré moi, de sorte que je suis surpris par la pointe de jalousie que suscite en moi la pensée qu'ils soient en couple.

Elle ouvre la bouche pour le défendre, mais son hésitation vaut un long discours.

– Comme mon père m'a envoyée ici, Chad a décidé…

– Chad ? Ne me dis pas qu'il s'appelle Chad.

– Si, Chad, affirme-t-elle avec un hochement de tête résolu. Il a dit qu'il ne tolérait plus que je fasse passer mon métier avant lui…

– Il se comporte probablement de la même manière.

Elle avale une généreuse gorgée de vin.

– En gros, ça n'arrivera plus.

– Je suis désolé, dis-je, parfaitement hypocrite.

Elle arbore un sourire surfait.

– Difficile à croire. Tu le détestais.

– Je ne lui ai jamais adressé la parole.

– N'empêche que tu le détestais. Ça se voyait dans les regards noirs que tu lui lançais pendant le gala de charité, quand vous êtes tombés l'un sur l'autre.

Elle me scrute par-dessus le bord de son verre.

En riant, j'incline la tête sur le côté.

– J'avoue que je ne l'appréciais pas. Il n'était pas assez bien pour toi.

En plus, je ne supporte pas l'idée qu'un autre homme te touche.

– Dit l'homme qui ne le connaît pas.

– Je n'ai pas besoin de le connaître. Personne ne t'arrivera jamais à la cheville, Dekk, dis-je en la regardant dans les yeux.

Pas même moi.

– Ce n'est pas ton problème, murmure-t-elle, et sa protestation reste en suspens, comme tant de choses qui n'ont jamais été réglées entre nous.

Par exemple, pourquoi elle s'est détournée de moi. Pourquoi je n'ai pas cherché à la retenir.

– Et puis, tu me connais, je suis nulle en amour.

– Vous n'étiez pas en couple, si ?

Elle laisse échapper un rire.

– Loin de là.

Quelque chose dans le ton de sa voix, comme si elle s'était si longuement évertuée à se convaincre que leur relation avait de l'avenir, prouve qu'elle se sent soulagée de pouvoir cesser de se mentir.

– Ainsi, tu as fait tout ce chemin pour abuser de mon corps en souvenir du bon vieux temps ?

J'espère dissiper la tension – en partie – et apercevoir son sublime sourire.

– Voilà, tu as tout compris, soupire-t-elle. Tu emballes vraiment les filles avec ce genre d'accroche ? demande-t-elle sèchement.

– Je n'ai pas besoin de blablater pour séduire une fille.

– Voyez-vous cela ! Et tu te demandes pourquoi on se chamaillait tout le temps.

Elle lève les yeux au ciel pour faire bonne mesure.

– Nous nous disputions fréquemment parce que tu en voulais toujours plus et que je…

Je bute sur les mots, préférant ne pas aller au bout de mon idée. Peut-être en suis-je incapable. Ou bien la vérité est que je commençais à éprouver des choses, lesquelles étaient des sentiments… et les sentiments n'apportent rien de bon.

– Parce que tu quoi ? me presse-t-elle, sa curiosité piquée au vif.

Son sourire nonchalant me remue intérieurement, d'une façon qui devrait être illégale.

Je laisse le sujet s'éteindre. La dernière chose dont j'ai besoin, c'est de m'égarer dans des considérations sans importance. À quel point sa disparition m'a dévasté, tellement que jamais je n'ai éprouvé de sentiment aussi proche du regret. Combien la revoir en cet instant me rappelle avec la violence d'une gifle que nous étions doués pour savourer les bonnes choses, mais aussi pour les excès, et tout ce qui existe entre les deux.

Mais par-dessus tout, c'est ce qu'elle me fait ressentir quand tout ce qui constitue ma vie me paraît morne et sans saveur.

Je regarde l'étiquette de ma bière à l'instant où la chanson de joyeux anniversaire éclate dans la foule, au bout de la salle. Une excellente occasion de réorienter la conversation.

– Tu es futée comme pas deux, Kincade. Tu sais que dans un bar rempli de Jacks, personne ne tiquera en voyant n'importe lequel d'entre nous converser avec toi.

– Première erreur, note-t-elle d'une voix assourdie, tournée face à moi. Personne ne fait attention à l'endroit où je suis ni avec qui je bavarde.

Mon regard décortique chaque centimètre de sa séduisante personne avant de retourner vers ses yeux.

– C'est pourtant difficile de te louper.

– J'en doute, considérant que la moitié des clientes de ce bar exposent dix fois plus de peau nue que moi.

– Tu n'as pas besoin de t'exhiber pour être attrayante, Dekk.

Ma voix dégringole dans les graves, et une fois de plus, les souvenirs refluent en première ligne de mes pensées. Des corps emmêlés et des cœurs sans attaches.

– Nous le savons tous les deux.

Elle se racle la gorge et s'agite sur son tabouret.

– Tu n'es pas mal non plus.

– Je ressemble à une pauvre chose capturée par un chat. Ma joue me lance à cause du coup de crosse que j'ai reçu. Je boite comme un octogénaire tellement mes genoux me font souffrir… et je suis juste complètement vanné. Cette bière n'aide pas, contrairement à ta présence.

6

DEKKER

Je l'observe a la dérobée. Ses cheveux noirs légèrement trop longs et hirsutes, mais qui collent parfaitement à sa personnalité. Ses yeux bleu clair, un peu trop pénétrants, et sa barbe naissante qui assombrit ses joues. Bien sûr, sa pommette est écarlate, là où une crosse l'a frappé, toutefois quelque chose en lui incite à le contempler.

À le savourer.

Assurément masculin, bourré d'arrogance, mais un peu de l'enfant qui vit son grand rêve transparaît sous la surface.

Et il me connaît beaucoup trop bien.

Cette bière n'aide pas, contrairement au fait que tu sois ici.

Je choisis de laisser couler.

Je fais le choix d'ignorer que cela titille les sentiments que le revoir – et bavarder avec lui – a ravivés.

Ceux dont je redoutais qu'ils montrent le bout de leur vilain nez quand mon père a révélé l'identité du client qu'il m'attribuait.

– C'est vrai que tu n'es pas au mieux de ta forme, dis-je, parce que c'est tellement plus simple de remarquer ses yeux cernés et sa posture pétrie de courbatures qu'admettre que j'ai eu un pincement au cœur en le revoyant. *Comme toujours.*

– La franchise t'a toujours servie et desservie, murmure-t-il en bougeant sur son siège, et j'avise ses phalanges éraflées par le match.

– C'est pour cela que je suis une super-pro. Je sais quand flatter et quand faire pression.

Il se mord le gras de la joue en examinant les joueurs de son équipe dans le fond du bar.

– Alors, sur qui es-tu venue faire pression ?

– Qu'est-ce qui se passe ? dis-je, mettant de côté son besoin de connaître la raison de ma présence. Tout va bien ? Ta vie, en dehors du hockey ?

Il fait la moue et hausse les sourcils, mais un bégaiement, si bref soit-il, lui échappe. Mon père aurait-il vu juste ? Le récent comportement de Hunter ne s'expliquerait pas entièrement par le fait qu'il a pris la grosse tête ?

– Qu'est-ce qui cloche, Hunter ? dis-je, la main sur son bras, le sentant tracassé.

Mais alors qu'il avait baissé la garde, comme cela lui arrive rarement, il se reprend presque instantanément. Il retire ma main un peu trop sèchement, puis il se lève et place sa paume sur le dossier de mon tabouret. Ma respiration s'accélère lorsque ses doigts effleurent mon cou. Des frissons recouvrent ma peau, et je déteste la réaction instinctive de mon corps – il réagit à lui. C'est comme si je continuais de le désirer, même si je sais quels ravages il causerait sur mon organisme.

Il se penche au point que la chaleur de son souffle caresse mon oreille pour la seconde fois de la conversation, mais je tiens bon et ne bouge pas.

– Si je te disais ce qui me travaille quand tu m'auras dit ce qui t'amène ici ? Comme je sais que tu ne lâcheras rien… mon secret est bien gardé pour l'instant.

Je l'observe, avec son sourire suffisant qui accélère mon pouls, puis je secoue la tête. Ce n'est ni le moment ni l'endroit de lui proposer d'intégrer KSM. Je le savais d'entrée de jeu. Je pensais le détester au premier coup d'œil, vu la façon dont nous nous sommes quittés. Mais non. Ce n'est pas de la haine que je ressens, mais du *désir charnel.*

– Hunter, je…

– Tiens, si ce n'est pas le Roi de la Glace et la Reine de l'Antarctique, lance Katzen, le gardien de but des LumberJacks, alors que, chancelant, il laisse pendre son bras au dossier de mon siège, à l'endroit où Hunter vient d'ôter le sien.

– Salut, Katz, dis-je, mais mes yeux se reportent aussitôt sur Hunter.

– Plus ivre que jamais, constate Hunter, qui repousse Katz d'une main sur son torse.

– Bah ouais, mec. Nous avons gagné. Tu as déchiré. J'ai même eu droit à mon petit temps de jeu.

Il rit à sa propre plaisanterie, considérant qu'en tant que gardien, il protège la cage, arrêtant des buts de droite et de gauche, pendant la durée du match.

– Oh merde, z'êtes super-classe, ce soir, Mam'selle Kincade, bredouille-t-il.

Le muscle de la mâchoire de Hunter vibre, et je secoue la tête pour l'arrêter avant que ses gestes ne reflètent la noirceur que je discerne dans ses yeux. Au regard de ses récents scandales, il ferait sans doute usage de la force pour repousser Katz de moi.

– Je soigne mon apparence chaque soir que Dieu fait, dis-je avec un clin d'œil, sachant que sa réputation de buveur est fondée.

Les types comme Katz courent les rues, et évoluer dans le milieu sportif m'a appris à riposter et à les remettre habilement à sa place.

– Un bon agent te rappellerait que le hockey est ton métier et que la gueule de bois que tu te prépares ne te fera pas remonter au classement.

Katz émet un sifflement.

– Tu m'as cramé ? rit-il. Tu vois ? C'est pour cela qu'on te surnomme la Reine de l'Antarctique, froide comme un iceberg, mais qui n'a pas peur de griller ceux qui l'ont bien cherché.

– Dramatiser ne te mènera à rien.

Je glousse pour faire comme si son sobriquet m'amusait, alors que je déteste qu'il me vexe profondément.

Katz pose son verre vide, son regard va de Hunter à moi.

– Vous savez que vous formez un joli couple. Vous devriez y réfléchir sérieusement. Tous les deux, ensemble. Toi, le capitaine, dit-il en poussant l'épaule de Hunter avant de se tourner vers moi, et toi, l'autoritaire. (Son rire odieux dépasse les bornes.) Je sais pas, couchez ensemble, tournez un porno ou un truc chaud dans ce goût-là… mais bon, la vie de couple n'est pas le fort de Hunter, contrairement à *moi*.

Demain matin, il ne saura plus où se mettre quand il se souviendra qu'il m'a branchée. Je le sais, il le saura demain, mais le poing serré de Hunter me dit que son sang bouillonne malgré tout. Il pardonne moins facilement que moi. Et je ne sais pas trop si je me sens flattée ou furieuse qu'il me surprotège alors qu'il n'a aucun droit sur moi.

– Tu sais, Katz, dis-je en me levant, misant sur l'effet de surprise pour désamorcer les tensions, je dirais que Hunter est plus du genre à baiser qu'à s'engager… Et d'abord, comment sais-tu que nous ne l'avons jamais fait ?

Ah, ces souvenirs de nous deux : sur le plan de travail de la cuisine. Dans la boîte de nuit de Mandala Bay. Dans la tribune de presse avant un match. (Je grogne avec exagération.) Voilà ce qui assouvit mes envies les longues nuits froides et solitaires.

– Quoi ? s'étrangle Katz, le corps tendu alors que j'enroule mon bras autour de ses épaules.

– Redescends sur terre ! dis-je en le repoussant d'un air joueur, refusant de croiser le regard de Hunter, car d'un seul coup d'œil, Katz devinerait la vérité. Je ne coucherais *jamais* avec un joueur de hockey. Ils sont tous fermes, mais sans finesse. Une femme avisée apprécie qu'on prenne son temps. Elle apprécie les hommes délicats. Savoir qu'une fois le but marqué, il lui reste encore beaucoup à lui offrir.

– Ferme. Délicat. Fin, reprend Katz.

– Exactement. Ferme. Délicat. Fin.

Dressée sur la pointe des pieds, je pose un baiser sur sa joue et reprends à voix basse.

– Reste à dégoter un joueur de hockey doté de toutes ces qualités.

– Peut-être que tu as fréquenté les mauvais joueurs, observe Katz.

– Peut-être que je devrais m'inquiéter que tu t'intéresses davantage à la vie sexuelle de Hunter qu'à ses compétences sur la glace.

– Dis pas ça, se plaint-il en écartant mon commentaire d'un geste, mais avec un immense sourire. Je t'aime bien, tu sais ? (Il donne un coup de coude à Hunter et secoue la tête.) Elle se laisse pas marcher sur les pieds.

Hunter ne se détend pas pour autant.

– Ce n'est pas une façon de s'adresser à une dame, Katz. N'oublie pas ce que j'ai dit. De la finesse. (Je survole le bar du regard, puis reviens aux deux hommes : l'un ivre et insouciant, l'autre avec les nerfs à vif.) Messieurs, ça m'a fait plaisir de vous voir, mais je dois filer. J'espère trouver un peu de cette finesse sur la glace au prochain match.

– Pourquoi tu viendrais nous voir ? questionne Hunter avec un infime sourire.

Du genre qui regorge d'impertinence et de charme, et me pousse à me demander s'il cherche un moyen de m'attirer dans son lit cette nuit.

Pas question.

Même pas en rêve.

Ce voyage restera strictement professionnel.

– Je suivrai l'équipe en tournée pour une durée indéterminée. Considère-moi comme le service client. (Je hausse les épaules avec coquetterie.) Maintenant, tu sais tout.

Sur ces mots, je quitte le bar, la tête droite, en me raccrochant à la modeste victoire de la soirée.

Hunter Maddox m'a accostée.

C'est déjà un début.

7

DEKKER

Débordante d'énergie, je parcours les rues de Chicago. Je rentre à pied à l'hôtel, me fondant dans la cohue.

Mes joues sont froides, mais les picotements n'apaisent pas les rougeurs suscitées par la diatribe vexante de Chad, que je n'ai pas réellement eu le temps de digérer. Je suis en mode fonceuse depuis mon départ du bureau, depuis des heures qui semblent des jours.

Mais son coup de gueule persiste. *Pour ce que ça vaut, tu as un cœur de glace, Dekker. Le genre de passion que je recherche chez une femme te fait défaut.* Plus douloureux que je ne consens à l'admettre.

Primo, il me traite de cœur de glace et, ensuite, Katz me qualifie de Reine de l'Antarctique. C'est quoi, ce délire ?

Je n'ai pas toujours été insensible. Peu inspirée. Dénuée d'ardeur. Cela dit, j'ai effectivement réalisé que si je n'étais pas amoureuse de Chad, je ne me suis pas beaucoup impliquée dans notre relation.

Possible qu'elle n'ait été rien d'autre qu'une commodité.

Qui sait ?

Fin de l'histoire.

La vie continue.

Le portier du *Thompson Chicago* m'accueille à l'entrée du hall du luxueux hôtel. L'ameublement brun sombre combine idéalement le moderne et l'ancien, le bureau d'accueil d'un côté du vaste espace, et son bar élégant de l'autre. De la musique classique en sourdine, accompagnée par le bourdonnement assourdi des bavardages des clients du bar.

D'un coup d'œil dans cette direction, je reconnais quelques joueurs attablés, qui se détendent sur la droite, l'un d'eux agitant la main sitôt qu'il me remarque.

– Tout baigne ? crie Heffner.

– Super, merci. Juste lessivée. Bonne nuit, les gars.

Enveloppée dans mon manteau, je me dirige vers la rangée d'ascenseurs et enfonce le bouton d'appel. Il tinte peu après, et alors que j'entre dans la cabine et sélectionne mon étage, une main bloque la fermeture de la porte.

– Un instant.

Je lève les yeux et reste en arrêt face à des iris d'un bleu aussi profond que le ciel. Je maudis le frisson d'exaltation qui me parcourt alors – avec toutes les complications qu'il implique –, mais cela n'atténue en rien la douleur qu'il suscite en moi.

Sans mot dire, il se glisse à côté de moi et soutient mon regard, une épaule appuyée contre la paroi. Je refuse de céder du terrain.

Les portes coulissent finalement.

– Tu ne fréquentes pas les joueurs de hockey ? demande-t-il, me renvoyant mes paroles, la tête penchée sur le côté.

– Eh non.

Son rire grave, aussi enjôleur que bourru, me rappelle la sensation de ses mains.

– Non ? (Il ramène une mèche de cheveux derrière mon oreille.) Je crois me souvenir que tu sortais avec un hockeyeur autrefois, reprend-il d'une voix aussi faible qu'un murmure de séduction, et il se rapproche de moi. Celui dont le souvenir et le maniement de la crosse t'ont satisfaite durant ces longues soirées solitaires.

J'ouvre la bouche et la referme, sachant qu'il n'y a rien que je puisse dire pour effacer ces allégations. Plus grave encore, je ne peux pas prétendre avoir fabulé… car c'est la stricte vérité.

– Fermeté. Délicatesse. Finesse.

Il me contemple, le regard luisant de bien d'autres choses que l'amusement. D'un désir nappé de volupté, ce qui ne devrait pas me surprendre, mais qui m'agace néanmoins.

– Je n'ai fait que… remettre Katz à sa place.

– Mais était-ce vrai ? Explique-moi de quelle façon le souvenir de moi t'a assouvie, ces longues soirées solitaires.

Un sourire flotte sur ses lèvres, alors que son regard soutenu exige une réponse.

Arrêtés à un étage, la tension sexuelle se densifie dans l'ascenseur, la porte s'ouvre mais personne ne monte.

Que quelqu'un entre ou pas n'aurait pas changé grand-chose, car rien ne détournerait son regard de moi.

Je le ressens jusque dans le creux de mes cuisses.

Des souvenirs de lui – sa virtuosité, ses prouesses, sa finesse – s'emparent de mes pensées au point que je ne peux pas davantage m'en détacher que de l'homme qui se tient devant moi.

Cela, bien que je me dise que c'est impératif.

Le besoin urgent de le toucher est réel, ce que je déteste.

La porte se referme.

– Pas vrai, dis-je dans un souffle.

– Ah, c'est là que je pense que tu mens, Dekker.

D'un pas, il referme la distance. Nos poitrines se touchent presque, alors qu'il se retient d'une main sur le mur près de ma tête.

– Tes lèvres et tes yeux se contredisent. Naturellement, tu me dis que tu ne penses pas à moi, mais tes yeux…

(un fredonnement vibre dans le fond de sa gorge) me disent que tu ne peux pas t'empêcher de penser à moi… parce que tu n'es pas sans savoir que je suis la triple menace.

– La triple menace ?

– J'allie la fermeté, la finesse et… *l'endurance*.

Je lève les yeux au ciel en réaction à son attitude macho, du genre gorille qui se frappe le torse.

– Tu vois ? C'est pour cela que ce truc qu'il y avait entre nous n'a pas marché.

– Coucher ensemble, tu veux dire ? demande-t-il.

– Voilà.

– Tu ne peux pas le dire ? Tu n'arrives pas à dire « coucher avec toi », parce que c'est ce que nous avons fait. (Il se penche, ses lèvres contre mon oreille, et son doigt retrace le contour de ma joue, puis il chuchote.) Et même en abondance. Au lit, c'était *stupéfiant. Renversant. Incomparable.*

– Le sexe, c'est du sexe, je mens, alors que mes mamelons durcissent à la pensée de nous, à notre attraction encore palpable des années plus tard.

– Pas entre nous.

Je hausse un unique sourcil, affrontant l'air de défi dans ses yeux, bien que ce soit une erreur.

– Laisse-moi te rafraîchir la mémoire.

Ses lèvres pressent les miennes avant que je n'aie pu percuter. Un torrent de désir prend possession de mes pensées – *et* de mon corps.

Le bon sens m'exhorte à lui résister, mais la chaleur de son corps et l'ardeur de sa langue embrasent en moi tout ce que ce cher Chad échouait à sensibiliser.

Amusant que je ne l'aie jamais remarqué avant cet instant.

Sans me toucher, les mains de Hunter s'ancrent de part et d'autre de ma tête. Son corps ne rencontre pas le mien, mais se frotte à peine.

En revanche, ses lèvres s'emparent des miennes. Par leur façon de remuer, de posséder, de contrôler.

Autant j'aimerais me déclarer impuissante à résister à l'assaut de désir qu'elles soulèvent, autant je veux aussi retenir chaque sensation qu'elles me procurent. Parcourue par des frissons, par l'adrénaline, frémissante d'envie, le désir enfle.

Je trouve un certain confort dans la familiarité, en même temps que l'attrait exaltant de la nouveauté.

Le besoin s'oppose à la volonté, alors que sa bouche assaille mes sens.

Comme il sait embrasser.

Comment ai-je pu oublier que ses lèvres, unies aux miennes, sont dévastatrices à ce point ?

– Dekker, murmure-t-il.

Sa voix tendue reflète ce que je ressens : troublée et excitée, avec une pointe de regret.

Je perds le contact avec mes sens, ma résolution et, le désir dirigeant mes pensées, stimulée par le souvenir de lui, mes mains se posent sur lui. Son torse. Sa nuque. Ses fesses.

Et c'est affolant que pour seule réaction à mon contact, il maintienne enfoncé le bouton de fermeture de la porte pour préserver notre intimité. Pour que l'instant ne cesse jamais sans pour autant aller plus loin dans l'échange.

Ne le sent-il pas ? Ce besoin inassouvi ? Le désir désespéré ? Ce grand *tout* qui me pousse à vouloir, à avoir besoin, sans aucune honte ?

Mes mains saisissent la boucle de son ceinturon.

Le bouton de son pantalon.

Sa braguette.

Quand je le saisis dans ma paume, il grogne dans ma bouche. Alors que je glisse la main dans son sous-vêtement et commence à caresser son membre épais, son corps entier se contracte, ses poings se serrent près de ma tête et ses lèvres vacillent un instant dans leur destruction sensuelle des miennes.

Tout pourvu que ses mains me touchent.

Cela semble si simple, et pourtant stupide à la fois, mais Hunter sait toucher une femme. Mon corps ne l'a pas oublié.

Parce que cela m'a manqué.

Le contact de ses mains.

Lui.

Touche-moi.

Je remonte ma main sur lui, mon pouce caresse la cime de son érection.

Veux de moi.

Les ongles de mon autre main explorent son dos à travers sa chemise.

Prends-moi.

La sonnerie de l'ascenseur court-circuite mes sens et, à la manière dont Hunter s'écarte d'un bond, je tourne les yeux vers la porte, de peur qu'un client me surprenne.

Quand je reporte mon attention sur lui, il rajuste sa chemise dans son pantalon, son sourire en coin est presque aussi agaçant que ses mots.

– Maintenant, tu sais ce que ça fait. Maintenant, tu sais ce que ça fait de *me* voir partir.

Son petit rire grave.

– Pardon ?

Je plonge mes yeux dans les siens, curieux et assombris par un désir indéniable.

– Dors bien, Dekker. Content de t'avoir revue.

Comme il sort de l'ascenseur, je le suis des yeux, le choc imprimé dans tous les muscles de mon corps.

Ce choc qui se mue en embarras. L'embarras qui se change en colère. LA colère qui alimente la haine de soi.

La blessure, bien réelle, me procure une douleur plus cuisante qu'elle ne le devrait.

Mais j'ai provoqué cela. Il m'a embrassée, mais j'ai dépassé chacune des limites existantes.

Tu n'étais pas loin de lui faire une fellation dans l'ascenseur.

Je me suis abstenue, mais pas en pensée. L'envie était réelle. Le besoin était irrépressible.

Je laisse la porte se refermer. Je laisse la cabine monter vers mon étage. Je laisse la porte s'ouvrir. Pendant ce temps, mon esprit mouline et, mortifiée par ses agissements, je bous de colère.

Chaque pas que je fais vers ma chambre est renforcé par mes pensées.

Comment ai-je pu manquer de professionnalisme à ce point ?

Un pas.

Comment ai-je pu lui permettre de jouer avec moi aussi librement ?

Un pas.

Comment ai-je pu laisser rejaillir toutes les émotions à sens unique que je ressens pour lui ?

Un pas.

Comment ai-je pu être aussi faible ?

Surtout, comment faire fonctionner ma clé magnétique dans la porte tout en me demandant comment accéder aux exigences professionnelles de mon père alors qu'elles sont en conflit avec mes désirs personnels ?

La situation est critique.

Très critique.

– Ce n'est même pas envisageable. Tu ne peux pas laisser faire, je marmonne en franchissant le seuil de ma chambre. Ça ne marche pas, nous deux. Ça n'ira jamais. Même pour une nuit. *Merde.* C'était une grossière erreur. Bon sang, la dernière fois…

Je me déchausse et lance négligemment mes escarpins à travers la chambre d'hôtel, alors que sévissent mes réprimandes intérieures pour ce que j'ai failli laisser se produire.

Pour ce que j'ai souhaité qu'il advienne.

La dernière fois…

Les mains tremblantes, je me déshabille alors que le besoin de tout effacer s'impose dans chacune de mes pensées.

Sauf que je ne peux pas. Je sais que je ne peux pas.

Et je hais qu'une petite partie peu professionnelle de moi ne le veuille pas.

La dernière fois…

Ces trois mots ne cessent de se répéter dans ma tête jusque sous la douche.

Et lorsque je me glisse dans le lit.

Et pendant que j'essaie de faire le tri dans mes pensées, de ne pas penser à lui, même si le goût de son baiser persiste sur ma langue.

La dernière fois.

La dernière fois a failli me briser, parce que ce n'est qu'après avoir rompu que j'ai réalisé que j'étais amoureuse de lui.

8

DEKKER

3 ANS PLUS TÔT

– Dekker.

Hunter grogne mon nom et chaque partie de moi m'élance quand il s'engouffre en moi.

Nos doigts s'entremêlent, nos corps brûlent d'un feu profondément ancré que nous ne parvenons pas à éteindre. Pas plus cette fois que les précédentes. Rencard après rencard.

Peut-être sommes-nous dans une nouvelle chambre d'hôtel, dans une ville différente, mais Hunter sait parfaitement de quoi j'ai besoin, et comment j'en ai besoin.

Ma journée a été démoralisante. La semaine, encore plus pourrie. Et la seule chose qui m'a fait tenir bon, c'est cette perspective.

Lui.

Cette pensée avait beau me terrifier au plus haut point, elle ne m'empêchait pas de me pointer pour autant au rendez-vous, et encore moins de me blinder quand mon cœur se comprimait dans ma poitrine dès qu'il ouvrait la porte.

Toutefois, il y a une énorme différence ce soir.

– Putain, ce que j'en avais besoin ! (Un baiser sur mes lèvres. Un frottement de hanches.) J'avais besoin de toi.

Il s'écarte en mordillant la base de mon cou, et son gland glisse le long de chaque point sensible.

Quelque chose n'est vraiment plus comme avant.

Sans surprise, l'avidité charnelle s'est enflammée d'emblée, ce soir. Les vêtements arrachés, les mains possessives, l'impatience désespérée de me pénétrer qui nous anime.

Mais à présent, alors que nous cédons au désir pour la seconde fois, tout a changé.

Le sexe est différent. Moins d'avidité, plus de besoin. Moins de ferveur, plus de délicatesse. Moins de réserve, plus de vulnérabilité.

Il remue en moi par poussées silencieuses. Ses lèvres parcourent ma peau, la chaleur de son souffle caresse mon oreille.

Alors qu'il s'enfonce et rencontre mon regard, il n'y a plus trace de son habituel sourire en coin. Ni de la légèreté qui illumine normalement son visage. Il est intense et sérieux, et ma respiration s'accélère quand nos regards se retiennent et qu'il bouge.

Il émane de lui une complicité inhabituelle.

Une intimité que j'ai lentement commencé à espérer et à craindre en même temps. Du genre qui m'effraie et me comble d'une manière que je suis trop émue pour analyser pour l'instant.

Alors, je déplace mon regard. Je redresse la tête et mordille pareillement son cou, tandis que je dénoue nos mains pour griffer ses flancs.

– J'ai envie de m'asseoir sur toi, je murmure près de son oreille.

Ma main se faufile entre nous, mes doigts s'emparent de lui pour presser la base de sa hampe. Je prends les commandes, nous ramenant en terrain connu. Vers l'aspect purement physique de nos échanges. Le côté organique de nos mouvements.

Il émet le grognement le plus affriolant quand je bascule, à califourchon sur ses hanches, et m'abaisse sur lui avec une lenteur calculée. Il est le paradis, l'enfer, et tout entre les deux, alors que le stress de la semaine s'évacue à chacun des centimètres de lui que je reçois jusqu'à ce qu'il bute contre le fond. Quand je commence à balancer mes hanches, je m'abandonne à lui.

M'abandonne à lui.

Ses mains cramponnent mes hanches et guident le mouvement vertical.

J'ignore l'air dans ses yeux aperçu un instant plus tôt, et ce que je ressens quand je suis avec lui ces derniers temps.

Nos gémissements successifs se répercutent dans la chambre.

Et à quel point vouloir toujours plus de lui me procure une peur monstre.

Je laisse ma tête rouler en arrière, et nous nous donnons entièrement, au nom du plaisir, du désir, sous le charme de son regard dévorant.

Quand on se rapproche de quelqu'un, on finit par souffrir.

Après coup, aucun mot tendre n'est murmuré. Pas de baisers doux ni de câlins.

Nous sommes ainsi. Juste *rendez-vous à l'hôtel*, se donner jusqu'à l'épuisement pour obtenir satisfaction, puis se séparer avant de se disputer ou je ne sais trop ce que nous faisons pour rompre le moment. Mais tandis que je m'observe dans le miroir de la salle de bains, mes tripes sont en vrac et mon cœur se serre.

Cela ne me semble plus suffisant.

La question est, pourquoi ?

Je vois mes joues empourprées et mes lèvres enflées. Je vois la vérité me regarder en face.

Je suis amoureuse de Hunter Maddox. Je suis tombée amoureuse de lui, même si nous étions d'accord pour qu'il n'y ait pas de sentiment, alors que je ne m'autorise pas à m'attacher et qu'il n'est pas versé dans les relations amoureuses. Je suis tombée amoureuse de lui alors que nous avions convenu de nous retrouver à l'hôtel plutôt qu'à notre domicile pour éviter de tomber dans la routine ou d'en tirer de l'excitation. Je suis tombée amoureuse de lui bien que je ne me sois jamais permis d'éprouver des sentiments pour un homme.

Je suis une fille sans attache émotionnelle. C'est plus facile ainsi. Cela évite le chagrin, étant donné que l'histoire finira mal.

Mais ses yeux… sa façon de me regarder. La tendresse de ses mains sur moi, alors qu'en temps normal, nous sommes plutôt énergiques, sulfureux, nous laissant des bleus et des traces de morsure… il y a quelque chose de plus aussi de son côté.

La panique me gagne.

Une panique à plein régime… parce que ce n'est pas nous. Ce n'est pas notre pacte. Et voilà qu'en plus, j'examine ses actions à travers des lunettes roses ; normal que mon regard soit faussé. Bien sûr j'exagère tout, vu que c'est moi qui tombe amoureuse.

Je porte une main sur ma poitrine, comme si cela pouvait me permettre de reprendre mon souffle, même si je sais mon geste vain.

Même si je sais qu'il ne suffit pas que je m'éprenne de Hunter pour qu'il veuille davantage que nos méga-parties de jambes en l'air. Même dans le cas contraire, l'histoire tournerait court, et avec perte et fracas.

Comment ai-je laissé cela arriver ?

Je prends tout mon temps pour m'habiller. À chaque vêtement que j'enfile, je me dissuade du bien-fondé de ma révélation. Je ne suis pas amoureuse. Ce n'est que du sexe. Ça n'aurait aucune chance de fonctionner. Il n'est pas intéressé par une relation durable.

Je le crois presque, jusqu'à ce que je regagne la chambre et le voie. Son pantalon remonté mais pas boutonné, son torse nu, et une bouteille de bière dans sa main, quand son regard rencontre le mien. Chaque partie de moi veut embrasser ses lèvres, plonger mes doigts dans ses cheveux et lui dire que je veux pousser notre relation un cran au-dessus. Six mois se sont écoulés, et ils sont loin de suffire.

Puis la vérité m'apparaît clairement. Mon cœur saigne déjà. La tête me tourne déjà. Les mots que j'ai besoin de prononcer – je suis amoureuse de lui – s'éteignent avant même d'avoir été articulés. Son cœur n'est pas investi comme le mien. Il n'est pas prêt à aller plus loin.

Ses yeux se plissent.

– Où vas-tu ?

– J'ai des trucs à faire, dis-je fermement.

– Comme quoi ?

Il fait quelques pas dans ma direction.

Je veux me réveiller à tes côtés. Chez moi. Chez toi.

– Juste des bricoles à terminer. Impérativement ce soir.

Je veux découvrir ce qui assombrit ton regard et te rend silencieux.

– Impérativement ce soir ?

Je veux des soirées paisibles, avec un verre de vin et toi à mes côtés.

– Oui.

Je rassemble mes affaires avec des gestes mesurés, alors que tout ce que je veux, c'est les fourrer dans mon sac pour pouvoir m'enfuir et laisser les larmes couler. Plus difficile encore, je sens son regard peser dans mon dos et je sais qu'il se tient derrière moi, m'observe et s'interroge.

– Eh, qu'est-ce qui ne va pas ?

Sur une profonde inspiration, je me tourne vers lui. À quelques pas de moi, il enfile son tee-shirt, ses cheveux retombent sur son front, mais ses yeux se dirigent sur les miens.

Les larmes m'irritent les yeux alors que mes pensées s'entrechoquent, en lutte contre l'envie de les proférer tout en sachant qu'il n'en résulterait que de la souffrance.

– Rien.

J'offre un sourire nerveux.

– Dekker ?

Je secoue la tête et déglutis pour dissiper la boule d'émotion logée dans ma gorge.

– C'était une bêtise. *Une fois de plus.*

Notre plaisanterie récurrente le fait rire. Je ne vends pas aussi bien ce mensonge que je l'espérais, étant donné qu'il penche la tête sur le côté.

– Mais…

Je baisse les yeux vers la lanière de mon sac, dans ma main, et inspire longuement.

– Je ne pense pas que nous devrions continuer. *Parce que je ne supporte pas de devoir te dire au revoir.* Nous avons toujours dit que nous saurions quand arrêter, et je pense que c'est maintenant. Tu sais, toi, moi, ça.

Parce que c'est plus facile de partir maintenant que d'avouer mes sentiments pour toi, et être anéantie quand tu me rejetteras.

– Comment ça, quand arrêter ?

Il fait un pas vers moi.

– Bah, stop.

J'offre un rire sans résonance. Mon sourire se réchauffe, mais seulement par la seule force que je tire de sa proximité.

– Tu ne crois pas qu'il vaut mieux dire stop maintenant, tant que nous… nous apprécions encore ?

La confusion froissant son visage, il appuie sa hanche contre la commode derrière nous.

– Si c'est ce que tu veux.

Demande-moi de rester.

– Je crois que c'est préférable.

Je hoche la tête pour renforcer mes paroles hachées.

Dis-moi que ce n'est pas une simple histoire de sexe.

Il se passe la main dans les cheveux et libère un souffle qui remplit la chambre et fait suffoquer mon cœur.

– Bon, si tu es sûre. Enfin…

Accepte que j'omette nos règles – pas d'émotion, pas d'obligation – et dis-moi que tu souhaites aller plus loin.

Dans un effort monumental, je me rapproche et pose un baiser sur sa joue. Je laisse son bras s'enrouler autour de moi et m'attirer contre lui. C'est le genre d'accolade dans laquelle on peut aussi bien se perdre que se trouver. Le genre qui vous dit que vous êtes aimé et que cette personne tient à vous.

Mais les mots ne viennent pas.

Même lorsqu'il se redresse et m'offre ce sourire tristouille qui fait fondre mon cœur.

Ni quand je me dirige vers la porte, mon cœur hurlant de lui révéler la vérité.

Ni quand je me retourne une ultime fois pour le regarder.

Il y a quelque chose dans ses yeux que je discerne mal, que j'aimerais savoir déchiffrer, mais je sais que je le regarde à travers un filtre désabusé. À travers des yeux qui aiment à croire qu'il ne veut pas que je parte pour d'autres raisons que notre connivence physique. Et qui veulent croire qu'il éprouve aussi des sentiments pour moi.

N'est-ce pas ironique ? Je veux que mes sentiments pour lui soient réciproques, mais s'il avait des sentiments pour moi, s'il déclarait qu'il voulait s'engager, je prendrais la tangente.

J'ai été à rude école, en amour.

J'ai appris qu'on a beau aimer quelqu'un plus que tout au monde, cela ne l'empêche pas de mourir. Cela ne protège pas contre la solitude.

Mon âme sait que l'amour se termine invariablement dans la peine et l'isolement.

9

HUNTER

Le palet percute bruyamment le plexiglas qui sépare les gradins de la piste. La patinoire est désertée à cette heure matinale, si bien que le craquement se réverbère contre les murs qui diffusent l'écho.

– Tu as perdu la main, Maddox ?

Sans répondre, je ramène la crosse en arrière puis laisse mes bras propulser le palet de toutes leurs forces. Alors qu'il s'enfonce dans le coin supérieur gauche du filet, je lance un regard noir à Maysen.

– Tu persistes à croire que j'ai perdu la main ?

Un coup après l'autre, j'envoie les palets dans le fond du filet, mais rien n'apaise ma colère ni mon agitation. Rien n'atténue l'impression d'être un hamster dans sa roue. Rien n'adoucit la fichue douleur qui me taraude depuis que je me suis détourné de Dekker hier soir, mais que je refuse d'admettre.

N'empêche que m'éclipser était la chose à faire. La remettre à sa place, pour lui rappeler que je ne suis pas naïf quant à ce qui l'amène à Chicago, ou sur le fait que je replongerais illico dans le même schéma avec elle, alors que c'est elle qui m'a largué.

Donc c'était ça, l'objectif de la soirée ? Se venger en douce ? Ça ne rime à rien : d'abord j'ai besoin de discuter avec elle dans le bar, de lui rappeler que j'étais là et ensuite je la plante, frémissante, dans l'ascenseur.

Je mentirais si je niais que j'aurais aisément succombé à l'appel de ses cuisses.

Pestant contre ma propre idiotie, je reprends mes tirs d'entraînement. Essaie de m'immerger dans l'effervescence afin que ma tête puisse se réfugier dans ce lieu silencieux où j'agis sans plus réfléchir.

Un rythme s'installe. Un grognement accompagne le swing. La tape de ma crosse contre le palet. Le bruit sourd du palet dans le filet.

Grognement. Tape. Bruit sourd.

Maysen approche la bouteille de bière de ses lèvres, je hausse les sourcils.

– Tu soignes le mal par le mal ? dis-je.

Grognement. Tape. Bruit sourd.

– Si je picolais pour soigner ma gueule de bois, je retomberais au lit avec Sadie… ou était-ce Sandy ? Peut-être Shelby. Pas moyen de me rappeler son prénom mais, de toute façon, je serais claqué parce qu'elle m'a vidé. J'ai besoin de cette saloperie, admet-il avant de lever la bouteille dans les airs, simplement pour tenir jusqu'à midi.

Satané Maysen.

Normalement, j'adore cet abruti. Là, un peu moins.

Peut-être parce qu'il a conclu, et pas moi.

Mais bon, après avoir revu Dekker hier soir – et même après l'avoir goûtée –, une nana à hockeyeur m'aurait satisfait. Non pas qu'elles me satisfassent bien longtemps.

Depuis Dekker.

M'arrêtant pour reprendre ma respiration, appuyé sur la crosse, je survole la patinoire du regard. Des années de fanions bleus et rouges suspendus aux poutres et des images retraçant le parcours de l'équipe se déploient sur les cimaises. Des moments déterminants de l'histoire de la franchise. Des moments déterminants de l'histoire de la Ligue. Et si je ne devais pas me soucier de tout cela, cette histoire, je n'aurais même pas espéré participer à l'écrire mais, désormais, je compte laisser mon empreinte.

Et cela, en soi, fait de moi un pauvre mec.

Comment puis-je me sentir reconnaissant de jouer ici alors que Jonah n'en a pas la possibilité ? Comment puis-je être heureux alors que j'ai pris sa place ?

D'ailleurs, n'est-ce pas pour cette raison que je joue pour les Jacks ? J'aurais pu évoluer au sein de n'importe quelle équipe en lice pour les séries éliminatoires, mais il m'a conseillé de rejoindre cette équipe-ci. Il a martelé que c'était la décision qu'il aurait prise. Et étant donné que je joue pour lui, j'ai suivi ses conseils.

Qui aurait pu deviner que ça marcherait ? Qui aurait pu prédire que je deviendrais le bloc fondateur sur lequel la direction a bâti la franchise et que, dès ma seconde année, nous monterions jusqu'aux éliminatoires ?

Toujours le grand frère, toujours celui qui veille sur moi.

Même après ce que je lui ai fait.

Or, c'est pour cela que c'est compliqué. Sanderson m'a déjà prévenu que les négociations du renouvellement de mon contrat font grincer des dents, alors qu'au départ, ils m'ont supplié de jouer pour eux… pour ensuite se défausser. *Pourquoi je ne peux pas juste pratiquer le sport pour lequel je m'entraîne quotidiennement ?*

Les yeux fermés, j'inspire. C'est de loin mon heure de prédilection à la patinoire, quand les dix-neuf mille et quelques sièges sont vides, qu'il n'y a que moi et la glace, et un jeu pour lequel j'ai la chance d'être doué.

Rien ne vaut le rugissement du public, quand on louvoie sur la glace, zigzaguant entre les défenseurs tout en guidant le palet, mais il y a quelque chose de plus profond dans le silence. Presque comme si l'absence de bruit reflétait la magnitude du sport dans son intégralité.

Alors, comment se fait-il que ces sensations s'étiolent ?

Pourquoi ce don me fait l'effet d'une malédiction la plupart du temps ?

Comment expliquer que je mise désormais sur ces séances matinales, avec juste moi, le palet et le silence d'une foule absente pour espérer rester focalisé sur la compétition ?

– Un problème ? demande Maysen.

Je secoue la tête et coule un regard vers sa bière.

– Il vaudrait mieux que ton organisme évacue cette saloperie avant le début du match.

Grognement. Tape. Bruit sourd.

– Détends-toi, Capitaine. Le match n'a lieu que dans douze heures et j'ai rendez-vous pour une prise de sang à midi. Tu sais, je me sens patraque (il fait semblant de tousser), alors je me suis arrangé avec le médecin pour qu'il me pose une perf afin de recharger… euh, purger mon organisme.

– Comment arrives-tu encore à jouer ? dis-je sur le ton de la plaisanterie, car je le connais trop bien pour questionner sa maîtrise.

– C'est dans mes gènes.

– Avoue que tu aurais préféré que ce soit dans ton *jean*.

Mon jeu de mots me fait rouler des yeux.

– Jaloux ? me provoque-t-il alors que nous savons que mes statistiques battent les siennes.

– Termine ta fichue bière.

Grognement. Tape. Bruit sourd.

– Ça t'ennuierait de me raconter ce qui te contrarie en ce moment, Maddox ? insiste-t-il, le raclement de ses lames sur la glace étant le seul autre son entre nous.

– Sûr que ça m'ennuie, mais ce n'est rien, je grommelle et, refusant de tourner les yeux dans sa direction, je lui arrache sa bouteille des mains lorsqu'il me dépasse et la vide sans demander la permission.

Bien que j'apprécie le goût, ce n'est pas ce que je veux.

Il semblerait que je ne sache pas ce que je veux, ces jours-ci.

– Rien ?

Son petit rire résonne.

– Ouais, rien. Pourquoi ?

Sa mâchoire coulisse de droite à gauche, alors que des questions incompréhensibles naviguent dans ses yeux.

– J'essaie juste de comprendre ce qui t'arrive.

À ses mots, je me stoppe net.

– Qu'est-ce que tu insinues ?

– Nous pensions que…

– *Nous ?* j'aboie. C'est donc ça ? L'équipe t'a désigné pour jouer le psy avec moi ?

– En tout cas, ça ne te ferait pas de mal d'en consulter un, marmonne-t-il à voix basse.

– Tu sous-entends quoi ?

Il a toute mon attention.

– C'est… nous sommes inquiets.

– Pour vous-mêmes ? Pour l'équipe ? Pour moi ? De quoi vous souciez-vous précisément ? je fais, la crosse à la main, oubliant le palet en position pour être propulsé.

– Tu joues avec le feu. Ces deux dernières années, tu ambitionnais de devenir le meneur, de nous diriger, et à présent, depuis quatre mois, on dirait que tu fais ton one-man-show. D'accord, c'est top pour tes statistiques et le classement, mais c'est fatal pour le moral de l'équipe. Tu n'es pas meilleur que nous (une pause, suivi d'un rire contrit) bon, peut-être un peu… rit-il doucement. Nous sommes de ton côté, Cap, et quand tu es sur la glace, ton jeu laisse penser que tu ne sais même pas que nous existons. Bien sûr, nous gagnons, mais à quel prix ? Alors je le redis : quel est ton problème ?

Ses mots me font l'effet d'une gifle. Une gifle que j'ai anticipée, mais qui ne brûle pas moins pour autant.

– Content de savoir que mon équipe me tient en haute estime.

– Personne ne t'estime autant que toi-même.

Mes mains se resserrent autour de la bouteille.

– Comment oses-tu me…

Ma voix s'estompe avant que je dise quelque chose que je regretterai probablement. Bon sang, je suis le leader de cette équipe. Je ne devrais pas être celui que l'on rappelle à l'ordre.

Mais tu ne peux pas le leur reprocher, n'est-ce pas ?

– Nous avons tous un intérêt dans cette histoire. Voilà ce qui m'autorise à te parler sur ce ton. (Un soupir de frustration.) Tu es le caïd que les Jacks ont recruté pour développer le potentiel de la franchise. Et ça marche. Nous déchirons en Ligue, et le club se rapproche d'une place en séries éliminatoires pour la première fois de son histoire.

– Alors, où est le problème ?

– Quel est ton but ultime ? Tu es censé rester sur le long terme. Le joueur phare de la franchise, mais à présent… on dirait que tu as envie de partir. Avant, tu étais notre capitaine, celui qui assurait la cohésion et qui nous a hissés jusque-là, et maintenant, tu la joues perso.

– Que des conneries !

– Précisément. Mais de ta part. Si tu mettais autant d'énergie dans ton jeu que dans ta colère, nous aurions explosé les éliminatoires. Et depuis longtemps.

– Ou alors vous devriez poursuivre sans moi.

Je lance la menace infondée dans les airs, entre nous, mais je n'ai jamais ressenti aussi vivement cette possibilité qu'en cet instant. Aucun homme n'est increvable.

– Tu le prends comme ça, Hunter ? (Il secoue la tête, et je ressens sa déception – et la hais.) Allons. Nous sommes juste soucieux de ton bien-être.

Nous nous mesurons du regard pendant quelques secondes, tandis que j'essaie de comprendre pourquoi cela m'irrite à ce point. Et pourquoi je devrais espérer qu'ils me soutiennent alors je suis un monstre d'égoïsme depuis je ne sais combien de temps.

Le plus difficile à digérer est de savoir ce que je suis supposé ressentir, mais de m'en balancer.

– Dis-moi, Maysen… si je fais mon numéro en solo, que je ne pense qu'à moi mais que nous restons vainqueurs… lequel veux-tu que je sois ? Parce que je t'assure que si j'entreprenais de passer le palet plus souvent et de moins tirer, l'un de vous me supplierait rapido de faire machine arrière.

– Je vois. Aucun de nous n'a mérité de se démarquer dans l'équipe, Maddox ? C'est bien ce que tu essaies de me dire ? (Comme je ne réponds pas, il bougonne.) Ordure.

Ouaip. C'est moi. L'ordure de première.

Frustré, je lance la bouteille vide sur la glace et retourne à mes rangées de palets sans un mot de plus.

Ma tête est truffée de tellement d'idées noires que je vois flou, pense de travers…

Je n'arrêterai jamais de lui être redevable.

Grognement. Tape. Bruit sourd.

Son talent est inégalable.

Grognement.

Mon one-man-show n'est même pas assez réussi pour lui.

Tape.

Les paroles de mon père… encombrent ma tête, ravivent la colère, nourrissent la rage, exposent la douleur. Absolument tout.

Bruit sourd.

– Depuis quand vous buvez à l'entraînement ?

Me prenant de court juste au moment où je frappe le palet, la voix de Dekker transperce ma concentration instable, de sorte que le palet vole jusqu'aux tribunes.

Je me hais de ne pas vouloir d'elle ici.

Je me déteste de vouloir d'elle ici.

Et quand je pivote en direction du cliquètement de ses talons sur le béton du tunnel menant sur la glace, je m'exècre littéralement de *me souvenir*. Qu'au lit, nous formions un duo épatant, explosif, presque violent dans son avidité.

Carrément inouï.

Elle tient la bouteille de bière que j'ai balancée sur la glace, l'autre main sur sa hanche, vêtue d'un pantalon de tailleur rayé qui invite à faire la fête autant qu'il crie *ne m'embrouille pas*.

Totalement en contrôle, contrairement à hier soir.

Derrière elle, Maysen remonte le tunnel en direction des vestiaires. J'étais tellement furieux et concentré que je n'avais même pas réalisé qu'il avait quitté la piste.

Par chance, maintenant je n'ai plus à composer avec ses complaintes qu'il espérait résoudre. Par malheur, c'est un adversaire bien plus coriace qui me fustige du regard, et je ne suis pas d'humeur à tenir compte de la déception qu'elle affiche.

J'ai déjà une mère.

Je déborde déjà de culpabilité.

– Devrais-je m'inquiéter que d'autres bouteilles soient cachées quelque part ? demande-t-elle en déplaçant son poids sur l'autre pied.

– Tu nous connais, nous autres les joueurs de hockey. S'il y a une règle, nous l'enfreindrons. Tu veux procéder à une fouille au corps ? (Je lève les mains au-dessus de ma tête.) Tu pourrais bien trouver tout un stock sur moi.

– On boit un jour de match ? À huit heures du matin ?

Un sourcil arqué, elle ignore ma provocation.

– Bah alors ? Hier soir, tu pouvais à peine te retenir de me toucher et pas aujourd'hui ? Tsst. Comme les choses changent.

L'irritation survole son visage, suivie de près par la gêne, mais elle disparaît aussi vite qu'elle est apparue.

On dirait que ma disparition dans l'ascenseur l'a remuée plus que je ne le pensais.

– La bière ? relance-t-elle, et son regard stoïque passe de la bouteille dans sa main à moi.

– Parfois, faut juste se détendre.

Je hausse les épaules. Quelle importance ? Pourquoi je me tracasse de ce qu'elle pense de moi ?

Que fait-elle ici ?

– Tu vas me dénoncer auprès de la direction des LumberJacks ?

10

DEKKER

J'examine Hunter. Son tee-shirt plaqué par la transpiration qui souligne son torse, malgré le froid de la glace sur laquelle il se tient en patins. Il porte son pantalon d'entraînement, mais pas de casque, si bien que les pointes de ses cheveux humides ondulent.

Tout ce que je vois dans ses yeux, c'est de la colère dont je ne suis pas la cause. À moins que si. Le rejet peut avoir cette conséquence sur un homme… mais il y a quelque chose d'autre. Quelque chose d'incongru, qui n'a pas de sens.

– Ne me regarde pas comme ça, Kincade, bougonne Hunter, en glissant vers sa boisson énergisante posée sur le banc de pénalité.

– C'est-à-dire ?

Avec un rire railleur, il rencontre mon regard, du bout de la patinoire.

– Déception. Désapprobation. Dédain. Je suis le champion de ce vaste registre, alors ne gâche pas ta salive – ou dans ton cas, les mitraillettes que tu as à la place des yeux. Je suis immunisé.

– Nous étudions les mots qui commencent par la lettre D aujourd'hui ? dis-je, une pointe de gêne et de colère à l'égard de ma façon d'agir de la veille au soir perçant dans ma voix, mais que je masque sous le sarcasme. Bravo, je suis drôlement impressionnée par tes réponses.

Il serre les dents, puis repart se positionner derrière la rangée de palets destinée aux exercices. Et il s'exerce, il les dégomme l'un après l'autre avec une précision d'horloger, motivé par une sérieuse dose de fureur.

Il tire les dix premiers, puis s'arrête pour reprendre son souffle.

Son talent et son adresse sont indéniables, tout comme la bouteille de bière dans ma main.

– Ce n'est pas parce que tu es capitaine et vedette de l'équipe que la direction verrait cela d'un bon œil, dis-je, incapable de fermer les yeux sur cette déconvenue.

– M'en fous, de la direction.

Sa réponse me sidère. Lui qui a toujours eu l'esprit d'équipe et été leur porte-parole, je ne l'ai jamais entendu s'exprimer de la sorte.

– Tu y vas un peu fort, dis-je.

– Le gant de fer avec lequel ils me retiennent est encore plus puissant.

– Le gant de fer ? *D'où ça sort ?* Je crois qu'on te verse une coquette somme pour enfiler un chandail tous les soirs et t'adonner à ta passion, alors à moins qu'ils ne te menottent à un vestiaire après les matchs et t'empêchent de manger et de boire pendant des jours, je trouve ta réaction grotesque.

– Menotter, hein ?

Ses sourcils remontent sur son front, et son besoin de s'évader du cœur de la conversation me dit que je touche une corde sensible.

– Que se passe-t-il ? dis-je une fois de plus.

– Disons simplement que nous ne partageons pas le même point de vue, marmonne-t-il avant de frapper un palet et de siffler quand il loupe son coup.

– Personne n'aime un joueur ingérable et franchement, Hunter, tu deviens difficile à vivre.

– Personne n'aime recevoir de conseil non sollicité, encore moins de la part de quelqu'un qui n'a aucune influence sur sa carrière, rétorque-t-il, le reproche blessant mais mérité.

Le hic, c'est que je me tracasse pour lui. Ne comprend-il pas que mon hostilité provient de là ?

Il faut être fêlé pour dire ça, Dekker.

Je lève les mains pour montrer que je jette l'éponge, à la fois envers lui et mes propres pensées.

– Tu sais que je ne veux que ton bien.

Je fais quelques pas dans sa direction, dans la première rangée de gradins. Je me tiens assez près pour apercevoir le temps d'arrêt dans ses mouvements et l'incertitude qui vacille dans ses yeux. C'est presque comme s'il avait besoin de parler, mais ne me considérait pas comme une personne de confiance. *Je déteste ça.*

– Qu'est-ce qui cloche, Hunter ?

– Rien. C'est… oublie ça.

Mais je le vois, et il sait que je le vois. La question est : qu'est-ce que je vois ?

– Douze années à la Ligue. Tu as trente-deux ans, tu es dans les vingt meilleurs marqueurs de tous les temps et tu as encore de belles années de jeu devant toi. Tu es parvenu au sommet plus rapidement que n'importe quel sportif.

– Tu as l'habitude d'étudier les statistiques des joueurs que tu ne représentes pas ? demande-t-il.

– Connaître la crème de la crème fait partie de mes fonctions.

Même si je ne dis que la vérité, je tolère mal que ça sonne comme si je le flattais.

– Où veux-tu en venir, alors ? demande-t-il sur un ton différent, plus calme, plus réservé.

– Nulle part. Je sais seulement que tu te donnes à fond depuis que tu as intégré la Ligue. Depuis les championnats universitaires, où tes records restent inégalés, tu as enchaîné à la Ligue nationale de hockey (la NHL) sans lever le pied.

– C'est le rêve de tout gamin, n'est-ce pas ? Tant de joueurs ne reculeraient devant rien pour être à ma place. Te fatigue pas. J'ai entendu ce laïus plus souvent qu'à mon tour. Je l'ai souvent pensé et je me donne sans compter à chaque match.

Je hoche lentement la tête, pour qu'il sache que je l'ai entendu mais que je n'adhère pas. Il me manque une info.

– Mais tu as de la colère en toi.

– En quoi ça te dérange ? rétorque-t-il.

– Cela affecte ton jeu. Ta vie.

– Tu n'en connais pas la moitié, ronchonne-t-il en passant devant moi sur la glace.

– Je sais qu'un changement de décor est parfois nécessaire. Je sais que les étoiles se consument. D'après ce que j'ai vu…

– Tu parles sans savoir, me coupe-t-il en effectuant un dérapage qui projette de la glace juste devant moi, le plexiglas étant la seule chose qui nous sépare.

– Je gagne ma vie en maîtrisant mon domaine. Exactement comme toi.

Je hausse les épaules, faisant de mon mieux pour ne pas montrer que sa proximité m'émeut. Essayant de faire comme si mon pouls n'accélérait pas, alors que mon corps revit son baiser de la soirée. Tentant de cacher le rosissement de mes joues à l'idée que j'ai dépassé les limites.

– Je suis désolée pour hier soir, dis-je posément. Je suis allée trop loin. Je… tu as été clair. De nouveau, je m'excuse.

Nos regards se soutiennent, se questionnent, se rejettent et, juste au moment où je pense le débat clos, un léger sourire redresse le coin de ses lèvres.

– Même hôtel que l'équipe ?

Son revirement me fait un choc, alors que je refuse de lui donner la satisfaction de savoir qu'il m'a déstabilisée.

– Pourquoi je suis descendue dans le même hôtel ?

– Ouais.

– Par commodité.

Son sourire arrogant s'élargit encore alors qu'il secoue à peine la tête et se rapproche, ses lames heurtant la barrière entre nous.

– Quoi ? je fais, soulagée que l'ambiance tourne soudain à la désinvolture.

Ces joutes verbales m'épuisent.

– J'essaie juste de te déchiffrer.

– Tu ignores donc qu'on lit en moi comme dans un livre ouvert, dis-je pour plaisanter.

– Un livre ouvert enfermé dans un bloc de glace.

– Trop drôle, dis-je, déconcertée par son regard qui m'examine intensément et vexée par sa pique, bien qu'elle soit plutôt pertinente. Difficile de s'arracher à son regard.

– Je trouverais aussi cela comique si je n'étais pas systématiquement la cible de tes petits jeux.

– Tu peux être plus clair ?

Je remue les pieds. Ce n'est ni le lieu ni le moment appropriés pour que j'explique pourquoi je me trouve à Chicago. L'humeur a viré, le moment de lui parler est passé.

– Tu sais, je refuse d'être ton punching-ball verbal. Au fait, Maysen est sorti avec fracas, tu es remonté contre lui. Énerve-toi après lui autant que tu veux, mais pas contre moi. Je connais cet air dans tes yeux, et je ne te laisserai pas passer tes nerfs sur moi juste pour te donner l'impression que tu reprends le contrôle.

D'un pas raide, je me dirige vers l'entrée des joueurs, le claquement de mes talons faisant écho aux lames de ses patins sur la glace. Et alors que j'atteins l'entrée du couloir, Hunter surgit et, la main sur mon bras, me tire vers lui.

– Reprendre le contrôle ? demande-t-il, ajustant ses doigts autour de mon bras, alors que son torse effleure ma poitrine. Je ne perds jamais le contrôle.

– J'ai touché un point sensible, n'est-ce pas ?

– Interroge-toi plutôt sur ta capacité à garder le contrôle…

Ses yeux descendent vers ma bouche et remontent vers mes yeux, la chaleur de son haleine rencontre mes lèvres. Je peux quasiment retrouver la saveur de son baiser, mais je sais que cette erreur ne se répétera pas.

Sûrement.

Ce n'est pas négociable.

Pas après la soirée de la veille.

– Passons aux adjectifs qui commencent par la lettre I. Irritable ?

Son rire, pareil à un bourdonnement grave, me dit qu'il est prêt à jouer. C'est précisément la dernière chose que je souhaite dans l'immédiat.

– *Irritable* ? Que penses-tu d'*indécis* ?

– Qui, toi ?

– Non, toi, raille-t-il en se rapprochant d'un pas.

– Pas du tout.

– Non ? (Son regard erre de nouveau de mes lèvres à mes yeux.) C'était une grossière erreur, dit-il, prétendant s'exprimer comme moi hier soir avant de se racler la gorge. On en revient encore à cette phrase, alors ?

– Comment ça ?

Je tire sur mon bras en pure perte.

– C'est tellement pratique pour toi de te retrancher derrière cette excuse. Tu l'as prononcée la dernière fois que je t'ai vue et de nouveau hier soir.

Vraiment ? Je m'efforce de revivre ces instants, car si je l'ai prononcée dans l'ascenseur, je ne me souviens pas de la fois précédente. Je me rappelle surtout mes efforts pour dissimuler mes sentiments afin d'éviter que Hunter Maddox devine que j'ai échoué à m'en tenir à une relation sans engagement – autrement dit, purement sexuelle. Bien sûr, la première fois, nous avons rapidement fini au lit, puis nous nous sommes chamaillés à ce sujet, tout cela pour recommencer plus souvent qu'à notre tour, au cours des six mois suivants.

Mais nous ne sortions pas ensemble.

L'un comme l'autre, nous confirmerions cette version. Nous étions des potes qui couchaient ensemble à l'occasion. C'est à cela que nous nous invitions quand nous séjournions dans la même ville, au même moment. Sinon, nous nous arrangions pour nous retrouver. L'alchimie était aussi forte que cela.

Le problème ? Même si ne nous parvenions pas à rester plus d'une demi-heure dans la même pièce sans nous disputer – sauf quand nous prenions notre pied –, je suis devenue accro à lui. Ses manières revêches, son sens de l'humour incisif, et son… bon, son membre et ses doigts, et sa langue si merveilleusement habile. Mais je ne discerne plus rien de cela à présent.

– Tu as perdu ta langue, Dekker ? demande-t-il, et il se penche si près que je panique, croyant qu'il va m'embrasser.

Je panique de savoir que je me trouve dans la patinoire, avec l'équipe dans les parages et Hunter tout contre moi. Mais je ne bouge pas. Je ne m'écarte pas. Je refuse de le laisser croire qu'il mène la danse, comme hier soir.

– De mon point de vue, voilà comment tu fonctionnes. On s'éclate, tu te lèves et tu déclares « merde, c'était une erreur », après quoi, tu ramasses tes affaires ou tu m'éjectes de l'endroit où nous sommes avec une pitoyable excuse, genre tu es en retard pour je ne sais quoi, jusqu'au rencard suivant. À chaque fois, nous avons été une erreur. Jusqu'à la fois suivante, bien sûr.

Je déteste que son petit sourire juvénile et l'arrogance dans ses yeux guident chacune de mes réactions. Même après tout ce temps.

Je déteste savoir qu'il a raison. Si seulement il savait pourquoi… mais il ne m'a pas retenue trois ans plus tôt et il ignore complètement ce qu'il m'en a coûté de partir.

– Tu suggères que nous n'étions pas une erreur ? dis-je dans un rire, essayant de retrouver l'équilibre.

– Jusqu'à la prochaine fois.

Il lâche mon bras, puis le longe avec sa main.

– Il n'y aura pas de prochaine fois.

– Bien sûr que si, conteste-t-il avant de fixer ses protège-lames.

– Non, Hunter, ça n'arrivera pas. (Je redresse le dos.) Hier soir, j'ai manqué de professionnalisme. C'était…

– Cela ne t'a jamais arrêtée, observe-t-il, et je jure que je vois le moment où ça fait tilt, parce que ses mouvements marquent un temps d'arrêt juste avant que ses yeux ne se portent sur moi. Et moi qui pensais que tu étais venue pour finir ce que nous avons entamé hier soir. S'offrir un brunch sexuel de bon matin en souvenir du bon vieux temps, avant que tu me dises que nous avons commis une erreur… mais tu as manqué de professionnalisme ? Laisse-moi deviner, tu n'es pas venue pour cet aspect de ma personne… tu es là pour l'autre partie de moi. Celle qui rendrait le sexe entre nous peu éthique.

– Tu es fou, dis-je et, rétrogradant, je rejette son propos d'un geste.

– La question du professionnalisme ne se pose que si tu es là dans le but de me recruter. Ce serait alors immoral que tu couches avec ton client, parce que du coup, les autres s'inquiéteraient que tu fasses des préférences en ma faveur…

– Tu as besoin d'un nouvel agent.

Dans cet environnement, je ne m'avancerai pas plus près de la vérité.

La tête en arrière, il éclate de rire.

– Pourquoi ça ? Pourquoi t'en soucier tout à coup ?

– Parce que Sanderson ne te défend pas beaucoup.

– Comment saurais-tu ce qu'il fait ou ne fait pas pour moi ? À moins que, bien entendu, tu ne te renseignes autour de toi pour décider de la meilleure manière de m'appâter.

– Je suis venue m'occuper de mes clients, dis-je en jetant un regard vers l'entraîneur qui passe à côté de nous, avec Katzen sur les talons, sans doute pour se faire masser le tendon qui le fait souffrir. Et tu es venu me parler.

– Ah oui ? réplique Hunter en s'approchant, nos corps se retrouvant dans la même position que la veille dans l'ascenseur, presque en contact.

Je hoche la tête, ne faisant guère confiance à mes propres mots et détestant qu'il soit le seul homme susceptible de me clouer le bec. L'élément sur lequel mon père insiste depuis toujours, c'est le moment et l'endroit. Ne jamais faire une offre, une proposition ou autre à un client potentiel si le moment est mal choisi ou si l'endroit nous désavantage. Ce matin, je suis arrivée à la patinoire en espérant m'entretenir en tête à tête avec Hunter, tout le monde sait qu'il tient à ses entraînements matinaux solitaires, et qu'il s'exerce dur.

En revanche, je ne m'attendais pas à tomber en pleine querelle avec Maysen, ni à trouver une bouteille de bière sur la glace, ni que Hunter me mette au pied du mur.

Faut-il encore que je trouve le moyen de m'en sortir.

– Oui, absolument, tu me cherches, dis-je avec insistance.

– Alors, pourquoi ne pas se plier à ce que nous désirons tous les deux ?

Son regard est si intense que ma bouche devient sèche.

– Mais encore ?

J'articule à grand-peine. Le grognement qu'il émet semble provenir de nous deux tant il vibre dans l'espace qui nous sépare.

– Devons-nous aller au bout de ce que nous avons commencé hier soir ?

– Je le redis, nous ne coucherons pas ensemble. Les choses ne sont plus ce qu'elles étaient. Je ne suis plus la personne que j'étais voilà trois ans.

– Peut-être que tu as changé, mais l'alchimie est intacte. Le temps n'a pas atténué l'envie.

– Tu deviens ridicule.

Je recule d'un pas, mais ne réussis qu'à me cogner au mur. Évidemment, il est là. Où serait-il sinon là ?

– Vraiment ? Alors, si ton but n'est pas de me détourner de Sanderson, je ne vois pas de raison de ne pas ressusciter les souvenirs.

– Les souvenirs à caractère sexuel, je présume ?

– Revoilà ce sourire que j'aime tant.

Mince. Ne fais pas ça, Hunter. Ne me taquine pas. Abstiens-toi de faire du charme. Ou même d'être sympa.

– S'il est vrai que c'était divertissant…

– Encore ça.

Exaspérée, je soupire.

– Bon, je dois aller bosser.

Je m'attends à ce que Hunter m'arrête – après tout, il est du genre à parvenir à ses fins –, mais il n'en fait rien. Ainsi, je prends le couloir vers la zone des visiteurs, dans les entrailles de la patinoire.

– Encore une chose, Dekk.

– Oui ?

Je me retourne. Debout dans l'entrée, la patinoire dans son dos, sa crosse dans une main, son air suffisant parfaitement approprié. Si je pouvais le photographier, ce serait un portrait des plus représentatifs.

– Pourquoi es-tu venue ce matin ? Si ce n'était pas pour me piquer à mon agent ou coucher… pourquoi perdre ton temps ?

Oh flûte !

– Je te l'ai dit, je suis l'équipe en déplacement jusqu'au prochain match.

– Cela ne me dit pas pourquoi tu me cherchais.

Salopard. Il veut une réponsc ? Soit.

Je fais demi-tour et m'arrête alors qu'il enlève son chandail. Là où un joueur porterait normalement un maillot et des protections, il n'y a que de la peau. Des muscles précisément sculptés sous une peau mate, un tatouage sur une épaule et un réseau de cicatrices partout ailleurs.

Des marques que j'ai retracées avec mes doigts. Des tatouages que j'ai mordillés avec mes dents.

Quand je m'oblige à décaler mon regard de la vue alléchante, je rencontre un sourcil haussé et ce fichu amusement imprimé sur chaque muscle de son visage.

Définitivement le roi de la provoc.

– Je suis venue pour te remercier.

– Depuis le temps que nous bavardons, pas un « merci » n'a franchi tes lèvres. Donc je doute que ce soit la raison.

– C'est vrai. Maysen était là. La bouteille de bière m'a désorientée.

Je patauge.

– La bouteille de bière est à la poubelle. Maysen est parti. (Une main sur sa hanche, il renforce son air interrogateur.) À quel sujet voulais-tu me remercier ?

Je m'éclaircis la voix.

– Tu as confirmé que Chad n'est pas un homme pour moi.

– Comment ai-je réalisé ce miracle ? demande-t-il.

Ce qui était censé n'être qu'un commentaire totalement innocent, spontané, mais qui a été formulé maladroitement, me trahit désormais méchamment. Comment répondre à cela ?

Comment lui dire que je me sentais plus vivante quand ses lèvres pressaient les miennes que durant toute ma relation avec Chad ? Relation ? Plutôt de la camaraderie.

Parce qu'à présent je suis coincée en face de ses yeux bleus interrogateurs et je ne peux pas vraiment leur apporter de réponse sans abattre mes cartes. *Professionnelles et personnelles.*

– Parce que… je… j'ai raté son appel hier soir, quand nous étions dans l'ascenseur.

Comme je mens, je roule des yeux intérieurement. *J'ai raté son appel ?* Minable.

– Je ne te suis pas.

Son sourire s'élargit.

– Bah, un homme disposé à se battre pour moi aurait rappelé. Il aurait…

– Il t'aurait embrassée comme je t'ai embrassée ? C'est bien ce que tu allais dire ?

– Non. Absolument pas.

Oui. Tu as mis le doigt sur la véritable raison.

– N'essaie pas de t'en dissuader, dit-il, puis il adresse un signe à quelqu'un, derrière moi. Ne bouge pas. J'aimerais te montrer quelque chose. (Il avance, son épaule à la hauteur de la mienne.) C'était sûrement le baiser.

– Hunter…

– Pas de quoi.

Sans un autre mot, il repart, ses patins foulant le tapis du couloir en direction des quartiers de l'équipe en visite. Je continue à fixer le tunnel bien après qu'il a disparu en me demandant comment il est parvenu à reprendre l'avantage alors que j'avais toutes les cartes en main, jouant à un jeu dont il ignore tout.

Mais n'est-ce pas ainsi entre nous ?

Enfin, entre lui et moi.

Vu qu'il n'y a pas de *nous*.

Nous ne serons jamais ensemble.

C'est juste inconcevable. Ne serait-ce que pour une nuit.

Bon sang, Hunter a réussi son coup : il m'a poussée à répondre à ses questions tout en m'incitant à oublier d'exiger qu'il réponde aux miennes.

Il se passe un truc avec lui.

L'agent en moi tient à découvrir quoi, pour en faire bon usage et en tirer avantage : traiter le problème, négocier la solution et lui montrer quel excellent agent je fais.

La femme en moi se fait du souci pour lui, parce qu'on ne peut pas jouer très longtemps avec le feu sans se brûler.

11

DEKKER

KINCADE SPORTS MANAGEMENT
NOTE DE SERVICE
BILAN DES NOUVELLES RECRUES

* signale les urgences

ATHLÈTE	ÉQUIPE	SPORT	AGENT	AVANCEMENT
Carl Ryberg	n/a	Golf	Kenyon	RDV pris
Jose Santos	D-Backs	Base-ball	Chase	En pourparlers
Lamar Owens	Bulls	Basket-ball	Lennox	Négociation
Michelle Nguyen	n/a	Football	Brexton	Négociation
*Hunter Maddox	Jacks	Hockey	Dekker	

Un rapide coup d'œil à la première page du compte-rendu hebdomadaire en partage numérique me laisse dubitative.

Qu'est-ce que j'inscris ? Quelle réponse fournir ? Pas démarché ? N'a pas été informé ? Je l'ai embrassé ?

J'ai encore envie de l'embrasser ?

Mince.

Plutôt que de taper n'importe quoi, je ferme la page sans remplir la case. C'est trop tôt pour faire le point.

12

HUNTER

– Salut, maman. Je téléphone pour prendre des nouvelles de Jonah.

Je m'adosse aux oreillers contre la tête de lit. Un autre jour. Un autre hôtel. La même vie.

Son rire nerveux m'agace.

– Il va très bien. Hormis un petit rhume. Probablement à cause de ce nid à microbes. Je suis allée au supermarché acheter le nécessaire pour venir te voir jouer. J'ai sûrement attrapé une cochonnerie dans le magasin, je l'ai rapportée à la maison et lui ai transmise.

Nom de Dieu, pourquoi est-ce invariablement ma faute s'il est malade, d'une façon ou d'une autre ?

– Les microbes sont partout. C'est difficile de les éviter.

– Pour Jonah, c'est une autre histoire. Il est fragile et…

– Tu me le passes ? Aurais-tu la gentillesse de lui mettre son casque ?

– Tu sais que cette babiole ne fonctionne pas, bien souvent.

– Alors, pose le téléphone contre son oreille ? dis-je en me passant une main dans les cheveux, le regard braqué vers la fenêtre.

– Ton père veut savoir si tu reçois ses sms. Il prétend que tu ne réponds pas.

Un autre refus en ce qui concerne Jonah. J'accuse le coup, même si cela ne devrait pas me surprendre. *Merci, maman.*

Les sms de mon père ? Ils restent sans réponse depuis dix ans, pourtant il continue de les envoyer, comme s'il ne l'avait pas remarqué.

Il est vrai qu'il ne fait pas vraiment attention à moi, de manière générale.

– Que suis-je censé lui répondre ? Merci pour les mauvaises ondes ? Les critiques ? Comment dois-je réagir exactement, d'après toi ?

Je ris, la toxicité que j'endure pour converser avec mon frère est insensée.

– Il n'a pas de mauvaises intentions. Sans lui, tu ne serais pas là où tu es, tu sais.

– Jonah, maman ? Tu me laisses lui parler ?

L'exaspération atteint son pic.

– Naturellement. Je ne me souviens pas de la dernière fois que tu as demandé à lui parler.

Ça fait deux jours.

Deux petits jours. Et avant cela, deux jours plus tôt.

Je perçois de l'agitation alors qu'elle entreprend de connecter son casque au téléphone fixe pour lui permettre de m'entendre.

– Tu peux parler, c'est branché, annonce-t-elle d'une voix lointaine.

– Salut, J.

Soudain je me sens calme, si bien que je marque un temps d'arrêt car, dans ma tête, je l'entends répondre, je sens mon jumeau réagir. Ce qu'il m'a manqué !

– J'appelais juste pour voir comment tu vas. J'imagine que maman te tape sur les nerfs, tellement elle est aux petits soins et qu'elle répète tout le temps la même chose. Je sais.

Crois-moi. (Je ferme les yeux et écoute un instant le respirateur.) On joue contre les Rampage ce soir. Ces gars sont sans pitié mais, bon, je garde ma crosse levée comme tu me l'as appris. Ils vont nous donner du fil à retordre. Ferguson sait comment me déstabiliser. On dirait qu'il sait quelle action je prépare avant même que je le sache moi-même. Sans compter que leurs deux défenseurs ne laissent rien passer. Nous avons mis au point des techniques spécifiques pour les affaiblir. Cette méthode aurait pu être ton œuvre. Parfaite de toutes les manières possibles pour les contrer, et hyper-dur à défendre pour moi.

Ainsi je parle à mon frère pendant près d'une heure, comme je le fais toujours en dépit de mon indécision, car j'ai l'impression de faire preuve de cruauté quand j'évoque des choses qui lui manquent au point qu'il donnerait tout pour pouvoir jouer, et de le traiter comme s'il était fichu.

Le pire étant que je lui téléphone parce que j'en ai envie, parce qu'il est la seule personne qui apaise ma colère. Mais, en raccrochant, je me demande si mes appels n'alimentent pas la sienne.

13

DEKKER

Il y a un malaise.

Je n'arrive pas à l'identifier, mais je constate une différence notoire dans le jeu de Hunter par rapport à son match précédent.

Je ne le vois pas anticiper intuitivement la zone où ses adversaires effectueront les prochaines passes. Pas plus que ne ressort son sens du spectacle alors qu'il esquive les défenseurs droit et gauche, tout en faisant progresser le palet. Sa détermination féroce à expédier le palet dans le fond de la cage lui fait défaut.

En temps normal, son aisance sur la glace est telle qu'il m'est impossible de détacher mon attention de lui. Ce soir, je grimace presque dès qu'il relaie le palet. C'est un peu comme s'il était le prodige d'une équipe de hockey première au classement qui met la pâtée à la dernière du classement, si bien que l'entraîneur lui a demandé de lever le pied et de passer dix fois le palet avant de tirer.

Excepté qu'il ne tire pas.

À la place, il renvoie la rondelle puis s'efface, bien qu'il se trouve généralement au cœur de l'attaque.

Si les Jacks jouaient à domicile, la foule les sifflerait à chaque passe. Ce public sent que quelque chose cloche et acclame sans compter tout un chacun parce que sa retenue est à leur avantage.

Quelqu'un a renversé le roi qui trônait au royaume de la terreur, et ce n'est pas joli-joli.

Je ne suis pas mécontente que les vibrations de mon téléphone sur ma hanche me distraient du tableau d'affichage.

Lennox.

Tristement, je me mets sur la défensive avant même de répondre.

– Salut, Len, dis-je en me retirant dans le fond de la tribune de presse, me bouchant l'oreille du doigt. Tout baigne ?

– J'appelle juste comme ça.

– Pourquoi ?

– Sans raison particulière, dit-elle, mais ayant vécu avec elle jusqu'à l'âge adulte, je sais qu'elle vient à la pêche aux infos.

– Donc tu m'appelles juste pour faire coucou ?

J'en doute, ce n'est pas le genre de mes sœurs.

– Oui… et… oublie ça.

Je le savais.

– Vide ton sac.

Honnêtement, ma bande passante est trop saturée pour m'occuper de ses problèmes aujourd'hui.

Le public se déchaîne alors que l'équipe adverse marque et, depuis le fond, je me dévisse le cou pour apercevoir le ralenti diffusé sur le moniteur suspendu. Un coup de chance.

– Qui a marqué ? demande-t-elle.

– Les Patriots.

– Flûte, souffle-t-elle et je souris mais, alors, je me souviens qu'elle la joue hypocrite.

– Dis-moi ce que tu veux, Len ?

– Je me demandais comment ça se passait avec Maddox.

– J'ai bavardé avec lui, mais je n'ai pas encore parlé de nous.

– Nous ?

– KSM, dis-je avec exaspération.

– Ah oui, évidemment, s'exclame-t-elle, ce que dément le ton suggestif de sa voix. C'était pas sympa de la part de papa de te confier le recrutement de Maddox.

J'ouvre la bouche et me ravise. J'aurais tant à dire – approuver, compatir, confier ce que ça m'a fait de le revoir pour la première fois. Mais je m'abstiens.

– Les affaires sont les affaires. Je m'en sortirai.

– Garde ça à l'esprit.

Voilà que je me hérisse.

– Pardon ? dis-je en ricanant.

– Il y avait davantage que du sexe entre vous.

– Merci pour l'analyse, mais tu fais erreur. Ça n'allait pas plus loin.

Mes sentiments pour lui étaient-ils si transparents ?

– J'ai mal formulé ma pensée. En fait, je sais qu'il t'a blessée.

– J'ai eu mon lot de souffrances. Pas de quoi en faire une montagne.

– Facile à dire, difficile à faire, murmure-t-elle.

– Où veux-tu en venir ? dis-je, prête à en découdre.

– Si tu couches avec lui, tu peux dire adieu au contrat.

Contre toute attente, je ne suis pas abasourdie par son ton pour le moins direct. La subtilité n'est pas la première qualité de Lennox. Je réponds par le silence.

– Sans vouloir casser l'ambiance, si tu dérapes…

– Sois sans crainte.

–… alors nos autres clients penseront qu'il bénéficie d'un traitement de faveur…

– Tu me fais la morale ? dis-je en riant. Après que tu as couché avec Hardy et la débâcle que cela a déclenchée ? Sérieusement ?

– Ce n'est pas comparable. Cette fois, ce ne serait pas sans conséquence.

Elle se tait au moment où une chanson retentit dans la patinoire, bientôt reprise par les spectateurs, et ce répit est bienvenu.

– Rappelle-moi qui tu œuvres à faire entrer chez Kincade ?

Sa pause me fait redoubler d'attention, comme si j'entendais ce qu'elle ne dit pas… et je patiente.

– Je ne sais pas encore précisément.

– Comment ça, tu ne sais pas encore ?

– Bon, papa préfère recruter un sportif à la fois, pour que cela paraisse plus subtil qu'une prise de pouvoir agressive, ou je ne sais plus quelle drôle d'image il a employée.

Je regarde le match qui se déroule à mes pieds, la défaite infligée aux Jacks ; pas de quoi remercier Hunter.

– Donc, je suis la seule qui…

– La chouchou du prof est toujours la première à sortir en récré, chantonne-t-elle.

Téléphone-t-elle pour pavoiser ou pour s'assurer que je ne fasse pas tout capoter parce que, en toute franchise, depuis quand pense-t-elle à quelqu'un d'autre qu'à elle-même ?

Si KSM mettait la clé sous la porte, comment ma sœur survivrait-elle sans les mondanités prisées qui vont de pair avec les fonctions d'agent sportif ? C'est sûr que cela la priverait des feux de la rampe qui la font tant palpiter.

Je suis loin d'être naïve, et je sais que son inquiétude est authentique, mais faussée par des motifs égocentriques.

En revanche, mon père, que mijote-t-il ? S'il semble logique d'éviter une guerre ouverte contre Sanderson, pourquoi était-ce aussi pertinent que je mette ma vie entre parenthèses sans tarder pour démarcher un joueur ?

– Je dois te laisser, dis-je dans un murmure.

– Non, attends !

– Quoi ? dis-je sèchement. Que peux-tu avoir d'autre à dire qui ne soit pas faux-cul ?

– Écoute, j'ai été maladroite. De bout en bout.

– Len, ça m'est égal à présent. J'ai un match à regarder et un client à peloter.

– Laisse-moi terminer.

C'est le ton de sa voix et le fait que j'ai été comme leur mère qui me retient de raccrocher.

– Je t'accorde deux minutes.

– Je sais que tu l'aimes bien, Dekk. Et je sais comment tu réagis sitôt qu'un homme se rapproche un peu trop de toi, dit-elle, mais je suis toujours larguée. À cause de maman, à cause du chagrin que nous avons enduré, c'est plus facile de repousser ceux qu'on aime que de voir où ça nous mène.

– L'amour n'est pas le sujet.

Sa théorie est tellement saugrenue que je m'esclaffe.

– N'empêche que ça l'était quand tu t'es éloignée de lui, la dernière fois. (D'une voix radoucie, elle poursuit avant que je ne puisse la couper.) Tu peux m'interrompre autant que tu veux, marteler que tu n'avais pas de sentiments pour lui, mais je dormais chez toi ce fameux soir, quand tu es rentrée. Je me souviens de l'expression que tu affichais, je sais que tu souffrais et peut-être, seulement peut-être, tu étais trop flippée pour lui faire part de tes sentiments. Tu avais trop peur que ce soit réciproque, que cela t'oblige à affronter tes peurs. À laisser un homme entrer dans ta vie.

J'avais occulté ce détail. Elle était là quand je suis rentrée. Elle m'a bombardée de questions pour découvrir ce qui n'allait pas. À chacune d'elles, je haussais les épaules en niant ma tristesse. Son regard qui me scrutait, mon exaspération quand sa voix s'est chargée de compassion, parce que cela relançait les larmes que je combattais.

Je maudis mon père de m'avoir confié son recrutement.

Mieux vaut ne pas déterrer les vieux sentiments.

– Len…

– Tout ce que je dis, c'est que si tu choisis de coucher avec lui, si tu choisis de risquer de le perdre en tant que client, bien que signer avec lui soit la volonté de papa, il vaudrait mieux que ce ne soit pas qu'un plan cul. J'espère bien que, cette fois, tu t'ouvriras suffisamment pour qu'il connaisse la nature de tes sentiments.

– Je dois raccrocher.

– Je n'en doute pas, dit-elle calmement, mais sans protester.

Je coupe la communication.

Je reprends mon siège, mais je ne vois plus le match.

J'espère bien que, cette fois, tu t'ouvriras suffisamment pour qu'il connaisse la nature de tes sentiments.

Je suis accoutumée à la panique qui accompagne cette perspective, mais pas à ce que quelqu'un d'autre la voie ou la connaisse… et je ne suis pas sûre que cela me plaise.

Ce que je sais, c'est que la prétendue quête futile pour conquérir Hunter se complexifie.

Je l'ai su à l'instant où je l'ai revu.

J'ai su que cela ne se terminerait pas sans faire de victime.

Le plus probable étant que ce soit mon cœur. *Merde.*

14

HUNTER

– Nom de Dieu, à quoi tu joues, Cap'tain ? enrage Frankie en se cognant délibérément contre mon épaule quand je le dépasse en regagnant les vestiaires.

Je continue à marcher et ignore la montée de colère qui me pousse à frapper le premier enfoiré qui m'énervera. Ces gars sont pourtant mes amis – mes coéquipiers – et voilà qu'ils me rabaissent. J'ai joué exactement comme ils l'exigeaient – tel un passeur sans envergure, plutôt que moi-même. Bien sûr, cela ne leur suffit pas.

– Tu te sens patraque ? demande Katz.

– Ta cheville recommence à t'embêter ? Ton genou ? questionne Callum.

Mais je reste focalisé sur mon casier, ce qui est nettement plus simple qu'affronter leur harangue et leurs critiques acerbes sur mon jeu.

L'épaule de Maysen tape la mienne, et je refuse de réagir à cet air dans ses yeux qui geint : *c'est comme ça que tu nous laisses tomber.*

– Tu as sabordé le match intentionnellement ? crie une autre voix dans le fond, au moment où j'arrive devant mon casier. Quelle somme tu as pariée contre nous ?

Un rire souligne sa plaisanterie, mais je sais qu'elle n'aurait jamais été lancée si personne ne doutait de moi.

Pensent-ils sérieusement que je parierais contre mon équipe ?

Ras-le-bol.

Naturellement, je ne peux faire autrement que les ignorer et quand j'ouvre mon casier, la première chose que je vois est l'écran de mon téléphone qui clignote comme un sapin de Noël. Certainement une ribambelle de sms me reprochant de déshonorer le nom des Maddox. Que Jonah n'aurait jamais joué aussi misérablement. Chaque message me provoque aussi durement que les yeux de mes coéquipiers me transpercent le dos.

Je ne leur prête pas attention. Jamais.

C'est du moins ce que je me dis.

Pivotant sur moi-même, je m'aperçois qu'ils ont tous les yeux fixés sur moi, la défaite inscrite dans leurs postures, la fureur sur leur visage. En nage et lessivés, ils ont plus ou moins enlevé leur tenue, mais tous me foudroient du regard. Avec irritation. Ça ne va pas. Ce n'était pas comme ça quand j'ai décidé de rejoindre leur équipe voilà deux ans. Ils m'ont accueilli, moi et ma combativité, ils savaient que j'étais là pour hisser la compétition, l'équipe, jusqu'à la Coupe. À présent, ces bâtards me soupçonnent d'avoir torpillé le match… *de quoi me mettre dans une colère monstre.*

– Où est le problème ? je m'écrie, les mains tendues, prêt à les affronter. N'est-ce pas ce que vous vouliez quand vous avez envoyé Maysen me raisonner aujourd'hui ? Que j'aie un peu plus l'esprit d'équipe ? Que je passe le palet pour m'assurer que chacun d'entre vous ait une chance de le toucher ? Vous vouliez un match sous le signe de la fraternité, les gars ? Vous êtes servis. (Je me relève sur le banc.) Quoi ? Rien ne vous autorise à me toiser comme des gamins frustrés alors que vous avez obtenu exactement ce que vous vouliez.

Ils restent bouche bée, les jeunes recrues se ratatinent, les plus aguerris campent sur leurs positions.

– Vous avez quelque chose à ajouter ?

Ma voix dérape dans les aigus, et je déteste la pointe de panique qui transparaît. Je déteste que, bien que j'aie agi selon le programme, cela me donne néanmoins la nausée. Fixant les personnes pour lesquelles je sue sang et eau, j'engage tous mes muscles, j'exècre l'air de déception dans leurs yeux, d'autant qu'il est dirigé sur moi.

– Mad Dog[3]…

– Boucle-la. Ne faites pas comme si vous n'aviez pas chargé Maysen de préparer le terrain en me reprochant d'être trop égoïste, trop agressif, trop moi, parce que vous savez quoi ? Quand je me comporte autrement, il n'y en a pas un seul parmi vous qui se démarque suffisamment pour prendre le relais.

Je lance mes gants dans mon casier dans un bruit sourd.

– Il serait peut-être temps que vous vous demandiez pourquoi.

Mes mains tremblent de colère, et j'ai besoin de mettre les voiles avant de faire quelque chose que je regretterai. Avant que je ne bousille l'entente dans l'équipe.

Je perds le contrôle, et il n'y a pas de sensation plus déplaisante au monde.

Aucune.

– Maddox ! Dans mon bureau.

La voix du coach Jünger gronde dans les vestiaires et, alors que je le regarde, tout le monde continue de me fixer.

– *Immédiatement !*

– C'est n'importe quoi.

Je saute du banc, referme mon casier d'un coup de pied et me dirige d'un pas lourd vers la porte que Jünger me tient ouverte.

---

3. Surnom dérivé de Maddox qui signifie « chien fou ».

Quand elle claque derrière moi, je ne bouge plus pendant qu'il se dirige tranquillement vers le fond du bureau, s'adosse au plan de travail. Il me dévisage avec le même air déçu que les autres.

– Tu m'expliques ce qui se passe ? demande-t-il en lançant son écritoire sur le bureau.

– L'équipe trouve que je fanfaronne. M'ont envoyé une délégation me sermonner ce matin, alors je leur ai donné ce qu'ils voulaient. (Ma voix n'exprime que du détachement mais, à l'intérieur, un tourbillon d'émotions se déchaînent.) Je leur ai donné le Maddox médiocre.

– Et tu te figures que les gros bonnets, là-haut, qui te rétribuent grassement, se satisferont du Maddox médiocre ?

Il croise les bras.

– Vu que nous ne sommes pas dans notre patinoire, je ne sais pas où se trouvent les gros bonnets, mais je suis presque sûr qu'ils ne sont pas là-haut.

– C'est comme ça que tu le prends, petit malin ? Tu peux faire mieux.

– J'essaie juste d'entretenir l'alchimie dans l'équipe.

– Te fous pas de moi, crie-t-il, et il abaisse brutalement les stores pour bloquer la vue des vestiaires avant de se tourner face à moi. Je ne sais pas ce qui se passe dans ta vie privée, et tu sembles préférer que personne ne le sache, mais fournis-moi une seule raison de ne pas accéder à la requête du directeur général que j'ai reçue il y a cinq minutes et qui exige de te suspendre pour les trois prochains matchs.

– Parce que tu convoites la Stanley Cup autant qu'eux, et me suspendre ne va certainement pas contribuer à t'aider à la décrocher. Il ne reste plus beaucoup de matchs et, sans moi sur la glace, l'équipe n'est pas aussi puissante. *Vous avez besoin de moi.*

– Nous n'avons pas besoin de ton numéro de ce soir.

– À la moitié de mes capacités, je joue encore mieux que la plupart à plein régime.

– Ton arrogance me paraît déplacée.

Il ne développe pas, car il sait que j'ai raison.

– Les tirs de Withers accusent une constante diminution, Frankie est trop déconcentré depuis sa suspension et Maysen a des mains en or, mais tirer n'est pas son point fort en ce moment… alors oui, je l'ai joué perso. Il m'arrive des trucs qui ne regardent personne…

– Qui as-tu mis enceinte ?

Mon rire se répercute sur les murs.

– Hilarant.

– Tu as arrêté l'oxy ? demande-t-il, le visage soudain aussi grave que sa voix.

– Fini.

– Tu es sûr ? Tu as eu blessure sur blessure cette année, sans prendre un seul jour de repos. Les injections de cortisone calment la douleur, mais je sais que l'oxy la soulage encore plus efficacement. Est-ce le problème ? Es-tu accro à…

– Ce ne sont pas les médocs ni les femmes… bon sang, Jüng, c'est perso, d'accord ?

– Tout baigne avec ton frère ? demande-t-il, sa voix bourrue adoucie par la compassion.

– Bien sûr.

Je mens, mais que faire d'autre ? Répondre « non, ça craint » ? Que Jonah se bat de plus en plus difficilement, qu'il tombe si souvent malade que les médecins pensent que ses jours sont comptés ? Que je suis à l'origine de l'état de santé de Jonah et que supporter cette idée est plus complexe qu'il ne l'imaginera jamais ? Je marche vers la fenêtre et reviens avant qu'il ne perce la réalité à jour, avant qu'il ne réalise que le bonheur de pratiquer m'a sauvé et anéanti en même temps.

– Il va très bien. Ce qui n'aide pas, ce sont les coups tordus de mes coéquipiers comme celui de ce matin.

– Si on parlait des coups tordus que tu enchaînes depuis des mois ? Toutes les fois où tu t'en prends aux autres ? Les bagarres. Les pied-de-nez à ceux qui signent tes chèques ? Ta façon de rappeler que tu es trop bien pour…

– Je n'ai jamais prétendu que j'étais trop bien ! je hurle en faisant un pas vers lui.

Mais, réalisant plus que jamais que personne ne me comprend dans mon entourage, j'étouffe encore plus. Je noue mes doigts dans ma nuque et pousse un long soupir de frustration.

Mon expiration emplit le bureau alors qu'il reprend sa place contre le plan de travail.

– Tu es trop inestimable pour merder comme tu l'as fait. Tout porte à croire que tu ne t'intéresses qu'à ton propre sort.

Je suis la dernière personne qui compte à mes yeux, ai-je envie de riposter. *La dernière personne. Ne le vois-tu pas ? Ne vois-tu pas que je me punis ? Ne vois-tu pas que personne ne s'inquiète pour moi et que je ne me suis jamais senti aussi seul de toute ma vie ?*

– Je ne te mettrai pas sur la touche, Maddox. Mais quels que soient tes problèmes, tu dois les régler, sans quoi je ne pourrai plus te protéger contre les responsables qui signent tes chèques assortis de chiffres à rallonge ou contre tes coéquipiers qui peuvent te causer du tort s'ils décident de parler à la presse. (Il écarte les mains.) La balle est dans ton camp.

Je hoche la tête, à défaut de trouver quoi dire ou faire, tant j'ai l'impression que ma tête n'est plus reliée à mon corps. Les pensées persistent, mais les émotions que je devrais ressentir – honte, chagrin – ne suivent pas.

– Ce sera tout.

Je ne perds pas une seconde pour décamper, mais à peine mes doigts ont-ils saisi la poignée de la porte qu'il reprend.

– Hé, Cap ?

Je me retourne.

– Hmm ?

– Je suis là, si tu as besoin de quoi que ce soit. Entendu ? Ce n'est jamais aussi dramatique qu'on le croit.

Si, ça l'est.

– Merci.

– Si j'étais toi, j'éviterais de passer par la sortie principale pour regagner le car de l'équipe. J'ai interdit l'accès aux vestiaires à la presse ce soir. Je ne savais pas trop ce qui allait se passer, et nous préférons que nos différends restent en famille. Mais bon… une horde de journalistes s'est amassée dehors, et ils réclament des réponses.

– C'est noté.

15

HUNTER

PAPA : QUEL GÂCHIS ! TU AS LES APTITUDES et le potentiel et tu refuses de les utiliser.

PAPA : Scandaleux. Absolument scandaleux.

PAPA : La vie t'a donné une chance que ton frère n'a pas, et c'est comme ça que tu joues ?

PAPA : Estime-toi heureux qu'on ne t'ait pas hué en quittant Jersey quand tu es rentré chez toi pour jouer à domicile.

Je regarde fixement les sms. Les critiques et la négativité, et comme après chaque rencontre, on me rappelle que je ne serai jamais Jonah.

Que je ne serai jamais à la hauteur du niveau de perfection attendu par mon père, quand bien même je me donne à fond et qu'il me critique depuis les coulisses.

D'un balayage du pouce, je vide l'écran. Je sais que ses mots me rongeront quand je me coucherai ce soir.

Dormir.

Voilà ce que je veux. Sombrer dans un sommeil profond et tourner la page sur cette pitoyable soirée. Essayer d'oublier. Juste oublier.

Je jette un œil dans les vestiaires. La plupart des joueurs sont partis. Par chance, ils m'ont laissé tranquille après le savon que m'a passé Jünger. Je ne suis pas d'humeur à m'entretenir avec eux ni avec quiconque, alors je me dirige vers la sortie de secours, comme il l'a suggéré, en espérant préserver ma solitude.

16

DEKKER

– Je pressentais que tu sortirais par ce côté du tunnel, dis-je à l'instant où je vois Hunter pousser la porte.

Tête baissée, la capuche de son sweat-shirt rabattue sur son visage, sa posture pourrait aussi bien exprimer l'accablement le plus total qu'une colère incontrôlée.

Ou un mélange des deux.

Son pied hésite alors qu'il s'arrête au milieu du tunnel. Nous nous trouvons dans les entrailles de la patinoire, sans personne d'autre que nous dans les parages.

Nos regards se rencontrent, et les mots, les émotions semblent refluer. Il paraît tellement abattu et paumé que j'ai envie de l'enlacer, même si je sais que c'est inapproprié. C'est comme si le feu qui l'animait ce matin avait été éteint, étouffé.

Nous nous considérons dans l'espace mal éclairé, plus longuement que nécessaire, alors qu'une myriade de choses que je devrais dire surviennent puis s'évanouissent dans mon esprit. Il n'écouterait pas. Ce serait non sollicité, inaudible, un soutien de façade.

Jamais je ne réconforte mes clients juste pour la forme, alors pourquoi le ferais-je avec lui ? Si je leur mens quand nous savons que mes encouragements sont injustifiés, comment me feraient-ils confiance quand les éloges comptent réellement ?

– Te fatigue pas, Dekker.

Sa voix sonne comme un faible grondement tandis qu'il poursuit sa route.

– Hunter !

Je déteste le désespoir incontrôlable qui colore ma voix.

Il ne s'arrête pas.

Il continue de marcher.

***

– CE SOUPIR VIENT DE LOIN, DEKK. Tu ressasses. Qu'est-ce qui te chiffonne, ma fille ?

La voix de mon père me console à distance, et bien que je sois fâchée contre lui, un petit sourire se dessine sur mes lèvres.

– Essaies-tu de me piéger ?

– Pardon ? Ne sois pas ridicule, riposte-t-il.

Je ne divague pas. Je n'ai pensé qu'à cela, tandis que j'arpentais les couloirs de la patinoire, attendant qu'un de mes clients de l'équipe adverse termine ses interviews pour faire le point avec lui.

Je lui livre ma conclusion.

– Je suis la seule de nous quatre que tu as envoyée en mission de recrutement. Lennox m'a dit que tu ne leur avais pas encore assigné de clients à conquérir.

– Parce que j'attends le bon moment.

– Permets-moi d'en douter.

Bras croisés, je regarde par la fenêtre de ma chambre d'hôtel. L'horizon est parsemé d'immeubles et de lumières dans le ciel nocturne.

– Hunter était un cas de première urgence. Il se prépare à renégocier son contrat dans quelques mois, et comme ils sont tout près de disputer la Coupe, c'est le moment idéal pour se rapprocher de lui.

– Mouais.

– Quoi ? fait-il d'une voix innocente. L'as-tu mis dans de mauvaises dispositions ? C'est pour cela qu'il a joué comme un débutant ce soir ?

Je bondis presque.

– Tiens donc ! Tu ne regardes jamais le hockey, tu n'aimes pas ce sport, mais tu as regardé le match de ce soir ? De plus en plus suspect.

– Il passait à la télé pendant que je revoyais mes contrats. (Son petit rire remplit la ligne.) Et, trésor, je regarde tous les sports.

Je me mords le gras de la joue, l'écoutant ouvrir puis fermer le robinet, me demandant à présent si mes réflexions ont déraillé avec moi un peu plus tôt.

– Je sens que tu mijotes quelque chose. *Je le sais.*

– Et si tu me disais plutôt ce qui se passe de ton côté ?

– Rien à signaler, je réponds pour lui accorder un sursis momentané, parce que je veux vraiment lui parler de Hunter.

– Mais ton silence laisse entendre que tu en as assez vu pour te faire une opinion.

– C'est vrai. Je pense qu'il est à bout de forces et qu'il ne voit que l'arbre qui cache la forêt.

– Mais encore ?

– Quelque chose a déclenché sa baisse de moral.

– Comme quoi ?

– Accéder aux éliminatoires ? Son avenir chez les Jacks ? Je ne sais quoi, je me murmure à moi-même.

– Bon, mais que comptes-tu faire ?

La hanche appuyée contre le dossier du canapé, je jette un œil au sandwich que j'ai rapporté en guise de dîner tardif, et réfléchis un instant.

– Trouver un moyen de l'amener à retomber amoureux du sport. Il est trop important pour l'équipe, peut-être qu'il sent la pression.

– C'est ce que je ferais si j'étais toi.

Est-ce ridicule qu'une affirmation aussi simple venant de mon père me fasse sourire jusqu'aux oreilles ?

– Reste à savoir comment procéder.

– Tu trouveras. Tu trouves toujours, affirme-t-il. Il se fait tard…

– Pas si vite, Kincade. Bien tenté. Et si tu m'expliquais pourquoi tu m'as envoyée chasser Hunter ?

Lèvres retroussées, j'attends une réponse.

– Je t'assure que c'est parce que je sais que tu es la mieux qualifiée pour le gérer.

Mon esprit retourne à l'autre soir. À ma main saisissant son érection, ma langue s'immisçant entre ses lèvres. À quel point j'ai gravement merdé et que Hunter n'a pas manqué de me le faire payer.

Le feu me monte aux joues tandis que je cherche quoi dire à mon père.

– Une partie de moi en doute.

Son rire retentit sur la ligne.

– Bien. De cette façon, tu resteras vigilante. Bonne nuit, Dekk.

Sans un autre mot, il me raccroche au nez.

Tout ce que je peux faire, c'est rire, seule dans ma chambre d'hôtel, et secouer la tête. Le plus grave à propos de mon père est également la meilleure chose. Je ne peux jamais lui en vouloir bien longtemps.

Je passe trop de temps à cogiter.

Vraiment trop.

Mais une pensée persiste pendant que je grignote mon sandwich. Si Lennox a senti que j'étais attachée à Hunter alors que j'ai rarement admis que nous nous fréquentions, mon père ne s'en serait-il pas aperçu lui aussi ?

C'est la grande inconnue.

17

DEKKER

KINCADE SPORTS MANAGEMENT
NOTE DE SERVICE
BILAN DES NOUVELLES RECRUES

* signale les urgences

*** signale que cette chère Dekker ne nous répond pas et, en son absence, nous allons faire un sort à sa réserve de chocolats jusqu'à ce qu'elle donne des nouvelles.

ATHLÈTE	ÉQUIPE	SPORT	AGENT	AVANCEMENT
Carl Ryberg	n/a	Golf	Kenyon	En pourparlers
Jose Santos	D-Backs	Base-ball	Chase	Réunion physique
Lamar Owens	Bulls	Basket-ball	Lennox	Signé. Hourra !
Michelle Nguyen	n/a	Football	Brexton	Vient à KSM mardi
*Hunter Maddox	Jacks	Hockey	Dekker	*** y'a quelqu'un ?

18

DEKKER

– QUAND TU M'AS PROPOSÉ DE me raccompagner, en fait, tu projetais de m'enlever ? commente Hunter, sur le siège passager, à côté de moi. Ou est-ce ta façon de conclure ce que nous avons entrepris récemment ?

Même si j'aimerais lui renvoyer un mot d'esprit, je me borne à rabattre le pare-soleil et à sourire.

Il m'a fallu la moitié de la matinée pour trouver la manière dont j'allais aider Hunter à réaliser qu'il fait un burn-out. Encore plus compliqué, lui montrer sans le mentionner directement.

Les athlètes sont superstitieux. Ils ne se rasent pas quand ils gagnent. Ils ne posent pas le pied sur les lignes quand ils marchent sur le terrain. Ils portent les sous-vêtements, mais lavés (espérons-le), avec lesquels ils ont brillamment joué. Et ils s'interdisent de prononcer certains termes, tels que match sans-point ni coup-sûr, ou son équivalent, match parfait, partie parfaite, burn-out et ses dérivés.

Aussi dois-je faire dans la dentelle pour lui montrer sans le mentionner.

Encore plus difficile, je ne sais pas si Hunter est conscient de son niveau d'épuisement. Dans le cas contraire, si je lui dis franchement, il risque de s'insurger.

Et qu'il se chamaille avec moi est précisément à l'opposé de ce que je veux.

Avant de passer le chercher en voiture, je me suis fait la promesse que, quoi qu'il fasse ou dise pour me contredire ou me provoquer, je laisserai couler, avec le sourire.

Nous sommes capables de bien nous entendre en dehors de la chambre.

J'étais déterminée à me le prouver à moi-même, à un niveau personnel, et à lui sur un plan professionnel.

C'est le prix à payer pour espérer le convaincre que je sais ce qui est mieux pour lui, après quoi, une fois qu'il en sera convaincu, qu'il me fasse suffisamment confiance pour accepter que je devienne son agent tombera sous le sens.

Me dirigeant vers l'est, sur Wheelock Street, je jette un regard vers lui.

– J'ai omis de préciser que nous ferions de la route.

– Heureusement que je suis en congé, sinon je louperais le match, marmonne-t-il, mais son sens de l'humour transparaît dans sa voix, alors que les lumières de l'université se profilent sur notre gauche et que la patinoire apparaît sur notre droite.

Il fait nuit noire, mais les étudiants se regroupent sur le trottoir et dans les espaces communs, enveloppés par les phares des voitures.

– Pressé d'arriver ?

– Pressé… tu kidnappes un joueur de hockey et tu l'emmènes… où sommes-nous, au fait ? demande-t-il.

– À Dartmouth. À l'université de Darmouth, pour être précise.

Je le vois frémir.

– Bon.

Il se force à développer alors que je m'engage sur le parking bondé, et coup de chance, trouve illico une place.

– Je n'aimais pas beaucoup l'école, Kincade. Je me sens nerveux à la seule perspective de rester assis dans une salle de classe.

– Comment ? Tu détestes que quelqu'un te dise quoi faire et comment le faire ? Tu parles d'une révélation ! (J'enclenche le point mort.) Tiens, mets ça.

Tendant le bras vers la banquette arrière, je lui lance une casquette de base-ball et attends sa réaction.

– Jamais de la vie ! T'es barjot ?

Il secoue la tête et jette la casquette des LA Kings sur ses genoux comme s'il s'agissait d'une patate chaude. Puis son rire remplit l'habitacle et je m'arrête pour m'en imprégner. Ce n'est pas un son que j'entends souvent avec lui.

– Pas question que je porte cette horreur.

– Pourquoi ? Tu défendrais la LNH.

Je la reprends et l'enfonce sur sa tête.

– Arrête, s'écrie-t-il, et il saisit mes poignets alors que je me débats en riant. Je ne suis pas un traître. Je ne ferai pas ça.

– Je vais te prendre en photo et la poster sur tous les réseaux sociaux.

– Même pas en rêve, crie-t-il en commençant à me chatouiller pour me détourner de mes efforts.

Je pousse des cris aigus, retombant de guingois sur la console centrale, ma poitrine étendue sur son torse.

Le souffle court, nos bouches rapprochées dans l'espace étroit, nos regards se rencontrent puis se retiennent, toute protestation s'éteignant sur nos lèvres.

– Dekker.

Mon nom est un doux assaut à mes oreilles, après les bruyantes contestations. Dans ces deux syllabes, j'entends tellement de choses. Sont-elles réelles ou le fruit de mon imagination ?

Embrasse-moi.

Cette idée en tête, je lutte pour tranquilliser mes pensées. Pendant que je combats le besoin urgent de me pencher pour le savourer.

Mais ses lèvres sont tout près. Son corps est chaud et tentant sous mes mains étalées sur son torse. Et le souvenir de nos exquises prouesses règne sur mes pensées.

Son regard s'échappe vers mes lèvres, puis remonte vers mes yeux.

Un klaxon se fait entendre dans l'allée, derrière nous, et nous sursautons comme deux ados surpris en train de se bécoter sur le parking de l'école.

– Sauvés par le gong, murmure-t-il dans le silence de la voiture, tout en tournant et retournant la casquette des Kings dans sa main.

Je me rassieds, adossée à la portière, et regarde ses doigts triturer la broderie.

– Prêt ?

Je romps le silence, même si nous ne sommes pas décidés à bouger.

– Pourquoi sommes-nous ici, au fait ?

– Ici, dans la voiture ou dans un sens plus philosophique ?

J'esquive.

– Dekker, gronde-t-il.

– Quelquefois, changer de décor permet de changer de perspective.

Un commentaire innocent, mais porteur d'un sous-entendu. Sa manière de me regarder, à l'abri dans la pénombre, atteste qu'il l'a saisi.

– De quoi parlons-nous précisément ?

Nous nous examinons, la chair de poule me parcourt. La nervosité me gagne alors que je débats de l'avantage de faire preuve d'honnêteté.

Il est question de la nécessité de te rappeler pourquoi tu t'es lancé dans le hockey.

Qu'il te faut un nouvel agent qui t'apprécie à ta juste valeur.

Que toi et moi méritons une seconde chance.

Mais aucun de ces motifs ne franchit mes lèvres. À la place, je me débine et lui fournis la réponse qui fera l'affaire. Pour l'instant.

– J'avais prévu d'étudier le jeu d'un client potentiel. J'ai pensé que tu aimerais assister au match et partager ton ressenti.

Les yeux plissés, il secoue la tête.

– Sérieusement ? fait-il dans un rire incrédule.

– Fais-moi plaisir, dis-je en me retournant vers la banquette arrière. Je dois avoir un bonnet quelque part. Tu crois que ça ira ? dis-je en commençant à farfouiller dans mon sac de voyage.

– Pourquoi devrais-je me couvrir la tête ? demande-t-il au moment où je brandis un bonnet noir uni.

– Voilà ! Tu as besoin d'un bonnet, parce que tu n'es pas là en tant que Hunter Maddox, star du hockey. Tu es juste Hunter, un type normal, moyennement membré, qui va apprécier un match juste pour le plaisir du sport.

Son regard s'attarde si longtemps sur moi que j'attends qu'il riposte, formule la mise en garde que je discerne dans ses yeux, mais il hoche la tête et enfonce lentement le bonnet sur sa tête.

– N'empêche que je dépasse la moyenne. Ce type affublé d'un bonnet ressemble peut-être à monsieur Tout-le-monde, mais il est mieux loti que la plupart.

Je ris.

– J'aurais dû me douter que tu dirais ça.

Il hausse les épaules.

– Les types moyens ont besoin de tout l'amour qu'ils peuvent récolter.

– Allons-y, Hunter le balaise, dis-je sur le ton de la plaisanterie.

Toutefois, j'ouvre la portière, avide de recevoir une claque d'air froid pour recouvrer mes esprits. Je n'en reviens pas que nous fassions bon ménage. Sans compter que j'ai terriblement envie de bénéficier d'une seconde chance avec lui… même si j'ai souffert la première fois.

Mais puis-je me plaindre d'avoir souffert alors que nous avons entamé notre relation avec les mêmes attentes, et que les miennes ont évolué ? Qu'ai-je à lui reprocher ?

Mince, Dekk, passe à autre chose. Tourne la page sur lui.

Sauf que trois années se sont écoulées et que, manifestement, j'ai fait du surplace. Quelle leçon en tirer ?

Nos épaules se cognent alors que nous traversons le parking, comme nombre de groupes d'étudiants, en chemin vers un match déterminant de la saison pour Dartmouth.

Hunter tire sur ma main pour m'arrêter.

– Attends. Que fait une casquette des Kings dans ta voiture ?

– Je représente des joueurs de quantité d'équipes.

– Et alors ? Tu arbores les couleurs de toutes les équipes, en fonction des matchs ?

Je hausse les épaules et offre un sourire faussement effarouché.

– Quelquefois.

– Tu nous as suivis sur une série de matchs. Je ne t'ai pas encore vue porter un bonnet des LumberJacks.

– J'en mettrai un quand vous aurez remporté la Coupe.

– Ohhhhh, dit-il, puis il éclate de rire. C'est violent !

Tandis que nous nous dirigeons vers la patinoire, je ne me focalise sur son rire.

C'est tout ce que j'entends.

Tout ce que je veux.

19

DEKKER

– Tu n'en veux vraiment pas une ? propose Hunter en poussant une pinte de bière sur la table.

Aux murs de la taverne peu éclairée s'entasse un fourbi d'articles de Dartmouth, et dans la salle, une foule d'étudiants survoltés célèbrent la victoire.

Nous localisons une table dans le fond, où nous pourrons nous fondre dans l'obscurité et, avec de la chance, prendre un verre incognito. Curieusement, il est passé entre les mailles du filet jusqu'à présent, sans vouloir faire de mauvais jeu de mots, et personne ne l'a reconnu.

– Fais-toi plaisir. Je suis le capitaine de la soirée, dis-je avec humour.

Je bois une gorgée de Diet Coke, sans me départir de mon sourire amusé.

– Quoi ? demande-t-il.

– Je repensais à la confusion de cette pauvre dame, que nous sommes parvenus à convaincre que tu es le jumeau de Hunter Maddox.

Son sourire se voile de tristesse et je déteste l'avoir provoquée. Peut-être qu'emportée par le jeu, je ne l'ai pas remarquée sur le moment mais, à présent, elle saute aux yeux.

– Désolée. Je ne voulais pas… comment va ton frère ? dis-je, me sentant idiote.

Je ne sais pas grand-chose sur Jonah Maddox, sinon que Hunter, son jumeau, le porte aux nues et qu'il est devenu tétraplégique après un accident de voiture survenu à l'adolescence.

Hunter évoque rarement son frère. Que ce soit en interview ou entre amis, il reste secret à propos de son jumeau. Je ferais sûrement de même s'il s'agissait de l'une de mes sœurs, a fortiori d'une jumelle.

– Très bien.

Il avale une gorgée et promène son regard sur les clients du bar qui prennent du bon temps.

– Merci d'avoir rapidement rebondi avec cette dame, Kincade.

– Déformation professionnelle.

Des vivats s'élèvent dans le bar pour acclamer l'arrivée de plusieurs joueurs de l'équipe de hockey de Dartmouth, et le visage de Hunter s'illumine. Il examine le joueur de Dartmouth sur lequel j'ai des visées et secoue légèrement la tête.

– Donne deux années à ce gamin et il recevra le même accueil quand il débarquera au *Tank* à la fin d'un match.

– Tu crois ? dis-je, même si je connais déjà la réponse.

C'est dire s'il est talentueux. Mais par-dessus tout, je me réjouis que Hunter me lance sur le sujet.

– Clairement. Il a la flamme. De la technique, l'aura qui nous tient en haleine jusqu'au prochain coup de grâce.

– Un peu comme un autre attaquant que je connais, dis-je à voix basse, sourcils levés.

Je surprends le temps d'arrêt dans ses mouvements lorsqu'il porte sa bière à ses lèvres. Mais il ne réplique pas. Il n'insiste pas, ne va pas à la pêche aux compliments comme la plupart des athlètes de mon carnet qui ont continuellement besoin de regonfler leur ego.

Hunter est différent. Il préfère se fondre dans le décor qu'être au centre de l'attention. Je me suis souvent demandé pourquoi un homme aussi impétueux, audacieux dans son jeu, fuit le feu des projecteurs. Comme s'il ne méritait pas les louanges. Ce qui est absurde.

– Et ton père, il se porte bien ? Tes sœurs sont toujours aussi enquiquinantes ?

Surprise par sa question, je hoche la tête. Bien que parler de la pluie et du beau temps n'ait jamais été notre spécialité, cela me semble couler de source. Peut-être que nous sommes en train de conquérir un nouveau territoire.

– Elles ne me laissent jamais tranquille, mais n'est-ce pas classique dans une fratrie ?

Je ris au souvenir de ma conversation avec Lennox, à propos de l'homme qui se trouve précisément devant moi, et soudain je ressens une pointe de nostalgie. Fatalement, nous nous disputons et nous agaçons, mais savoir qu'elles sont là a quelque chose de confortable. Nous sommes capables de rugir que nous nous détestons et, l'instant d'après, de nous abreuver de soutien si nécessaire.

– Nous sommes toutes débordées, on ne souffle jamais, pour tout te dire.

Il a un petit rire.

– N'est-ce pas une formule élégante pour dire que vous vous entendez comme chiens et chats ?

Je passe mes doigts de haut en bas sur la condensation de mon verre, et laisse l'eau s'accumuler sur le sous-bock.

– Ce n'est pas que nous nous entendons mal, dis-je en soupirant, et je cherche les mots justes afin qu'une personne étrangère au cercle familial comprenne. Tu sais, nous tenons les unes aux autres, mais il demeure beaucoup de ressentiment entre nous. Je… ce n'était pas mon choix de remplacer notre mère après son décès. J'étais l'aînée, alors mon père étant tout le temps pris par ses clients, s'évertuait à subvenir à nos besoins… naturellement, nous avions une baby-sitter, mais la discipline et les règles et d'autres corvées m'incombaient, d'une manière ou d'une autre.

– Ça n'a pas dû être facile de la perdre aussi jeune.

Je détache mon regard du sien et regarde les bulles qui remontent le long de mon verre. Ce que personne ne comprend vraiment, c'est que je n'ai jamais été vraiment autorisée à faire mon deuil. Un jour, elle était à mes côtés et, le lendemain, un anévrisme l'emportait brusquement. Je me souviens de m'être sentie complètement paumée et seule. Écrasée par des responsabilités et des émotions affolantes pour la plupart des adolescents, mais personne ne savait que je m'endormais en pleurant tous les soirs. Personne ne me voyait retourner mon oreiller parce que la taie était trempée de larmes.

Personne ne connaissait l'ampleur de ma solitude.

– Sa perte nous a porté un coup terrible, à nous toutes.

Je fronce le nez pour retenir les larmes, puis repousse la tristesse comme j'ai appris à le faire.

Quand il rencontre mon regard, je discerne une compassion que je ne l'avais jamais vu exprimer et, pour bienvenue qu'elle soit, je ne suis pas fâchée qu'il brise l'instant en reprenant la parole.

– C'est curieux que tes sœurs n'aient pas remarqué que tu avais repris le flambeau. Elles sont suffisamment âgées pour s'en rendre compte à présent, observe-t-il.

– Je suis sûre qu'elles s'en aperçoivent… et nous œuvrons toutes pour nous rétablir du traumatisme, mais nous sommes tellement différentes. C'est comme si chacune d'entre nous était une direction d'un compas, qui ne retombe jamais face à une autre, sinon en de rares occasions. Mais pour nous, ça a marché. Tu vois, nos particularités respectives ont leurs avantages en ce qu'elles offrent à notre père quelque chose de spécifique à partager avec chacune de ses filles… mais cela a également engendré un esprit de compétition qui s'avère toxique à certains égards.

– Quelque chose se produira qui vous fera réaliser que ces différences sont futiles. Vous comprendrez alors que les chamailleries sont de l'amour déguisé. La compétition est la manière qu'a le destin de vous pousser à en vouloir davantage. Vous vous raccrocherez au rire dans les moments les plus sombres. Et finalement, vous parviendrez à un équilibre, où vous vous apprécierez les unes et les autres, et le reste ne sera plus qu'un simple bruit blanc.

Je l'observe, prise au dépourvu par son discours poignant, en me demandant d'où vient cette sagesse. J'aurais tant de choses à lui dire, en particulier sur la beauté de sa remarque… mais je sais qu'il n'est pas prêt à l'accepter.

– J'aurais aimé qu'on s'en rende compte à la disparition de notre mère. Mais bon, nous ne sommes peut-être qu'une maisonnée pleine de têtes de mule qui finiront par ouvrir les yeux.

– Salut, lâche un serveur en posant une bière fraîche sur la table avant de tapoter l'épaule de Hunter. Offert par la maison. Ton secret est bien gardé avec moi. Déguste ta bière en paix.

Hunter rit et secoue la tête.

– Merci, mec. J'apprécie.

Ils échangent une poignée de main puis le serveur se tourne vers une table voisine.

Mais quand mon attention se reporte sur Hunter, il s'adosse dans son siège, plus détendu que je ne l'ai vu de toute la tournée de matchs, et un petit sourire aux lèvres, il me scrute.

– Pourquoi m'as-tu emmené avec toi ce soir ? demande-t-il au bout d'un instant.

– Juste une intuition.

– Une intuition ?

– Comme je l'ai dit, ça ne nuit pas d'avoir plusieurs sons de cloche.

– Tu te répètes, Dekk. Ça t'arrive quand tu évites de répondre.

– Dis-moi, si tu repenses à ces dernières heures, quelle est la première chose qui te vient à l'esprit ? dis-je.

– Hormis la peur que tu me kidnappes ?

– Hormis ça, je confirme avec un hochement de tête.

– Balles de tennis.

Le même rire que j'ai entendu toute la soirée. Lorsqu'il soulignait à mon attention certaines actions, durant le match. Des détails qui sans cela m'auraient échappé. Quand il acceptait des balles de tennis que les spectateurs assis à côté de nous distribuaient et les lançait sur la glace comme le veut la tradition de l'école pour ovationner le premier but marqué contre Princeton.

Il sifflait et riait, désignait le torrent de balles qui rebondissaient sur la glace. Je ne l'avais jamais vu aussi insouciant, ce qui confirme le diagnostic du burn-out.

– Jamais rien vu d'aussi loufoque, alors qu'on a lancé la fichue pieuvre à mes pieds pendant un match contre les Red Wings.

– J'ai assisté à quelques matchs Darmouth-Princeton. Parfois pour le plaisir, parfois pour prospecter. Mon moment préféré reste ce lancer de balles de tennis. Le foutoir et la camaraderie. On ne sent pas de rivalité, comme s'ils pratiquaient un sport juste pour le plaisir ou pour participer à une tradition ancestrale.

– Ah, fait-il, et il boit une gorgée, mais ses yeux ne me quittent pas. La conversation revient à son point de départ ?

Malgré son ton léger, ses yeux m'avertissent de faire preuve de prudence. J'aurais pu m'en douter.

– Je ne reviens pas au point de départ. Je me suis juste dit qu'après le dernier match, tu apprécierais une soirée sans l'équipe.

– Donc, tu m'as emmené voir du hockey.

L'amusement nuance sa voix.

– En somme. (Je hausse les épaules, sans aucun remords.) Tu avais une soirée de repos avant que l'équipe ne reparte pour Boston. Il fallait que j'évalue ce gamin, alors je me suis dit… pourquoi ne pas emmener l'un des meilleurs avec moi.

– Le meilleur ? Tu n'arrêtes pas de me complimenter. Je commence à croire que tu le penses vraiment.

– Va savoir.

Nos regards se rencontrent, s'accrochent. Le silence qui s'étire se compose d'autant de bien-être que de séduction.

– C'est pour cette raison que tu m'as kidnappé ? (Il replace une mèche de cheveux derrière mon oreille.) Dire que je pensais que tu comptais profiter de moi pour assouvir tes plaisirs déviants.

– Mes plaisirs déviants ?

Je ris, mais je ne peux pas nier que cette douce pression se ravive entre mes cuisses à la pensée d'associer Hunter et plaisir.

– Tellement exquis qu'ils sont dangereux.

– Mais oui ! Je t'ai enlevé, et immobilisé le bras pour pouvoir abuser de toi ! je fais en riant.

– N'oublie pas le taser.

– Tu n'as pas trop souffert ? C'est tellement brutal avec moi que je n'ai pas d'autre option que d'employer le taser ?

Il se penche en avant, les coudes sur la table. Un court instant, je crois qu'il va m'embrasser. Je me fige, puis me sens ridicule quand il ne fait rien d'autre que murmurer, la voix semblable à un discret bourdonnement.

– Tu veux connaître la meilleure partie du sport ?

– Hmmm ?

Bien que surprise par son brusque changement de sujet, sa voix mais aussi son air satisfait me captivent.

– Quoi que je fasse, où que j'aille, quelqu'un attend quelque chose de moi. Du temps, de la dextérité, ma notoriété, et tutti quanti. Sais-tu comme c'était agréable d'aller voir un match juste pour s'éclater ? D'être émerveillé par le talent, de rire des balles de tennis, de s'asseoir dans les gradins sans que personne ne sache qui je suis ou me réclame quelque chose ?

– Je n'imagine pas, je murmure, mais je me fais l'effet d'une horrible traîtresse parce que *je* veux quelque chose de lui.

– Cela vient en partie de la Coupe, tu sais.

– Développe.

– C'est pour cela que Ian et les Jacks m'ont proposé un contrat juteux, dit-il en mentionnant le directeur général des LumberJacks. Moyennant quoi j'endosse la responsabilité de décrocher la Coupe.

Je ris, tant cela me paraît grotesque.

– N'importe quel agent droit dans ses bottes n'accepterait pas pareille condition.

Je secoue la tête et coche une nouvelle case dans la liste des raisons qui font de Sanderson un être abject. D'abord la commission. Ensuite l'intérêt du client.

– Que se passe-t-il si tu ne la rapportes pas ? dis-je, et la seule réponse que j'obtiens est le frémissement du muscle de sa mâchoire.

Piquée par la curiosité, je peux concevoir que des sociétés achètent des joueurs de référence pour bâtir leur réputation, personne ne peut garantir une Stanley Cup.

– Il n'est pas nécessaire que ce soit inscrit au contrat pour que je sache ce qu'on attend de moi, énonce-t-il, répondant à ma question non formulée.

– La victoire est attendue de tous les joueurs, dis-je dans un rire qui retombe quand j'avise son air grave. C'est pour cela que tu disputes des matchs, non ? C'est pour cela que tous les joueurs s'élancent sur la glace. Personne ne compose une équipe en l'espérant médiocre.

– Surtout les équipes qui ne tiennent pas leurs joueurs avec de généreux cachets.

– Tu m'as mal comprise.

Je secoue la tête, m'adosse et l'observe. Maintenant, il donne l'impression de porter le monde sur ses épaules, et j'aimerais pouvoir le délester de cette charge.

– Sais-tu combien de joueurs mémorables n'ont jamais gagné la Coupe ? Je peux en énumérer une pelletée.

– Moi aussi, et mon nom en ferait partie.

– Tu as eu une carrière prodigieuse. Même si tu ne gagnes jamais la Coupe…

– Ne me prends pas pour un imbécile, Dekker. On peut être le meilleur de tous les temps, sans victoire, on tombe dans l'oubli. Les plus grands remportent la Coupe. Et pas qu'une fois. Alors, c'était notre marché. On m'a rétribué d'une somme rocambolesque, en échange de quoi je suis censé bâtir une équipe autour de moi, une qui décrochera la Coupe pour la première fois de l'histoire de la franchise de hockey.

– Tu dédaignes ta première place aux éliminatoires. Selon moi, l'équipe que tu as réunie autour de toi fonctionne parfaitement. (Mais à quel prix ?) Combien de matchs reste-t-il cette saison ? Quinze ?

– Exact.

– Ça fait énormément de pression, je me murmure à moi-même.

– Tu n'imagines pas, soupire-t-il. Et nous y sommes presque. Nous sommes si près que je le goûte presque…

mais comment veux-tu que je sache si on est capables d'aller jusqu'en finale ?

– Comment ça ?

Je pose la main sur la sienne pour l'empêcher de s'écarter.

– Oublie. C'est sans importance. (Avec un sourire tendu, il écluse le restant de bière.) Il est tard, rentrons. Ce n'est pas la porte à côté.

Je soupire alors qu'il repousse son tabouret et va régler la note. J'avais pourtant l'impression que nous faisions des progrès significatifs. Le positif dans tout ça ? Mon intuition s'est confirmée. Hunter Maddox a atteint ses limites émotionnelles, et il ne sait pas comment se l'avouer.

À la place, il bout de colère. Il réagit trop vigoureusement. Il brûle la chandelle par les deux bouts. Pour un homme qui préfère se fondre dans le décor, il est le visage d'une équipe qui se hissera sûrement au centre de la scène sportive dans les prochaines semaines.

Comment le vivra-t-il ? D'après sa manière de réagir à la pression qu'il subit actuellement, cela ne présage rien de bon.

L'aider à réaliser qu'il souffre d'épuisement professionnel l'apaiserait ou l'enfoncerait ?

20

DEKKER

– Vide ton sac, qu'on en finisse.

Il espère provoquer une dispute, que je sens dans le ton de sa voix, dans son repli sur lui-même et dans son attitude pensive depuis que j'ai coupé le moteur de la voiture, mais je n'ai pas la force de lui donner la réplique.

– Dire quoi ? je hasarde en dardant un regard vers lui, pendant que nous traversons le parking en direction de l'entrée de l'hôtel.

J'ai conduit plusieurs heures, la nuit est déjà bien entamée et je suis vannée.

– Ce qui te préoccupe depuis que nous avons quitté le bar.

– Qu'est-ce qui te fait croire que cela te concerne ?

– Tu ne sais pas cacher tes émotions. Tu te crois douée pour ne rien laisser paraître, une dure à cuire, mais en ce qui me concerne, elles se voient comme le nez au milieu de la figure.

– Tu fais un sacré baratineur.

– Bah tiens. Du coup, la dernière fois que je t'ai vue *avant*, quand tu es partie de l'hôtel, je t'ai mal déchiffrée et mal cernée depuis le début.

– En clair, ça veut dire quoi ?

La prudence me met aux aguets.

– Que tu es partie parce que tu as enfreint les règles.

À ses mots, mes pieds vacillent et j'ai des difficultés à déglutir.

– Quelles règles ? je fais avec une ignorance simulée.

Il se rapproche et m'examine. Je me réjouis que la nuit m'offre un refuge, bien qu'elle ne dissimule sans doute pas l'anxiété que suscite mon but secret.

– À toi de me le dire.

Nos regards se verrouillent dans une danse embarrassée, dans laquelle il ne semble pas disposé à donner suite aux accusations qu'il avait en tête. Je refuse d'ouvrir la boîte de Pandore.

Je ne sais pas trop ce qui est pire : qu'il me dise qu'il savait que j'avais des sentiments pour lui ou que je réalise qu'il savait *mais* m'a néanmoins laissée partir sans protester.

Sitôt que je percute, je secoue la tête. Je le reconnais bien là. Esquiver. Dévier. Intervertir les rôles en changeant de sujet afin qu'il ne soit pas contraint de répondre et d'être celui qui se dévoile. Classique de la part de Maddox.

Je suis contente d'avoir tenu ma langue. De ne pas lui avoir fourni l'échappatoire qu'il escomptait et les réponses dont il n'a pas encore conscience.

– Juste une chose, je fais, les mains sur les hanches.

– Une phrase qui commence ainsi n'augure rien de bon.

Il croise les bras, déjà sur la défensive.

– Tu es celui qui est venu vers moi, pourquoi ne puis-je pas poser une question moi aussi ?

Son soupir exaspéré emplit le silence.

– Écoute, la soirée était sympa. Nous nous sommes éclatés. Nous ne nous sommes pas étranglés, ce qui est toujours un bon point entre nous deux. C'est top, mais également fâcheux étant donné que *c'est nous*, pas vrai ?

Son petit rire est teinté de lassitude.

– Ne gâche pas la soirée avec des questions, d'accord ?

– Que fais-tu à la fin de la saison ? dis-je.

Il rit de protestation.

– Je ne ferai pas ça, Dekker. Nous n'aurons pas cette discussion.

– Juste… fais-moi plaisir. S'il te plaît. Je…

Comme il commence à s'éloigner, je le rattrape par le bras, mais je vois la seconde où ses épaules s'affaissent et je sais qu'il va fléchir.

– Ce n'est pas une question piège. C'est juste… que fais-tu après la saison des matchs ?

– Je m'entraîne. Je fais du sport. Et je m'entraîne encore.

Ses bras retombent sur les côtés.

– Et entre les deux ?

– Je visionne des vidéos de hockey, j'étudie les adversaires, leurs faiblesses.

Son ton laisse penser que je suis supposée le savoir – d'ailleurs, je le sais –, mais j'ai besoin qu'il s'entende. J'ai besoin qu'il s'écoute et réalise que le hockey occupe toute la place dans son esprit.

– Que fais-tu d'autres, en dehors du hockey ?

– Qu'est-ce que je fais ?

– Oui, excepté le hockey à longueur de temps, quels sont tes loisirs ?

Son lent sourire un peu de guingois et ses yeux qui explorent lentement l'encolure en V de mon tee-shirt m'incitent à secouer la tête.

– Montons, que je te montre précisément ce qui m'éclate.

Si mon corps réagit instinctivement à son invitation, ma tête se remémore son rejet brutal.

– Je ne doute pas que ce soit une possibilité, mais c'est hors de propos. (Je secoue la tête.) Sérieusement. Que fais-tu à part le hockey et les coups d'un soir ?

– Des aventures de deux nuits.

– Hilarant. Je parle sérieusement.

Il m'examine.

– D'une infinité de nuits.

J'éclate de rire, mais le son s'éteint sous son regard.

– Tu m'as demandé pourquoi je t'avais emmené au match de Darmouth ce soir. Tu m'as demandé d'arrêter de me répéter… alors, j'ai arrêté. (Chaque partie de moi se prépare aux retombées de ce que je m'apprête à révéler, ce que reflète mon souffle tremblant.) Tu es épuisé, Hunter, littéralement à bout de forces, tu as besoin de recharger tes batteries d'une manière ou d'une autre…

– Tu divagues.

Il rejette physiquement ma théorie comme si reculer de deux pas pouvait l'aider à la nier.

– Sens-toi libre d'en parler. Il n'y a pas de honte à avoir.

Un autre rire mitigé. Sa bouche s'ouvre, se referme, mais je vois l'accès de panique dans ses yeux. Je l'entends dans les trémolos de son rire.

– C'est la dernière chose dont j'ai besoin en ce moment. Tu le sais, ça aussi ? Sais-tu quelle tempête je vais soulever demain ?

– Demain ?

– Sais-tu… eh merde, aboie-t-il, le corps tendu.

Si je ne suis guère étonnée de tomber sur un panier de crabes, j'en ignore le contenu. Il s'éloigne un peu, les doigts noués dans sa nuque, puis reprend.

– C'est la dernière chose dont j'ai besoin. Pourquoi faut-il que tu t'en mêles ?

– Hunter. Je suis désolée. Je ne sais pas de quoi tu parles, mais je…

– C'est clair que tu n'as pas idée, braille-t-il en me fusillant du regard, probablement sans remarquer le couple qui traverse le parking. (Contrairement à moi, qui déteste deviner ce qu'ils pensent aux regards noirs à répétition qu'ils nous lancent.) Tu imagines combien ça semble incongru ?

– Qu'est-ce qui est incongru ?

– Je n'aime plus le hockey.

Ses mots me sidèrent. S'épuiser sous le coup de la pression implacable du sport conjuguée aux efforts engagés pour donner le meilleur de soi, et détester ce sport sont deux choses entièrement différentes. Mais à le voir lutter, je sais qu'il n'est pas en capacité de faire la part des choses ou de prendre du recul… et cela me serre le cœur. Dans ses yeux, ses larmes se chargent d'un mélange de honte, de confusion et de colère. C'est presque comme si par cet aveu – la perte de son amour pour le hockey –, il admettait que son identité lui avait été dérobée et qu'il n'était pas sûr de savoir comment la reconquérir.

J'hésite entre lui proposer de l'amour brut ou de la compassion, tout en sachant que rien ne conviendrait. Faisant un pas vers lui, je m'applique à le raisonner.

Je n'aime plus le hockey.

– Tu ne le penses pas…

– Un peu, que je le pense, crie-t-il, les bras étirés sur les côtés. Et encore, c'est plus vaste que ça. Tellement que je ne pourrais jamais l'expliquer.

La petite fêlure dans sa voix sur le dernier mot, combinée à la défaite qui amollit sa posture, abat mes défenses et me donne envie de l'étreindre pour chasser la tristesse dans ses yeux.

– Je t'écoute, dis-je en me rapprochant encore un peu. Je suis là. Je suis…

– Tu es quoi ? Tu comptes débarquer comme une fleur, avec ton optimisme et ta baguette magique, et tout remettre parfaitement en ordre ? Ne le prends pas mal, Dekk, mais c'est la dernière chose que je veuille de toi ou dont j'aie besoin.

Ce qui s'est brisé est irréparable. Les dégâts sont irréversibles. Tout ce que je peux faire, c'est serrer les dents et sauver le peu qui reste à sauver.

– Laisse-moi au moins être là pour toi.

Son rire d'écorché vif me dévore. Je sais bien qu'il partage rarement ses sentiments, mais il faut qu'il sache.

– Sache que tu n'es pas un cas isolé, que la plupart des athlètes professionnels traversent ce genre de crise à un moment de leur carrière. Comment ne pas s'épuiser ? Comment jouer tous les jours et…

– Assez !

Sa voix retentit sur le parking. Son cri suggère qu'il n'écoute pas, mais l'expression de son visage – peur et incertitude – atteste qu'il m'entend. Il sait que j'ai raison. Il est juste trop fier, trop borné, trop viril, trop terrifié pour s'avouer vaincu. Comme beaucoup de gens, il perçoit cela comme un signe de faiblesse.

Un constat d'échec.

Mais quel échec ? C'est toute la question.

– Pour qui tu te prends, à jouer la psy avec moi ?

– Je suis tout sauf un psy, dis-je en me rapprochant un peu. Nous devons t'aider à te rappeler pourquoi tu es tombé amoureux de ce sport.

– Qui est ce « nous » ?

– Toi. Et moi, éventuellement…

– C'est donc la raison de cette sortie, n'est-ce pas ? Dans le fond, l'idée n'était pas de m'inviter à un match. Ni de m'accorder une parenthèse sans les gars, juste en étant moi, et pas leur capitaine. Ton but était de me démontrer, de m'ouvrir les yeux sur le fait que je peux aimer ce sport d'une autre façon.

Toute contestation s'éteint sur ma langue à la vue des larmes de frustration dans ses yeux.

– C'est bien ce que je disais. Avec tout le monde, il y a une contrainte ou une autre. Toujours une arrière-pensée. Toujours quelque chose que quelqu'un veut de moi et cette fois, rien de surprenant, c'est toi…

– Tu t'entends parler ? je crie.

– Quoi ? L'alternative consiste à t'écouter ?

Sa voix écrase la mienne.

– Je refuse de me battre. Tout ce que je veux, c'est t'aider du mieux que je peux. Dire que tu es épuisé n'est pas admettre que…

– Admettre quoi ? Tu ne crois pas que je sais que des millions de gens tueraient pour être à ma place ? Que je sais que ça paraît dément que je me plaigne de vivre mon grand rêve ? Qui a besoin d'une pause alors qu'il vit sa passion ? Qui envoie bouler ce qui l'a défini et sauvé ? (Après quelques pas, le châtiment qu'il profère à son encontre d'une voix gutturale me bouleverse.) J'ai trente-deux ans et chaque jour de ma vie est une corvée. Chaque jour, je poursuis un fantôme que je ne surpasserai jamais aux yeux de certains. Chaque jour, je fais semblant pour les fans d'être la personne qu'ils voient en moi. Nom de Dieu. Combien de jours reste-t-il avant qu'ils s'aperçoivent que je suis un imposteur ? Avant qu'ils réalisent que je suis un miroir aux alouettes et que je ne fais que tenter de répondre aux attentes des autres ?

Bien que je ne comprenne pas tout, je ne l'interromps pas. Sans un mot, je le laisse fulminer sur des sujets que je ne saisis qu'en partie mais que, émotionnellement, je peux concevoir.

Il est comme un petit garçon. Du genre qui entend la vérité, mais la rejette par principe.

– Hé.

Ma voix est calme, lénifiante, alors que je me place à côté de lui. Mes mains frémissent d'envie de l'enlacer, de le toucher d'une manière ou d'une autre, pour le tranquilliser.

– Je sais que tu ne veux pas entendre ça, mais j'ai vraiment besoin que tu essaies. Je comprends tout ce que tu as dit. Le pourquoi. Le comment. Que tu ne te permets pas de ressentir ces émotions. Autant de complaintes valides pour quelqu'un d'extérieur mais, Hunter, tu manques de recul, et ce que tu éprouves est fondé. N'est-ce pas la raison de ton débat intérieur ? Tu ne te demandes pas comment tu peux te plaindre, ou saturer, alors que ta carrière est le rêve de tant de gens... excepté que ce n'est rien de plus qu'une carrière. Tu peux exceller dans un domaine, être au sommet de ton art, sans pour autant être à l'abri du découragement. C'est humain. C'est...

– Maintenant, tu vas m'annoncer que tu connais le remède ?

Il n'y a plus trace de l'émotion qui sculptait son visage. Son masque est replacé, ses sentiments remis sous les verrous. La colère se substitue au sarcasme. La confusion troquée contre le déni.

Dans un effort monstre, je saisis ses épaules et le secoue pour l'obliger à m'écouter. Je suis contrariée et froissée qu'il se soit renfermé.

– Je n'ai pas la solution. Tout ce que je peux dire, c'est que tu as besoin d'équilibre. Tu as besoin d'être Hunter Maddox, le gars qui aime regarder des films, cuisiner ou je ne sais pas ce qui te distrait, mais tu peux avoir une identité en dehors du hockey tout en restant la star du hockey Hunter Maddox pour le reste du monde.

– Oh regarde-moi qui voilà : la consciencieuse Dekker et ses réponses parfaites pour sauver le monde. Accroche-toi, je n'ai pas besoin d'être secouru. Je n'ai pas besoin d'eux ni de leur pression. Je n'ai besoin de personne et sûrement pas de toi.

Ses mots me frappent par vagues. La plupart font sens, pas tous, mais l'identité de ce « ils » m'interpelle. Toutefois, je m'abstiens de le questionner.

Ses épaules crispées par l'exaspération, nous nous regardons dans les yeux. La buée blanche de sa respiration se dissipe autour de nous.

Quand je lui réponds, ma voix est aux antipodes de la sienne. Calme, régulière, blanche.

– Ce n'est pas mon intention. Tout ce que je…

– Te fatigue pas, Kincade. Garde ton bla-bla. (Il agite la main et secoue la tête.) J'ai eu ma dose. Merci d'avoir gâché la soirée bien que je t'aie conseillé de laisser couler.

Sur ces mots, il pivote sur lui-même et se dirige vers l'entrée de l'hôtel.

D'un bout à l'autre, cette conversation est un pur désastre. À tous points de vue.

En prime, je reste dans le noir absolu concernant la raison profonde de son accablement.

21

HUNTER

– Nous n'avons pas eu l'occasion de vous consulter après le match. Avez-vous un commentaire à faire sur la baisse de qualité de votre performance ou étiez-vous simplement dans un mauvais jour ?

J'ai l'impression que le match date de plusieurs années. Combien de temps ça fait ? Seulement trois jours ? Quatre jours ? Pas moyen de m'en souvenir.

Sous les spots aveuglants, je discerne à peine mon agent, Finn Sanderson, posté dans le fond de la salle de conférence de presse. Bras croisés et adossé au mur, il ne me lâche pas un instant du regard.

La direction a sorti la grosse artillerie pour m'apprivoiser. Jünger s'inquiète sans doute que je lui fasse faux bond et néglige ses avertissements.

Peut-être est-ce finement raisonné, étant donné que nous nous trouvons dans ma ville natale, et que j'élude comme jamais.

– Tout le monde a des hauts et des bas. Tout porte à croire que je n'étais pas dans un bon jour, dis-je, répétant la phrase toute faite que Sanderson m'a implantée dans la tête juste après ses innombrables menaces pour que je me tienne à carreau, sans quoi je finirai sur le banc de touche ou suspendu ou me retrouverai sans agent. (Si ses avertissements quant aux négociations du contrat sont creux, destinés à instiller la peur en moi, la mise à pied me pend au nez.) Espérons que les mauvaises ondes m'aient quitté et que je retrouve la niaque ce soir.

– Craignez-vous que cette défaite se répercute sur le classement ?

Je repousse le micro et cherche des yeux l'origine de la question, à travers la lumière vive des spots.

– Tous les matchs comptent. Chaque victoire, chaque défaite. Je joue à la Ligue depuis suffisamment longtemps pour savoir que perdre à un point d'écart, la première semaine de la saison, peut s'avérer déterminant sur la conclusion de la saison. Par chance, les Nomads ont aussi perdu, alors en théorie, nous sommes à égalité.

Tu es épuisé, Hunter, complètement à bout.

J'essaie de repousser les mots de Dekker, qui se rejouent dans ma tête pour la énième fois depuis qu'ils ont franchi ses lèvres. Je sais que c'est vrai. Manifestement, elle le sait aussi.

Mais mince, la raison initiale ne se répare pas.

J'ai pourtant essayé.

Ce que j'ai essayé !

– Monsieur Maddox, par ici !

La voix de la journaliste chasse celle de Dekker de ma tête. Je cligne des yeux à plusieurs reprises dans la lumière et, la main en visière, dirige mon attention dans sa direction.

– Bonjour. Salut.

Une débutante. Les jeunes journalistes en font toujours des caisses.

– Bonjour.

– Euh oui. Euh… Vida Henson de *Sports Worldwide*. Vous semblez traverser une période faste. Vous êtes sur le point d'écraser deux records de la LNH en un temps exceptionnel. Avez-vous modifié quelque chose cette année pour améliorer votre jeu de manière aussi radicale ?

Mon frère est mourant.

– Excellente question.

Et j'ai contribué à sa mort.

Je fixe la lumière et secoue la tête, repoussant la vérité qui me hante chaque jour de ma vie. Son poids écrasant. Alors je mens.

– J'ai modifié… mon entraînement. J'ai intégré quelques membres extérieurs au club pour m'aider à développer mon plein potentiel. Et… euh… je crois qu'ils méritent une augmentation parce qu'ils semblent efficaces.

Je lance deux ou trois pseudo-explications, mais je suis distrait.

Peut-être parce que je suis de retour dans la ville de mon enfance.

Ou que je dois me rendre chez mes parents et affronter la réalité.

Ou bien parce que…

– Monsieur Maddox ? Randy Girdley pour *Headline Sports*. Vous avez grandi dans le coin. Quels endroits aimez-vous fréquenter quand vous revenez dans la région ?

Le tronçon de route où ma vie a radicalement changé.

Le cimetière où je rends mes hommages.

Dekker n'avait pas complètement raison.

C'est tellement plus grave qu'un burn-out.

Je cligne plusieurs fois des yeux alors que la pièce se déforme et bouge autour de moi, et j'essaie de repousser ces premiers instants terrifiants où le cours de ma vie a pris un virage décisif.

Ton jeu était merdique ce soir, fils. Tu as tellement mal joué que tu devrais avoir honte.

Affronter mon père.

Ouais, encore un endroit où je brûle d'envie de me rendre : la maison de mon enfance.

Avec un sourire forcé, j'émets un rire. N'importe quoi pour les éloigner de la vérité.

– On a tous nos adresses secrètes quand on rentre au bercail.

Je repousse ma chaise et me lève.

– Lesquelles, par exemple ? presse-t-il.

– Mes journées sont bien remplies, j'ai très peu de temps libre. Naturellement, mon entraînement et l'équipe restent prioritaires, mais je ne manquerai pas de passer du temps à l'Hôpital des Enfants de Boston, avec les gamins de Elite 9 Rink, pour répondre à leurs questions. Deux ou trois autres rendez-vous pour rendre un peu de ce que j'ai reçu et soutenir le sport. Je ne m'ennuie pas. (Un autre sourire pour sceller le mensonge.) Merci pour votre temps. J'espère tous vous revoir ce soir pour le match.

Je franchis la porte sur ma droite sous une salve de questions, mes pieds alignant les pas pendant que j'essaie de canaliser la discorde qui me dévore.

Pourquoi est-ce aussi pénible cette fois ? Pourquoi ai-je l'impression que tout l'oxygène est expulsé hors de moi à chaque inspiration ?

Presque aussitôt, Sanderson pousse la même porte de sortie.

– On a tous nos adresses secrètes ? ricane-t-il. Dit comme ça, on aurait cru que tu faisais allusion à un bordel ou je ne sais quoi.

S'il savait !

– Je me suis plié à ton petit jeu, j'ai fait des courbettes. Ça ne suffit pas ? Tu veux que je me concentre sur le match de ce soir et que j'investisse toute mon énergie dans mon jeu, alors ne vaudrait-il pas mieux me laisser me préparer ? J'ai fait ce que tu voulais et tu continues de me persécuter.

– Je t'ai posé la question la dernière fois, quand ton directeur m'a ordonné de te remettre dans les clous, et tu as esquivé. Alors je te redemande : qu'est-ce qui t'arrive ? Tu as répondu à leurs questions, mais ton sourire les envoyait sur les roses. Ton attitude rebelle ne vole pas bien haut. Essaies-tu de bousiller ta carrière, tes statistiques et les records que tu as presque atteints ?

– Je me suis montré sympa. Maintenant, j'aimerais aller étudier des enregistrements. Les Fishers ont réaligné leur défense et je dois m'assurer de maîtriser tous ses aspects, dis-je à propos de l'équipe que nous rencontrons ce soir.

Il hoche la tête en me scrutant.

– Content que tu aies de nouveau la tête au sport.

– Elle n'a jamais été ailleurs.

– Tu es le visage de l'équipe, Maddox. Beaucoup de choses dépendent de toi.

Mon visage, certes, mais ce devrait être le cœur et le corps de Jonah.

– Tu l'as déjà dit, je marmonne, tournant les yeux vers la fenêtre de la pièce vide.

– Pourquoi tu as l'air ailleurs ? Pourquoi tu parais dispersé comme si tu ne tenais pas en place ? Jünger avait peur que l'oxy que tu prenais pour ton genou…

– Encore avec ça.

Las de cette accusation, je m'apprête à reprendre mon chemin, mais avant que je ne passe devant lui, il m'attrape le bras. Je tire pour me libérer.

– Lâche-moi, Finn. Tu crois que je me dope ? Alors, fais-moi tester. Je suis clean. Tu crois que je bois ? C'est pas faux, j'ai forcé sur l'alcool une fois ou deux, mais pas plus que n'importe quel joueur de l'équipe. Peut-être que mon problème est que vous mettez le nez dans mes affaires en dépit de mes requêtes.

– C'est mon boulot de me mêler de tes affaires et, pour l'instant, elles ne sentent pas bon. Reprends-toi.

– C'est noté.

Je marche vers la porte.

– Je te suivrai sur les prochains matchs, parce que j'ai peur de ce qui arriverait sans moi. Alors, je te suggère de veiller à ce que cette discussion n'ait plus lieu d'être.

Je quitte la salle sans un mot et, quand je tourne à l'angle, je tombe nez à nez avec Dekker.

Bon sang. D'abord lui et maintenant elle. J'ai les deux sur le dos.

– Oh là ! Où cours-tu comme ça ? demande-t-elle alors que nous pivotons, nous retrouvant dans deux positions opposées, et elle se retenant à mes bras pour garder l'équilibre.

– Des trucs à faire.

Plein de trucs, en fait. Toutes ces occupations me fournissent une excuse en or pour ne pas envisager de rendre visite à mes parents avant le match.

Ça, et rester occupé empêche les fantômes que cet endroit convoque de trop me hanter.

– Hunter ?

Je croise son regard, une fraction de seconde de trop, parce que je vois l'instant où elle aperçoit mes fantômes, ses doigts se resserrent autour de mon bras.

– Hunter ?

– Oui, quoi ?

Je recule d'un pas.

– Je t'ai envoyé plusieurs sms. Tous restés lettre morte.

Comme tu es la seule qui s'est aperçue que j'étais à bout, j'ai peur qu'en te laissant m'observer davantage, tu voies les autres vérités que je cache.

– J'étais débordé, je réponds d'un ton sec, mes pieds remuant d'impatience.

– Je voulais juste… m'excuser pour l'autre soir. Je ne voulais pas te forcer. Je…

– C'est de l'histoire ancienne, n'en parlons plus.

J'offre un sourire pincé et déteste constater que la voir m'ébranle à ce point. Je ne supporte pas sa présence et je ne veux pas qu'elle parte. La voir me frustre parce que j'ai l'impression qu'un fardeau se soulève à l'idée que quelqu'un d'autre sache, mais le fait qu'elle sache me déconcerte en même temps. *Le fait qu'elle soit à même de me voir réellement.*

Elle aspire sa lèvre inférieure entre ses dents et secoue la tête, le regard chargé d'une inquiétude dont je ne veux pas.

– Compris. N'en parlons plus. La discussion n'a jamais eu lieu. La soirée non plus. Inutile de le répéter.

Sauf qu'elle s'est produite. Le rire. La casquette des Kings. Les balles de tennis. La bière. Le silence confortable. La solidarité.

– Tu avais besoin d'autre chose ?

– Juste que tu saches que je suis là pour toi. Si je peux faire quoi que ce soit pour aider…

– Tu sais ce qui m'aiderait ? Que les gens arrêtent de me rabâcher ça. Je ne suis pas atteint d'un cancer. Je ne suis pas agonisant. Je me porte très bien.

Elle me fixe, les dents serrées et ses yeux lançant des fléchettes.

Je suis immédiatement renvoyé trois années en arrière, quand elle se tenait dans la chambre d'hôtel, le menton tremblotant mais droit, en lutte contre l'émotion qui humidifiait ses yeux. Pendant qu'elle déclarait que notre passade arrivait à son terme, qu'il était préférable de ne plus se revoir. Alors qu'elle évitait que je lui brise le cœur, son cœur qui commençait à s'attacher un peu trop au mien.

Parce que le mien tenait déjà à elle.

Ce souvenir est la dernière chose dont j'aie besoin. Me rappeler ce que ça faisait de compter pour elle. Me remémorer tout ce temps passé à me persuader que je ne méritais pas quelqu'un comme elle – les sentiments, le confort, la simplicité de notre relation –, tout cela pour qu'elle m'épargne en le faisant à ma place.

Tout cela pour me prouver que je ne suis qu'un sale type. Je ne l'ai pas poursuivie, ne lui ai jamais dit qu'elle se méprenait… parce que je l'ai laissée filer.

Elle se débat un instant avec ses émotions, puis sa façade froidement professionnelle reparaît et elle recule d'un pas.

– Tout s'explique à présent.

– Quoi donc ? dis-je.

– Tu ne veux pas entendre ce que j'ai dit l'autre soir, mais tu veux jouer la victime. J'ai une info pour toi, dit-elle en se moquant de moi. Tu…

– Nom d'un chien, Hunter. (Me décalant, je vois Sanderson derrière l'épaule gauche de Dekker, la stupéfaction et le dégoût imprimés sur ses traits.) Tu m'as fait croire que tu allais te mettre en condition pour le match de ce soir. Et voilà que tu fais le coq pour choper une pouffiasse.

Avant que je ne puisse laisser éclater la colère qui monte en moi, Dekker pivote vers à lui.

– Choper une pouffiasse ? demande-t-elle, et Sanderson blêmit quand il découvre avec qui je bavarde. Je suis sûre que tes clients se sentent merveilleusement valorisés quand leur agent s'adresse à leurs admirateurs sur ce ton. (Elle se rapproche de lui sans se laisser démonter.) Pour ta gouverne, je ne suis pas du genre que l'on chope, mais tu ne le sauras jamais, vu que je ne te toucherais même pas du bout d'une perche.

Sur ce, Dekker Kincade remonte le vestibule de l'hôtel d'un pas tranquille sans un regard en arrière. Je ris sous cape. Puis je me demande pourquoi elle est la seule personne qui parvienne à me donner le sourire, ces temps-ci.

22

DEKKER

Les lames des patins sculptent la glace fraîchement resurfacée. Le son est comme une symphonie de compétences et de techniques qui s'écoutent aussi aisément qu'elles se voient.

Je regarde les LumberJacks s'échauffer alors que les fans les plus inconditionnels arrivent en avance pour ne pas manquer une seule seconde de hockey.

Plus d'une fois, je surprends le regard de Hunter s'échapper dans ma direction, dans la suite de l'équipe en visite. Pendant qu'une petite partie de moi espère que c'est parce qu'il s'en veut d'avoir été odieux avec moi précédemment, l'autre, sait qu'il n'en a cure.

En fait, la seule fois où Hunter Maddox s'est intéressé à mes émotions, c'est quand elles conduisaient à me faire décoller.

Ce faisant, je repense à la conférence de presse d'aujourd'hui. À la déconnexion entre celui qui répondait aux questions des journalistes et son attitude quand je l'ai croisé dans le couloir.

Je présume qu'à cet égard, il n'a guère changé… même maintenant, j'ai du mal à le suivre.

– Quelle surprise de te voir à Boston !

Dans ma vision périphérique, j'aperçois Finn Sanderson qui arrive à ma hauteur, bras croisés dans son costume ridiculement coûteux.

– Nous avons tous un travail à accomplir, je murmure, sans trop avoir envie d'engager la conversation avec lui, et pas seulement parce qu'il m'a traitée de « pouffiasse ». Plus simplement, je n'aime pas ce type.

– Certains d'entre nous font mieux leur job que d'autres. N'est-ce pas, Dekker ?

Sa voix est douce comme la soie, mais je sais qu'elle est imprégnée d'arsenic.

Il essaie de me faire sortir de mes gonds.

Je ne lui donne pas la satisfaction de répondre.

– À quel client es-tu venue tenir la main ? demande-t-il.

Chaque mot qu'il profère est un rappel des clients qu'il nous a pris en les débauchant. Il a ainsi lentement sapé les fondations de notre agence et cela renforce d'autant plus ma détermination. Les Kincade sortiront vainqueur de ce combat.

À présent, j'espère au moins approcher Hunter pour savoir à quoi m'en tenir.

Cela dit, si Finn continue de plastronner et de m'insulter, je n'aurai qu'à me taire et le laisser le convaincre pour moi.

Les gars échangent leurs postes pour varier les exercices et je regarde Callum permuter dans la rangée. Il jure que son passage à un régime végétarien a changé sa vie ces derniers mois, et quelque part, je ne peux qu'approuver. Il semble l'avoir aidé à améliorer la fluidité de ses mouvements ainsi que son endurance. Quelle qu'en soit la raison, j'applaudis d'autant plus que son contrat se termine à la fin de la saison et j'aimerais beaucoup que ses statistiques remontent pour que les négociations évoluent en notre faveur.

Je les observe, tandis que Finn me regarde.

– Dois-je avoir peur que tu sois venue pour me piquer mes clients, Dekker ? demande-t-il enfin.

Il me provoque.

Je renifle pour toute réponse et vérifie un nouvel sms pour le faire mariner.

– Est-ce un oui ? me presse-t-il.

Je me tourne face à lui pour la première fois. J'examine sa coiffure impeccable, ses yeux gris, et ma seule pensée est qu'il est trop parfait, trop propret.

Je me hérisse de le mépriser à ce point, mais le sourire sur mon visage ne révèle rien d'autre que de l'indifférence.

– Pas plus qu'un non. C'est un « peut-être que tu devrais être un meilleur agent, auquel cas tu n'aurais pas à t'inquiéter que tes clients quittent le navire, puisque tu les saurais déjà satisfaits ».

– Comme les tiens le sont ?

– Je te laisse à ton attitude d'agent immaculé et peu sûr de lui, pendant que je retourne à mes principes qui me conviennent et qui me permettent d'avoir bonne conscience et de dormir paisiblement la nuit.

Je m'éloigne dans le fond de la loge.

– Tu t'avoues déjà vaincue, Kincade ? J'aurais cru que tu te battrais plus durement pour garder ta clientèle.

– Ordure, je bougonne pour moi-même, pas fâchée que la sonnerie de son téléphone interrompe cette conversation peu stimulante.

Du remue-ménage attire mon attention vers l'entrée, où un fauteuil roulant équipé de la dernière technologie pénètre dans la loge. Par prudence, je souris à l'homme attaché au siège, bien que je ne sois pas sûre qu'il me voie. De crainte de donner l'impression de le fixer, j'offre le même sourire à son accompagnatrice qui pousse le fauteuil. D'un certain âge, les cheveux plaqués sur ses joues, la frustration crispe les traits de son visage.

– Je peux vous aider ? je propose en marchant à leur rencontre, avisant l'encombrant fauteuil incliné, son occupant étant presque allongé.

– Je me débrouille, merci, répond-elle avec un léger grognement alors qu'elle le dirige au bout de l'allée, où il bénéficiera d'une vue dégagée sur la patinoire.

C'est alors que je percute.

Il s'agit de Jonah. Le frère de Hunter.

Je digère l'information en évitant de regarder dans leur direction.

Puis je pèse le pour et le contre pour savoir si je dois aller me présenter, et décide de la laisser d'abord les installer, pas trop pour ne pas donner l'impression de rester là pour le dévisager mais sans les gêner pour autant.

Et pendant tout ce temps, alors que je garde un œil sur l'échauffement des Jacks et leurs actions, elle murmure à celui que je pense être Jonah pour s'assurer que tout va bien.

– Et voilà. Tu es à l'aise ? (Elle ajuste ses bras.) Comme c'est excitant ! Tu n'es pas content d'être ici, Jonah ? Je sais que tu attends ce jour depuis une éternité. (Elle actionne une manette pour redresser le dossier.) Les Jacks vont gagner ce soir. Normal, tu es là. Tu es leur porte-bonheur.

Elle s'adresse à lui d'une voix tendre et enjouée, chaque phrase contrebalançant le bourdonnement du respirateur, tandis qu'elle procède à des réglages sur le fauteuil.

– Carla. Quel plaisir de vous voir, s'exclame Finn avant de me contourner.

Me retournant, je vois le visage de Carla s'illuminer alors qu'elle se rapproche pour lui donner une rapide accolade.

– Monsieur Sanderson. Je ne savais pas si vous viendriez. Ça me fait plaisir de vous voir.

Finn s'adresse à l'homme en fauteuil.

– Content de te voir, Jonah. Tu as hâte de voir le match ? Ton frère va les massacrer. Je parie que son jeu sera démentiel ce soir, comme tu es là.

Carla tapote le bras de Finn, ses yeux et le discret mouvement de tête transmettant un message que je ne comprends pas.

Gênée par l'impression d'écouter aux portes, mais obligée d'entendre eu égard à la proximité, je reporte mon attention sur la glace, dépitée d'avoir loupé le coche pour me présenter.

– Prenez-vous soin de mon garçon ? demande-t-elle.

– Vous savez qu'il sait se débrouiller seul, rit Finn. Vous l'avez probablement remarqué.

– Nous ne l'avons pas encore vu. D'après lui, vous avez rempli sa journée de rendez-vous. Peut-être après le match, ce soir.

De la tristesse a remplacé l'exaltation dans sa voix.

– Probablement.

Hunter darde un regard dans ma direction et m'adresse un geste de la main.

– Coucou, mon chéri, articule Carla d'une voix forte comme si Hunter pouvait l'entendre. Jonah, Hunter te dit bonjour.

– Dekker ? Tu connais Carla et Jonah ?

Je me rapproche un peu.

– Pas encore. Mais j'ai longuement entendu parler de vous, dis-je en souriant, la main tendue, espérant que Sanderson saisisse mon allusion à mes liens avec Hunter. C'est un vrai plaisir de faire votre connaissance.

– Ce que vous êtes adorable, réplique Carla sur un ton chaleureux, sans une once de condescendance, en me serrant la main.

– Merci.

Je me tourne vers Jonah et retiens mon souffle. Non pas à cause de sa pâleur, ou du tube de trachéotomie ou de son handicap, mais plutôt de sa ressemblance frappante avec Hunter. Les cheveux, les yeux, le nez… c'est simplement stupéfiant. Je me force à ne pas l'examiner pour cette unique raison et offre un sourire.

– Enchantée, Jonah.

Il ne répond pas verbalement, mais ses yeux rencontrent les miens et je hoche la tête pour le saluer.

– Carla, c'est Dekker Kincade. L'agent qui essaie de me voler votre fils.

Carla laisse éclater un rire tandis que je cherche à comprendre l'angle adopté par Finn.

– Eh bien, elle a un net avantage sur vous. Elle est carrément plus jolie, plaisante Carla.

23

HUNTER

Ce devrait être lui qui dispute le match.

L'idée tourne sans relâche dans ma tête, à chaque passe.

Chaque coup de l'équipe adverse.

Chaque frappe de la crosse vers la cage.

Ce devrait être lui qui dispute le match.

La colère bouillonne dans mes veines avec plus d'ardeur que tous les médocs les plus stimulants. Elle déferle et me pousse à prendre des risques que je ne perçois même pas, et me passe un savon dès que je rate une action, quelle qu'elle soit, sur la glace.

Il ne va pas très bien, Hunter. Encore une infection pulmonaire. Une autre infection sanguine. Il ne peut plus parler. Le Dr Masterson dit que ce n'est plus qu'une question de temps.

Les aveux de ma mère, des mois plus tôt, résonnent dans ma tête et provoquent la fraction de seconde d'inattention qui fait que le palet m'échappe. Merde.

Ma tête.

Elle est bien trop encombrée pour jouer. Beaucoup trop de noirceur là-dedans.

Comment puis-je être sur la glace, à jouer, alors qu'il est là-haut dans cet état ?

Alors qu'il connaît comme personne la sensation de la glace sous les lames des patins ? Quand le rugissement de la foule était plus sa came que la mienne ? Quand la vie s'est arrêtée pour lui, ce soir fatidique, et a commencé pour moi ?

Ce devrait être lui qui dispute le match.

La pensée dicte la cadence de mes poings qui frappent Brighton sans aucune raison – sinon qu'il joue comme Jonah autrefois et cela m'attriste de me défendre contre lui et de me souvenir – et plus tard Vladkin, parce qu'il m'a poussé dans le dos comme tant d'autres depuis toutes ces années que je pratique le hockey.

Mais ce soir, c'est différent.

Ce soir, je ne peux nier la douleur qui m'irrite intérieurement. Je suis la raison pour laquelle ce ne sont pas ses pieds à lui qui se trouvent dans mes patins ce soir.

La raison qui fait que le hockey est plus une prison qu'un métier. Un jeu.

La culpabilité.

La honte.

Le dégoût de soi.

Remue-toi, Hunter. C'est ta grande soirée.

Les mots prononcés par mon jumeau voilà bien longtemps se répercutent dans mes oreilles et sonnent authentiquement justes à présent.

C'est ma grande soirée.

Comme tous les précédents soirs.

Et j'en exècre chaque seconde.

La raison, c'est moi.

24

DEKKER

Je regarde le match depuis les gradins.

C'est là que je préfère m'asseoir. Mes AirPods en place, les présentateurs locaux commentent chaque seconde dans mon oreille et le match se déroule devant moi pendant que je suis dans ma bulle.

– Écoute, Bob. Je ne vais pas me plaindre que Mad Dog, ce chien enragé de Maddox, nous honore de sa présence, mais je ne cacherai pas que ça n'a pas l'air de tourner rond. Sauf erreur de ma part, quand Withers s'est avancé pendant la dernière période, j'ai bien cru que Maddox allait dégommer son coéquipier.

Mince, la tuile.

Les commentateurs l'ont remarqué.

Comment l'ignorer ? Quand Callum est remonté à sa hauteur, Hunter a pivoté sur lui-même en se préparant à le cogner, et son visage débordait tellement de colère qu'on ne pouvait pas se méprendre sur son intention.

La direction s'en est forcément aperçue.

Les fans ne tarderont pas à le constater.

– Tu commets peut-être une erreur de jugement, observe Bob.

– Je sais ce que j'ai vu, et ceci ajouté à sa triste performance lors du dernier match, me pousse à me demander s'il n'a pas perdu son mordant.

– Perdre son mordant? Plutôt improbable. Pas Maddox, conteste Bob. Il arrive à tous les joueurs d'être moins performants sur un match.

– Ne pas être au top sur un match, c'est une chose, mais ces derniers mois, des bruits de couloir évoquent un litige au sein de l'équipe à propos de Maddox, se défend Steve.

– Naturellement, il y a des désaccords. La tension est aussi forte que nos attentes dans la course pour la Coupe. Il faut bien que cela se ressente quelque part. Et puis, tu l'as dit toi-même, ce ne sont que des rumeurs.

– Espérons que les gars restent concentrés et nous rapportent le trophée… sinon, j'ai peur de la liquidation qui en découlerait.

– Une liquidation ? Tu insinues que les Jacks renverraient Maddox s'il ne les emmenait pas aux éliminatoires ? s'offusque Bob. C'est du blasphème. Un vrai fan est inconditionnel. Honte à toi, le chambre Steve.

– Je ne préconise jamais le renvoi d'un joueur. Plus sérieusement, combien de temps un club comme les Jacks peut se permettre de garder un joueur comme Maddox ?

– Souhaitons qu'ils le gardent éternellement, glousse Bob.

– Pour parler raisonnablement…

– Fan inconditionnel, tousse Bob, et ils éclatent de rire.

– Sans rire, nous sommes un club modeste avec des ressources limitées pour payer les salaires. Si nous ne gagnons pas et que les gradins commencent à se vider, nous ne pourrons plus nous permettre de financer un joueur de sa trempe.

– Je vois ce que tu veux dire, mais c'est une valeur sûre, certifie Bob. Il nous décrochera la Stanley Cup… et puis c'est un Jack désormais. Il est l'un des nôtres, et coûte que coûte, nous l'aimons.

– Quelquefois, les valeurs sûres dégénèrent.

– La saison n'est pas terminée. Laisse-lui du temps.

Ouais, le temps de réussir ou d'échouer.

– Reprise du jeu dans deux minutes, chers auditeurs. D'ici là, je vais donner un coup sur la tête de Steve de la part de ceux d'entre vous qui le font par la pensée, de chez eux, depuis qu'il a lancé l'idée de troquer Maddox.

– N'exagère pas. Tout ce que je dis c'est que nous, les Jacks, avons tous les atouts entre les mains. Nous faisons une saison épatante. Pour la première fois, tout roule et c'est en grande partie grâce aux qualités de leader de Maddox et à son aura de vedette, même si elle lui fait parfois défaut comme lors du dernier match. À quel moment un club comme les Rangers ou les Red Wings, qui disposent de fonds inépuisables, entreprendront de le débaucher ?

– Le débaucher ? ricane Bob.

– Ma question est légitime.

– Il restera avec nous. Par chance pour nous, il a choisi de quitter une équipe à la réputation bien établie pour notre équipe, il y a deux ans. Je suis sûr qu'il avait des raisons personnelles de faire ce choix, et oui, s'il a connu des moments difficiles ces derniers mois, il a hissé notre équipe et notre ville sur le devant de la scène, comme aucun autre joueur ne l'avait fait de mémoire d'homme. Je mise gros sur les Jacks sur ce coup-là. Ils ne le laisseront pas filer.

– En tout cas, espérons que tout revienne en ordre, quel que soit ce qui le perturbe. Le match médiocre contre les Patriots où il a joué comme s'il était menotté, et maintenant, ce match où il écarte à lui seul tous les obstacles comme le ferait une équipe entière… c'est le jour et la nuit.

– On ne peut pas tout avoir. C'est tout ou rien avec lui.

– Il y a là matière à réflexion, observe Bob. L'action reprend, chers fans des Jacks. La troisième période va bientôt débuter avec nos Jacks en lice pour un impressionnant quatre contre un.

Ils blablatent pendant que la partie reprend et que, adossée dans mon siège, bras croisés, j'analyse ma journée. Ma conversation avec Sanderson, la rencontre avec la famille de Hunter. Que déduire de la conférence de presse de Hunter, et de son jeu ce soir – quelque part entre hors de contrôle et brillant ? C'est un homme fortuné, mais il joue comme un affamé. Il est renvoyé sur le banc de touche plus souvent qu'à son tour. Il a de l'énergie à revendre et je ne doute pas de la véritable raison.

Sa famille.

Son frère.

Est-ce l'un de ses moteurs ?

Je n'ai pas besoin d'eux ni de la pression qu'ils me mettent.

Vit-il son rêve… pour tous les deux, étant donné que Jonah n'en a pas la capacité ? Déjà que son planning surchargé suffirait à envoyer un homme au tapis, que dire si l'on ajoute la pression de l'endurer pour quelqu'un d'autre ? Même sa famille.

Est-ce d'*eux* qu'il parlait l'autre soir ? Ou suis-je à côté de la plaque et il ne faisait qu'évoquer des généralités ?

Dans un soupir, et prise du besoin de m'extraire un instant de mes réflexions, je décrète que le moment est idéal pour me dégourdir les jambes. Me levant de mon siège, je retourne vers la tribune de la direction générale pour remplir mon verre. Je suis presque dans le hall quand j'entends la voix de Finn.

– Comment se plaindre ? Il casse la baraque ce soir. L'équipe gagne et nous nous rapprochons un peu plus de la qualification en finale, plaide Finn. Quatorze matchs et ce n'est pas fini, mais je pense que la place en séries éliminatoires sera assurée avant cela.

– Peut-être qu'il casse la baraque ce soir, mais il démolit aussi l'équipe, résonne entre les murs bétonnés la voix unique de Ian McAvoy, directeur général des LumberJacks, me faisant dresser l'oreille.

Je ne suis pas du genre à écouter les conversations privées, mais je glane autant d'infos que possible pourvu qu'elles m'aident à bien faire mon métier et à accomplir la tâche qui m'a été confiée.

Même moi, je me rends compte que c'est peu reluisant : j'épie dans le couloir d'une patinoire alors que j'ai eu plusieurs occasions de dévoiler le but de ma venue à Hunter mais que je me suis débinée.

– Finn, après le coup de l'autre soir, j'ai atteint mes limites. La conférence de presse était du rafistolage de fortune, mais ne te leurre pas, ça n'a pas tout arrangé. Les appels des membres du comité de la Ligue me demandant si je faisais sciemment capoter le match me portent à croire qu'ils l'ont à l'œil.

– Il n'a pas sabordé le match. J'ai longuement discuté avec lui de l'impression qu'il a donnée au cours du match, et je te garantis que cela ne se reproduira plus.

– Il ne vaudrait mieux pas pour lui. Je n'étais pas particulièrement enchanté de devoir expliquer au haut comité que Maddox ne parie pas contre son équipe ni personne d'autre d'ailleurs. La dernière chose dont nous avons besoin est d'une enquête approfondie au sein du club pour contrôler que personne ne mise de l'argent sur les résultats des matchs.

– C'est ridicule, bredouille Finn.

– Je ne te le fais pas dire, mais tu comprends l'impression que ça donne, vu de l'extérieur ? Ce gars qui était un joueur précis, un fin calculateur, est devenu un dément égoïste lancé dans une course aux points, littéralement apathique sur le dernier match, pour finir par dominer la soirée. Appelle cela comme tu voudras, et je suis le premier à apprécier le sens du spectacle, mais cela ne justifie pas tout, assène Ian, et je ne peux que me ranger à son avis.

Les vivats du public résonnent dans le couloir, si bien que je loupe une partie de la conversation des deux hommes.

– Nous approchons de la fin de la saison, Ian. Il commence à manquer de tonus. Je sais que tu le rémunères pour être au top, mais avec toute la promo que tu l'obliges à assurer, tu le prives de temps sur la glace… et du temps pour se détendre dont il a grandement besoin. Il n'a pas levé le pied depuis des mois, même quand il était blessé et sans pause…

– Nous achetons son temps une somme coquette, rit-il. Ne fais pas semblant de prétendre le contraire. C'est ton joueur, gère-le ou je m'en charge, et tu n'apprécieras pas mes méthodes.

– Est-ce une menace ? souffle Finn comme s'il n'avalait pas les avertissements d'Ian.

– À toi de voir.

Ils regagnent la tribune de presse, et leurs voix s'estompent, mais je reste appuyée contre le mur en parpaings froids, abasourdie par ce que je viens d'entendre.

Pourquoi abordent-ils cette question maintenant, au beau milieu d'un match ? S'est-il produit autre chose à mon insu ?

Bien que je déteste l'admettre, Finn a fourni la parfaite réponse pour calmer le débat.

Mais zut, est-ce que je m'expose à cela si je signe avec Hunter ? Des menaces de son directeur et l'incapacité à laisser parler mes convictions parce que Hunter refuse de s'ouvrir à moi ?

Je soupire, la tête contre le mur, alors que des acclamations font vibrer les gradins.

***

Un long moment s'écoule entre la fin du match et l'instant où les joueurs quittent les vestiaires pour retourner à l'hôtel. Du temps partagé avec les entraîneurs, avec les coéquipiers pour analyser certaines actions, avec des kinésithérapeutes pour traiter des blessures, en interviews avec les journalistes dans les vestiaires et, enfin, les douches et le rhabillage.

Je connais des agents de sexe féminin qui entrent dans les vestiaires sans se soucier de tomber sur des fesses nues ou, encore pire, sur un pénis. Mais pas moi.

Je préfère rester professionnelle. Or, j'ai appris qu'à la seconde où un joueur sait que je l'ai vu nu, la dynamique change. Cela ouvre la voie aux blagues salaces, aux sous-entendus, lesquels peuvent ruiner un binôme en dépit de la nonchalance avec laquelle vous vivez ces instants.

C'est pourquoi je patiente devant la porte quand les joueurs commencent à émerger. Certains prêts à sortir s'amuser dans Boston, d'autres qui ont fait moins d'efforts, ont encore des traces de glace incrustées dans les genoux et rentrent commander des plats à emporter.

– Prête ? demande Callum en lançant quelque chose dans la poubelle.

– Bien sûr, dis-je en repoussant mes épaules du mur. J'ai failli attendre d'avoir un moment avec toi.

– Désolé, je suis surbooké.

– Je sais. Mon agenda est tout le temps à bloc. Super-match, au fait.

Il rit en reniflant par le nez.

– Ils sont presque remontés.

– Presque, mais pas tout à fait. (Je ramasse ma mallette en me demandant comment un 5-2 frôle l'égalité, mais je ne pose pas de question.) Une envie particulière pour le dîner ?

La porte des vestiaires s'ouvre et un cri retentit juste avant qu'elle se referme.

– La fête commence de bonne heure ? je plaisante en désignant la porte d'un mouvement du menton.

Son petit rire en dit long, mais il attend que nous ayons tourné à l'angle, hors de portée de voix.

– C'est Maddox. Il… je ne sais pas quelle mouche l'a piqué, mais il nous entraîne tous avec lui. J'ignore si c'est un problème de famille, ou la vie ou va savoir quoi… je me suis dit que tu savais, comme tous les deux, *tu sais…*

– Comme tous les deux… *tu sais quoi* ? (Je me prépare à la claque d'air glacial sitôt qu'il m'ouvre la porte donnant sur le parking.) Tu peux développer ?

– Tout le monde sait qu'il y a eu un truc entre vous, autrefois.

– Vraiment ?

Je ris, en apparence… mais intérieurement, j'ai envie de rentrer sous terre.

– Bah oui. Il paraît qu'on vous a vus sortir d'un hôtel ensemble.

– Contente d'apprendre que ma vie privée alimente les ragots. Nous avons pris un verre ensemble, à plusieurs reprises. Ça doit remonter à trois ans, dis-je, omettant de divulguer les détails intimes de notre liaison brève mais profondément satisfaisante. Hélas, notre interaction ne m'a pas fourni plus de clés que vous sur le pourquoi il se comporte étrangement.

– D'accord mais avec toi… Oublie ça, dit-il une fois devant ma voiture de location.

– Avec moi, quoi ?

Je l'examine par-dessus le toit du véhicule, notre souffle dessinant des nuages blancs à chaque expiration.

– C'est juste qu'avec toi, il est différent.

25

HUNTER

PAPA: SÉRIEUSEMENT, TU AS TOUT DONNÉ ? Performance déplorable.

Je considère le sms, le curseur clignotant qui m'appâte, et lutte contre le besoin ardent d'envoyer valser mon portable contre le mur.

Cette fois, ce ne sont pas ses mots qui m'enragent. C'est le soudain vide qui leur succède. C'est la peine que je ressentais quand je levais les yeux vers la tribune, entre les périodes, et avisais son absence. C'est savoir qu'il n'a jamais raté un seul match de Jonah, mais qu'il ne prend pas le temps d'assister aux miens quels que soient les efforts que je déploie pour lui faciliter la chose.

Je presse mon téléphone dans ma main et, mâchoires serrées, redouble d'efforts pour garder mon sang-froid.

Puis je compose une réponse.

MOI: Je ne t'ai pas vu au match, ce soir, papa. J'avais réservé un billet à ton nom.

Une fois expédié, je m'adosse au mur, les yeux fermés et laminé par la déception.

Mais pourquoi, Maddox ?

Pourquoi es-tu déçu qu'il ne soit pas venu ? Tout cela pour qu'il te critique en direct ?

Cesse d'espérer qu'il s'intéresse autant à ta carrière qu'à celle de Jonah. Tu dois arrêter d'espérer faire sa fierté. Arrêter d'attendre un miracle.

Je consulte de nouveau mon téléphone, comme s'il y avait une chance qu'il réponde, puis je relis le message de Dekker.

DEKKER: Excellent match. Ton premier but mérite tous les lancers de balles de tennis du monde. Vais dîner avec des clients et ensuite j'irai au *Sculler's Jazz Club* avec une partie de l'équipe. Viens fêter ça.

Je ne saurais dire combien de temps je fixe le texto avant de l'effacer et de me diriger vers un désastre annoncé.

Les visites à mes parents se terminent toujours mal.

Peu importe que nous ayons gagné le match ou que j'aie dégagé du temps pour voir mon frère.

Cela ne fait aucune différence, que nous soyons sélectionnés en finale ou que j'aie pulvérisé mes scores personnels.

Rien n'y fait.

Tout ce qui compte est que je ne suis pas Jonah.

On en revient toujours à cela.

26

HUNTER

SUR UNE PROFONDE INSPIRATION, je m'arme de courage avant d'entrer. À l'intérieur, tout est resté identique : le sol, le mobilier, les rideaux. On dirait que le temps s'est figé le jour de l'accident et n'a jamais redémarré.

J'ai du mal à respirer.

C'est une gageure pour moi de penser à autre chose qu'à mon besoin, déjà immense, de décamper de la maison avec ses murs bardés de photos d'une vie que Jonah et moi ne pourrons jamais vivre ensemble. Parce que cette vie – cet avenir que nous imaginions constamment – ne s'est jamais produite.

Des souvenirs de cette vie qui était la nôtre autrefois recouvrent chaque surface comme pour nous rappeler à tous à quel point elle était parfaite.

Comme pour oublier que l'accident a un jour eu lieu.

– Hunter ? C'est toi ? crie ma mère, sans doute assise auprès de mon frère.

Mille fois j'ai proposé de leur financer une nouvelle maison, allant jusqu'à verser le dépôt de garantie pour quelques-unes. J'ai expliqué que ce serait plus facile de faire bâtir une suite adaptée aux besoins de Jonah. Que cela allégerait leur quotidien – et le sien – et lui procurerait un soupçon d'autonomie alors qu'il se sent déjà piégé, mais après d'innombrables rejets, j'ai baissé les bras. Ils préfèrent rester ici, parmi les rappels journaliers des fantômes de ce terrible jour et l'effet papillon que cela a engendré.

– Elle est dans la chambre de Jonah, marmonne mon père de son fauteuil relax, où il plie son journal dans un froissement sec et révèle le brassard mesurant sa pression artérielle autour de son bras. Son regard glisse du journal à la télévision, fixée au mur à côté de moi, mais pas une fois il ne me regarde.

– Négligé, ton jeu, ce soir. Ton agressivité dissout totalement tes compétences. Tu dois apprendre à combiner les deux.

– Bien, père, dis-je, pris à la gorge par ses critiques et le ressentiment qu'elles suscitent.

Selon les critères de tout joueur, j'ai sacrément bien joué, et j'ai beau le savoir, je sais aussi qu'il n'a pas encore vidé son sac.

De la même façon qu'il me retenait sur la glace bien après minuit. Mon corps était épuisé, mes doigts engourdis, mon estomac grognait de faim, mais rien n'y faisait, je n'étais jamais assez bon.

Je n'étais pas Jonah.

Et le regard qu'il porte sur le portrait de Jonah, devant lui, me dit précisément cela : il voit tout ce que Jonah aurait pu devenir et plus encore. Il voit tout ce que j'ai provoqué. Il voit tout ce que je ne serai jamais.

– Tu es vulnérable du côté gauche, tu sais ça ? Tu as été battu à tous les coups. Tu ne vérifies pas assez ton épaule comme Jonah le faisait, et cela t'attire des ennuis. Tu fais trop la fête. Tu ne donnes pas l'impression de t'exercer au tir et c'est une pratique réservée au petit matin. Tu sors te saouler et tu as la gueule de bois. Et voilà les conséquences.

– Bien, père.

Je hoche la tête – mes pieds remuant et mes lèvres retroussées – et encaisse en silence ses remontrances ridicules, parce que quoi que je dise importe peu. Ça tomberait dans l'oreille d'un sourd. Son esprit est trop préoccupé par un autre capitaine attaquant, celui qui est couché, paralysé, dans la pièce voisine, auquel je serai invariablement comparé.

Je prends les critiques, j'accepte le dédain car je sais que mon père ne tient qu'à un fil. Je sais que c'est la seule façon qu'il connaît de composer avec les rêves qui ont été anéantis ce jour funeste, et avec le futur qui nous a été dérobé.

Mais cela n'empêche pas le ressentiment de s'envenimer. Cela n'empêche pas mes poings de se contracter.

– Je t'avais réservé une place, tu sais. Je ne t'ai pas vu dans la tribune. Je pensais que ça te ferait plaisir de venir.

Il hoche la tête, son regard ancré à la télévision.

– Tu sais que j'aime regarder le hockey à la maison.

Pas avec Jonah. Tu as assisté à tous ses matchs, le nez contre la vitre, hurlant et l'encourageant.

Depuis quinze années que l'accident s'est déroulé, tu es resté assis là, tu m'as poussé, mais critiqué et jugé et désapprouvé de loin.

Je déglutis pour ravaler le rejet qui me démolit comme à chaque fois et le range dans un coin pour le gérer un autre jour. *Peut-être.*

– Ta santé ? Ça va ?

Des mots forcés dans une relation tendue.

– Oui. Je ne peux aller nulle part, n'est-ce pas ? Jonah a trop besoin de moi.

Moi aussi, papa. Moi aussi.

Mais ce n'est pas pertinent. Je ne suis pas pertinent, étant donné les besoins de Jonah. Un seul fils a survécu ce soir-là et, aux yeux de mes parents, ce n'est pas moi.

J'ai pareillement besoin d'un père, mais pas de l'avis de l'homme assis devant moi.

Si seulement j'avais réellement péri ce soir-là. Tout plutôt qu'un fantôme errant, qui avait autrefois une famille aimante.

– Bien sûr.

Je l'observe un instant. Le bleu de l'écran projette un curieux reflet sur sa peau, et je me demande s'il aime vraiment sa vie ou s'il arrive péniblement au bout de chaque journée.

– Peut-être que je te verrai dans les tribunes au prochain match ? je demande comme toutes les fois.

Mon « je t'aime, papa, et j'ai toujours besoin de toi, mon père » ne semblent jamais être entendus.

– Peut-être.

Il s'en tient là. Tout ce que je veux, c'est qu'il m'invite à m'asseoir avec lui, mais je m'enfonce dans le couloir, en direction de la chambre de Jonah.

L'ancien salon, une vaste pièce où, enfants, nous jouions à la Nintendo pendant des heures, et plus tard, à l'adolescence, embrassions des filles, ressemble désormais à une chambre d'hôpital. Ma mère a bien essayé de la décorer, mais cela ne dissimule pas la réalité.

Le fredonnement de la télévision étouffe mes pas. Parvenu dans la pièce, j'inspecte chaque élément. Le lit, contre le mur du fond, muni d'un monte-charge suspendu qui aide ma mère à coucher et lever Jonah.

La pièce est décorée dans des tons clairs qui ne parviennent pas à camoufler le matériel médical dispersé dans son périmètre. Une chaise roulante rangée contre un mur, et en face, une vitrine renfermant ses vieux trophées, tel un autel dédié à une époque révolue.

Comme des rappels quotidiens à Jonah de tout ce qu'il loupe à cause de ces problèmes de santé épouvantables que le destin lui a lancés.

De dos, ma mère bricole je ne sais quoi sous le lit d'hôpital, ses doux murmures forment un constant son apaisant qu'elle a en quelque sorte adopté depuis l'accident. Presque comme si l'un de nous était un petit garçon se plaignant de maux de ventre, et pas un quadriplégique dépendant d'elle pour tout accomplir.

La dernière chose que je regarde dans la chambre est mon frère. Je suis presque autant pétrifié qu'impatient de le voir. Je ne l'ai pas vu depuis quelques mois, mais j'ai l'impression que c'est bien trop long, et tout en lui manque à chaque partie de moi d'une manière que je n'ai jamais pu exprimer ou même comprendre.

Ce truc de jumeau. La connexion intrinsèque.

Je réprime un cri muet quand je le regarde enfin. Il a dépéri jusqu'à presque s'évaporer, la forme de son corps sous les draps est à peine visible. Ses poumons s'élèvent et s'abaissent par l'intermédiaire du respirateur relié par une canule à sa gorge, et le son de la machine emplit la pièce à un rythme régulier. Blanc comme un linge, ses yeux sont fermés, mais un petit sourire se dessine sur ses lèvres en réaction aux paroles de ma mère.

Mon torse se resserre comme chaque fois que je le vois. Culpabilité, chagrin, colère et quantité d'autres émotions me traversent en faisant le yo-yo, au point d'étrangler tous les mots que je prononce en temps normal.

Je suis pétri d'embarras, comme si je violais son intimité, mais en même temps, je me sens chez moi, à l'aise avec l'unique personne que je connais mieux que n'importe qui.

Ou connaissais.

– Salut vous deux, dis-je en marchant vers eux.

Ma mère sursaute, son sourire surpris suivant de près.

– Te voilà. Tu étais tellement occupé aujourd'hui que je n'étais pas sûre de te voir avant que tu ne reprennes la route.

– Je ne peux pas laisser passer une seule occasion de le voir.

J'accepte les bras qu'elle noue autour de moi, je déteste l'étreindre un peu plus que nécessaire dans le but de dissimuler mes larmes derrière mes paupières closes. Je ne veux pas qu'il voie de quelle façon je le vois. Je ne veux pas qu'il sache qu'il décline sérieusement.

Pourtant, j'ai l'impression qu'il sait. Comment pourrait-il en être autrement ?

– Ça fait trop longtemps, geint ma mère d'une voix peu audible.

Je hume son parfum. Elle fleure bon l'agrume et la vanille, mais elle semble si frêle et incroyablement forte en même temps.

– Tu m'as manqué aussi, je murmure alors qu'elle s'écarte et, mon visage entre ses mains, me scrute.

Des larmes brillent dans ses yeux, mais elle cille pour les chasser en même temps que la tristesse qui fait momentanément vaciller sa contenance.

– Jonah, regarde qui nous rend visite.

– Tu n'as pas besoin de m'annoncer. Je ne suis pas un invité, dis-je en avançant vers le lit pour regarder mon frère dans les yeux.

Il articule des syllabes inintelligibles que je sais être un mot de bienvenue, ses tentatives de prononciation paraissant plus laborieuses que la semaine passée. Malgré la valve de phonation… tout semble décliner de jour en jour.

– Ouais, ouais.

Je me penche, l'enlace de manière superficielle et appuie un instant mon front contre le sien, presque comme si je rechargeais mon jumeau-mètre. Il est le même, mais complètement différent.

– Tu restes le plus beau de nous deux, dis-je en me redressant, mâchoire contractée pour dominer mon sentiment d'impuissance.

Il émet un rire partiel qui se prolonge en quinte de toux. Ma mère m'écarte de son passage pour le redresser afin qu'il ne s'étrangle pas.

– Tu t'es désinfecté ? s'enquiert-elle, sa voix cédant à la panique à la perspective que j'introduise des microbes dans sa chambre.

– Oui, je marmonne, me sentant incompétent alors que je m'efface pour qu'elle puisse lui procurer une aide que je suis incapable de prodiguer.

Les méthodes ont changé, évolué au cours des quinze années qu'il est prisonnier de son corps brisé et de son esprit.

– Repose-toi, Jonah. Tout va bien à présent, susurre-t-elle après avoir réglé une commande sur son respirateur.

Il inhale longuement et se calme.

– Rrrr, dit-il, un raccourci de mon nom prononcé dans un douloureux mouvement respirateur.

– Ouais ?

Je me penche davantage pour lui épargner des efforts supplémentaires, et saisis sa main bien qu'il ne sente rien.

Mais moi, je sens.

Et en cet instant, plus que tout au monde, j'ai besoin de cette connexion avec lui.

– Bon.

Il prend un instant, et ferme les yeux comme si chaque mot était une bataille à remporter.

– Gm.

Mon sourire, doux et sincère, cache les émotions qui serrent ma gorge. Nos regards se verrouillent – deux jumeaux, deux moitiés d'un tout – et je sais qu'il est l'unique éloge dont j'aie besoin. C'est lui qui importe plus que tout.

– Tu me manques, J.

Des larmes affluent dans ses yeux et roulent du coin vers l'oreiller sous sa tête. Je déteste qu'il ne soit pas en mesure de les essuyer. Je déteste ne pas pouvoir les sécher à sa place sans l'anéantir. Peut-être qu'il est paralysé, mais je reste son petit frère de quatre minutes et deux secondes, et même dans ces conditions, il s'accroche à cette parcelle de fierté.

– Il est éreinté, Hunter, s'interpose ma mère en ajustant son oreiller. Ses somnifères commencent à agir, il a besoin de se reposer. Il devrait dormir depuis longtemps…

– Très bien.

Inutile qu'elle me rappelle qu'il prend de l'Ambien tous les soirs pour combattre l'anxiété qui lui provoque des cauchemars depuis quelques mois.

Cette anxiété, je me demande si elle est due à la peur de mourir.

Elle se faufile devant moi pour régler d'autres fonctions pendant que je cherche désespérément quoi dire, comme toujours, coincé par le besoin de faire comme si tout était normal alors que rien ne l'est.

C'est tellement différent en face à face.

Au téléphone, j'ai l'impression de l'informer sur le monde hors de sa maudite prison, un peu comme si je le laissais vivre par procuration, à travers moi.

Mais face à un visage identique, c'est brutal.

Face à face, je peux voir ses réactions et ressentir la culpabilité. Si je parle de hockey, je me fais l'effet du sale type qui fanfaronne sur la seule chose qu'il aimait plus que moi. Si je parle des femmes, sa seconde passion, c'est un rappel cuisant des sensations qu'il ne sera plus jamais apte à expérimenter. Et si j'enchaîne les banalités pour combler le silence, il sait que je suis à court de choses à lui dire, à lui, mon jumeau. N'est-ce pas plus accablant ?

Lorsque ma mère s'écarte, je reste assis près de lui, lui tient la main bien qu'il ne sente rien et nous connecte hors des mots qu'il ne peut pas prononcer, mais je ressens néanmoins un sentiment de paix. Rien ne peut nous le voler. *Sauf, bien entendu, la mort.*

Son épuisement, du fait d'avoir quitté la maison pour assister au match, se voit à ses yeux cernés, et il ne tarde pas à y succomber. Ses paupières s'abaissent lourdement et les muscles de son visage se relâchent alors que je lui chuchote que je l'aime.

Bien qu'il soit endormi, je ne détourne pas mon regard. Je ne peux pas. Mon unique pensée est que j'ai surchargé mon agenda aujourd'hui pour éviter ce bain d'émotions et combien j'ai eu tort. C'est mon frère. Il mérite mieux de ma part… et je devrais pouvoir être en mesure de composer avec mes parents, parce que ce moment avec lui est ce qui compte plus que tout.

Combien d'instants comme celui-ci partagerons-nous encore ? Combien de fois vais-je pouvoir lui dire que je l'aime, les yeux dans les yeux ? Combien d'autres fois pourrai-je recouvrer mon calme avec lui ?

Pas assez. Pourtant ma fierté m'a tenu à distance.

Comme si la culpabilité ne dirigeait pas déjà ma vie.

Bordel.

Je ferme les yeux et secoue la tête, sachant que j'ai fait le con. Sachant que j'aurais dû me douter que le match le viderait et que je bénéficierais de très peu de temps avec lui.

– Je t'aime, J, je murmure alors qu'il s'enfonce dans le sommeil. T'aime plus que tu ne l'imagines.

Je ne peux pas détacher mes yeux de lui. J'ai besoin de mémoriser les traits de son visage. Ceux que nous devrions partager. Mais là où le rire et le soleil ont creusé des pattes d'oie autour de mes yeux, ses ridules sont moins prononcées ou carrément inexistantes. Les miennes attestent d'une vie bien vécue, et les siennes d'une vie perdue. Alors je retrace visuellement ses ridules, encore et encore, jusqu'à les cartographier. Par besoin de les enregistrer dans ma mémoire.

Le problème est que plus je reste ici, plus le calme que Jonah me procure se dissout lentement dans la rancœur.

Envers mes parents. Envers le monde. Envers Dieu, le destin et toutes les alternatives parce que pourquoi est-il là et moi ici ?

Le sachant profondément endormi, je me tourne vers ma mère. Elle s'est assise dans un fauteuil au pied du lit, focalisée sur une émission télévisée que j'entends à peine.

– Tu n'es pas venue avant le match comme prévu. J'avais tout organisé pour lui.

– Hunter.

Mon nom est un soupir d'excuse qui déclenche instantanément ma colère comme un câble sous tension.

– J'avais prévu d'évacuer la patinoire, afin de pouvoir le pousser sur la glace. Pour qu'il puisse glisser de nouveau…

– Il est trop souffrant en ce moment pour le laisser…

– Il ne peut pas tomber plus malade, maman.

Je me lève et remue pour apaiser ma colère.

Du moins j'essaie.

Rien ne saurait me tranquilliser, au demeurant.

– Laisse-le prendre toute la joie possible. Nom de Dieu.

J'enfonce une main dans mes cheveux et tourne le dos à la vitrine de trophées.

– Oh, tu connais Jonah, lâche-t-elle avec un geste dédaigneux comme si elle parlait météo. (Elle se lève et prend le siège que je viens de libérer. Elle glisse lentement ses bras sous les couvertures pour qu'il ne se refroidisse pas.) Il a ses habitudes et tout écart à sa routine l'affecte et il est contrarié…

– *Contrarié ?* dis-je d'une voix étranglée, sans un brin d'humour. Le priver de l'expérience le contrarierait sûrement.

(Je regarde par la fenêtre la lumière orangée du lampadaire et essaie de reprendre mon sang-froid.) La prochaine fois, je passerai le chercher et je l'emmènerai moi-même.

– Tu ne feras pas ça, s'oppose-t-elle sur un ton de défi qui n'adoucit guère le sourire nerveux qu'elle m'offre. Nous sommes ses tuteurs, il nous revient de décider de ce qui est mieux pour lui.

Tout ce que je peux faire, c'est la regarder, elle et sa subtile mais cuisante réprimande, et me demander si elle s'entend parler. Si elle réalise qu'elle a peut-être perdu deux fils ce jour-là, parce qu'elle a renoncé à moi également. Elle lui consacre sa vie, oubliant que j'ai aussi besoin d'elle, bien que d'une façon différente.

Ma poitrine m'enserre comme jamais.

– Peut-être que j'aurais aimé que tu arrives plus tôt, maman. Peut-être que je voulais que tu restes un peu après. Peut-être que je voulais que toi ou papa… (Ma voix se brise et je déteste cela.) Tu veux que je te dise ? J'en ai ma claque.

– Il passe forcément en priorité. Il avait besoin de prendre ses médicaments et je devais le ramener et…

– Je sais.

C'est futile. J'ai perdu le droit d'avoir besoin de quoi que ce soit d'eux depuis la nuit de l'accident.

– Ne parle pas trop fort. Il a besoin de se reposer, gronde-t-elle en tentant de me pousser hors de la chambre.

– Maman, je voulais le voir ce soir. Et toi, et papa. (Je me tourne face à elle dans cette maison où je ne me sens plus chez moi.) Je n'ai pas eu droit à un moment avec lui. Et tu n'es pas venue en avance comme tu l'avais promis. Tu ne l'as pas laissé rencontrer les gars. Tu ne l'as pas…

– Tu ne comprends pas la situation, *Hunter*.

Voilà qu'elle recommence. Mon nom prononcé avec tant de dérision que je ne pense pas qu'elle l'entende encore.

– Bien sûr que si. Quand tu me vois, tu vois qui il aurait pu devenir. Quand tu me regardes dans les yeux, tu sais que tout a changé : ta vie, sa vie, ma…

– Tu n'as pas le droit de t'apitoyer sur ton sort, me rabroue-t-elle d'un ton mordant, et là encore, je suis renvoyé à ce qui m'a poussé à saturer ma journée de démarches de promotion pour l'équipe. Pourquoi j'espère, chaque fois que je reviens chez mes parents, que les choses ont changé, puis je croule sous le chagrin quand je réalise qu'elles ne changeront jamais.

– Et toi, maman ? Tu as congédié cinq infirmières que j'avais recrutées pour t'assister.

– Personne d'autre que moi ne prendra soin de mon fils.

– Tu as besoin de mettre le nez dehors. Reprends l'enseignement ou je ne sais quoi.

Peut-être dis-je cela pour provoquer une dispute, comme à chaque fois, afin d'avoir une raison de claquer la porte. Peut-être que je joue avec le feu pour m'en aller plus facilement. Pour pouvoir respirer.

– Nous avons eu cette discussion des dizaines de fois. Tu t'es peut-être enfui… mais pas nous.

– Enfui ? dis-je en toussotant. C'est comme ça que tu appelles ça ? Me pousser à devenir ce que Jonah était destiné à être ? Ne pas rater une occasion de me rappeler que je ne serai jamais aussi bien que lui. Que je ne serai jamais à la hauteur. (Les poings serrés, je résiste à l'envie soudaine de les enfoncer dans le mur.) Regarde-moi. (Les mains écartées, je hausse d'un ton.) Je suis l'un des meilleurs joueurs de la LNH en activité en ce moment, et vous ne le voyez même pas. Pas plus l'un que l'autre, vous ne reconnaissez que j'ai atteint chacun de vos objectifs. Pourtant, ce n'est jamais suffisant. Ce n'est toujours pas Jonah.

– Hunter.

La voix de mon père sonne un avertissement faible depuis le salon. Son aversion constante de tout est sur le point d'éclater.

– Chéri. (Ma mère répète l'avertissement tiède mais d'un ton apaisant.) Ne contrarie pas ton père. Son cœur... est fragile.

– Tout semble fragile dans cette maison, je crache, me passant la main dans les cheveux et émettant un soupir guère bienfaisant.

Rien ne change.

– La journée a été longue, chuchote-t-elle.

– Compris. Je sais. Tu es fatiguée. La soirée a été longue et je devrais vous laisser parce que je déséquilibre votre quotidien.

Je retourne près de mon frère et le contemple une toute dernière fois. Elle éteint la lumière, de sorte qu'à travers l'ouverture de la porte, l'éclairage projette une bande sur sa joue.

Tout ce que je peux faire, c'est le fixer. Observer son visage qui était autrefois le reflet du mien. Ses mains au chaud sous les draps qui jouaient autrefois à m'attraper. Les souvenirs que je chéris plus que tout au monde, tout en les détestant en même temps. La personne que j'ai tout fait pour devenir.

Et je me demande pour la énième fois s'il n'aurait pas mieux valu que je sois celui qui se retrouve alité plutôt que celui qui baigne dans la culpabilité de l'avoir condamné à cette vie.

27

HUNTER

16 ANS PLUS TÔT

AUCUN DES CLOUS QUE JE PLANTE dans la clôture n'atténue ma rancune.

Tu crois que tu mérites de t'amuser, Hunter ? Tu crois qu'avec un temps à la course aussi décevant, je vais récompenser ta mollesse en t'autorisant à sortir ?

Un autre clou.

Jonah t'a battu d'une bonne seconde. Ce n'est pas pour rien qu'il a été repéré par les écoles et les clubs sportifs les meilleurs du pays, et pas toi.

Les mains tremblantes de colère, je fais tomber le clou que j'essaie de tenir droit. Quand je me baisse pour le ramasser, je réalise que ma joue me fait souffrir à force de crisper les mâchoires.

Il a tout pour lui. Les études. Le hockey. Sa copine Terry. Et toi, qu'as-tu pour toi ? Que fais-tu qui ne requiert pas que je te demande de le refaire ?

Je frappe si brutalement la tête du clou dans l'abri de jardin du vieux Watson que la tête du marteau laisse une marque ronde dans le bois érodé par les éléments.

Alors non, Hunter. Tu ne peux pas aller au bal des débutants ou je ne sais comment tu appelles ça. Tu répareras l'abri de

Monsieur Watson pendant qu'il ira s'amuser. Tu iras chercher ta mère au travail pour moi, étant donné que Jonah prendra l'autre voiture. Ensuite, tu me retrouveras à la patinoire à sept heures, et tu as intérêt à être prêt à patiner. Ta classe entière sera au bal, et tu te rachèteras pour ton relâchement. Peut-être qu'ensuite… tu retiendras la leçon.

Bras tendus, j'offre mon visage au soleil de la fin d'après-midi, essayant de retrouver ma respiration malmenée par des émotions que je ne veux pas éprouver.

Haine.

Rancœur.

Rage.

Putain de jalousie.

Ce n'est pas la faute de Jonah s'il est parfait. C'est la mienne si je ne suis pas le fils prodige.

C'est lui qui est en bonne voie pour réussir. Le tapis rouge jusqu'à l'université de Boston, l'un des meilleurs programmes de hockey de tout le pays. Et toi, que feras-tu ? Rester ici et devenir caissier au Stop & Shop *? Pourquoi ne peux-tu pas t'appliquer et nous rendre fiers ? Tu ne seras jamais Jonah, mais essaie au moins d'être* quelque chose.

Mes poings se serrent. Je me débats contre l'envie de frapper ce stupide mur de l'abri, parce que soit je me briserais les phalanges soit la structure s'effondrerait, et je serais coincé ici pour encore plus de temps.

Mon téléphone sonne et je soupire.

– Qu'est-ce que tu veux, maintenant ? j'aboie à Jonah.

– Maman quitte le travail plus tôt, faut que tu ailles la chercher, dit-il.

Des rires autour de lui me font grincer des dents. Rien de tel qu'une bière ou deux pour se mettre dans l'ambiance pendant que les filles se font pomponner chez le coiffeur.

– Va la chercher toi-même, je grogne.

– Frangin, je peux pas. (Il rit à la plaisanterie de quelqu'un.) S'te plaît, frangin.

– C'est à cause de toi qu'elle n'a pas sa voiture. Tu vas la chercher. C'est moi qui termine le boulot que tu as laissé en plan chez Watson.

– Je le terminerai demain. T'en fais pas pour ça.

– Impossible. Ça fait partie de la punition de papa. Tu sais, réparer tes conneries pendant que tu es occupé à être parfait.

Il soupire. Je sais que ce n'est pas sa faute. Je sais qu'il m'a défendu auprès de notre père un nombre incalculable de fois. Je sais qu'il déteste autant que moi le fait qu'il ne nous traite pas sur un pied d'égalité.

Mais cela ne change absolument rien.

Il est parfait, excellent, tout ce que mon père voulait de son fils, en plus de jouer au hockey.

Je suis médiocre, insignifiant, le fils dont mon père n'a aucun besoin.

Le raté.

– Arrête ça, Hunter. Joue pas au con avec moi. Papa est comme d'habitude. Je suis sûr que si tu mettais la gomme après quelques sprints latéraux, il serait emballé par ta rapidité. Il penserait qu'il t'a donné une bonne leçon et t'autoriserait à nous rejoindre.

Il réclame le silence autour de lui, et le son s'estompe. On dirait qu'il a changé de pièce.

– Hunter ?

– Si seulement c'était aussi facile !

Facile pour quoi faire ? Vivre dans l'ombre de son jumeau ? Ne jamais être assez bien ? Aimer son frère comme une partie de soi tout en le haïssant par jalousie ?

– Écoute.

Sa voix s'abaisse alors que quelqu'un réclame un cocktail dans le fond.

– C'est non. Va chercher maman, ne va pas la chercher. C'est toi qu'elle a appelé, alors débrouille-toi.

Je raccroche et lance mon téléphone sur le sol, puis ferme fortement les yeux pour repousser mes larmes.

Jonah s'en fiche.

Tout le monde s'en contrefiche.

Et quand je récupère le marteau pour achever ma première punition, j'aperçois un mouvement du coin de l'œil.

Tournant les yeux, j'avise Terry Fischer qui marche vers moi en jouant avec la lanière de ce qui pourrait s'appeler un tee-shirt s'il avait plus de tissu. Son short est mini, ses jambes d'une longueur sulfureuse et ses sandales hautes. Quand elle se berce sur ses talons, en se léchant les lèvres et en battant des cils, chaque goutte de mon sang afflue entre mes jambes et ma bouche devient sèche.

– Salut. Je croyais que tu allais chez Rick boire des bières avant qu'on se retrouve au ciné et qu'on aille danser.

Je l'observe – comment faire autrement – ciller et entrouvrir les lèvres, avant de réaliser qu'elle me confond avec Jonah.

Comme j'hésite une fraction de seconde, elle continue – ses hanches se balançant, ses doigts enroulant par inadvertance son tee-shirt qui se resserre autour de ses seins – et je continue de penser à mon frère.

À quel point il croit l'aimer.

Qu'il a déjà perdu sa virginité avec elle. (Comme tout le monde à Hillman High, non ?)

Que tout lui tombe dans le bec sans qu'il se fatigue tandis que je dois déployer des efforts dingues pour tout… mais quoi au juste ?

– Jonah, minaude-t-elle et, stoppée à un pas de moi, elle entrelace nos doigts et fait balancer nos bras. Qu'est-ce qui te chiffonne ? (Moue boudeuse. Décolleté sous mon nez.

Parfum.) Ton père t'a obligé à finir ça parce que je t'en ai empêché la dernière fois ?

Son gloussement emplit l'air et ses seins frémissent. Je suis hypnotisé.

– Ouais.

Je souris et émets un rire nerveux. Pas étonnant que Jonah se porte systématiquement volontaire pour bricoler sur la propriété de Watson.

– Tu réponds pas ? se lamente-t-elle.

Je n'avais même pas remarqué que mon téléphone s'était remis à sonner.

– C'est sûrement Hunter, dis-je en levant les yeux au ciel. Tu sais comment il est.

Elle rit et enroule une mèche de cheveux autour d'un doigt de sa main libre.

– Donc… tu ne sors pas avec les autres ?

– Je dois terminer ce boulot. Je les rejoindrai dans pas longtemps. (Je fouille mon cerveau pour retrouver ce qui était censé advenir cet après-midi.) Je… euh… croyais que tu allais te faire faire les ongles ou les cheveux ou je ne sais plus quoi.

– Pourquoi ? (Elle s'appuie sur moi.) Tu me trouves pas assez jolie ?

Nom de Dieu. La nervosité me fait vibrer aussi sûrement que l'adrénaline, et je jure que je la sens exsuder par tous mes pores.

Je suis déjà sorti avec des filles. Des tas. J'ai caressé plusieurs fois des filles, et les copains pensent que j'ai déjà conclu.

Mais là, il s'agit de Terry Fischer, une fille charmante et innocente aux yeux des parents, la reine de la pipe pour les garçons de Hillman et les presque-hommes de l'université locale.

– Jolie ? Tu es beaucoup plus que jolie.

Je m'humecte les lèvres, ma bouche aussi sèche que le désert, une érection de tous les diables qui m'élance dans les parties.

– Jonah, dit-elle d'une voix légère quand ses lèvres rencontrent les miennes.

Le marteau tombe par terre dans un bruit sourd, juste à côté du téléphone qui recommence à sonner alors que ses doigts se faufilent dans ma nuque, puis dans mes cheveux.

Terry Fischer m'embrasse.

Nos langues se touchent et elle gémit bruyamment, son corps pressé contre le mien.

Mes pensées s'entrechoquent. Que suis-je supposé faire maintenant ? Filer en enfer.

Bon sang, que de sensations sublimes.

Elle croit que je suis Jonah.

Le foutoir.

Oh merde !

Le baiser devient affamé, si tant est que cela ait un sens. Comme si j'avais toujours plus faim d'elle, et c'est plus facile de se perdre dans son baiser que reconnaître la pointe de culpabilité que suscite le fait d'embrasser la copine de mon frère.

– Le vieux Watson n'est pas encore rentré ? demande-t-elle en scrutant le jardin vide, avant de remonter ma main sur sa poitrine.

– Non, dis-je d'une voix étranglée.

J'essaie de ne pas bouger parce que si mon jean me frotte un peu trop ou qu'elle m'effleure encore, je jure que je vais éjaculer dans mon pantalon.

Gretzy. Crosby. Lemieux. Roy. Howe. Orr.

J'énumère les champions de hockey. N'importe quoi pourvu que ma concentration soit déviée de la sensation de ses seins sous le tissu trop fin. Fermes et lisses, ils ont la taille idéale, pour autant que j'y connaisse quelque chose.

– Il… il n'est pas rentré de voyage.

– On le fait tout de suite ? Tu sais, toi et moi ? Comme ça, je ne serai pas décoiffée plus tard et mes parents ne se poseront pas de questions ?

Seigneur.

Je ne suis pas Jonah.

Il va m'étrangler.

Elle passe la main sur le devant de mon pantalon et mes yeux roulent littéralement dans leurs orbites. Si un jour lambda, un vent froid suffit à me titiller, sa main accomplit bien plus que ça.

– Je… bien sûr… je…

– Tu sais, on peut faire comme avant, quand je te suce et que tu me lèches… mais j'ai apporté une capote.

Elle tend un emballage argenté et mes yeux jaillissent de ma tête, la faisant rire alors que ma respiration se coupe pratiquement.

– Oui, s'te plaît. Euh…

– Tu es bizarre aujourd'hui, dit-elle en me poussant vers les meubles de la terrasse, attrapant mon tee-shirt et m'attirant contre elle pour retrouver ma langue.

Mon pouls tambourine dans mes oreilles. La respiration rapide, j'essaie d'assimiler ce qui m'arrive. Je réalise que le prochain voisin se trouve à plus de deux kilomètres et que Terry Fischer est ici, et veut le faire avec moi.

Je suppose que la rumeur ne mentait pas.

Je suppose que Jonah non plus.

Ne pense pas à Jonah. Ne pense pas…

– Allons, J. Touche ma culotte. Sens ce que tu me fais.

Elle guide ma main entre le short fragile en coton et cette zone chaude et humide et…

Gretzy. Crosby. Lemieux. Roy. Howe. Orr.

– Ohhh.

Mon propre gémissement est tout ce que j'entends alors que ses mains s'insinuent dans mon jean et m'enveloppent.

Gretzy. Crosby. Lemieux. Roy. Howe. Orr.

28

DEKKER

Les notes du saxophone couvrent subtilement le ronron des bavardages. Le *Sculler Jazz Club* est bondé pour un jeudi soir et à voir les mines de mon groupe, composé de Finch et sa femme Maysen, et de Callum, les quelques verres font leur effet et l'épuisement du match se fait sentir.

Finch, au physique d'un charme unique – cheveux mi-longs et des yeux d'un bleu presque translucide – garde son bras autour des épaules de sa femme. J'ai beau me creuser, je ne parviens pas à me souvenir de son prénom et je suis trop embarrassée pour demander, donc j'ai passé la majeure partie de la conversation à éviter d'intervenir si cela impliquait de l'employer.

Pour une femme d'affaires qui s'enorgueillit de ne jamais oublier un nom, je ne suis pas au top de ma forme.

Toutefois, Callum avait raison. Ce club où les gars se retrouvent après leurs aventures à travers la ville est exactement ce qu'il me fallait. Décontracté et suffisamment hors des sentiers battus pour offrir de l'intimité loin des fans. Les gars peuvent déguster un verre ou deux sans être interrompus par des demandes d'autographe ou redouter que des photos d'eux avec un verre dans le nez soient diffusées en ligne.

Le salon est peu éclairé, le mobilier sombre, excepté l'estrade tapissée de velours rouge et les spots orientés vers l'unique musicien qui joue du saxo sur la scène. Son morceau mélodique et langoureux invite à se détendre… ou à faire l'amour. Pour ma part, je me cantonne à la décontraction. Nous sommes dans la rangée de sièges la plus haute, le bar est derrière nous, avec ses cliquètements de verre qui signalent que les affaires tournent.

J'avale une gorgée de martini, je ferme les yeux et appuie ma tête pour m'immerger dans la musique, mais comme toujours, ma tête ne cesse pas de mouliner. Toutes les tâches qui m'attendent s'entrecroisent. Contrats, négociations et clauses de sponsoring. Je comprends le raisonnement qui a conduit mon père à m'envoyer recruter Hunter mais, dans l'intervalle, j'ai l'impression de négliger mes autres clients qui ont besoin de mon attention.

C'est clair que je peux démêler la plupart des crises à distance, mais c'est plus compliqué loin du bureau. Vivre dans une chambre d'hôtel différente une nuit sur deux complexifie encore les choses. Je me cale sur la conversation à ma table. Des commentaires sur le match de ce soir, dont quelques remarques sarcastiques sur un joueur de l'équipe adverse que je représente, me font sourire.

– C'est vrai, n'est-ce pas Dekker ? Il est tellement amer qu'il doit manger des queues d'artichaut au petit déjeuner, raille Finch.

Je lâche un rire.

– Les infos sur les clients sont classées confidentielles, mais bon, il fait pousser des artichauts dans son potager, dis-je avec un clin d'œil.

Il rit à gorge déployée pendant que Maysen se lève soudain, l'expression sur son visage nous incite tous à nous retourner pour voir ce qui a capté son attention. Hunter titube près de l'entrée, au fond du club. Son épaule cogne un client, et à l'instar de Maysen, nous voyons la bagarre éclater à des lieues.

Or, contrairement à Maysen, j'ai entendu la conversation entre le directeur des LumberJacks et Sanderson.

La dernière chose dont Hunter ait besoin est d'être mêlé à une rixe.

Mais avant que j'aie pu intervenir, Maysen enjambe prestement le dossier du canapé avec une énergie qui ne laisserait pas deviner qu'il vient de disputer un match de hockey, avec une intensité et une brutalité physique soutenues pendant une heure, et se précipite vers son coéquipier.

Entre la distance et la musique, je ne parviens pas à entendre ce qui se dit, mais je me fie au langage corporel : les mains levées de Maysen, le grand sourire qu'il arbore en s'adressant au type que Hunter considère avec mépris. Quelques secondes de tension, que Maysen tente probablement d'apaiser en proposant de payer sa tournée, puis il glisse le bras autour de la taille de Hunter et l'entraîne vers nos sièges. Conflit désamorcé.

Ouf.

Mais quel est le problème, en vérité ?

À quoi pense Hunter ?

Désappointée par son immaturité, je me retourne vers mes amis, vide le reste de mon délicieux martini dont j'ai grand besoin et choisis d'ignorer ses problèmes, quels qu'ils soient, vu que je ne suis pas en fonction.

Du moins, c'est ce que je me dis.

J'aurais dû me préparer à ce que Hunter s'avachisse sur le siège à côté de moi, quelques secondes plus tard, mais un petit cri m'échappe néanmoins quand il le fait.

– C'est Dekker la briseuse de valseuses, ironise-t-il avec un immense sourire qui serait charmant s'il n'était pas plus ivre qu'insultant.

Sa joue est rouge, là où un poing s'est abattu sur lui pendant le match, et ses cheveux retombent sur son visage. Je ne peux pas nier que le voir suscite une petite attirance.

Et je me déteste de l'admettre aussi facilement. Je suis juste assez grisée pour me sentir prête à me prendre le bec avec lui. Malgré son attitude, qu'il me tienne à l'écart m'excite, et le fait que je ne lui ai pas dit pourquoi j'étais là, et la carrière qu'il compromet avec ses coups pendables.

La raison me dit que je ne devrais pas le titiller. Le dernier verre que j'ai avalé m'encourage à le faire.

– Mais c'est l'incontrôlable Hunter qui va se faire jeter par son équipe s'il continue à dérailler, dis-je avec un sourire aussi charmant, en le regardant dans les yeux.

– Dérailler ? fait Hunter d'un ton moqueur. Tu veux rire, je m'échauffe à peine.

– Ton équipe sera ravie de l'apprendre.

Je soutiens son regard noir, si bien que le silence s'installe entre nous pendant que nous restons les yeux dans les yeux.

– Où étais-tu passé, mec ? demande Callum dans une tentative de calmer la tension, en s'adossant dans son siège.

– Des trucs à faire, assène Hunter.

– Tu as retrouvé des vieux potes ? s'enquiert Finch.

– Quelque chose comme ça, répond-il en se relevant brusquement. Y'a pas moyen d'être servi dans ce troquet ?

Je me repousse du siège.

– Je vais te chercher un verre, dis-je, car de cette façon, je peux demander au serveur de l'alléger. (Hunter est tellement alcoolisé qu'il ne le remarquera sûrement pas.) Je te prends quoi ? dis-je, même si je sais à quoi il carbure.

– Cool. Un Bombay avec du tonic. D'ailleurs, je suis content de constater que tu es capable de faire correctement ton job, commente Hunter, et je vois la femme de Finch tressaillir.

– Ça fait au moins une personne qui sait bosser, je réplique.

Et alors que je vais pour passer devant lui, il m'attrape par le bras.

– Oh ! fait Finch, se levant pour renforcer son avertissement.

Il fusille son collègue du regard.

– C'est pas grave, dis-je en me dégageant de l'emprise de Hunter avant que ça ne dégénère.

Se battre avec un quidam, c'est une chose, mais avec un membre de sa propre équipe, c'est du sérieux.

Le bar est rempli de monde, si bien qu'il me faut quelques minutes pour me frayer un passage.

– Un autre ? demande le barman.

– Non. Un gin tonic. Du Bombay. Et forcez la main sur le tonic, dis-je avec un clin d'œil.

Il hoche la tête, comprenant ma requête.

Juste à l'instant où je me retourne pour vérifier si Hunter se tient à carreau, il se faufile à côté de moi et pose les coudes sur le comptoir. Quand nos regards se rencontrent, le chapelet de questions que j'aimerais lui poser rejaillit et meurt en même temps que mon envie de lui rapporter la conversation que j'ai surprise dans le couloir de la patinoire.

– Que je devine… tu as noyé mon verre, dit-il, ses lèvres près de mon oreille.

– Devrais-je me soucier des ennuis que tu as rencontrés ce soir avant de débarquer ici ?

Une lueur navigue dans ses yeux bleus, mais s'évapore avant que j'aie pu la décrypter.

– Ma vie privée ne te concerne pas. J'ai juste bichonné quelques fans. Tu sais sûrement ce que c'est. (Il me regarde avec une amertume inattendue comme pour me tester.) Combien tu paries que je repars d'ici avec cinq numéros de téléphone ?

– Si ton ambition est de devenir un annuaire téléphonique, te gêne pas pour moi.

Je roule mes épaules et refuse de lui fournir ce qu'il cherche. *Une nouvelle querelle.*

– Qu'est-ce qui se passe, Kincade ? murmure-t-il, juste assez fort pour couvrir la musique. Tout à coup, tu es à droite, à gauche… partout. Presque sur moi.

– Je ne suis pas là pour ça. Mais je ne doute pas que dans ta collection de numéros, tu trouves de quoi combler tes besoins de ce soir.

Le barman pousse un verre devant moi, et je le remercie avant de le glisser vers Hunter.

– Tu as raison. Je trouverai mon bonheur.

Il se retourne, restant à côté de moi mais dos au comptoir. Avec exagération, il grogne de satisfaction quand il repère une femme qui attire son attention.

Je ne saurais dire s'il est sérieux ou me provoque.

– Fonce, Hunter, dis-je en m'étranglant sur mes propres mots. C'est clair que ta performance atteint des sommets ce soir.

– Quoi ?

– Rien.

Les effets du martini se sont dissipés, et il n'y a aucun intérêt à insister.

Son gloussement est un grognement peu bruyant que je sens plus que je ne l'entends alors qu'il pivote face à moi, mais je continue à regarder droit devant, le mur de miroirs derrière le comptoir.

– Pourquoi es-tu ici, Dekker ?

– Même raison que toi. Pour prendre un verre. Me détendre après une longue journée. Prendre un peu de bon temps.

– Pour te faire sauter.

– Ouaip, tu me connais tellement bien. (Je secoue la tête de frustration.) Du matin au soir, mon unique but est de trouver le moyen de m'offrir, jambes grandes ouvertes.

– Avant, ça l'était.

Un million de choses se percutent dans ma tête – *va au diable* étant celle qui résonne le plus fort, et *seulement avec toi* la suit de près. Mais je connais Hunter Maddox. Il veut continuer à mariner dans sa colère.

N'empêche que ses accusations font mouche. Elles attisent néanmoins mon courroux. Elles me blessent, alors que je devrais les ignorer.

Hunter semble déterminé à ruiner ou à saboter chaque facette de sa vie. Pourquoi s'embêter à le représenter ? Alors je serais la personne qui subit les menaces de McAvoy. Et qui a envie de ça ? C'est sûr que mon père *ne veut pas* de ça.

– Très classe, ce que tu viens de dire, Hunter. Continue à jouer au con avec moi.

Je ne mérite pas cela de sa part, et je déteste que l'alcool ait déconnecté son filtre et l'autorise à être aussi acerbe.

– Je ne joue pas au con, j'essaie juste de comprendre pourquoi tu suis l'équipe comme un petit chien qui attend qu'on lui lance un os à ronger.

Je prends une gorgée, garde l'alcool en bouche avant d'avaler et me tourne vers lui. Il continue de regarder devant lui, son profil durci par la fierté et assombri par un mépris incompréhensible.

– Que les choses soient bien claires. Je ne cours après rien ni personne. Je suis un agent épatant, qui ne fait que son travail. Si je décide de sortir prendre un verre avec un client après un match, c'est mon problème, pas le tien.

– C'est donc ça, Dekk ?

Le muscle de sa mâchoire frémit alors qu'une nouvelle mélodie démarre.

– Quoi ?

– Notre relation s'est essoufflée, donc je suis passé à autre chose et, maintenant, tu reviens pour te venger ?

Pour l'amour du ciel.

Notre relation ne s'est jamais essoufflée.

La pensée s'incruste en première ligne dans mon esprit, auréolée de néons clignotants.

Nos liens ne se sont pas étiolés, autrement mes sentiments ne se seraient pas ranimés à l'instant où je l'ai revu. J'aurais ricané avec dédain. Mais alors, j'entends la seconde partie de sa phrase, sur le fait qu'il est passé à autre chose. Je ne suis pas assez naïve pour penser qu'après la rupture, il se soit langui de moi pendant des années.

Alors oui, je suis sûre qu'il a tourné la page. Mais je n'ai jamais voulu ce rappel.

– Info du jour. Ce qui s'est passé il y a trois ans est mort et enterré, dis-je.

– J'avais oublié. Kincade a tellement le sens pratique qu'elle tourne la page sans se retourner.

– Bon sang, Hunter. Il y a des tas de sujets autres que moi sur lesquels tu ferais bien de te concentrer.

– Ouais, murmure-t-il assez fort pour que je l'entende. Comme cette bombe, la brune là-bas.

La pique atteint sa cible.

– Comme au bon vieux temps, hein ? dis-je, le fixant jusqu'à ce qu'il pivote lentement vers moi.

Son petit sourire suffisant, qui stimule généralement ma libido, m'irrite à présent.

– Tout dépend de ce que tu entends par le bon vieux temps.

Il tend la main pour repousser une mèche de cheveux de mon épaule, mais je l'écarte d'une tape.

– Hockey. Fiesta. *Repeat.*

– Tu oublies l'essentiel.

Il se penche si près de moi que je peux sentir son haleine alcoolisée que couvre à peine son eau de toilette.

– Mais encore ?

– Hockey. Fiesta. Sexe. *Repeat.*

– Tu m'agaces, Hunter, dis-je, refusant de montrer que ses attaques et son attitude cavalière me blessent.

Je lance de la monnaie sur le comptoir et regagne notre table, car j'ai besoin d'espace, de mettre de la distance avec lui et son attitude destructrice. *Pourquoi ?* Pourquoi s'obstine-t-il à m'accoster alors que ma présence l'importune manifestement ? Pourquoi ne pas aller draguer la brune au bout du comptoir et me laisser en paix ?

Plus important encore, pourquoi je continue à me prendre à son jeu ?

La solution se trouve quelque part entre ces deux réponses.

– Tu es jalouse ? crie-t-il, alors que je passe devant Finch et sa femme pour rejoindre la place vacante sur le canapé.

Je me tourne vers lui, chaque trait de mon visage trahit certainement ma confusion. Il m'observe par-dessus le bord de son verre, me défiant autant par le regard qu'en paroles.

– C'est toi qui papillonnes, un soir après l'autre.

– Je papillonne ? Vraiment ? On appelle cela divertir les clients, pauvre imbécile.

Le ridicule de ses reproches me pousse à rire et quand j'essaie de me glisser entre lui et la table, je réalise que me placer dans cet angle n'était pas la meilleure des idées.

– Coucher avec tes clients fait partie de tes fonctions maintenant ? Normal que Chad ait été furax quand tu l'as planté pour venir me voir, ricane-t-il, la main tendue pour saisir mon bras.

Finch et Callum se lèvent instantanément, son nom au bord des lèvres.

Mais je suis plus rapide, ma paume picote sitôt qu'elle entre en contact avec sa joue.

Nous nous fusillons du regard, sous l'œil attentif de ses camarades de hockey et d'un de mes clients qui évaluent la situation et ce qui se trame entre nous. La clientèle, hors de notre coin salon, se dévisse le cou pour nous regarder alors que le rythme de la musique s'accélère.

Hunter affiche peut-être l'ombre d'un sourire, mais la tristesse est imprimée dans le fond de ses yeux. De toute façon, j'ai perdu toute envie de l'écouter. Bien vite, il reprend le contrôle et retrouve son sourire en coin et son sarcasme.

– C'est donc cela le fond du problème ? Toi. Moi. Autrefois. Les histoires d'amour, ce n'est pas mon truc, Dekker.

– Sans dec.

Je remonte la sangle de mon sac sur mon épaule, qui avait glissé dans l'action.

– Avec aucune femme. Pas avec un agent. (Il se mordille la joue.) Avec personne.

– C'est bon à savoir. (La tête inclinée sur le côté, je l'examine et prends le risque de suivre mon intuition.) Pourquoi es-tu dans ce bar ? Hockey. Fiesta. Sexe. *Repeat ?* Est-ce pour cela ? J'aurais cru que tu passerais du temps avec ta famille. Au lieu de ça, tu fais la fête et sèmes le trouble.

Des muscles de son visage se crispent quand il serre les dents.

Enfin.

Une réaction aussi sincère que menaçante.

– Laisse ma famille en dehors de ça, gronde-t-il.

– Tu ne lâches donc jamais ?

Ses camarades font un pas protecteur, mais je secoue la tête pour les rassurer. En fait, je me tourne vers eux pour déclarer.

– Il est tard, j'ai une visioconférence de bonne heure demain. Merci de m'avoir invitée. C'était sympa… (je lance un regard à Hunter) jusqu'à ce que ça ne le soit plus.

– Je te raccompagne ? propose Callum, et je secoue la tête, de crainte d'attiser les braises.

– Non merci. Profite de la soirée. Ce sera probablement ta dernière avant un certain temps, les derniers matchs ne seront pas faciles… alors détends-toi tant que tu peux.

Comme je m'apprête à partir, Hunter ne se décale pas pour me laisser passer dans l'espace étroit entre la table et le canapé.

– Admets-le, dit-il.

– Admettre quoi ?

– Ce que tu fais ici.

– Arrête, mec, intervient Finch qui tente d'écarter Hunter du passage en le tirant par le bras, mais ce dernier se défausse sans lui accorder un regard.

Je secoue subtilement la tête, la gravité dans ma voix est semblable à celle de mes yeux.

– Honnêtement ? Je ne sais plus trop pourquoi je suis ici.

Une large partie de moi préférerait se trouver ailleurs. J'ai été son punching-ball verbal trop de fois ces derniers temps et je jette l'éponge.

C'est une chose dans l'intimité, mais voilà que maintenant, il se défoule sur moi devant ses copains et cela nuit à mon image d'agent sportif. Si j'encaisse tout sans réagir, je passe pour une lâche et ils se demanderaient comment cela se traduit quand je me bats pour négocier leurs contrats.

D'un autre côté, quand je me prends à son jeu et me défends, cela ne déclenche que des échanges d'insultes, qui paraissent peu professionnels et absolument immatures. J'ai l'impression d'être dans une impasse, surtout quand je constate qu'il n'est pas décidé à changer.

Avant de venir, je pensais pouvoir arranger ce qui coince entre nous et, ce faisant, regagner sa confiance, mais maintenant… maintenant, je pense que rien que je puisse faire ne l'aidera.

Le moment est-il venu de demander à mon père de m'attribuer un autre athlète à recruter ? D'admettre que je refuse de supporter Hunter et sa sale manie de me chercher des noises pour nous empêcher d'avoir une vraie conversation ? Ou est-ce que je m'accroche pour prouver à mon père que je suis coriace et capable de gérer même les clients les plus retors ? *Sauf que là, le problème n'est pas que mon père n'a pas foi en moi, car je sais qu'il croit en moi. KSM a besoin de Hunter Maddox dans sa clientèle.*

J'ai l'impression d'être foutue, quoi que je fasse, mais ma dignité est plus forte que ma fierté et j'en ai assez.

Je regarde Hunter une dernière fois et ses traits s'affaissent quand je le scrute une seconde de trop avant de le contourner et de quitter le club.

29

HUNTER

– Qu'est-ce qu'il y a ? j'aboie à mes gars qui me dévisagent, sitôt Dekker partie.

– T'as pété un câble, Cap ? assène Finch, et son expression, un mélange de dégoût et de déception alors que je suis son supérieur, me heurte plus méchamment que ses mots.

Je n'attends pas qu'il embraie, me réprimande ou utilise je ne sais quelle tactique pernicieuse, pour me diriger vers le bar.

C'est bien plus facile de boire pour surmonter l'instant que ressasser ma visite chez mes parents – et tout ce qui ne changera jamais – ainsi que la dispute que j'ai provoquée dans le premier bar où j'ai fait un stop avant de me rendre au club de jazz.

Quand ce chagrin, cette culpabilité et le besoin de tout démolir disparaîtront-ils ?

Quand mes actes seront-ils suffisamment convenables pour surmonter le fatras d'émotions qui ne fait que croître ces derniers mois ?

C'est plus simple d'engloutir le premier shot de gin. De me concentrer sur la brûlure intérieure plutôt que sur ma querelle avec ma mère, et sur le désintérêt puis les critiques de mon père. Les mots que je brûlais de leur crier : je suis toujours vivant et toujours leur fils, n'est-ce pas suffisant ?

Mais je sais pourquoi ils sont tels qu'ils sont.

Je sais pourquoi nos vies ont changé du tout au tout.

Je sais que j'ai déclenché les événements à l'origine de ce bouleversement.

Le second verre que j'avale en une rasade m'irrite autant que le premier.

Une ribambelle d'images de Dekker se succèdent dans ma tête. Impossible d'y échapper. Pas à elle avant, et encore moins maintenant.

Sa présence est une torture. Elle me montre quelque chose que je pensais convoiter. Quelque chose que je me suis forcé à abandonner dans la mesure où je ne la méritais pas.

Et précisément quand tout s'envenime, elle reparaît. À la fois pécheresse et sainte, si bien que je pourrais choisir dans quelle partie de sa personne j'aimerais me noyer.

Tu n'es qu'un dépravé, Hunter.

Je repense aux insanités que je lui ai crachées au visage.

Le dernier des enfoirés.

Non pas que ce soit nouveau, mais maintenant tu ne peux plus le nier.

Les accusations que j'ai proférées pour qu'elle ne m'examine pas trop intensément et découvre les vérités à mon sujet.

Un joueur de hockey. Royalement détraqué. Phobique de l'engagement. *La raison pour laquelle Jonah est mourant.*

Je me passe la main dans les cheveux, avale le troisième shot en autant de secondes et fais claquer le verre sur le comptoir pour plus d'emphase.

Dekker, bon sang de bois.

Je secoue la tête, mais elle s'incruste, règne sur mes pensées, relançant mon envie de la convoiter.

Or, elle est ici.

Et je pense qu'elle est venue démarcher quelqu'un.

Mais qui ?

Moi ?

Elle a suffisamment de cran pour entreprendre ce genre de démarche sans se laisser déstabiliser.

Peut-être que les rumeurs sont fondées et que Sanderson arnaque son monde. C'est vrai qu'il ne me fait pas tellement de faveurs ces temps-ci.

Serais-je prêt à signer avec KSM ? À laisser Dekker me représenter ? Son parcours est ahurissant… alors pourquoi les sportifs passent-ils chez Sanderson ? Que promet-il précisément aux nouveaux clients que nous, les anciens, ne voyons pas ?

La question est, si elle me représentait, comment le boulot se combinerait avec le sexe ? Parce que je vais coucher avec elle *à l'avenir.*

J'en ai acquis la certitude dès que je l'ai vue au *Tank* la semaine dernière.

Sans compter qu'avec ses grands airs rigides, je me délecterai de chaque seconde une fois qu'elle se pliera à ma volonté.

Je glousse et, alors que j'inspecte la salle, je croise le regard d'une blonde au bout du bar. Grande, bien roulée, joli sourire, des yeux qui appellent au sexe.

Elle fera l'affaire pour cette nuit.

Mais Dekker serait tellement mieux. Nous nous entendons peut-être comme chien et chat, mais au lit, mince, nous sommes un chef-d'œuvre.

Les hanches contre le comptoir, je regarde le saxophoniste s'adonner à sa passion – doigts survolant les touches, lunettes de soleil cachant ses yeux, le corps chaloupant au rythme qu'il crée – et m'abandonne à la brume induite par les verres éclusés.

Je continue de le scruter pendant que la blonde me reluque et je ne pense qu'à une autre femme : Dekker Kincade.

Le quatrième verre m'agresse moins, simplement parce que je ne sens plus le goût. Et que je suis distrait. Préoccupé.

Tu ferais bien d'arrêter de faire une fixette sur elle, Maddox.

La question est, en ai-je vraiment envie ?

Peut-être qu'elle est la distraction qu'il me faut en ce moment.

Ou alors, elle représente une source d'évasion : la course-poursuite, le défi, puis la récompense.

Mais je sais mieux que la plupart qu'un petit peu de Dekker n'apaise jamais. J'en veux pour preuve, des nuits entières à vouloir, avoir besoin, faire semblant.

Mais pourquoi voudrait-elle de toi après tes frasques de ce soir ? Tes remarques désobligeantes et tes accusations ?

Surprise, surprise ! Maddox, tu as encore tout ruiné.

Je sors des billets de mon portefeuille et les coince sous le verre vide. Il est temps de rentrer. D'arrêter de spéculer. De dormir pour cuver, même si mes pensées ont déjà dégrisé.

Merde. Tout cet alcool de qualité gâché.

– Salut.

La voix suave appartient à la blonde, de l'angle du bar, et autant j'aimerais m'évader un instant, autant ce n'est pas la bonne personne.

– Bonne fin de soirée.

Je m'éloigne d'un pas, mais ses mains s'emparent de la mienne et m'attirent vers elle, alors qu'elle tente d'entrelacer nos doigts.

Sans susciter une seule étincelle d'intérêt.

– Sois pas rabat-joie. (Sa moue boudeuse se change en sourire de pacotille, étirant ses lèvres trop brillantes.) J'ai remarqué que tu me matais. Je sais que je te tente.

N'a-t-elle aucune once de subtilité ?

Mon rire se prolonge.

– Beaucoup de choses me tentent. La plus urgente consiste à rentrer dormir à l'hôtel.

Je récupère ma main. Sa rage s'entend au martèlement de son pied.

– Je peux te déposer.

– Je trouverai mon chemin. Merci quand même.

Je lui offre un sourire et recule d'un pas.

– Tu es le premier qui me dit non, tu sais.

Je me retourne vers elle.

– Raison de plus pour décliner.

Elle marmonne quelque chose que je n'entends pas et je m'en moque car la brusquerie de mes mouvements indique que je suis encore passablement ivre. En riant, je pousse la porte du bar et inhale l'air glacial.

Une claque assez violente pour redevenir sobre.

Après quelques pas sous l'entrée couverte, j'aperçois Dekker au bord du parking. Bras croisés autour de son ventre, frissonnant de froid, elle consulte son téléphone puis la voiture à l'approche, certainement pour vérifier l'identité de son chauffeur Uber.

Le dégoût de moi-même que je ressentais à cause de mes propos ressurgit en la voyant.

Reparaît en même temps ma détermination à m'évader avec elle, en elle. *S'il te plaît, ne me dis pas non.*

30

DEKKER

– Dekker.

Sa voix est la dernière chose que je souhaite entendre dans l'immédiat. Je suis fourbue, j'ai eu ma dose d'alcool et plus qu'assez de ses insanités. C'est pourquoi je fais comme si je ne l'entendais pas. De toute façon, j'ai d'ores et déjà jeté l'éponge. J'en ai ma claque de lui. Tournant le dos à l'entrée du bar, je vérifie l'évolution de ma commande de taxi partagé.

Il est presque une heure du matin. Comment est-il possible que le seul chauffeur qui a validé ma demande se trouve encore à cinq minutes de moi ?

– Dekk !

La neige crisse sous ses bottes, derrière moi, en réaction de quoi mes poings se crispent.

– Écoute, je suis désolé, bafouille-t-il.

Je déteste que sa langue fourche. Déteste que depuis un quart d'heure, au grand maximum, que j'ai quitté la boîte de jazz, il ait trouvé le moyen de continuer à boire pour faire taire ses démons, quels qu'ils soient. Pire encore, je déteste en faire une affaire personnelle.

– Tu sais comment ça me rend. Tu sais…

– Non, je crie en pivotant vers lui. Je ne sais pas comment ça te rend et je m'en balance. De toute manière, ça ne te donne pas le droit de…

– Allons, fait-il en se risquant à toucher mes bras, mais je repousse ses mains.

– Clarifions un point. Tu n'es pas autorisé à me parler sur ce ton. Jamais. C'est minable, rabaissant et aux antipodes de l'homme que j'aim… connaissais.

La stupéfaction s'imprime sur son visage alors qu'il absorbe mes mots.

– Peut-être que tu me connaissais très mal.

Mon action suivante n'est pas réfléchie, mais alimentée par la colère, la peine et la frustration. Les trois se mêlent et se confondent dans la seconde où je plonge la main dans la jardinière remplie de neige, à côté de nous, ramasse le plus de neige possible et la lance vers lui.

Il marmonne un juron à l'instant où la poignée de neige le frappe en plein visage. Elle retombe en poudre sur son torse, des boulettes adhèrent à ses cils qu'il tente d'écarter en clignant des yeux. Mais il n'y a pas d'expression sur son visage, pas de rejet sur ses lèvres, juste ses yeux qui me fixent avec une intensité qui me pousse à me questionner sur la nature de sa réaction.

– Mature, Kincade, ironise-t-il enfin, alors qu'une voiture s'engage dans l'allée, derrière lui.

– C'est ma voiture.

– Tu ne bougeras pas d'ici tant que nous n'aurons pas clarifié deux ou trois choses, articule-t-il, son haleine enveloppée de buée dans le froid.

– Comme si j'étais à tes ordres !

Il saisit mon bras quand je passe devant lui, et la chance me sourit, parce que ce faisant, je baisse la main dans la jardinière et recueille de la neige. Nous restons face à face, sa main sur mon bras et mon autre bras replié dans mon dos, prêt à tirer.

– Tu n'oseras pas, me défie-t-il.

Son sourire reparaît enfin, bien qu'infime.

– Tu me connais mal, dis-je, juste avant de projeter la neige sur lui.

Avant qu'elle ne retombe sur lui, il s'élance sur moi, mais je n'ai pas le temps de voir quelle quantité l'atteint car je m'élance au pas de course sur le trottoir, comme une enfant de dix ans qui ne se préoccupe pas de déraper sur le verglas, de tremper ses vêtements ou de réveiller les voisins.

– Ma vengeance sera terrible, Kincade, rit-il, et ses pas martèlent le sol à ma suite.

– Commence déjà par m'attraper.

Mon cri strident résonne dans la nuit alors que j'enjambe d'un bond la haie qui délimite un parc public dissimulé sous une couverture de neige. Déserté à cette heure de la nuit. Je me réjouis que Hunter soit saoul, sans quoi il m'aurait rattrapée depuis longtemps.

– La guerre est déclarée ! rugit-il à la seconde où la première boule de neige atterrit sur mon épaule.

Un autre couinement s'échappe de ma bouche quand je me baisse pour former une boule de neige, tout en m'appliquant à me cacher derrière un jeu pour enfants.

– Je vais la gagner.

Je relève la tête et replonge à temps pour éviter une énorme boule de neige. Elle s'écrase dans un bruit sourd derrière moi, des fragments éclaboussent ma jambe de pantalon.

– N'y compte pas trop.

J'en envoie deux d'affilée en direction de sa cachette, derrière un banc, et crie d'excitation quand l'une d'elles touche son dos.

– La garce ! s'esclaffe-t-il pendant que je prépare des munitions. Tu vas me le payer, promet-il en courant vers moi.

– Non, je hurle en m'enfuyant de mon abri, qu'il s'approprie aussitôt, et lui en lance deux à l'aveuglette.

– Loupé. Encore loupé !

Maintenant tu dois m'embrasser.

Cette ritournelle que nous répétions quand j'étais enfant se rejoue dans ma tête, je me précipite vers l'endroit où je pense qu'il se tapit… sauf qu'il n'y est pas.

– Hunter, je fais d'une voix chantante, le cherchant avec conviction derrière un buisson, en vain. Hunter ? (Je suis des traces de pas dans la neige, sans savoir si ce sont les siennes ou les miennes.) Montre-toi, sors de ta cachette.

Un bruit et, me retournant, je suis aussitôt frappée au milieu de la poitrine par une boule de neige.

– Aïe !

Amusée, je frotte mon blouson et, levant les yeux, je le vois marcher à ma rencontre. Avec un franc sourire, il fait rouler une boule de neige gigantesque entre ses mains.

– Tu comptes vraiment me lancer cette chose ?

Il hoche la tête et se rapproche encore un peu.

– Tu te rends ?

– Pas question !

Il croque la boule de neige et quelque chose en lui à cet instant précis – le halo doré du lampadaire qui l'éclaire, son sourire enfantin, l'insouciance de la bataille de boules de neige – atténue momentanément l'injure subie dans la soirée et me rappelle pourquoi je le trouve tellement irrésistible.

– Je suis toujours furieuse contre toi.

– Et tu es encore plus jolie avec de la neige dans les cheveux.

Mince. Ne fais pas ça, Hunter. Ne… n'abats pas mes défenses qui sont déjà suffisamment fragiles.

– Tu me dois des excuses.

Je m'expose pleinement, les mains sur les hanches, les pieds fermement ancrés dans le sol, absolument certaine qu'il ne jettera jamais cette boule sur moi.

– C'est tout ce que tu as à dire maintenant que tu es à ma merci ?

Je suis à ta merci depuis que je t'ai revu au Tank.

Un rire tombe de mes lèvres, de la nervosité mélangée à une impatience que je ne sens que trop vivement, alors que je bats en retraite.

– Cent quatre-vingt-douze buts rien que cette saison. À vingt-trois buts du record de Gretzky en une seule saison. Cent vingt-quatre passes décisives. Soit le quatrième meilleur score jamais enregistré pour une saison, et il te reste plus de dix matchs à disputer. Dommage que tu ne joues pas au base-ball, parce que malgré toutes ces statistiques flatteuses, je persiste à croire que tu vas me rater, je plaisante.

Son bras tendu en arrière faiblit un peu.

– Troisième base en Ligue nationale, se défend-il, le doigt pointé sur sa poitrine. J'aurais probablement fini par abominer ce sport aussi, à long terme. Tu l'auras voulu.

Qu'il mentionne qu'il aurait détesté ce sport *aussi* me déstabilise, retardant ma réaction.

Je pousse un cri de stupéfaction quand la neige frappe ma joue et explose dans un nuage de poussière qui recouvre mon visage et s'enfonce sous le col de mon blouson.

– Tu ne perds rien pour attendre. J'aurai ta peau, Maddox.

La guerre commence pour de bon. Entre les rafales de boules de neige, nous jouons comme des gamins s'adonnant à une bataille hivernale devant chez eux, plutôt que comme deux adultes au cœur de la nuit, dans un parc du centre de Boston.

– Temps mort, dis-je en haletant, les poumons en feu et les orteils engourdis, en mimant le geste consacré.

Hunter s'arrête dans son élan et, les mains sur les genoux mais le regard tendu vers moi, il arbore un sourire rayonnant.

– Je n'aurais pas cru que tu étais du genre à baisser les bras aussi facilement.

– Je ne baisse pas les bras, dis-je, puis j'attends qu'il se rapproche un peu pour lancer la boule de neige que je cachais derrière mon dos.

Il s'élance à ma poursuite. Je crie et détale, mais je suis trop lente, si bien qu'il me plaque au sol.

– Non ! je ris, alors qu'il s'empare d'une poignée de neige dont il m'asperge le visage.

– Tu m'as pris en traître.

– C'est mon truc, dis-je en gloussant, les poignets entravés par sa main. Non, je grogne quand il s'agenouille, puis se retrouve assis sur moi, mes mains bloquées de part et d'autre de ma tête. Lâche-moi.

Ma requête manque de conviction. Même si la bataille de boules de neige nous amuse et que la bagarre me vide de toute énergie, une soudaine prise de conscience nous saisit alors que je lève les yeux vers Hunter, à quelques centimètres de mon visage. Je discerne dans son regard une clarté que je n'avais jamais vue.

Sous mon dos, le froid de la neige commence à traverser ma veste, mais le sourire qui étire mes lèvres me fait un bien fou. La chaleur et le poids de son corps sur le mien, encore davantage.

– Alors, où est passée ton effronterie ? demande-t-il et son regard glisse de mes yeux à mes lèvres avant de remonter.

– Elle ne faisait pas partie de la bataille de boules de neige, je chuchote presque.

Je retiens mon souffle quand il se penche et que ses lèvres frôlent mon oreille.

– Il n'existe pas de règle du jeu dans les batailles de boules de neige. Tu ne peux pas la contrôler.

– Je sais… mais bon…

Je suis à court d'argument, puis carrément sans voix quand ses lèvres caressent les miennes.

– Tu m'as raté. Tu m'as raté, murmure-t-il. Maintenant, tu dois m'embrasser.

Il se rapproche pour me donner un second baiser. Doux, tendre et inopiné, étant donné que notre relation n'a jamais été de cet ordre-là.

Hunter n'est pas doux quand il m'embrasse, en temps normal. Il est possessif, exigeant et la facilité avec laquelle il domine mes sens vide l'air de mes poumons.

Mais là, il m'a coupé le souffle avec le plus élémentaire des baisers, et je ne sais pas ce que je dois ressentir alors que je veux le ressentir entièrement.

Ainsi, quand il libère ma main et promène ses doigts sur ma joue avant de m'embrasser, je ne le repousse pas comme je le devrais.

Je ne pense pas à KSM ou à ce qui est bien ou mal d'un point de vue professionnel. Je pense juste que je veux oublier.

Qui je suis. Qui il est. Les potentielles répercussions et le fait que je piétine mes principes pour profiter du moment.

De la chaleur de ses lèvres.

De la tendresse de son contact.

De sa saveur sur ma langue.

La sensation de calme mêlée au désir qu'il provoque en moi.

Comment est-il possible de désirer tout cela sans s'exposer à des conséquences, professionnelles et émotionnelles ?

Le baiser prend fin, mais pas le tourbillon d'émotions qui se ranime en moi.

– Alors, lequel de nous deux la joue déloyale ? je murmure, l'esprit aussi échauffé que mes hormones.

Mais quand le désir obscurcit ses yeux et redresse le coin de ses lèvres, je prends conscience de ce qu'il est en train de faire. Ici. Dans la neige. À trois cents mètres du club dont ses coéquipiers pourraient sortir à tout instant.

J'aimerais penser que la raison prend le dessus. Or, c'est la nervosité qui l'emporte. Rien d'autre que la nervosité et le trouble me poussent à prononcer spontanément « anges de neige » alors que, sous lui, je roule pour lui échapper.

– Quoi ? rit-il en se passant une main dans les cheveux pour épousseter la neige avant de s'asseoir par terre.

– Des anges de neige, je répète en le tirant par le bras, viens faire un ange de neige avec moi.

– J'ai envie de faire des milliers de choses avec toi, Dekker Kincade, mais les anges de neige ne font pas partie de la liste.

Comme nos regards se retiennent, je m'immobilise en pleine ébauche de mon ange – bras au-dessus de la tête, jambes écartées –, mais je me délecte de voir ses défenses s'écrouler. J'aime qu'il s'abandonne à l'instant, se prête au jeu et, allongé sur le dos, commence à tracer des anges.

Nos rires résonnent bruyamment dans la nuit, seulement entachés par le bruit des freins des bus et un klaxon au loin.

Nos bruissements cessent, puis le silence s'abat sur le parc. Nous admirons les étoiles dans le ciel, brouillé par intermittence par les volutes blanches de nos halètements.

– C'est fou, soupire-t-il, sa main glacée trouvant la mienne avec une décontraction absolue. Pourquoi était-ce aussi amusant ?

– Parce que retomber en enfance est toujours marrant.

Je glousse sans me soucier que ça semble puéril.

– C'est facile d'oublier.

– Tu sais…

– Je le sentais venir, dit-il.

C'est aisé de faire ressurgir ses défenses.

– Rien ne vient. (Une pause pour choisir soigneusement mes mots.) En fait, tu n'es pas obligé de répondre, mais si tu as besoin d'un ami, je suis là.

Son silence est assourdissant, mais bon, je ne m'attendais pas à ce qu'il déballe ses secrets.

Mais je l'ai dit, et je le laisse digérer l'info. Je sais, à ses doigts qui serrent les miens, qu'il m'a entendue.

– Vérité.

Un mot. C'est tout ce qu'il dit, et une partie de moi meurt de l'entendre.

– Je ne joue pas à ce jeu avec toi. Je me souviens de ce qui s'est passé la dernière fois que j'ai accepté, dis-je.

C'était notre première fois. Il m'avait demandé si je pensais qu'il était possible de mélanger l'amitié et le sexe. J'avais répondu non. Il avait déclaré que j'étais bornée et questionné ma certitude. Les insultes que nous nous étions envoyées étaient cruelles, et après coup, le sexe de réconciliation, époustouflant.

Vérité.

Le mot sur lequel a débuté notre relation sans engagement de six mois. Celle que j'ai rompue le cœur brisé, qu'il l'ait su ou pas.

Alors, pourquoi le prononcer à présent? Est-ce qu'il essaie de nous replacer sur un pied d'égalité? Ou cherche-t-il à provoquer une dispute pour nous éloigner davantage?

Je ne sais pas ce qui me surprendrait le plus.

– Ce n'est pas ce que tu crois, glousse-t-il, même si ce serait amusant aussi, considérant que nous restons courtois l'un envers l'autre.

– Pour l'instant, dis-je d'une petite voix. Tu as omis de préciser que nous sommes courtois pour l'instant.

– Vérité, dit-il pour la troisième fois, ignorant mon commentaire. Pourquoi es-tu ici, Kincade?

– Vérité? je murmure, car même si nous avons besoin de cette conversation, j'ai peur de gâcher le moment en admettant l'évidence. Alors j'improvise: Seulement si tu commences par me dire ce qui t'arrive.

Son soupir, étiré, est en contradiction avec l'ambiance détendue, confortable… si l'on met le froid glacial de côté.

– Il n'y a donc rien d'autre, Dekk ?

J'ouvre la bouche puis la referme, cherchant des paroles lénifiantes, réconfortantes ou compatissantes. Mais tout donnerait l'impression d'arrondir les angles. Rien ne répondrait à une question que je ne suis pas sûre qu'il compte poser.

– Sois plus précis.

– Tu l'as dit plus tôt. Hockey. Fiesta. Sexe. *Repeat.* Ça ne va pas plus loin ?

J'ai envie d'effacer sa tristesse, mais je sais que rien ne me le permet.

– Pas du tout. Peut-être que cela te convient en ce moment, que cela correspond à ce que tu cherches, mais il n'y a pas que ça.

– Dit qui ? demande-t-il.

Nom d'un chien, il semble paumé.

– Dit… la personne que tu écoutes, je suppose.

Ma réponse, pas très futée, sonne pour le moins inappropriée, mais tant que je reste dans le flou, j'ignore comment l'aider. Je ne sais pas comment atténuer ce qui le ronge.

– Peut-être que tu arrives à un stade où le hockey, la fête, le sexe à l'infini ne te suffisent plus. Peut-être qu'en ce moment, tu réalises que tu aspires à autre chose.

– Possible que je ne mérite rien de plus.

Ses mots sont chassés par mon rire surpris qui perce le silence.

– C'est ridicule. D'où tu sors ça ?

– Tu avais raison.

– À quel propos ?

– Le burn-out.

Ma respiration se bloque. J'expire le plus lentement possible pour qu'il ne l'entende pas. Je sais à quel point l'admettre requiert des efforts.

– D'accord.

– C'est… c'est une longue histoire, mais tu avais raison.

– Je ne cherchais pas à avoir raison. Je voulais juste que tu saches que personne n'est à l'abri de l'épuisement. (Je lui presse la main pour renforcer mon soutien.) Si un jour tu souhaites en parler, j'ai l'oreille attentive.

Je me concentre sur les volutes de nos souffles qui s'élèvent pendant qu'une petite partie de moi se relâche sous l'effet du soulagement. Pas parce que je suis un agent qui progresse dans sa démarche auprès d'un client, mais parce que je suis une femme qu'un homme auquel je suis attachée malgré moi laisse enfin entrer dans sa vie.

Enfin une ouverture.

– Hé ? lâche-t-il après un moment.

– Mmm ?

– J'apprécie les galipettes dans les parcs, mais certaines parties de mon anatomie sont tellement frigorifiées que j'ai peur qu'elles se détachent.

Son rire est forcé, mais je sais aussi qu'au cours de cette conversation, il s'est révélé comme jamais, alors je n'insiste pas.

J'accepte qu'il m'aide à me remettre debout. Nous rions et nous menaçons de reprendre les tirs de boules de neige, pendant que nous nous frottons le dos réciproquement pour ôter la neige et admirons nos anges bâclés.

Mais je ne suis pas insensible au fait qu'il n'exige pas ma vérité en échange.

Cela me pousse à m'interroger sur ce qui l'effraie.

31

DEKKER

– Vous n'êtes pas sérieux ? dis-je au concierge.

À la réception de l'hôtel, je claque des dents et frissonne de la tête aux pieds.

Même si dans la voiture le chauffage carburait à plein régime, je soufflais dans mes mains et Hunter gardait son bras autour de mes épaules, je ne sens plus certaines parties de mon corps.

Nous avons sûrement l'air de deux rats repêchés dans la rivière – cheveux plaqués par la neige, vêtements trempés, bottes qui grincent sur le sol luxueux.

– Nous sommes désolés, Mademoiselle Kincade, répète le réceptionniste alors que je reste figée là où il m'a arrêtée pour m'annoncer la nouvelle.

– Quel est le problème ? s'enquiert Hunter en parvenant à ma hauteur.

– Cela ne devrait pas prendre plus d'une heure ou deux, assure-t-il, mais ses yeux s'écarquillent à mesure qu'il réalise à qui il s'adresse. Je suis confus, Mad Dog, euh… Monsieur Maddox. Une canalisation a fui à l'étage de Mademoiselle Kincade. Les chambres n'ont pas été touchées, mais le couloir est fermé afin que les réparations puissent s'effectuer au plus vite.

– Alors, attribuez-lui une suite, exige Hunter.

Je devrais m'offusquer qu'il parle en mon nom, mais je suis trop congelée pour m'en soucier.

– L'hôtel affiche complet. Je n'ai pas de chambres…

– Vous ne réservez pas quelques chambres pour les urgences ? Vous ne…

– Si, mais elles sont déjà toutes occupées. Je peux consulter les disponibilités dans les hôtels du quartier. Accordez-moi un instant…

– Aucun problème, dis-je avec un sourire nerveux, certaine que mes lèvres sont bleues.

– Sinon, prends ma chambre, suggère Hunter.

– Inutile, je peux patienter, je bégaie, vivement consciente de la tension sexuelle qui continue de palpiter entre nous, bien que nous soyons à moitié gelés.

– Ne sois pas ridicule.

Il lève les yeux au ciel et, la main dans mon dos, m'entraîne vers l'ascenseur sous le regard du réceptionniste qui attend de connaître ma décision.

– Au moins, tu pourras enlever ces vêtements mouillés et te réchauffer.

– C'est bien ce qui m'inquiète, dis-je, goguenarde, en haussant les sourcils.

– Tu es une vraie plaie, marmonne-t-il avant de s'adresser à l'employé : Elle sera dans ma chambre.

– Par quel biais dois-je vous tenir informée sans vous réveiller, si jamais vous vous endormez ? questionne le réceptionniste.

– Envoyez un sms sur son portable, réplique Hunter avant de réciter mon numéro de mémoire, à mon plus grand étonnement.

Il passe son bras autour de mes épaules et frotte mon bras.

– S'il vous plaît, j'ajoute à sa place.

Sans plus attendre, Hunter nous entraîne vers l'ascenseur. Bien vite, nous entrons dans sa chambre : dernier étage, vue splendide sur la ville, mais je ne pense qu'à me réchauffer sitôt la porte refermée.

Il règle le chauffage au maximum. Me voilà face à un dilemme : devoir enlever mon blouson et ma tenue trempée, mais ne pas me trouver dans ma chambre.

– Frigooooorifiée, dis-je en me balançant sur mes talons sous le souffle d'air chaud, le visage relevé et les yeux fermés.

Un cliquètement se fait entendre, puis un tintement.

– Bonsoir. Chambre 405. J'aimerais commander deux chocolats chauds, deux toasts au fromage et... tous les desserts chauds que vous possédez. (Il murmure quelque chose.) Je me fiche que la cuisine soit fermée. Débrouillez-vous, le pourboire sera en conséquence.

– Hunter...

– C'est le moins qu'ils puissent faire, vu que ta chambre est inaccessible. (Puis il reprend sa conversation téléphonique.) C'est ça, dans l'une de ces chambres... merci infiniment pour votre aide. J'apprécie. (Il raccroche.) Ce sera livré d'ici trente ou quarante minutes.

– Bon, et qu'est-ce qu'on fait ? je ris en claquant des dents, même si la chaleur commence à picoter mon visage. Prendre un pique-nique congelé ?

Quoique cela semble approprié.

– Pourquoi pas ? Enlève ton blouson, ordonne Hunter, puis j'entends une fermeture s'ouvrir et le sien tomber sur le sol dans un bruit sourd.

Lorsqu'il entre dans mon champ de vision, bien sûr, il a non seulement ôté son blouson mais aussi son tee-shirt. Qu'il se tienne devant moi torse nu, ses abdos parfaitement définis, n'aide pas à effacer le baiser du parc sur mes lèvres ni son goût sur ma langue.

Fait non négligeable, il a dessaoulé entre-temps.

Refusant de lui donner la satisfaction de l'admirer ou d'aviser sa semi-nudité, j'entreprends de déboutonner mon blouson.

– Mince…

Mes doigts sont tellement gourds que les boutons m'échappent, pendant que mon corps supplie de s'immerger dans un bain chaud.

– Si tu permets.

– Je vais y arriver.

Je tape sur sa main qui tente de repousser la mienne pour me porter secours, mais cela ne le déroute guère. En peu de temps, il écarte les pans de mon blouson, l'abaisse sur mes épaules et se démène pour extraire mes mains des manches entortillées comme si j'étais une petite fille.

– C'est fait, dit-il alors que le vêtement retombe à nos pieds et que ses bras m'encerclent.

J'accepte sa chaleur, bien que son corps soit aussi froid que le mien, et savoure ce rare moment de mansuétude avec lui, après une soirée pour le moins mouvementée. L'étreinte ressemble à des excuses sans mots, je n'avais pas réalisé que j'avais tant besoin de ce geste avant maintenant.

Je ferme brièvement les yeux et absorbe la sensation de bien-être.

J'ai opté pour une mauvaise décision, à tous les égards. Moi. Ici dans sa chambre. Notre passé. Notre futur.

C'est une épée à double tranchant qui me rappelle que les bons côtés sont excellents avec Hunter mais qu'il est hors de question que je me laisse retomber dans ce piège alors que je dois le persuader d'intégrer l'agence.

– Je ne peux pas, Hunter. Je ne peux pas, dis-je en repoussant son torse, reculant un peu, alors que ses bras me retiennent.

– Tu préfères geler ?

Je le regarde.

– La dernière fois… nous n'étions pas…

– Chut, fait-il, un doigt glacé sur mes lèvres. Ne gâche pas l'instant. Tâchons de préserver la bonne entente.

Un soupir tombe de mes lèvres, en même temps que je secoue la tête. Je le contemple. Ses épaules larges et l'ondulation de ses cheveux. Le bleu de ses yeux et son sourire en coin. Notre histoire, et ce que je compte faire de notre avenir. J'absorbe tout et laisse ses mots me frapper dans une seconde vague. *Il n'y a donc rien d'autre ?*

– C'est trop compliqué, dis-je dès lors que je retrouve la parole.

– Qu'est-ce qui est compliqué ? Que tu te trouves dans ma chambre d'hôtel ? Tout dépend de ce qu'on en fait, répond-il, jouant avec le double sens des mots, ce que j'essaie d'ignorer. Et puis, tout est ta faute.

– Moi ? Qu'est-ce qui est ma faute ? dis-je en riant.

– Tu me suis de ville en ville, d'un bout à l'autre de cette série d'étapes.

– D'accord, je fais lentement.

Je me déchausse à deux à l'heure pour gagner du temps, de façon à réfléchir à ce qu'il sous-entend. Est-il embarrassé au souvenir de ses révélations dans le parc, de son moment de vulnérabilité ?

– Tu as lancé l'attaque de boules de neige.

C'est vraiment la clé du problème ?

– Je n'hésiterai pas à recommencer, dis-je d'un ton léger, me prêtant au jeu. Où veux-tu en venir ?

– Comment se fait-il que tu connaisses mes statistiques par cœur ?

– Pardon ?

– Mes statistiques. Dans le parc, tu les as citées de mémoire, comme si tu me suivais de près. Alors, dis-moi… pourquoi connais-tu mes statistiques ?

Il m'offre l'occasion idéale. D'enfin être honnête… professionnellement parlant. Mais comme il vient de s'ouvrir à moi, de se montrer sous son vrai jour, je ne peux pas risquer de tout gâcher. Je mentirais si je prétendais que je n'espère pas qu'il partage davantage. Il se tient torse nu devant moi, quand même. Notre baiser demeure encore dans mon esprit, sur mes lèvres.

Mince.

Comment sommes-nous passés d'une dispute dans un club de jazz à une bataille de boules de neige remplie de rires, à un baiser truffé de choses que je refuse de reconnaître… et enfin à cela ? Je réponds avec prudence.

– C'est mon métier de suivre les stats. Je te l'ai dit la première fois que tu m'as posé exactement la même question.

– Seul bémol, je ne suis pas ton client.

– Je connais les stats de nombre d'athlètes qui ne sont pas mes clients.

Il se rapproche un peu.

– Pourquoi ?

– Parce que ton salaire est conditionné par tes stats, ton statut et les spectateurs que tu attires, et cela se répercute sur tous mes sportifs. Tu es une sorte de point de référence.

La tête sur le côté, il m'observe.

– Mouais. Dire que j'ai cru que tu accompagnais l'équipe parce que je te manquais et que tu me convoitais. Parce que tu en avais assez que des souvenirs te soulagent pendant tes soirées solitaires et que tu souhaitais le faire en vrai pour te rafraîchir la mémoire.

Un sourire paresseux se dessine sur ses lèvres, ses yeux reflètent des pensées que je préfère éviter de me remémorer.

– Je t'aime bien. Comme cela, dis-je, faisant un geste allant de lui à moi, mais avec toi habillé et moi habillé et…

– Oh la menteuse !

Il dégrafe son ceinturon.

– Pas du tout. Comment pourrais-je mentir ?

Je bafouille piteusement, alors que ma libido et ma tête se chamaillent contre mes réactions involontaires.

Il déboutonne son pantalon.

Le corps pulvérise littéralement la raison.

– Qu'est-ce que tu fais ?

Je crie presque parce que oui, bien que je l'aie souvent vu entièrement nu, je sais quelles sensations me procure sa nudité et, bon sang, je n'ai pas besoin qu'un visuel en haute définition vienne me le rappeler.

– Je suis glacé, lâche-t-il aussi nonchalamment que possible.

Il abaisse son pantalon sur ses hanches et se tient en boxer, son corps est assez sublime pour m'inciter à toucher et sentir à quel point il est réel.

– Hunter ?

– Oui ? ricane-t-il. Tu peux garder tes vêtements humides et attraper la mort juste parce que tu manques de confiance en moi… mais en ce qui me concerne, je vais me doucher.

Chaleur. L'idée est tellement séduisante, alors que je grelotte. J'oublie soudain qu'il se tient devant moi pour me souvenir des vêtements moites qui me collent à la peau.

– Personne n'a dit que je ne te faisais pas confiance. Mais je ne me doucherai pas avec toi.

– Comme tu voudras, mais imagine l'extase que ce serait de s'enfoncer dans un bon bain brûlant.

Il gagne toute mon attention.

– Un bain ? Tu n'as pas parlé d'une douche.

– Changement de programme. Maintenant, c'est un bain.

– Oh, je fais en gémissant.

– Je compte me prélasser jusqu'à ce que l'eau commence à refroidir, alors je remplirai de nouveau la baignoire.

Mes yeux roulent virtuellement en arrière à cette pensée.

– Triste gâchis.

Son rire est un son séducteur.

– Mais un pur bonheur, fredonne-t-il.

– Très mauvais pour l'environnement.

– Tu vois, retrouver la sensation de mes orteils et de mes précieuses m'importe davantage que le gaspillage de l'eau.

Le corps tremblotant, je marche vers lui.

– Tu gardes ton boxer, n'est-ce pas ? je demande, redressant les épaules comme si la fine barrière de coton pouvait nous dissuader de nous toucher.

Ou d'en avoir envie.

– Si tu préfères. Bon… (Ses yeux me parcourent longuement.) Tu dois aussi garder tes sous-vêtements parce qu'il est hors de question que je te voie nue, taquine-t-il.

Je l'observe, mon corps implore d'accepter et ma tête hurle que c'est une très mauvaise idée… mais je suis transie de froid.

– Très bien.

J'ôte mon pull, faisant tout mon possible pour ignorer son regard avide qui détaille mon soutien-gorge en dentelle noire, et le muscle palpitant de sa mâchoire.

– Cesse de me reluquer.

– Je ne te regarde même pas. Pas plus ta poitrine que tes fesses que… (Il fait semblant de frémir.) Qu'est-ce qui pourrait bien exciter un homme chez toi ?

Il me taquine, ce que conforte son sourire.

– Va faire couler un bain, comme tu l'as promis. Je te rejoins.

Le doigt tendu vers la salle de bains, je me demande ce qui me met le plus au supplice : mes vêtements trempés ou combattre mon attirance ? Il décoche un sourire lumineux, avant de s'éloigner, me montrant une vue de ses fesses, de l'arrière de ses cuisses et de son dos. Je m'en délecte sans le moindre soupçon de honte.

Sitôt que l'eau coule dans la baignoire, je me trémousse pour m'extraire de mon jean en un temps record, me félicitant de porter un shorty en dentelle plutôt qu'un string comme je l'avais envisagé ce matin.

Cette décision vient de me faciliter grandement l'existence.

Du moins, je le pense jusqu'à ce que, dans la salle de bains, je le trouve debout devant l'immense baignoire, des bulles s'amassant à la surface de l'eau et les lumières de la ville endormie scintillant derrière la baie vitrée qui fait face à la baignoire.

Hunter relève les yeux et, sans mentir, un petit frisson d'excitation me parcourt quand il marque un temps d'arrêt dès qu'il me découvre en sous-vêtements.

– Pas de coup en douce, j'avertis en me dirigeant vers la baignoire.

– Tranquillise-toi, Kincade, susurre-t-il, mais je ne le crois pas. Je suis douloureusement conscient que tu restes dans le droit chemin, en toutes circonstances.

– Bien obligée, c'est mon job.

– Quoi, précisément ? (Il fait un pas vers moi.) Que tu sois dans ma salle de bains, c'est pour affaires ? (Il secoue la tête d'un air frustré.) On en revient toujours au travail avec toi. Systématiquement. Avant, tu n'étais pas comme ça. Chaque once de ton professionnalisme impeccablement maîtrisé que tu arbores comme une armure, tu t'en servais pour me ravager au lit, jusqu'à épuiser toute notre énergie. Jusqu'à ce que nous soyons satisfaits. À chaque fois. Avant, tu aimais repousser les limites avec moi. Tu aimais…

– C'est du passé. (Je remue les pieds, saisie du besoin de stopper son flot de paroles, les souvenirs dont je retrouve presque la saveur et la douleur poignante qu'ils suscitent.) Les enjeux sont trop élevés ces temps-ci.

– Quels enjeux, précisément ?

À un petit mètre de moi, il me jauge, nos corps vibrent dc désir.

Trop de choses sont en jeu.

Beaucoup trop.

Mon agence.

Mon cœur.

Ma dignité.

Il se rapproche d'un pas et se penche pour placer ses yeux à la hauteur des miens.

– Dis-moi, Dekk ? Qu'est-il arrivé pour que tu changes ? Qu'est-ce qui a affaibli ta fougue ?

Toi.

La réponse surgit dans ma tête sans l'ombre d'une hésitation, et je chancelle parce que comment dire ça ? Comment lui attribuer l'origine de ma retenue, alors qu'avant j'aurais saisi l'occasion les yeux fermés ?

– Ma fougue est toujours là.

J'offre un sourire dont il n'est sûrement pas dupe.

– Prouve-le, souffle-t-il, alors qu'il referme le peu de distance qui nous sépare encore.

Comme au ralenti, il repousse une mèche de cheveux de ma joue, et je me sens presque m'abandonner à son étreinte.

– À quoi bon ? dis-je en guise de point final.

Je le contourne pour gagner la baignoire, simplement pour éviter son contact et le défi qu'il s'apprête à me lancer. À fleur de peau, je contemple le monde déployé devant moi, mais d'une manière ou d'une autre, je me retrouve connectée à son regard reflété dans la vitre.

Alors, je suis frappée de constater à quel point je joue avec le feu.

Dans mon comportement avec mes clients.

Dans la réalité de ma vie.

Dans ce que je fais, sans que cela soit clair pour moi, en soutien-gorge et petite culotte dans la suite de Hunter, alors que je sais que même si nous couchions ensemble, au petit matin, rien n'aurait changé pour lui tandis que, pour moi, rien ne serait plus comme avant.

Il ferme le robinet, mais le petit rire avec lequel il souligne mon absence de réponse me rappelle soudain à la réalité. À l'envie et au besoin qui s'opposent à la raison et au bon sens.

Après une respiration régulière, je l'affronte, lui et son commentaire incendiaire.

Pars et manifeste ta résistance ou reste en toute conscience de ce qui adviendra.

Sa main touche ma nuque et m'attire vers sa bouche qui rencontre la mienne à l'instant où nos corps s'écrasent l'un contre l'autre.

Et chaque sensation que j'ai ressentie dans le parc est amplifiée.

Là où la douceur me troublait dans le parc, la violence de son désir ressemble au Hunter Maddox de mes souvenirs.

C'est celui dont je peux me nourrir.

Celui qui est du sexe brut, rien que du besoin, totalement bestial.

Sa main retient ma nuque en otage pour permettre à ses lèvres de récolter ce qu'elles veulent, pendant que l'autre empoigne l'arrière de mon shorty et l'entortille, le tissu s'enfonçant dans ma peau.

Repousse-le.

Ses dents tirent sur ma lèvre inférieure.

Dis-lui non.

La fermeté de son érection se frotte sur moi.

Oh mon Dieu.

La fermeté de son torse sous mes paumes.

Tout cela m'a manqué.

La voracité de toutes ses actions.

Il m'a manqué.

Le souffle court, il détache ses lèvres des miennes, puis me transperce du regard, nos mains prenant possession du corps de l'autre chacune à leur façon.

– Nom de Dieu, Dekk, grogne-t-il. Ne joue pas avec moi. Dis-moi que tu en as envie. Dis-moi que tu en as autant besoin que moi.

Sa voix reflète mon état émotionnel : désespéré, en demande, prête à exploser.

Savoir que j'ai la capacité de faire perdre le contrôle à un homme de sa trempe me fait un effet inexplicable. Je le veux. Sa manière d'assouvir tous mes désirs. De saccager ma raison.

Lui.

Plus de lui.

Le moment est venu de ressentir chaque gramme, chaque centimètre, tout ce qu'il est disposé à me donner.

Des frissons longent mon dos pendant que, le regardant, j'anticipe, atermoie et fais fi de toute prudence.

Qui songerait au chocolat et aux toasts au fromage maintenant ?

Ce sont mes lèvres qui rencontrent les siennes cette fois. Mes dents qui mordillent le tatouage sur son épaule. Mes ongles qui marquent sa peau jusqu'au côté de son torse. Ma main qui s'insinue sous l'élastique de son boxer et encercle son membre rigide. C'est son corps qui se tend à mon contact.

Il y a de l'intensité dans nos actions, une urgence. Un besoin de se précipiter vers la finale et de ralentir en même temps.

Chaque partie de moi que les mains et la barbe naissante de Hunter touchent s'enflamme et se languit.

Telle une masse de mains, de lèvres et de frottements, nous titubons sur les quelques mètres qui nous séparent du lit. Son sous-vêtement disparaît en chemin. Ses doigts dégrafent mon soutien-gorge pendant que je descends mon shorty.

J'ai menti l'autre soir.

Avec Hunter, la finesse ne m'intéresse pas. Je me soucie uniquement de ses mains qui agrippent, des poussées de ses hanches, des mordillements de ses dents et du glissement de son membre.

Mon corps vibre sous ses mains qui prennent et revendiquent et pétrissent mes seins, mes hanches, mes fesses.

– Dekker, grogne-t-il, ses lèvres sur mon sein, ma peau vibrant sous la tension avec laquelle il prononce mon nom.

Debout, il empoigne mes cheveux et renverse ma tête pour me forcer à le regarder dans les yeux.

Le désir met mon corps à vif, et les secondes que nous gaspillons à nous regarder, alors que ses yeux explorent lentement mon corps, me font trépigner du besoin de m'emparer de ce que je veux.

J'ouvre les lèvres, irritées par les siennes, pour parler, pour l'exhorter à me ravager de toutes les manières les plus délectables, mais une lueur dans ses yeux me dit qu'il en a autant besoin que moi… pour des raisons bien différentes.

– Retourne-toi, ordonne-t-il, et j'obtempère, anticipant en retenant mon souffle.

Une main sur ma taille, il me tire en arrière, contre lui, mes fesses se fondant contre sa cuisse, la vitalité de sa queue indéniable dans le creux de mes reins. De sa main libre, il repousse mes cheveux dans ma nuque pour que ses dents éraflent ma peau, tandis que l'autre s'affaire entre mes cuisses.

– Putain, Dekk. Tu…

Il embrasse le creux entre mon cou et mon épaule.

– Ça.

Ses doigts s'aventurent entre mes cuisses, tandis que son pied écarte les miens.

– Je vais te baiser.

Il écarte mes lèvres et quand il me trouve humide pour lui, son grognement contracte mes mamelons.

– Avec mes doigts.

Il les plonge en moi et mon corps se crispe en réaction, anticipant déjà le prochain geste.

– Avec ma langue.

Sa langue remonte vers mon oreille et s'aventure à l'intérieur, le mélange de sa barbe drue et de la chaleur de sa langue me coupe le souffle.

– Avec ma queue.

Alors que sa main se faufile entre mes fesses, je me resserre autour de ses doigts.

Mon corps est tendu comme un arc, mon besoin fiévreux, mon envie semant la chair de poule sur ma peau.

De nouveau, sa main s'empare de ma nuque.

– Dis-moi que tu es prête pour moi. Dis-moi que tu veux de moi. Dis-moi de te baiser, grogne-t-il à mon oreille.

Mais je ne parle pas, je ne peux pas, alors que ses doigts poursuivent leur lente et délicieuse torture qui titille mes points sensibles dans le creux de mes cuisses. Ma tête retombe en arrière, sur son épaule, je gémis à la faveur d'un nouvel assaut de ses doigts.

– Hunter.

J'étire son nom comme pour le supplier d'assouvir mes besoins et de ne jamais arrêter.

– Je connais ton corps. Je sais de quoi tu as besoin. Tu es tellement trempée, grogne-t-il. Je te désire depuis l'instant où je t'ai revue. À présent, penche-toi en avant.

Mon pouls s'emballe, et je me plie à sa requête. Ses mains caressent mes hanches avant que l'une d'elles longe mon sillon, laissant l'air frais abonder sur ma chair la plus sensible.

Encore plus excitant que ses caresses, son bourdonnement d'approbation, de désir, de convoitise envahit la pièce.

Impatiente, je me cale sur mes coudes, puis sursaute quand je sens sa langue lécher doucement mon clitoris, s'arrêtant pour explorer mon centre, avant de remonter sur l'étroit anneau de muscles puis de redescendre.

Il agit avec une lenteur délibérée et, sous l'ivresse de sa torture, je me tortille, jambes écartées, pour le laisser accéder à toutes les parties qu'il veut de moi.

Je lui appartiens.

Entièrement.

– S'il te plaît, je gémis.

Un petit rire pour unique réponse, il me prive de tout contact. Puis je pousse un cri aigu quand sa main assène une tape sur le côté de ma fesse.

Mais les picotements sont rapidement oubliés, la douleur temporaire dissipée sitôt que j'entends le bruit caractéristique de l'emballage qu'il déchire. Il s'applique à nous protéger avant de promener son gland le long de mon ouverture.

– Doux Jésus, Dekker, gémit-il alors qu'il s'introduit sans se presser.

Mes muscles résistent à la plus douce des brûlures jusqu'à ce qu'ils s'échauffent, acceptent et enserrent son invasion. C'est mon gémissement qui se réverbère dans la chambre à présent. Moi qui l'encourage à remuer. Ce sont mes fesses qui se pressent à sa rencontre, l'informant que je suis prête.

Ses deux mains sur mes hanches, il commence à aller et venir en moi, par poussées mesurées.

Chacune étant une lente séduction de mes points sensibles.

Une enivrante offensive à mes sens.

Une caresse qui le menace de perdre son sang-froid.

Je le sens basculer, aussi sûrement que je sens mon orgasme enfler.

Il cramponne plus fermement mon épaule. Ses coups de butoir se font plus vigoureux, le claquement de ses cuisses contre les miennes plus perçant. Les sons qu'il émet plus gutturaux, plus déséquilibrés.

Combinés, ils m'embrasent d'une façon que personne d'autre ne m'a jamais fait ressentir auparavant, mais je repousse cette idée de me perdre dans l'instant. Dans la brume de plaisir. L'afflux de sensations.

Je glisse la main entre mes cuisses et d'un doigt, j'effleure mon clitoris. Le raclement de son érection à l'intérieur. Le titillement de mes doigts à l'extérieur. Le grognement bourru de mon nom. La capacité qu'il me donne à ressentir, être, succomber.

C'est entêtant, puissant, et il laisse mon corps se gorger de plaisir, décoller, se tendre jusqu'à ce que les sensations atteignent un crescendo, au point que je ne puisse que fermer les yeux, relâcher ma tête et me préparer à la vague.

Mon corps explose, se fracture en une myriade de débris alors que l'orgasme percute chaque terminaison nerveuse, chaque muscle, absolument tout.

Mes hanches s'agitent.

– Prends tout.

Mes mains agrippent le dessus-de-lit sous moi.

– Jouis pour moi, Dekk.

Je hurle, mon corps se contracte de plaisir, puis se relâche une fois le plaisir consumé. Inondée de chaleur et de bien-être, mes genoux flanchent, mais Hunter retient mes hanches, s'enfonçant toujours plus loin en moi. Il prolonge mon plaisir au maximum avant d'accélérer la cadence.

Je flotte toujours dans le brouillard de l'orgasme, j'essaie encore de retrouver mon souffle et mes facultés, mais je n'ai pas l'occasion d'y parvenir parce que c'est au tour de Hunter désormais.

Ses mains me cramponnent et ses hanches claquent jusqu'à ce que son geignement sauvage se répercute, sa jouissance se déversant en moi.

– Bon sang, murmure-t-il, penché pour embrasser mon épaule avant de nouer étroitement ses bras autour de ma taille.

Ainsi enlacés, notre respiration se calme et nos cœurs retrouvent un rythme régulier. Juste au moment où j'essaie de décider du prochain mouvement, il se retire de moi et se dirige vers la salle de bains sans un mot.

32

DEKKER

LORSQU'ON FRAPPE À LA PORTE, je sursaute comme une gamine prise en train de faire une bêtise.

– Le room service, disons-nous à l'unisson comme si cette idée singulière pouvait rétablir d'un coup la cohérence qui nous fait défaut après le sexe.

– Attrape ça ! m'invite Hunter en me lançant un peignoir tandis qu'il se précipite vers sa valise. Un instant, crie-t-il à l'employé qui patiente derrière la porte.

En toute hâte, il enfile un pantalon de survêtement et moi, le peignoir.

– Je tuerais pour quelque chose de chaud, plaisante-t-il, en me tapotant les fesses avant d'ouvrir la porte. Qu'avez-vous pour nous… ?

Sa voix s'estompe pendant que je noue la ceinture.

Callum.

Yeux écarquillés, mâchoire tombante.

Pas ça…

– Je… désolé, il se fait tard, bredouille-t-il en reculant, son regard rebondissant entre nous. Je ne voulais pas déranger…

– Tu ne déranges pas. Nous ne faisons rien de particulier.

Troublée, j'avance d'un pas, vivement consciente que l'état de la chambre dément mes paroles. Nos vêtements trempés éparpillés, abandonnées là où ils ont été retirés, et les draps froissés.

– Nous nous sommes livrés à une bataille de boule de neige. Nous étions trempés comme une soupe.

Je bafouille, tout en désignant les vêtements qui jonchent le sol.

– Et frigorifiés. Le couloir de mon étage a subi un dégât des eaux. Nous avons cru que le service d'étage apportait des boissons pour nous réchauffer.

– Détends-toi, Dekk, tempère Hunter, la main sur mon bras. Tu es une grande fille. Tu ne dois d'explication à personne.

Pourtant, j'ai l'impression de devoir me justifier. Callum est un client, et maintenant qu'il pense que nous sortons ensemble, mon intégrité et ma réputation sont compromises.

– C'est juste que… ne te fie pas aux apparences, je marmonne, détestant que Callum esquive mon regard.

– Je tenais à m'assurer que tu étais bien rentrée, se défend Callum, les yeux baissés. J'ai essayé ton portable, sans résultat. (Une pause, puis il porte son attention sur Hunter.) Et toi, Maddox, tu as filé à l'anglaise, saoul comme une barrique… Oublie ça. (Il nous observe tour à tour.) Manifestement, vous allez bien.

– Ouaip, au top de ma forme, certifie Hunter, arborant son petit sourire en coin qui ne m'aide pas à dissiper les tensions.

– J'attends de pouvoir reprendre ma chambre.

– En peignoir, observe Cal, lèvres retroussées, avec un hochement de tête. Je vois.

– Cal, attends, dis-je en passant devant Hunter. Crois-moi, nous n'avons rien à cacher.

– Ce ne sont pas mes affaires.

– J'arrive à point nommé, lance une voix derrière Callum, et nous sommes surpris de trouver quelqu'un dans le couloir à cette heure de la nuit.

De la vaisselle cliquette sur un plateau – des verres et des couverts – avant que le serveur apparaisse en poussant un chariot.

– Monsieur Maddox ? demande-t-il en regardant les deux hommes.

– C'est moi. Merci, répond Hunter en s'avançant.

– Chocolat chaud. Toasts au fromage. Tarte Tatin. Plus quelques friandises supplémentaires. Offertes par la maison, pour nous excuser du désagrément, Mademoiselle Kincade.

– Je vous remercie.

Je hoche la tête avec un sourire nerveux, grandement soulagée d'avoir un témoin innocent pour appuyer ma version auprès de Callum.

– Le service de maintenance vient de m'informer que votre chambre sera prête dans cinq minutes. Je suis chargé de vous escorter jusqu'à votre chambre pour vérifier que vos affaires n'ont pas été endommagées et que tout est à votre convenance.

– Ah.

Je resserre le décolleté du peignoir en me demandant si c'est une bénédiction ou une malédiction.

La bénédiction étant que Hunter et moi ne nous sommes jamais attardés après le sexe. Nos rendez-vous se limitaient au plaisir charnel et, après un brin de toilette, nous échangions à la rigueur quelques mots… puis l'un de nous s'en allait. Naturellement, nous nous appréciions, mais ça n'allait pas plus loin.

La malédiction étant que nous sommes novices dans l'après-sexe.

Considérant les vêtements au sol, je cherche comment préserver ma dignité tout en les ramassant à travers la chambre.

Sensible à mon embarras, Callum hoche la tête.

– Il est temps que je me couche, bougonne-t-il avant de s'enfoncer dans le couloir en direction de sa chambre, quelques portes plus loin.

La main de Hunter descend dans mon dos, alors que le serveur pousse le chariot dans la chambre.

– Tu restes pour manger un bout ?

Dans le flou, je secoue la tête, soudain assaillie par la gêne, l'inquiétude et la confusion.

– Je n'ai plus très faim. Je dois regagner ma chambre, comme il l'a dit et…

– Dekker.

– Non, il est tard. Il vaut mieux que je vérifie que mes affaires et ma chambre sont intactes.

– Je t'accompagne.

– T'embête pas.

Je m'écarte de lui, brusquement pétrie d'embarras. Prise du besoin de faire le tri dans mes pensées, et dans mes sentiments qui sont très probablement à sens unique. Sans oublier la situation dans laquelle je viens de me mettre.

– Dekker ?

– Tout va bien.

– Je la raccompagne, affirme Hunter.

– Non, je proteste avec plus de fermeté que nécessaire, avant de m'adresser à l'employé. Vous m'accordez cinq minutes ? Je me dépêche.

Il hoche la tête, et je ferme la porte pour me laisser rassembler mes affaires.

– Dekker ? chuchote Hunter alors que je fais le tour de la chambre comme une furie, ramassant vêtements et chaussures humides.

– Ça va. Tout baigne entre nous, je marmonne avec un sourire.

– Tu l'as déjà dit…

– Si Callum parle…

– Alors quoi ? demande Hunter, sa voix résonnant dans la chambre. S'il parle, qu'est-ce qu'il y a de grave ? Tu es adulte, tu peux coucher avec qui tu veux. Pourquoi est-ce important ?

– Parce que ça l'est.

Je me débats soudain contre mes larmes brûlantes et déteste qu'elles me montent aux yeux. Parce que je ne pleure pas pour les hommes. Je ne pleure pas ce qui ne peut pas être. Et je refuse assurément de pleurer pour Hunter Maddox.

– Pigé, soupire-t-il en me suivant à travers la chambre. J'ai failli oublier, tssst, fait-il pendant que je jette un dernier coup d'œil autour de moi. C'était une erreur, n'est-ce pas ? Ça n'aurait jamais dû se produire. Ça ne doit pas se reproduire. Bla-bla-bla.

Dans ses yeux, je m'attends à trouver de l'amusement, mais il n'y a rien d'autre qu'une gravité agaçante. Il m'est impossible d'affirmer s'il est en colère ou perplexe, mais je ne lui connaissais pas cette expression, et en soi, cela m'incite à mettre de l'espace entre nous afin de mieux cerner la source du malaise.

– Hunter… je suis là pour raisons professionnelles et…

– J'ignorais que tu étais en service à deux heures du mat.

– Ce n'est pas ça. C'est juste…

– Juste comme autrefois ? Super au lit. Zéro en communication. Mieux vaut que tu partes avant que la dispute éclate.

Il se rapproche et pose un baiser sur mon front.

– Bonne nuit, Dekker.

Je le regarde ouvrir la porte. Le second rejet n'est pas moins amer que le premier. Voire davantage.

Dans le couloir, l'employé se berce sur ses talons, conscient de l'inconfort qui émane de nous. Je lui offre un triste sourire, puis me retourne vers Hunter. Nos yeux renferment nombre de non-dits que nous échangeons par ce regard : je suis désolé. *Pourquoi est-ce ainsi ? Pourquoi sommes-nous infichus de trouver un moyen de faire les choses correctement ?*

C'est du moins mon interprétation, étant donné que je décortique chaque seconde pendant que je marche vers ma chambre.

Peut-être était-ce la meilleure façon de clore la soirée.

Hockey.

Callum frappe à la porte. Le service d'étage peu après.

Fiesta.

Peut-être qu'il vaut mieux une sortie précipitée, sans évoquer la suite ni s'accorder sur la prochaine étape.

Sexe.

Parce que coucher avec Hunter était une sacrée bourde.

Pas de *Repeat.*

Le pire de l'histoire ? Je sais que c'était une sottise, mais j'aimerais tant me trouver encore dans la chambre de Hunter là tout de suite.

33

HUNTER

Avachi dans le fauteuil devant la fenêtre de ma chambre d'hôtel, je regarde la vapeur s'enrouler au-dessus de ma tasse de café.

La ville de Boston se prépare à se réveiller pendant que je me repasse les dernières vingt-quatre heures et anticipe la percée lumineuse du soleil dans le ciel.

Dormir me semblait sans espoir.

Comme la plupart des nuits, dernièrement.

J'ai visionné par deux fois le match d'hier soir. Pris des notes. Mes évaluations et ma vision de ma performance dix fois plus critiques que celles de mon père. Peut-être lui prouverai-je le contraire au prochain match.

Qui trouve le sommeil quand le monde se consume autour de soi ? Comment fermer l'œil alors que mon frère est mourant, que mes parents vivent dans une réalité parallèle et que je vais d'échec en échec ?

Alors que je veux juste ne plus m'en soucier.

C'est le bruit blanc avec lequel je me suis habitué à vivre. Constamment. Les choses que je n'ai jamais réussi à changer, bien que je ne baisse pas les bras.

– Bon sang, je grommelle et je roule des épaules, le corps fracassé mais l'esprit en ébullition.

Ce soir, la seule différence dans mes ruminations, c'est Dekker. Aussi loin que je me souvienne, le chaos s'adoucit pour la première fois. Pas jusqu'à devenir calme, mais moins étouffant. La colère, la culpabilité, le trouble… relégués au second plan à la faveur d'une bataille de boules de neige, de sa main tenant la mienne dans le taxi, puis du sexe prodigieux peu après.

Ou peut-être est-ce le soulagement de confier à quelqu'un une parcelle de ma vérité.

Quoi qu'il en soit, nous deux, c'était comme avant, et pourtant extrêmement différent.

Est-ce cela qui me tarabuste ? Ce qui, cette fois, était *différent* entre nous ?

Je savais déjà que concrétiser n'assouvirait pas le désir infini qu'elle m'inspire. Je savais déjà qu'une petite mise en bouche, une poussée en elle, ne ferait qu'attiser ce désir.

Ça a toujours fonctionné de cette façon avec elle. Et ce sera toujours ainsi.

En revanche, je ne m'attendais pas à retrouver ce serrement de cœur que j'ai ressenti quand nous avons dit stop, mais en nettement plus fort. Serrement de cœur que je n'ai pas eu besoin d'admettre la dernière fois, étant donné qu'elle m'a devancé pour tout arrêter.

Mais ce soir, quelque chose d'autre semblait différent. Nouveau.

Je bois mon café, le laissant me brûler la langue. Acceptant la douleur cuisante, je me force à reconnaître la seule chose que je fais semblant de ne pas remarquer. *Que je vis quotidiennement.*

Les femmes tombent à mes pieds, les admiratrices accourent partout où je vais, et je suis entouré de coéquipiers presque à chaque minute de chaque jour. Toutefois, quand Dekker est partie sans un regard en arrière, j'ai réalisé à quel point j'étais seul.

Combien je me sens seul.

Tous les jours.

– T'es barjot. Complètement déjanté, Mad, dis-je dans la chambre vide, en même temps que je reconnais que ma soirée ressemble au rêve de tout homme. Bon sang, c'était aussi le mien jadis.

Sexe du tonnerre avec une femme sublime qui s'éclipse sitôt fini et ne réclame pas davantage, ne serait-ce qu'un baiser pour se souhaiter une bonne nuit.

Du sexe sans engagement.

Mais c'est clair que je sens des liens invisibles emmêlés autour de moi, formant le plus gros nœud jamais vu ou ressenti.

Un nœud avec elle au milieu.

Reprends-toi, Maddox. Tourne la page.

Je ne m'attache pas.

Je n'ai pas le privilège d'éprouver des sentiments pour quelqu'un.

Je ne m'autorise même pas à le vouloir.

Mais ce soir, elle m'a fait rire, m'a fait me sentir insouciant, puis s'est emparée de chaque urgence, besoin, envie et parcelle de mon corps. Autant de choses qui m'amènent à me demander ce que ce serait d'avoir cela à ma portée. Si tant est que je m'y habitue aisément.

Après une profonde inspiration, je jure que son odeur flotte encore dans la chambre – son shampooing, notre intimité –, ce qui ne m'aide pas à arrêter de penser à elle. À arrêter de regretter qu'elle ne soit plus là. À arrêter de rejouer son départ sans explication si peu convaincant, et ce que ça m'a fait de la regarder s'éloigner.

– Lâche l'affaire, je murmure et, la tête appuyée contre le dossier de ma chaise, je fais le vœu qu'un peu de repos me soit accordé, sous n'importe quelle forme.

Les yeux fermés, j'essaie de faire silence en moi. D'apaiser toutes les pensées. Tous les espoirs. Tous les rêves.

Et dans cet état de flottement, entre l'éveil et l'endormissement, je vis un instant de lucidité, que j'aurai certainement oublié au réveil.

Elle a couché avec moi et a pris la clé des champs.

Pourquoi ?

Pour se venger parce que je l'ai laissée en plan dans l'ascenseur ? Pour me montrer pourquoi je n'aurais pas dû la laisser partir il y a trois ans ? Quoique cela ne lui ressemble pas.

Alors quoi ?

Parce que Callum nous a surpris ? Parce qu'il était plus qu'évident que nous venions de coucher ensemble ?

Pourquoi est-ce important ?

Il est son client, pas moi.

Nous n'avons pas dépassé la ligne qu'auraient imposée des relations professionnelles. Pas plus que nous ne nous sommes promis quoi que ce soit. Rien que du sexe, certes époustouflant, à la folie.

Alors pourquoi…

J'y crois pas !

Dekker Kincade est venu pour *me* recruter.

C'est la seule explication logique.

Et je dis logique, car je ne digère pas qu'elle ait fui de peur que des gens apprennent que nous étions ensemble. Et que Callum sache que nous avons couché ensemble.

La question est : est-ce pour cela qu'elle a couché avec moi ? Pour espérer se glisser dans ma vie entre deux parties de jambes en l'air, quelques bavardages sur l'oreiller… là où elle me persuaderait de quitter Sanderson pour KSM ?

Auquel cas elle aurait couché avec un client potentiel. Ce qui expliquerait pourquoi elle a décampé sans attendre son reste.

Bien que je rejette cette hypothèse, je hais l'idée qui persiste. Celle qui hurle que je ne suis rien de plus qu'un client à ses yeux.

Un numéro qu'elle ambitionne d'épingler à son tableau, une généreuse commission qu'elle empocherait pour ne plus jamais y prêter attention. D'abord le match des Dartmouth, ensuite ce soir.

C'est la version la plus crédible.

Tellement plus facile à avaler qu'envisager que je la mérite. Tellement plus facile que croire qu'elle tient à moi.

Parce que la dernière fois qu'elle s'est détournée de moi, c'était après une séance au lit, prenant tout juste le temps de se rhabiller avant de s'évaporer sans motif.

Je n'ai pas cherché à la rattraper. Je n'ai jamais demandé ce qui lui avait pris, préférant me convaincre que la relation s'était éteinte. C'était probablement une bonne chose vu qu'au moindre sentiment, je prends moi aussi la poudre d'escampette. De fait, je sentais naître des sentiments.

Mais, à présent, je me souviens des tourments que j'ai endurés et détestés.

C'est signe que j'ai besoin de reprendre mes distances et, au passage, de me détacher de mes sentiments, quels qu'ils soient.

Ma vie, c'est le hockey. Être le meilleur. Distancer les fantômes qui feront partie de moi à tout jamais.

Son job, c'est tirer profit des athlètes comme moi. Dénicher la recrue la plus prometteuse. Les acquérir comme des jetons et rafler la mise une fois l'objectif atteint.

Elle m'utilise et cela me fournit une raison justifiée de ronger mon frein, et de la repousser alors que je tuerais pour qu'elle soit assise à côté de moi en ce moment même, sereine, attendant confortablement le lever du soleil.

Mais je ne peux pas laisser cela se produire.

Je ne la mérite pas.

Je ne mérite rien.

Elle s'est servie de toi, Mad. Elle vient de dévoiler son jeu. Elle ne pense qu'à son propre intérêt. Elle a beau t'abreuver de longs discours sur son envie d'être ton amie, arguant qu'elle est là pour toi si tu as besoin de parler, son objectif est de te rafler comme client.

Une de plus qui m'utilise.

Une personne de plus qui me considère comme de la marchandise.

Peut-être que si je continue de me répéter ça, elle ne me hantera plus aussi fortement qu'en ce moment.

Peut-être que je trouverai un autre moyen d'échapper à la solitude.

C'est vraiment aussi simple entre vous deux ?

34

DEKKER

L'endolorissement entre mes cuisses est la première chose que je remarque quand je me blottis sous les couvertures pour me cacher du soleil qui inonde la chambre.

La nuit dernière est plus qu'un lointain souvenir. C'est plutôt un rappel entêtant que, m'étant mise dans de beaux draps, je dois trouver une solution.

J'ai couché avec un client potentiel. Un client actuel m'a littéralement prise en flagrant délit. Après quoi, j'ai paniqué.

Un grand moment de panique, qui m'a tenue éveillée une partie de la nuit tellement j'avais besoin de l'analyser.

Ce que je ressentais pour Hunter, mes raisons de le repousser il y a trois ans, tout a rejailli hier soir, plus distinctement que jamais.

Et je n'étais pas sûre de ce que j'en pensais. Comment puis-je prétendre être une femme forte et indépendante qui ne s'en laisse pas conter, alors qu'après une seule nuit avec lui, les mêmes sentiments reviennent me dominer ? Comment puis-je être fière de moi alors qu'il m'a traînée dans la boue au club, mais que je me suis tout de même retournée sur le parking, et on connaît la suite ? Comment puis-je autoriser cela sans lui avoir présenté franchement mes motivations ?

Je suis lâche.

N'est-ce pas le cœur du problème ? Je suis une poule mouillée, nerveuse, qui cogite trop et n'a pas le cran d'admettre que non seulement j'ai merdé en couchant avec lui pour des motifs professionnels mais aussi que je ne suis pas assez courageuse pour admettre qu'être des amis-amants ne me satisfait plus.

Je ne suis plus la même personne.

En l'espace de trois années, on mûrit et, après Chad, il est possible que je recherche davantage.

Peut-être que mon père avait raison ; non pas que j'irais lui dire.

Hunter Maddox. Compliqué, à multiples facettes, incroyablement doué, beau comme un dieu, mais perturbé par un problème grave.

Je me demanderais bien ce que j'attends de lui, mais je le sais déjà. *Juste* mon amant ne me suffira plus. *Juste* mon client ne marchera probablement pas non plus.

Non mais quel sac de nœuds n'ai-je pas tissé !

Pour voir le bon côté des choses, je suis sexuellement comblée pour la première fois depuis un bail. Il me restera ce maigre réconfort, quand bien même d'autres clients quitteraient KSM parce que l'un des agents phares couche avec ses clients, et les traite sans doute mieux que tous les autres.

Encore pire, ils commenceront à penser que le sexe fait partie de l'offre KSM.

Plus je réfléchis, plus je cours à la catastrophe.

Je grogne et me retourne sur le dos, et ce faisant, je m'empêtre dans le duvet.

– *Woman Up*[4], Kincade, je marmonne. Dis-lui la vérité. Explique-lui pourquoi ça ne doit pas se reproduire. Prends

4. Référence aux mouvements en faveur de l'égalité des sexes.

les devants, admets qu'il est le joueur que tu espères convaincre de rejoindre l'agence. Eh oui, nous avons couché ensemble. Nom d'un chien, Dekker, il le sait déjà. Mais dis-lui peut-être que c'est arrivé une fois, certes, mais pas deux, car la confiance est essentielle avec un client. Et une fois qu'il aura signé, cette frontière ne sera plus franchie.

J'inspire longuement et lutte contre l'appel du sommeil, connu de toute personne dont le corps se sent satisfait.

Oh mince…, mince… mince.

Je repousse les couvertures et me précipite vers mon ordinateur portable. Je me connecte en moins de deux, la connexion est validée pendant que je lisse mes cheveux du plat de la main pour faire comme si je ne tombais pas du lit.

– Je me réjouis que tu sois au rendez-vous, entonne mon père à distance, et à mesure que l'image pixelisée se clarifie, il apparaît autour de la table de conférence avec mes sœurs.

– Désolée. J'ai bossé tard.

Le gloussement de Brexton emplit la pièce.

– J'espère qu'il en valait la peine, plaisante-t-elle, ignorant tout de la part de vérité dans sa remarque.

– Hilarant. Je suis sortie écouter du jazz avec quelques joueurs des Jacks, et en rentrant à l'hôtel, une canalisation avait éclaté dans le couloir. Du coup, je me suis couchée tard.

Je me justifie trop alors que je ferais mieux de me taire.

– Ah. La canalisation de qui, exactement ? ironise Lennox, me fixant par écrans interposés.

Après un silence absolu, mes sœurs et moi éclatons de rire.

– Mesdemoiselles, gronde mon père en se retenant de rire, calmez-vous. Nous avons déjà passé en revue le rapport d'étapes de chacun de nos clients… ton retard t'ayant permis de manquer cette partie, nous t'écoutons. Ton bilan n'étant pas rempli, je commence à me faire du souci.

– Je vais l'actualiser, mais avons-nous déjà évoqué les clients qu'elles vont démarcher ? Je ne te cache pas que je suis toujours fâchée d'avoir dû filer dans l'urgence, et pas elles.

– Considérant que Maddox est en tête du classement et fait des scènes, je suis d'accord avec papa, c'était impératif que tu sois sur place au plus vite. Aide-le à se remettre sur les rails de façon à lui montrer pourquoi tu lui éviterais la chute.

Chase s'exprime avec sa voix sèche et professionnelle, comme si les enjeux ne la concernaient pas.

– La chouchoute, je marmonne, sachant qu'elles m'ont affublée de ce surnom.

– Il était temps qu'elle l'admette, glousse Lennox, à qui je fais un doigt d'honneur en plein milieu de l'écran.

– Alors, Hunter s'est montré réceptif à tes avances ? s'enquiert-il.

Je tousse pour dissimuler mon sourire.

– Nous n'en sommes pas encore à cette étape.

Sous leur regard, je me mords la lèvre inférieure.

– D'où le blanc dans le tableau, murmure Chase.

– Comment ça se fait ? intervient Lennox.

– Le moment ne s'est pas présenté.

– En plus de deux semaines, tu n'as pas trouvé un moment propice pour le prendre à l'écart et lui demander si son agent lui convient ? souligne Chase.

– Écoutez, je suis ici parce que vous imaginez que c'est une bombe à retardement que je suis censée désamorcer. Je dois faire preuve de prudence. Son jeu frise l'excellence, mais en dehors de la patinoire, c'est une calamité. Alors, je m'efforce d'être là pour lui quand ça ne va pas. Il est épuisé, je tente de lui ouvrir les yeux sur son moral en berne. J'essaie de lui rappeler ce qui l'a fait tomber amoureux de ce sport.

Un ricanement dans la salle, et comme ils se tournent tous vers Brexton, je ne peux qu'imaginer sa réflexion.

Je m'éclaircis la voix.

– Je fais en sorte de lui montrer que je le soutiens, alors que Sanderson n'est pas là pour lui ou est trop pris par ses autres clients. Je fais le nécessaire pour que ce soit moi qu'il appelle quand il a besoin de quelque chose. Quand il a besoin de quelqu'un qui le comprenne, dis-je, sachant que c'est beaucoup plus que cela.

Pour eux, il s'agit de notre carrière et de notre agence, mais moi, je tiens à le voir surmonter cette épreuve.

– Pendant les matchs, je l'encense, mais c'est tout ce qui se passe en dehors de la patinoire qui le convaincra.

– Rusé. Laisse-lui le temps de se sentir à l'aise… enfin, plus à l'aise avec toi, raille Chase.

– Arrêtez avec ça. Hunter et moi, ça date de plus de trois ans. Nous sommes deux adultes, et nous sommes passés à autre chose.

Bien sûr, je déforme la réalité.

– J'ai entendu dire que Sanderson a assisté au match, hasarde mon père pour couper court à toute querelle.

– Exact. Il m'a officiellement mise en garde, et j'ai ostensiblement ignoré son avertissement.

Leurs petits rires se mêlent dans la salle.

– Et toi ? demande mon père. Comment tu le vis ?

Comment répondre à cela, face aux quatre personnes qui me connaissent mieux que personne ? Comment masquer mon expression, afin de cacher que je suis chamboulée ce matin, secouée par des émotions impossibles à identifier ?

Maintenant que la question est posée, c'est bigrement plus difficile de faire mine de les ignorer.

Maintenant qu'il a lancé le sujet, tout ce que je veux, c'est me pelotonner dans ses bras, réclamer un câlin paternel qui assure que tout finira par s'arranger.

– Bien. Sans problème. Mon but est de trouver un instant en tête à tête avec Hunter cette semaine, avant la prochaine série de matchs, pour défendre notre cause.

– D'après les ragots, Finn n'est pas content de lui, révèle Lennox.

– D'après les ragots, c'est le cas de beaucoup de gens. (J'attache mes cheveux dans ma nuque, plus consciente que jamais de mon allure.) D'ailleurs, j'ai l'intention d'exploiter leur mécontentement à mon avantage.

Mon père hoche la tête, les mains en tente devant lui, les lèvres retroussées.

– Dekk, il est notre chance de saper la notoriété de Sanderson. C'est un influenceur, ou je ne sais plus quel terme vous employez de nos jours. C'est lui qui fixe les exigences. Arrange-toi pour qu'il se rétablisse, ainsi ce sera plus facile d'attirer de nouveaux joueurs de hockey qui rêvent d'être lui.

Il s'appuie contre le dossier de sa chaise et, alors qu'il me regarde dans les yeux, je sens à la fois qu'il me défie et me fait confiance.

– Je sais que tu en es capable, souligne-t-il.

35

DEKKER

– Ce siège est libre ? je demande à Hunter dans le *Starbucks* du hall de l'hôtel.

Il se lève d'un bond sans trop détacher les yeux de son iPad.

– Maintenant oui. Je te le laisse.

Je pense naïvement qu'il se lève pour avancer ma chaise par galanterie. Au lieu de quoi, il s'éloigne.

– Hé, Hunter ! je fais, estomaquée par sa réaction.

– Quoi ? lance-t-il en me regardant par-dessus son épaule.

– Tu n'as pas répondu à mon texto. J'espérais discuter, tu sais, à propos…

– À propos de quoi ? Notre *erreur* ? (Il fronce le nez et mon ventre se noue à la stupidité de cette rengaine.) Non merci. Je suis sûr que Callum ou quelque autre curieux descendra sous peu, je ne voudrais pas entacher ta réputation en leur montrant que tu as couché avec moi.

– Pardon ? Tu plaisantes ?

Je le fixe, ahurie, les mains tendues et en secouant la tête.

– Pas le moins du monde. Je suis tout ce qu'il y a de sérieux. (Il fait un pas vers moi et baisse la voix.) Tu voulais du sexe, tu as eu du sexe. Tu veux tâter le terrain avec un sportif, alors jette-toi à l'eau. Coucher avec lui et détaler en raison du passé est une tactique désastreuse.

Blessée par ses accusations, je le regarde s'éloigner en clignant des yeux. Manifestement, nombre de choses m'échappent au sujet de la nuit dernière.

J'ai quitté sa chambre dans le but de protéger mon cœur.

Il m'a regardée partir en pensant que je me servais de lui ?

J'ai réellement bousillé presque tous les aspects de notre relation.

– Tu as mal interprété ce qui s'est passé. Tu m'as mal comprise.

– Bonjour, lance Katzen en entrant nonchalamment dans le café, puis il s'arrête, son regard allant de Hunter à moi. Toujours en train d'essayer de former un couple ? Dans ce cas, je recommande un peu plus d'amour et un peu moins de disputes. (Une main levée, il fait semblant de se rendre, puis rit sous le regard assassin de Hunter.) Je dis ça pour discuter.

– Mais bien sûr, dis-je en roulant des yeux et en me forçant à sourire.

– J'ai un rendez-vous téléphonique avec Sanderson, clame Hunter, téléphone levé pour justifier qu'il est exempté de s'impliquer, et il continue de s'éloigner.

Ou peut-être pour me rappeler crûment qui est son agent.

– Qui l'a mis en rogne de bon matin ? demande Katz en adressant un doigt d'honneur peu discret à son coéquipier.

– Je n'en ai pas la moindre idée, je murmure.

Moi.

C'est moi qui l'ai énervé et qui ai tout fait foirer.

– Tant pis pour lui. Puisqu'il ne tient pas compagnie à une belle jeune femme, je lui pique sa place. Ces temps-ci, je suis entouré de trop de coquilles et pas assez de strings.

La tête renversée en arrière, je ris.

– Si tu cherches des strings, tu es assis à la mauvaise table.

Toutefois, je remue sur ma chaise, compte tenu du modèle en dentelle noire que je porte aujourd'hui.

36

DEKKER

KINCADE SPORTS MANAGEMENT
NOTE DE SERVICE
BILAN DES NOUVELLES RECRUES

* signale les urgences

** signale que Dekker la Diva continue d'astiquer la crosse d'un joueur

ATHLÈTE	ÉQUIPE	SPORT	AGENT	AVANCEMENT
Carl Ryberg	n/a	Golf	Kenyon	RDV contrat
Jose Santos	D-Backs	Base-ball	Chase	Pas intéressé
Michelle Nguyen	n/a	Football	Brexton	En pourparlers
*Hunter Maddox	Jacks	Hockey	Dekker	************
Vincent Young	Rams	Football	Dekker	Premier contact pris
Garrett Zetser	n/a	NASCAR	Lennox	RDV physique

**** signale que notre chère sœur fait la morte. Dekker, Dekker, Dekker, Dekker… arrête de nous ignorer.

Les garces, mais leurs commentaires sur le mémo de la chasse aux talents me font rire et j'en ai grand besoin.

Je l'expédie sans remplir la case du statut de Hunter Maddox. Bien fait pour les fouineuses.

37

DEKKER

INSTALLÉE DANS LA TRIBUNE DE PRESSE de je ne sais quelle ville, je réponds à mes messages. J'alterne entre courriels et messages téléphoniques.

Pendant ce temps, les Jacks s'entraînent en contrebas, élaborant une nouvelle tactique de défense susceptible de triompher sur la glace dans les semaines à venir.

Ce serait plus judicieux de traiter mes messages dans ma chambre d'hôtel, mais j'ai la tête ailleurs. Non pas que mon travail requière mon attention immédiate, mais plutôt parce que le hockeyeur en action accapare mes pensées depuis qu'il a quitté le café, voilà quelques jours.

À qui j'essaie de faire croire ça ? Il encombre mon esprit depuis bien plus longtemps, mais je ne compte pas cet aspect de la question.

Peut-être parce que nous n'avons jamais eu la chance de nous retrouver seuls depuis ce matin-là, mes sms restent sans réponse et mes appels sont directement envoyés sur messagerie. J'ai même envisagé de glisser un petit mot sous sa porte mais, connaissant ma chance légendaire, son coéquipier tomberait dessus, ce qui provoquerait de nouveaux remous.

Il faut vraiment que je lui explique pourquoi je suis partie, pourquoi j'accompagne l'équipe, et que j'entende sa perception des choses.

Autant de points noirs susceptibles de se résoudre en communiquant – en fait, c'est le conseil que je prodiguerais à mes amis en pareil cas. Mais ce n'est pas aussi simple.

Sitôt que je lui révélerai pourquoi je suis ici, notre relation, quelle qu'elle soit aujourd'hui et quoi qu'elle ait pu être, s'en trouvera modifiée. Ensuite, il deviendra un client. Ensuite, je devrai faire passer le professionnalisme au premier plan.

La difficulté à satisfaire mon père et, en même temps, obtenir ce que je veux rend cette option quelque peu incertaine.

– C'est clair que tu passes pas mal de temps avec l'équipe.

Je sursaute et, en me retournant, je découvre Ian McAvoy, bras croisés et l'épaule appuyée contre l'embrasure.

– La même remarque s'applique à vous, dis-je en souriant, espérant en vain que ma plaisanterie le déride. Peu de directeurs raffolent des tournées en car.

– Et peu de DG sportifs sont catapultés des bas-fonds du hockey en tête de leur division en l'espace de deux ans.

– C'est pas faux.

Je hoche la tête, referme mon ordinateur et me redresse, attendant de savoir de quoi il souhaite m'entretenir. Ian n'est pas du genre à parler de la pluie et du beau temps.

– Dois-je croire les bruits de couloir ? demande-t-il.

– Tout dépend lesquels.

– Sur ce qui t'amène ici.

– Je représente des joueurs de ton équipe. Pour certains, nous avançons en terrain inconnu et je tiens à ce qu'ils soient en condition au moment des éliminatoires.

– Et les autres ? Est-il nécessaire de préciser que j'ai besoin qu'on les laisse tranquilles pour qu'eux aussi soient en condition ?

– Ne tournez pas autour du pot, Ian. Si vous avez quelque chose à dire, dites-le.

Je me lève du siège pour nous mettre sur un pied d'égalité. Qu'il soit debout me met en position désavantageuse.

– Que cherches-tu avec Maddox ?

Les lèvres retroussées, j'observe l'entraînement. Hunter se déplace avec aisance, puis après un échange, des rires s'élèvent jusqu'à nous.

– Je ne le représente pas, si c'est votre question, dis-je finalement en me demandant si Ian aurait cette même conversation si j'étais un homme.

– Je le sais parfaitement.

Ses chaussures crissent sur le sol bétonné quand il passe devant moi et pose les mains sur le pupitre de la rangée du haut.

– Tout laisse à penser que tu lui portes un intérêt particulier, reprend-il.

J'inspire longuement et lâche un soupir de frustration perceptible.

– J'ai un intérêt direct dans cette équipe. Callum se rétablit tout juste d'une blessure. Stetson fait tout son possible pour intégrer le classement et Guzman suit son chemin. Comme je l'ai dit, c'est le moment idéal pour moi de prendre des nouvelles de mes clients. S'il y a du nouveau, dites-le clairement.

– Je connais ton père depuis des décennies, dit Ian, en me regardant par-dessus son épaule, à travers ses lunettes.

– Moi aussi.

En dépit des apparences, je n'essaie pas de faire de l'humour. Comme je sais où il veut en venir, je suis sur la défensive.

– Je ne l'ai jamais vu se comporter de cette façon.

– De quelle façon ? Suivre une équipe sur plusieurs matchs pour accompagner ses clients ? Bizarre, c'est lui qui a insisté pour que je sois là.

– Ce n'est pas comparable.

– Mais encore ?

– Tu es une femme. L'équipe se comporte différemment quand des femmes agents sont dans les parages. Ils…

– Avec tout le respect que je vous dois, Monsieur McAvoy… dis-je, et je me place à côté de lui à l'instant où Hunter marque et que le reste de l'équipe tape sur la glace avec leurs crosses pour le féliciter. C'est mon travail, pas un bar où je drague. Je n'ai jamais manqué de professionnalisme. Je ne mets pas les pieds dans les vestiaires pour cette raison, alors que des agents de sexe masculin entrent et sortent comme dans un moulin. Vos insinuations sont étonnantes et infondées, dis-je, mentant les dents serrées.

– Ne compromets pas notre saison, Kincade. Maddox a une énorme part à jouer.

– C'est un vieil ami. Rien ne m'interdit de veiller à son bien-être, considérant qu'il semble traverser une période compliquée. Je suis ainsi. Soit vous appréciez que je vous aide à dompter votre joueur vedette ingérable, soit vous rappelez à son agent de faire son boulot. Si je peux éventuellement tenir compte de vos menaces, elles auront pour seul effet de rebuter un peu plus votre joueur phare.

– J'ai besoin de la Coupe.

– Je ne doute pas que Maddox emmènera son équipe jusqu'à la victoire.

38

HUNTER

DANS LES GRADINS GLACÉS, assis sur un banc en métal gelé, je scrute les joueurs.

Mon attention est monopolisée par les deux gamins qui patinent. Deux garçons qui rient autant qu'ils s'entraînent. À tout de rôle, quand l'un passe devant l'autre, il enveloppe les épaules de son frère de son bras avec une affection fraternelle.

Ma décision de venir pour tenter de me reconnecter avec les sensations d'autrefois est grandement récompensée.

Tu fais un burn-out.

Les larmes aux yeux, je les observe.

Deux gamins qui s'éclatent. S'exerçant et aimant un sport qui a toujours fait frémir mon sang, aussi loin que ma mémoire remonte.

Deux gamins qui font semblant d'être quelqu'un comme moi, alors que tout ce que je souhaite, c'est redevenir comme l'un d'eux. Innocent. Intact. Avec mon frère à mes côtés.

Complètement cramé.

Que vas-tu faire, Maddox ? T'allonger et mourir ? Raccrocher ta crosse ?

Ou remporter la Coupe pour Jonah avec le club qu'il t'a conseillé d'intégrer ? Gagner la Coupe qu'il aurait dû gagner, d'un sport dans lequel il excellait et pas moi ?

J'ai l'estomac atrocement noué. Je ne veux pas reconnaître les émotions que je fais remonter à la surface. Des émotions que la présence de Dekker a mises en lumière.

Et penser à elle – bon sang, j'ai l'impression de ne faire que ça – me chamboule encore plus.

Je me passe la main sur le visage et soupire lourdement, alors que les rires des garçons me parviennent.

– Bah non. Papa ne nous laissera jamais jouer dans la même équipe, conteste l'aîné.

– Pourquoi pas ?

– Parce que nous ne pouvons pas être tous les deux la vedette, espèce d'idiot.

Il pousse son frère dans le dos, si bien qu'il trébuche en avant et qu'ils éclatent de rire, lançant un regard vers leur père qui les attend dans son pick-up, moteur ronronnant, le chauffage probablement allumé, et qui zyeute l'allumé assis seul dans les gradins en se demandant s'il est dangereux.

Je m'en moque parce que tout ce que j'entends, c'est la réplique du plus grand : *Parce que nous ne pouvons pas être tous les deux la vedette.*

Une solution si simple que nous n'avons pas eu la chance de découvrir par nous-mêmes.

À les observer, la solitude me submerge plus cruellement que jamais, mais réveille également des souvenirs. Les rires. Les secrets. Le lien que nous partagions sur et en dehors de la glace.

Peu importait qu'il soit la vedette et moi, le second couteau. Seul comptait le fait d'être ensemble. L'important était que nous nous comprenions. L'important était que je pratiquais un sport que j'aimais avec le frère que j'aimais encore plus.

Je redresse la tête vers le ciel limpide et ferme un instant les yeux.

Je suis tellement désolé, Jonah.

Je vais te gagner cette Coupe que tu mérites.

Je vais pulvériser tous les records en ton nom, parce que je sais que tu les aurais déjà battus.

Je serai la star pour nous deux avant que l'un de nous deux, ou tous les deux, soyons à bout.

– Tu ne peux pas encore partir, J. Ne pars pas avant que je termine le boulot dont tu m'as chargé. Ne me quitte pas tout de suite.

Quand je me relève des gradins une heure plus tard, je ne détiens pas toutes les réponses, mais j'ai acquis un peu de détermination et de clarté.

39

DEKKER

– SALUT.

Hunter s'arrête entre deux enjambées et tourne les yeux vers ma voiture, quand je freine à sa hauteur.

– Laisse-moi tranquille, Dekk.

– Comment dois-je l'interpréter ?

Je continue à rouler au ralenti à côté de lui, qui continue de marcher.

– Comprends-le comme je le dis. Ta proposition ne m'intéresse pas.

– Ça tombe bien, je n'ai rien à vendre. Nous devons parler de l'autre soir.

– Il n'y a rien à discuter, réfute-t-il, sans me regarder.

– Ah non ?

Je vois pléthore de questions à aborder.

– Nan.

Nan ? Sérieux ? J'enclenche le point mort, descends de voiture et le rattrape en trottinant, mais il refuse de m'accorder un seul regard.

– Hunter ? Tu m'expliques ?

Je dois saisir son bras pour qu'il se tourne vers moi, la confusion et la colère obscurcissant son visage.

– Tu me fais perdre mon temps. On m'attend à l'entraînement. Tu sais, *mon job*. Je ne t'évite pas, je me donne à fond pour perfectionner mon jeu. En tant qu'agent, tu devrais apprécier ce genre d'investissement de la part d'un sportif.

Son sourire est tendu, ses mots cinglants.

– J'apprécie, mais je sais reconnaître quelqu'un qui m'évite.

– Qu'est-ce que j'évite ? me défie-t-il, puis il recule et croise les bras, renvoyant la balle dans mon camp.

Je me borne à le fixer.

La franchise me ferait passer pour une femme en demande. Le mensonge, pour une imbécile en proie au trouble.

– Moi.

J'opte pour l'honnêteté, mais en disant cela, je me sens ridicule, même si c'est la vérité. Autant régler ce point une bonne fois pour toutes.

– Insensé, raille-t-il.

– Tu ne m'évites pas ? je lance, sur la défensive.

– Absolument pas. Tu as une très haute opinion de toi-même. J'ai une Coupe à remporter. Une équipe à diriger. Des conséquences si je leur fais faux bond.

– Tu as toujours eu une Coupe à remporter. (J'avance vers lui alors qu'il recule d'autant.) Je suis perdue… parle-moi, Hunter.

– De quoi ? Tu veux que je te raconte que nous avons trop bu. Rigolé une fois ou deux. Puis baisé. (Il écarte les bras et hausse le ton.) Le bon vieux temps, hein ? Pas vu, pas pris. Juste une erreur, jusqu'à la prochaine.

Ses mots devraient me blesser, mais pour une raison que j'ignore, ils me laissent insensibles. Peut-être parce que deux jours se sont écoulés depuis que nous avons couché ensemble, et l'occasion d'en discuter ne se présente que maintenant. Deux jours à se faire des nœuds au cerveau et à se demander si ce n'était que du sexe ou si, à force d'analyser chacune de ses nuances et nos chances d'aller plus loin, l'affaire prend des proportions délirantes. Mais à présent, il est sans équivoque, et je ne sais plus trop quoi répondre.

– Je… pensais juste que ce serait bien d'en parler.

Son ricanement est sec et brutal.

– De quoi ? Des anges de neige ? Des méchancetés que j'ai prononcées dans le bar ? Ou du fait que quelqu'un nous a vus ensemble ?

– Cela pourrait affecter ma carrière.

Il rit en se frottant la joue.

– J'espérais mieux que ça venant de toi. Vraiment.

La déception dans sa voix est comme un couteau dans mon cœur. Voilà qu'il me tend la clé de la porte dont j'ai besoin. Mais je sais qu'à l'instant où je la déverrouillerai, tout ce que je veux se trouvera hors de portée.

– Je ne peux pas te donner plus.

Au cœur d'une bataille qui oppose vie professionnelle et vie personnelle, c'est la seule chose que je trouve à dire.

– Pourquoi ?

Cette fois, c'est lui qui fait un pas vers moi. Cette fois, c'est lui qui me scrute, exige de savoir.

– Parce que je ne peux pas, je chuchote.

– C'est bien ce que je pensais, grommelle-t-il, et il commence à s'éloigner.

– Hunter. Attends. (Il continue de marcher.) Vérité. *Vérité*, crie-t-il et, cette fois, il s'arrête mais sans se retourner.

Je le regarde fixement, les lumières aveuglantes de la patinoire où il joue ce soir en toile de fond.

– Je ne peux pas te dire pourquoi je suis ici parce qu'à la seconde où je l'admettrai, ce qui s'est produit l'autre nuit ne pourra pas se reproduire. Je ne peux pas te dire ce que tu veux entendre, parce qu'une frontière rouge clignote dans le sable, et une fois franchie, toutes ces choses en toi qui m'ont donné envie de retourner dans ta chambre toute la nuit, après mon départ, devront être oubliées pour de bon.

Ma respiration se bloque dans ce qui ressemble à un sanglot, mais qui est en réalité ma peur d'admettre la vérité, à lui autant qu'à moi-même.

C'est la peur d'accepter que je suis tombée amoureuse de Hunter Maddox par le passé, et qu'être ici, coucher avec lui, a renforcé le fait que je n'ai jamais tiré un trait sur lui. Que je me rabats sur des choix médiocres par intérim, qui n'ont jamais terni son éclat, mais l'ont plutôt rendu plus étincelant.

Il se retourne lentement et m'observe, les yeux plantés dans les miens d'une manière que je n'avais jamais vue ou ressentie. Le muscle de sa mâchoire frémit comme s'il empêchait ses émotions d'affleurer son visage stoïque.

Tout espoir qu'il m'entende s'étiole lentement.

Je lève les mains dans un haussement d'épaules, renonçant à dévoiler d'autres sentiments.

– Je ne sais pas quoi faire. Vraiment. Mon père m'a envoyée te convaincre de signer avec l'agence, parce que tu es qui tu es et que n'importe quel agent sensé cherche à t'avoir dans son fichier. Maintenant que je suis ici, je ne suis pas sûre d'être en mesure de l'exaucer. Je sais que tu rencontres des difficultés en ce moment, et je ferais n'importe quoi pour t'aider à t'en sortir. Mais si je te fais cette proposition, tu te demanderas indéfiniment si c'est parce que je suis impliquée sur le plan personnel ou si je veux profiter de toi professionnellement parlant. La réponse est que ça me tient à cœur, alors que tout porte à croire que tu ne souhaites pas être épaulé. Alors dis-moi, Hunter, que suis-je supposée faire ?

La première larme s'échappe et je la repousse d'un revers de la main, tandis que je me tiens debout devant lui, mes intentions révélées, mes émotions mises à nu, attendant une réponse.

– Je suis en retard pour l'entraînement.

Il pivote sur lui-même et se dirige vers l'entrée.

Et je le regarde marcher.

Chaque pas.

Mais cette fois, à travers mes larmes.

À présent, j'ai mes réponses.

Il s'est éloigné.

Les décisions ont été prises.

Il m'a quittée.

Je suis allée au bout.

Le moment est venu de rentrer à la maison.

40

DEKKER

Je considère le mémo et regrette de ne rien avoir à ajouter. J'ai échoué. Mon père croyait en moi et je n'ai pas réussi.

KINCADE SPORTS MANAGEMENT
NOTE DE SERVICE
BILAN DES NOUVELLES RECRUES

ATHLÈTE	ÉQUIPE	SPORT	AGENT	AVANCEMENT
Carl Ryberg	n/a	Golf	Kenyon	RDV contrat
Desi Davalos	n/a	Basket-ball	Chase	Premier contact pris
Michelle Nguyen	n/a	Football	Brexton	En pourparlers
*Hunter Maddox	Jacks	Hockey	Dekker	Offre faite, sans réponse
Vincent Young	Rams	Football	Dekker	RDV physique
Garrett Zetser	n/a	NASCAR	Lennox	En pourparlers

* signale les urgences

Je regarde une dernière fois le tableau et l'envoie.

41

HUNTER

PAPA: TON MATCH LE PLUS DÉSOLANT DE L'ANNÉE. Pourquoi tu n'es pas concentré sur le jeu, fils ? Pense à tous les sacrifices que nous avons faits pour que tu arrives là, et prouve que tu le mérites.

MOI: Va te faire foutre.

Je regarde longuement le sms. Ces quatre mots hostiles. Le curseur clignotant. La pression grimpe. Je ressens l'épuisement partout. Juste. Absolument. Partout.

Les *suicide drills*[5] et les interminables défis de tirs qu'il m'a obligé à enchaîner jusque tard dans la nuit.

Sans pause.

Sans compassion.

Juste le poids du monde sur mes épaules. Juste la conscience d'être la raison qui a poussé Jonah à prendre le volant ce soir-là. J'ai été le déclencheur qui l'a mis dans cette voiture et *les* a privés de *sa* carrière mirobolante.

Je suis le frère *médiocre* contraint à concrétiser le rêve que Jonah ne peut plus vivre.

---

5. Enchaînement d'exercices mêlant rapidité et agilité à un rythme intense.

Parce que vivre pour Jonah est la seule autre chose qu'ils ont. Même si je suis toujours vivant et que j'ai mes propres rêves.

Et vivre pour quelqu'un d'autre est exténuant, décourageant, frustrant au plus haut point.

Le curseur clignote.

Les quatre mêmes mots que j'ai eu envie de répondre après chaque match pro.

Quatre mots.

Qui en disent long.

Je ne le remplacerai jamais.

Je ne serai jamais aussi bon qu'il aurait été.

Mais je suis moi. Moi, putain. Un homme qui s'est montré capable et a vécu chaque instant pour que Jonah sache que je suis désolé. Que je suis profondément désolé pour ce que j'ai fait ce soir-là. D'avoir menti. De ne pas avoir été responsable. De ne pas avoir été celui qui a pris les clés.

La culpabilité est ce qui me fait invariablement effacer ces mots.

La culpabilité est la raison qui me porte à croire que je ne mérite rien : les louanges, les accolades, l'amour.

La culpabilité est la raison pour laquelle je me punis.

Pourtant, rejeter Dekker hier était presque aussi pénible.

Et quand j'ai constaté son absence dans la tribune, alors que depuis trois semaines elle est invariablement là, ma concentration a été ébranlée. J'ai pensé à toutes les choses que j'aurais mieux fait de lui dire.

La peine dans ses yeux lorsque je n'ai pas reconnu une seule de ses allégations.

– Tout roule, Mad Dog ? s'enquiert Callum en passant devant moi.

Je m'adosse à mon casier et laisse mon téléphone tomber sur mes genoux.

– Ça peut aller. Le match était… violent.

Je jette un œil au sac de glace enroulé autour de mon genou et secoue la tête.

– Comme toujours. Les Bandoliers sont sans pitié.

– Peux pas te contredire.

– Tu t'es battu comme un sauvage.

Je hoche la tête et rejoue mentalement le match en accéléré. Tout ce que je vois, ce sont les tirs que j'ai manqués, les coups foireux, les récriminations non justifiées.

– Bof. Suis pas d'accord, mais ça ne vaut pas la peine d'en discuter.

Il vérifie le fond de ses patins et s'affaire avant de se tourner vers moi. Il me scrute intensément.

– Elle est partie ?

Il n'a pas besoin de préciser de qui il parle, et je ne m'embêterai pas à faire semblant de ne pas le savoir. Je le respecte trop pour lui faire cet affront.

– Pas sûr. Je ne suis pas au courant de tous ses faits et gestes.

Sauf que je surveillais. Je m'interrogeais.

– Ouais, c'est clair.

– Tu insinues quoi, Withers ?

– Rien que tu écouterais. Enfin, nous pouvons rentrer. Mon lit m'appelle.

– Je t'écoute, dis-je en ignorant son commentaire.

Il marque une pause, range son matériel dans son sac puis m'examine.

– Tu l'as manifestement dans la peau.

– Que dois-je comprendre ?

– Je ne t'ai jamais vu témoigner de l'intérêt pour quoi ce soit d'autre que le hockey et ta famille… mais elle ne te laisse pas indifférent.

Je cligne des yeux et essaie de l'entendre – mais vraiment l'entendre – et, comme toujours, j'élude.

– Le coup que tu as reçu sur la tête ce soir a finalement laissé de grosses séquelles.

Je ris pour renforcer l'ironie.

– Les femmes t'indiffèrent. Elles sont interchangeables pour toi parce qu'elles sont partout où tu vas…

– Si tu le dis.

– Mais Dekker représente un défi pour toi.

Il soulève son sac sur son épaule et parcourt les quelques pas qui nous séparent.

– Où veux-tu en venir ?

– C'est une bonne chose. (Il me presse l'épaule.) C'est quelqu'un de bien, Mad. Elle mérite qu'on la traite correctement. Quoi qu'il advienne, ne l'oublie pas.

Sur ces mots, Callum quitte les vestiaires pour gagner le car de l'équipe qui attend de nous conduire chez nous pour la première fois depuis ce qui semble une éternité.

Cependant, je reste assis dans les vestiaires. Quelques gars prennent du bon temps dans le bureau de l'entraîneur, et leurs rires me parviennent, mais à part ces bruits, je suis seul.

Atrocement seul.

Le pire ? La seule fois où je ne me suis pas senti seul, c'était quand elle était dans le coin. Foutue Dekker.

Les yeux fermés, je repense aux paroles de Callum. Sur Dekker, ce qu'elle mérite, et je me pose la question que je ne me suis jamais autorisée jusque-là. À propos de moi et de ce que je ne mérite pas, mais j'avoue que les moments passés avec elle ont fait germer une envie. L'envie d'un *nous*. Je repense aux opportunités que je n'ai pas saisies, aux rêves, au bonheur que je me suis convaincu que je ne méritais pas.

Mince.

Putain de solitude.

Cette fois, quand je me lève pour rejoindre le car, je n'efface pas le sms comme en temps normal.

Ce soir, je l'expédie. Enfin.

42

DEKKER

– Il est minuit. Que fais-tu là ?

Je ris en découvrant Brexton, l'épaule appuyée à l'embrasure de mon bureau, et m'interroge sur ce que je peux lui confier.

– Je pourrais te retourner la question.

– J'ai oublié un contrat dont j'ai besoin demain matin. Moins de circulation pour venir le récupérer maintenant qu'à l'heure de pointe, et tu sais comme j'aime dormir.

Avec un petit sourire, je me demande pourquoi la rude Brexton se montre aussi gentille.

– Pas bête, dis-je en scrutant la ville à travers la fenêtre.

Les buildings de Manhattan et leurs lumières qui parsèment l'horizon. Une ville encore bouillonnante d'activité pendant que je me débats contre un flot de tourments.

Je me suis éloignée de Hunter et j'ai interrompu ma tournée avec les Jacks, sans dire un mot. Je suis partie, en sachant pertinemment que je laissais mon cœur derrière moi. Je suis rentrée avec le goût amer du rejet sur la langue et consciente de décevoir mon père, et mes sœurs, en échouant à accomplir la mission qui m'a été confiée. En laissant Sanderson gagner.

– Ils ne jouaient pas, ce soir ?

Je hoche la tête et exhale un soupir.

– Si mais… j'ai décidé de faire l'impasse sur le match d'aujourd'hui. J'ai une tonne de boulot en retard et ce n'est pas en traînant dans la tribune de presse que je persuaderai Hunter de signer.

– Ah.

Je hais ce son ridicule qu'elle émet pour signifier *je n'en crois pas un mot*, puis pensive, se tord les lèvres en m'examinant.

– Alors, tu lui as finalement annoncé que KSM le convoitait ?

– En quelque sorte.

Le regard rivé sur les documents sur mon bureau, je revis tout – mes aveux et sa nonchalance – et j'aimerais tant que ma mère soit là pour me conseiller, comme cela m'est arrivé un nombre incalculable de fois ces quinze dernières années. Je crois que j'ai juste tout fait capoter.

– Vu qu'il n'a pas vraiment répondu, je ne sais pas trop comment le prendre.

Le fait est qu'il n'a pas réagi. Alors pourquoi ai-je le regard fuyant et pourquoi je cligne des yeux pour repousser mes larmes ?

– Mouais.

Elle se campe devant la fenêtre de mon bureau. Les mains sur les hanches, elle contemple la vue. J'observe ma sœur.

– Ça ne s'est jamais arrêté, n'est-ce pas ? demande-t-elle avec prudence, presque gentillesse, ce qui ne lui ressemble guère.

– Qu'est-ce qui ne s'est jamais arrêté ?

Mon esprit énumère les clients et les contrats que j'ai loupés durant mon absence. Que n'ai-je…

– Tes sentiments pour Hunter.

Paralysée, je ne suis pas mécontente qu'elle me tourne le dos. Comme avec quiconque, je suis tentée de nier. Nier ses observations. Nier mes sentiments. Tout en bloc. En particulier maintenant. Pourquoi ne puis-je pas dire la vérité ?

– Tu es déconnectée de la réalité.

Sans se presser, Brexton marche vers mon bureau et appuie sa hanche contre le bord.

– Peut-être que je délire, mais je sais aussi que dès que tu as des sentiments pour quelqu'un, tu as l'habitude de t'enfuir.

– N'importe quoi.

– Bien sûr que si.

Sur la défensive, j'affiche mon mépris.

– Qui par exemple ?

– Chad.

– Sans intérêt. Suivant.

– Je suis sérieuse. Tu étais bien avec Chad, plutôt tranquille, parce que tu n'avais pas de sentiments pour lui. Tu te sentais à l'abri. Il t'offrait l'illusion de fréquenter quelqu'un sans devoir t'impliquer émotionnellement.

Elle saisit un bibelot sur le coin de mon bureau – un palet de hockey offert par un client il y a longtemps – et le soupèse dans sa paume.

– Chad est ta dernière victime. Avant lui, ce vendeur de logiciels qui portait des pantalons trop serrés...

– Arrête, il n'était pas si mal. (Elle m'examine jusqu'à ce que nous pouffions de rire et je hoche la tête.) Bon, sûrement que si... mais ses pantalons ne le moulaient pas sans raison, dis-je dans une tentative de détourner la conversation de moi.

– Au moins, il avait cet atout pour lui, note-t-elle. Avant lui, le joueur de base-ball. Puis Gene Harsket. Je n'ai jamais compris ce que tu lui trouvais.

– Brex…

– Non, j'ai besoin que tu m'entendes. Que tu m'écoutes jusqu'au bout. Que tu voies que tu as tendance à te rendre indisponible sur le plan émotionnel parce que tu refuses de te mettre en danger. Tu refuses de t'exposer au chagrin.

J'ouvre la bouche et la referme, parce que je suis frappée par la grande part de vérité dans ses propos. Comme si ce n'était pas suffisant, pourquoi parvient-elle à voir ce qui m'échappe ?

– Écoute.

Elle attend que je la regarde, après quoi je lutte pour garder mon attention sur elle. Comme je persiste, elle reprend.

– C'est normal d'éprouver des sentiments, Dekker. Quand maman a disparu, nous nous sommes toutes repliées sur nous-mêmes. C'est naturel de se renfermer, de ne pas vouloir souffrir étant donné que la dernière fois que tu as aimé profondément, tu as été dévastée.

Je m'éclaircis la voix et me lève de ma chaise pour satisfaire mon besoin d'apaiser l'agitation que ses paroles suscitent.

– Tu me donnes l'impression d'avoir failli dans mon rôle de grande sœur. C'est toi qui me donnes des conseils.

Brexton se rapproche de moi, mais nous regardons toutes deux la rue pendant un instant.

– C'est le hic, Dekker. Nous adorons t'avoir comme grande sœur, mais tu es devenue notre maman et à cause de cela, tu ne t'es jamais autorisée à faire ton deuil. Tu n'as jamais laissé éclater ta colère. Nous si, et tu étais trop occupée à nous épauler pour traverser cette étape de ton côté… alors bien sûr, toute forme d'attachement t'effraie.

– J'ai fait mon deuil.

– Bien entendu.

C'est sa façon de me faire comprendre qu'elle ne me croit pas.

– Mais si. J'ai hurlé de colère, mais j'ai dû le faire dans un oreiller pour que vous ne m'entendiez pas.

Les souvenirs déferlent. La solitude. La rage. L'inconnu. La tristesse.

– D'accord. Alors, pourquoi tu ne t'autorises pas à aimer ?

Je ris malgré les larmes qui m'embuent les yeux.

– Pleurer maman et tomber amoureuse ne s'excluent pas l'un l'autre.

Son bras s'enroule autour de mes épaules.

– Ça n'a jamais cessé, n'est-ce pas ? demande-t-elle derechef.

Je cille pour chasser mes larmes, mais l'une d'elles s'échappe et roule sur ma joue pendant que je repense que j'avais le cœur brisé il y a trois ans, quand je me suis éloignée de Hunter, et à quel point je me sens mal à présent du fait de sa nonchalance et de son hochement de tête.

– La première fois, il n'a pas questionné la soudaineté de ma décision. Il n'a pas demandé pourquoi, alors que nous nous retrouvions le plus souvent possible, j'ai d'un coup mis le holà.

– Peut-être parce qu'il avait des sentiments pour toi et que ça le terrifiait lui aussi. Si tu as disparu avec tant de facilité, pourquoi as-tu du mal à admettre qu'il puisse en faire autant ? Si l'amour te fait peur, pourquoi est-il inconcevable qu'il ait peur d'aimer pour d'autres raisons ?

J'appuie ma tête sur son épaule et respire profondément, entendant ses mots mais refusant d'y croire.

– Que s'est-il passé cette fois, Dekk ?

Je laisse le silence se dérouler alors que je me débats avec la possibilité de révéler la vérité. Leurs problèmes sont les miens, mais mes problèmes ne sont pas ceux des autres. Alors, en temps normal, je garde tout pour moi.

– Que s'est-il passé cette fois, dis-je en écho. Il est comme de la kryptonite pour moi. (Je lâche un rire plein d'autodérision.) Il est confronté à des problèmes qu'il refuse de partager et, bien sûr, je veux tout arranger pour lui.

– Cela ne me surprend pas.

– Tu vois… je suis partie pour accomplir mon travail d'agent, comme papa l'a exigé, mais quand je l'ai vu, j'ai su que quelque chose le rongeait.

Je continue de relater ses écarts de conduite, les douches écossaises, son burn-out et enfin, je l'admets.

– Donc, tu as couché avec lui.

– Mmm.

– Et ensuite ?

– Ensuite, j'ai filé dans ma chambre. C'était plus simple que faire le tri dans mes sentiments avec lui endormi à côté de moi.

– Mais tu as ressenti quelque chose, pas vrai ?

– Pas qu'un peu, j'admets spontanément.

Je sais que ça semble stupide de fuir ce genre d'émotion, mais le fait qu'elle se garde de le souligner me galvanise un peu.

– Et quand tu l'as mis en face de tes sentiments ?

– Il a fait comme si je parlais de météo.

Brexton se tourne face à moi et pose les mains sur mes épaules pour m'obliger à la regarder.

– La question est, que comptes-tu faire, Dekker ? Vas-tu le laisser filer une seconde fois alors que tu sais pertinemment qu'il est le seul à t'embraser, émotionnellement et sexuellement ?

– Vas-y doucement.

Je m'empourpre.

– Non, sérieusement. Que comptes-tu faire ? Te priver de la chance de voir ce qui adviendra parce que tu as la frousse de tenter le coup ?

– Ce n'est pas juste.

– Pourquoi ? Peut-être que ce qui n'est pas juste, c'est que nous t'ayons laissée te faufiler, sans vivre pour autre chose que le travail, et te contenter d'un pseudo-sentiment de sécurité avec les hommes qui éteignent ta ferveur comme Chad. (Elle me secoue doucement les épaules.) Donc la question est… que vas-tu faire maintenant ?

– Je ne peux rien faire de plus. Il m'est impossible de le recruter et de vouloir le fréquenter en parallèle. Je suis coincée.

Elle agite la main.

– Te casse pas trop la tête. Nous trouverons un compromis. Il faudra bien que papa s'en accommode. Chaque problème a sa solution. Nous verrons.

– Mais ça ne règle pas l'autre problème.

– L'autre problème ?

– Comment la clientèle percevra le fait que je couche avec un client en devenir.

– Bon, soit il n'entre pas à l'agence, soit l'une de nous le représente. Affaire classée. Excuse suivante.

Elle décoche un sourire radieux et je grogne, le suivant étant plus complexe.

– Brex, tu peux régler autant de problèmes professionnels que tu voudras, mais rien n'amènera Hunter à me voir autrement qu'une aventure sans lendemain dans un tableau de chasse bien rempli.

– Je crois que tu te méprends.

– Contente pour toi.

Je retourne à mon bureau et à ma pile de dossiers, espérant que si je l'ignore, cette conversation s'évanouira.

– Si Hunter ne ressentait rien pour toi, penses-tu qu'il aurait pris la mouche quand tu es partie après l'irruption de Callum ? (Sourcils haussés, elle croise les bras.) Penses-tu qu'il aurait été plus hautain et moins dédaigneux quand tu l'as confronté à tes sentiments sur le parking ? Tu lui as donné l'impression que tu faisais passer ton métier avant lui… et selon moi, c'est la preuve criante qu'il a des sentiments pour toi.

Je vois ce qu'elle veut dire, mais…

– Tu n'étais pas là.

– Certes. Mais si tu veux qu'il te considère autrement que comme une passade – ce qui est déjà le cas à mon avis –, alors ouvre-lui les yeux.

– Il se referme avant que quiconque s'attache à lui. Comme s'il ne pensait pas mériter qu'on s'intéresse à lui ou qu'on l'aime.

Elle tousse à travers un rire et lève les mains.

– Quelle ironie !

– Boucle-la.

Mais je ris avec elle, mon esprit tourbillonnant autour de la possibilité qu'elle puisse avoir raison.

Est-il possible que Hunter éprouve des sentiments pour moi mais qu'il ne sache pas comment les montrer ? Pourrait-il avoir autant peur que moi de laisser entrer quelqu'un dans sa vie ? En ce cas, comment le conduire à contourner cet obstacle, et comment le contourner moi-même, afin de nous laisser notre chance ?

– Admettons que j'adhère à ton point de vue…

– Tu adhères. Et tu fais bien.

– Alors, je fais quoi maintenant ?

Sa bouche se redresse d'un côté.

– Rien. Il viendra à toi.

– Super-plan. D'une solidité à toute épreuve, je grommelle, frustrée.

Juste quand je commence à la croire, elle me sort une ineptie de cet acabit ? Mon soupir résonne.

– Non. Je suis sérieuse. Tu as préparé le terrain. Tu t'es montrée honnête envers lui. Tu lui as dit que tu voulais de lui, à titre personnel et professionnel, et pourquoi les deux ne font pas bon ménage. Mais c'est un rebelle, Dekker. Il repoussera les limites, juste parce qu'il le peut. Il voudra le jouer macho, le mâle qui prouve qu'il peut t'avoir toi, plus sa part de gâteau.

– Je pense que tu es fêlée.

– Je pense que j'ai raison.

Je considère ma sœur, si semblable et pourtant si différente de moi, et je me demande d'où elle tient sa certitude. Puis je ressasse mes innombrables échanges avec Hunter. Au-delà des rires, sa capacité à se montrer sérieux avec moi, et je me demande comment j'ai pu être aussi aveugle. Je revois sa colère éclater quand il m'a accusée de retrouver mes clients le soir. Je le revois baisser la garde ne serait-ce que brièvement sur la neige ferme, parmi les ailes d'ange creusées par nos bras. Son sourire qui s'illumine quand la glace s'est recouverte de balles de tennis durant le match des Dartmouth.

Surtout, je me demande comment j'ai pu entretenir des sentiments pour un homme pendant plus de trois ans sans jamais les assumer, alors que je semble tout affronter sans ciller.

Parce que tu es terrifiée, Dekker.

Tu as peur parce que tu sais que tes sentiments pour lui sont les plus réels que tu as jamais ressentis, et cela t'alarme et t'exalte en même temps.

– Je ne sais pas, je murmure.

Comment et quand ma petite sœur est-elle devenue aussi sage ?

– Moi je sais. (Elle se penche en avant et lâche le palet sur le dossier qui focalise mon attention.) Cela risque de lui prendre plusieurs jours, ou même une semaine ou deux, mais si tu adoptes un silence radio, il réalisera à quel point tu lui manques. Qu'il s'est habitué à t'avoir dans sa vie, et que les filles à hockeyeurs lui paraissent barbantes à présent.

– Tu as l'imagination fertile.

Voilà bien l'image qu'il me fallait. *Mince, j'espère qu'il ignore les filles à hockeyeurs.*

– L'autre explication serait qu'un ou deux de mes clients se soient retrouvés dans une situation similaire avant de se dire, « oh non, je vais la perdre ». (Elle fait claquer sa langue comme si ces révélations étaient de son fait.) Cette fois, il est revenu vers toi pour vérifier si les sentiments, que vous avez tous deux niés, sont légitimes. Et maintenant il te repousse, parce qu'ils le sont.

Adossée à mon fauteuil, je ferme les yeux, assimilant ses paroles alors qu'elle se dirige vers le couloir.

– Dekk ?

– Mmm ?

– On ne prévoit jamais de tomber amoureuse. Un beau matin, on se réveille et c'est là, en haute définition. On réalise alors que, contre toute attente, on a des papillons dans le ventre quand on le voit, qu'on passe des soirées frustrantes à ruminer et suranalyser chaque échange, sans oublier ces sourires spontanés mais sincères au premier sms de lui… tous ces éléments s'emboîtent jusqu'à devenir de l'amour. Il est fait de ces petits riens qui s'additionnent. De l'invisible qui émeut ton âme. L'inattendu qui fait tomber amoureuse. (Elle s'apprête à franchir le seuil.) Je dois te laisser… mais tu sais que je suis là pour toi. Tu sais que nous voulons seulement ce qu'il y a de mieux pour toi.

Les yeux remplis de larmes, je hoche la tête.

– Merci.

Elle sourit avant de s'évaporer.

J'écoute la porte des locaux se refermer, le verrou s'emboîter, ses pas dans le couloir de l'ascenseur.

Alors, je remonte mes pieds sur le bureau, laisse aller ma tête en arrière et ferme les yeux pour examiner soigneusement son point de vue.

Je me demande ce qui serait advenu si, des années plus tôt, je ne m'étais pas détournée de lui cette nuit fatidique. Si j'avais fait preuve de franchise au lieu de me débiner.

Brexton aurait-elle raison ?

Il viendra, si je patiente ?

43

HUNTER

Pas de SMS.

C'est la première fois depuis des années qu'après un match, je ne trouve pas de message de mon père sur mon téléphone.

Soulagé, ma poitrine se comprime étrangement. Un peu comme si j'ignorais comment traverser la redescente d'après match sans la colère que ses critiques génèrent.

Comme si, sans sa négativité dont j'ai été esclave pendant tellement de temps, j'avais l'impression d'avoir perdu une partie de moi. Comme si cela ne valait plus la peine de me comparer à Jonah… le laissant être lui, et moi être moi. *Autonomes.*

Je m'assois sur le banc, les gars s'agitant autour de moi, et observe simplement l'écran.

Mad, cela n'a rien à voir avec Jonah et tout à voir avec toi. C'est toi qui réalises que tu peux aimer ton frère sans pour autant te sentir redevable envers nos parents de nos destinées.

De la flèche que le destin a aveuglément tirée cette terrible nuit, pour ravager la vie d'une personne et bousculer celle d'une autre.

– Dekker ? Salut.

Je tends l'oreille sitôt que Callum répond au téléphone, et j'y peux rien si je vérifie mes sms encore une fois, au cas j'en aurais loupé un d'elle.

Rien.

Presque comme si après qu'elle m'a confessé deux choses susceptibles de bouleverser ma vie à de nombreux égards, notamment en me poussant à envoyer bouler mon père par sms, j'avais néanmoins peur de l'affronter.

Pourquoi ne pas la laisser me représenter à la place de Finn. Il est tenace et réputé, autant que Dekker, sinon qu'elle n'est pas obnubilée par le résultat final, d'après ce que je perçois dans sa façon de s'occuper de Callum. Elle fait preuve de patience avec lui, Guzman et Stetson, et j'ai bavardé avec d'autres sportifs pour qui elle a sécurisé des contrats avec des sponsors. Pro sur toute la ligne, pas d'entourloupes, que des résultats.

En ce qui me concerne, peut-être… il n'est pas impossible que nos rapports ne se bornent pas au classement espéré et aux contrats.

Peut-être qu'elle pourrait m'aimer.

Dieu que cette idée est difficile à formuler. Je ne peux pas cacher que cette perspective me torture depuis des jours.

Que faire ?

Vivre dans le passé… ou accepter que je ne peux pas le réécrire et aller de l'avant ?

Elle nous a suivis sur des centaines de kilomètres et à présent que nous revenons dans sa ville, sur notre territoire, elle ne se donne pas la peine de faire une apparition ? Un trajet en métro entre Manhattan et Jersey, et elle n'a pas pu l'effectuer ?

Si elle voulait de moi aussi ardemment, n'aurait-elle pas fait le déplacement ? N'aurait-elle pas tenté de me conquérir ?

Alors dis-moi, Hunter, que suis-je supposé faire ?

La voix de Dekker rejaillit dans ma tête. Sa voix au désespoir chargé de confusion, ses yeux suppliants, sa posture vaincue… mince, ça m'a achevé.

Pourquoi je pense à cela maintenant ?

Pourquoi suis-je assis dans des vestiaires avec mes coéquipiers, au lieu de célébrer notre place au classement, à un match près des séries éliminatoires ?

– Oui, on dirait bien, hein ? rit Callum en passant devant moi, se bouchant l'oreille de l'index, son téléphone dans l'autre main. *Pour elle.*

– Mais ne prononce pas le mot. Ne me porte pas la poisse.

Son rire retentit.

Les séries éliminatoires.

Elle lui a téléphoné pour évoquer la finale de la saison.

Sanderson ne m'appelle pas pour discuter de mes matchs.

Merde, il ne me contacte jamais à moins que je n'aie dépassé les bornes. À moins que ce soit négatif ou défavorable, un peu comme mon paternel.

Nom d'un chien.

J'appuie l'arrière de ma tête contre mon casier.

Tu t'occuperas d'elle après les éliminatoires.

Je réglerai le problème de mon agent, de même que tous mes tracas, après les éliminatoires.

Accomplis l'unique impératif que tu t'es lancé – ta promesse à Jonah – et peut-être qu'ensuite, tu pourras t'accorder de vivre un peu plus pour toi-même.

– Hé !

J'écrase mon poing sur le casier métallique, et le son retentissant se mêle au brouhaha des vestiaires. Tous les gars se tournent vers moi, alors que je grimpe sur le banc.

Leurs éclats et leurs protestations se réverbèrent dans la salle et masquent mon grognement, quand les élancements dans le genou sur lequel je m'appuie se réveillent.

– Un discours, un discours, un discours, commencent à entonner les gars.

D'un geste, je réclame le silence pendant que j'étudie mes coéquipiers qui lèvent les yeux vers moi. J'ai observé cette équipe il n'y a pas si longtemps et repéré leurs limites et leur incompétence. *Exactement ce que mon père voit en moi.* Mais quand les ai-je complimentés pour la dernière fois pour le travail accompli ? Quand ai-je encensé leurs prouesses ? Quand les ai-je guidés en dehors d'un match comme je le fais sur la glace ? La pression de les diriger correctement n'est pas aussi forte que mes velléités à réussir pour Jonah, mais elle existe néanmoins. Dans leurs sourires. Dans l'excitation mêlée à l'anticipation dans leurs yeux.

– Bravo, vous les avez écrasés avec brio. Plus qu'une victoire et un dernier match. (Je les laisse pousser des hourras, quelques poings battant l'air.) Je voulais juste saluer la défense de ce soir. Un jeu de génie, les gars. Les petits nouveaux sur le banc de touche, nous avons besoin de vous à un point que vous n'imaginez pas. Les plus aguerris, vous nous avez facilité la tâche ce soir. En quelques mots, continuez sur votre lancée.

– Super-boulot, Cap, crie Katzen du fond de la salle, et je hoche la tête parce qu'il ne s'agit pas de moi.

Il s'agit d'eux. Il faut que cela tourne autour d'eux.

– Une dernière chose, dis-je et, d'un doigt levé, je les fais taire. Je sais que je n'ai pas été facile à vivre, encore moins sur la glace où j'étais carrément imprévisible. J'en suis désolé, mais croyez-le, je suis de nouveau à fond dans le jeu. J'ai revu mes priorités. Et on peut dire qu'elles sont canalisées par la quête du saint Graal.

La petite pièce vibre de bruits et d'une excitation palpable alors que je descends du banc pour terminer d'enlever ma tenue.

– Content que tu reviennes parmi nous, Cap, crie Jünger pour couvrir l'agitation, puis il me tapote le dos en me dépassant.

Et chacun de mes coéquipiers suit son exemple.

Un coup de poing dans l'épaule. Une tape sur le torse. Des *checks*.

Chaque joueur s'arrête pour me dire à sa façon que je peux compter sur lui.

Qu'il est partant pour décrocher la victoire ultime.

Et putain, moi aussi.

44

HUNTER

16 ANS PLUS TÔT

J'ai un choc en découvrant Terry à ma porte, avec sa robe chic bleu foncé à paillettes et ses cheveux remontés de manière aguichante qui lui donnent l'air d'avoir l'âge de prodiguer ce qu'elle m'a fait tout à l'heure.

Je déglutis, la panique soudaine doublée d'un désir sensuel immédiat, et je me dirige vers la porte-moustiquaire en me réjouissant de m'être douché et changé.

Au moins, elle saura que je suis Hunter.

Au moins, elle ne se rendra pas compte de la supercherie.

Le meilleur jour de ma vie.

Terry. Perdre ma virginité. L'euphorie que cela m'a procurée dépasse clairement la branlette. Savon et eau chaude ne rivalisent pas avec le contact d'une fille.

Le pire jour de ma vie.

Ces dernières heures, je m'autoflagelle à cause de ça. Je sais que Jonah finira par le savoir – que je l'ai trahi –, et il va péter les plombs.

Je sais déjà que mes parents vont dérailler. Jonah va y aller à coups de poing. Il va me tuer. *Adios.*

Je croule sous la culpabilité. Je me sens atrocement mal, mais je me demande aussi pourquoi de nous deux, qui sommes identiques, il obtient tout alors que je suis juste bon à ramasser les miettes ?

– Que fais-tu là ? je lâche, la hanche contre l'encadrement. Je croyais que tu sortais danser avec Jonah.

Elle hausse les épaules.

– Nous étions supposés faire la route tous ensemble. Mais Gannon m'a dit que Jonah avait un truc à faire. Aller chercher quelqu'un ou je ne sais quoi. (Elle regarde derrière moi.) Il n'est pas à la maison ?

– Il n'y a personne, dis-je, ignorant la pointe de culpabilité que je ressens de l'avoir envoyé chercher notre mère.

– Je me suis préparée à sortir et je n'ai nulle part où aller.

Elle sourit et triture l'ourlet de sa jupe, exposant un bout de cuisse.

Je regarde derrière moi, hésitant à l'inviter à entrer. Je sais que je devrais mais, mince, n'est-ce pas convier la catastrophe sous son toit ?

– Je peux l'appeler. Pour voir où il est.

– Je l'ai informé par sms que je l'attendrais chez lui. Mais c'est chouette que nous soyons seuls parce que… je… euh (Un sourire langoureux étire ses lèvres peintes.) voulais m'assurer que ce qui s'est passé aujourd'hui restera entre nous. J'aime vraiment ton frère et tout ça, ça m'ennuierait qu'il apprenne que nous…

– Une minute. Quoi ? (Je secoue la tête comme si je souffrais d'un problème d'audition.) Tu savais que ce n'était pas Jonah ? Tu…

Son rire dérive ouvertement, pendant que je la fixe comme une démente. Je devrais plutôt me dire que c'est une fille facile, une garce qui trompe mon frère… mais j'ai seize ans, et c'est ma première pensée alambiquée concernant la fille à qui j'ai donné ma virginité.

– Évidemment, je savais. (Elle roule des yeux.) Je…

Ses mots s'éteignent, alors nous orientons notre attention vers le véhicule de police qui avance dans l'allée, gyrophares tournants mais sirènes éteintes.

C'est comme si mon corps se reconnectait à mon environnement – à tout ce que la jubilation sexuelle avait étouffé – et le sentiment le plus atroce me prend aux tripes. *Je ne peux plus respirer.* J'ignore comment je le sais, mais il est arrivé malheur.

Encore pire, quand je marche vers la voiture de patrouille, un agent soulève presque ma mère du siège passager. Elle paraît aussi désarticulée que son teint est blafard. Son visage est bouffi par les larmes, mais ses yeux semblent complètement creusés.

– Maman. Maman !

Ma voix se brise alors que je m'élance vers elle.

– Jonah. Par bonheur tu vas bien, dit-elle en s'agrippant à moi.

Après un coup d'œil à l'agent, j'essaie d'écarter ma mère pour la regarder dans les yeux.

– Maman, c'est Hunter. C'est moi. Qu'est-il arrivé ? Dis-moi ce qu'il y a.

Je hurle alors qu'elle me considère, mâchoire tombante, presque comme si elle ne parvenait pas à croire que je suis moi.

– Hunter ?

– Oui, c'est moi. Que s'est-il passé ?

– C'est pourtant toi qui étais supposé prendre la voiture.

Elle cramponne ma main et me tire vers le véhicule de patrouille alors que l'effroi persiste à s'alourdir, un poids que je n'ai jamais ressenti de ma vie.

– Nous devons filer à l'hôpital. Nous devons…

– Mais que s'est-il passé ?

Je crie, l'alerte qui faisait bourdonner chaque partie de moi un instant plus tôt s'éteint. Cela m'angoisse au plus haut point.

– Il y a eu un accident, Jonah.

– Hunter. Maman, c'est Hunter.

– Un accident. Ton frère a eu un accident.

– Comment ça, un accident ? (Je regarde ma mère, puis le policier.) Quel genre d'accident ?

– Votre frère a traversé le terre-plein et heurté une voiture de plein fouet.

Sa voix est grave et ses yeux, ses yeux me disent qu'ils en ont trop vu, si bien que je redoute la suite. Je me concentre sur le blason cousu sur son torse. Le badge, orné d'un soleil et de rayons gravés. Les lettres de son nom de famille, que je récite dans ma tête indéfiniment… parce que si je cesse, il m'annoncera que mon frère est mort.

Il me dira que mon frère conduisait en état d'ébriété. Qu'il est responsable de l'accident. Qu'il a pris le volant parce que j'ai refusé d'aller chercher ma mère. *Il ne pouvait pas refuser. Il ne pouvait pas dire non.* Il a pris la route pour aller chercher notre mère en dépit de l'alcool qu'il avait bu.

Parce que je n'ai pas voulu y aller…

C'est moi qui ai merdé. *Je n'ai pas décroché le téléphone.* Ses appels en absence. Des appels pour me dire qu'il ne pouvait pas conduire parce qu'il avait bu. Et l'agent l'apprendra. Il me dira que pendant que je couchais avec la copine de mon frère par pure malveillance, j'ai provoqué cela. *J'ai fait une connerie.*

– Il n'a rien ?

Je parviens à peine à articuler, la chair de poule grêlant ma peau. Mes mots semblent arrachés de ma bouche alors que je le scrute, espère, attends, bien que je sache déjà.

– Il a été hospitalisé. Monsieur l'agent est passé me prendre au travail et a fait un détour pour venir te chercher avant d'y aller. C'est très grave, Hunter. Ton frère. Il… et la conductrice de l'autre véhicule n'a pas survécu.

J'essaie d'assimiler.

D'appréhender.

De comprendre.

Mais tout cela n'a aucun sens.

Sinon que…

Je suis la cause.

Le responsable.

Le rancunier.

Celui que ma mère pensait avoir laissé à l'hôpital. Seul.

Puis… je n'arrive pas à sentir Jonah. Je ne sens pas mon jumeau.

Je fixe l'agent de police comme si je ne l'entendais pas, comme si je ne voulais pas l'entendre… puis je touche le fond.

45

HUNTER

QUELQUE CHOSE CLOCHE.

J'ai l'esprit embrouillé.

Mes pensées déraillent.

Je m'efforce de me concentrer, mais chaque fois que j'essaie de modifier le plan d'action, je rate mon coup.

Peut-être que je couve quelque chose.

Ou que le burn-out se manifeste.

***

– Ardu, le match de ce soir.

Je lance un regard à Maysen et hoche la tête.

– Désolé, je… j'étais un peu dispersé sur la glace.

Il hausse les épaules, probablement surpris que je ne conteste pas ou ne me mette pas sur la défensive.

– Ça arrive, mec. (Il me tapote le dos pendant que je bifurque vers mon casier.) N'empêche que nous avons quand même gagné.

– C'est vrai.

J'opine. Déteste savoir que je n'ai pas contribué à la victoire. Déteste savoir ce que dirait le sms de mon père s'il m'en avait envoyé un, alors que je n'en reçois plus depuis deux matchs.

– Au moins, nous avons quelques jours pour nous requinquer.

– Mon corps en a grand besoin.

Je lance mes gants dans mon casier, soupirant à la vue du nom de mon père sur l'écran allumé de mon téléphone.

– Je savais qu'il ne résisterait pas longtemps, je bougonne.

Dans un profond soupir, je m'empare de mon téléphone. La panique me gagne à la vue du message.

PAPA: Rappelle. C'est Jonah.

En quelques secondes, je quitte les vestiaires et cherche un endroit tranquille.

Ma mère ne décroche pas. Je raccroche et réessaie.

– Allô ?

À sa voix, elle n'est que le fantôme d'elle-même.

– Maman ? Il y a un problème ? Comment va-t-il ?

Mes mots semblent étranglés, en partie par la panique, l'incrédulité, mais aussi parce qu'à peine ai-je trouvé le moyen de vivre ma vie, je suis renvoyé dans les ténèbres de la honte.

Et naturellement, la haine de soi est comme un vieil ennemi, nullement intimidé, implacable, et qui ne pardonne rien.

– Il a fait un arrêt cardiaque. Il…

– Pardon ?

Comment me rendre sur place ?

Je ne peux même pas respirer.

– Son cœur s'est arrêté, l'ambulance est venue et… (Le vibrato dans sa voix, de la peur à l'état brut, me frappe plus rudement que tous les coups que j'ai pu encaisser.) Ils l'ont ranimé. Ils le gardent à l'hôpital.

– Pourquoi ? Qu'est-ce qui s'est passé ?

Je dois me dépêcher de partir.

– Une nouvelle bactérie a infecté ses poumons. Son corps, Hunter… il est rompu, il ne supporte plus rien. Les docteurs disent que son système immunitaire se bat constamment, et qu'ils ont eu de la chance de le ranimer.

Elle émet un son que je ne veux plus jamais entendre.

Écorché, à vif, un son qui donne l'impression que son cœur a été arraché de sa poitrine.

– Maman. Mais ça va aller, n'est-ce pas ? Il se repose et…

– Oui. Ils le gardent en observation, il rentrera probablement demain.

– D'accord. D'accord.

Je répète ce mot en boucle, presque autant pour elle que pour moi. Presque comme pour me convaincre de croire que tout s'arrangera alors que son rétablissement a des limites.

– Le cœur de ton père, murmure-t-elle, presque sur le même ton que j'ai utilisé.

Deux personnes englouties par un chagrin infini et la confusion concernant un avenir que nous tentons de nier.

– Oui, je sais. Son cœur tient bon ?

Le même cœur qui a fait un arrêt le soir de l'accident de Jonah. Le cœur qui ne s'est jamais entièrement rétabli, mais qui retrouvait toute son énergie quand il m'entraînait sur la glace et qu'il se sentait utile : commander quelqu'un et le rabaisser, en faire la personne qu'il pensait que Jonah deviendrait – pour son propre salut.

Et je l'ai laissé faire. Soir après soir. Jour après jour. Heure après heure. Je l'ai laissé me briser sur la glace pour me punir – d'avoir ignoré la requête de Jonah, d'être la raison pour laquelle Jonah a pris le volant alors qu'il avait bu, d'avoir tué une conductrice innocente. J'ai pleuré, prié, me suis consumé… sans savoir si mon frère mourrait le lendemain. Mon autre moitié avait disparu. *J'étais seul.* À l'agonie, j'ai imploré, saigné et encaissé sans broncher parce que m'entraîner était tout ce qui le maintenait debout. Me châtier était la seule façon qu'il connaissait de s'arranger avec les rêves qu'il nourrissait pour Jonah. *Des rêves qu'il n'a jamais eus pour moi.*

– Je suis désemparée, murmure-t-elle. Que vais-je faire ?

– Je viens au plus vite.

Je localise la sortie à l'instant où je raccroche et pousse les portes avec tant de vigueur qu'elles se referment en claquant.

J'apprécie l'air frais de la nuit qui emplit mes bronches. Sa température qui irrite mes poumons et assaille ma peau sans faire de discrimination. Inhalant de longues bouffées, je m'efforce de retrouver mon souffle, dérobé par mes pensées.

Le temps de Jonah est compté.

Je l'ai senti ce soir. J'ai senti *mon frère* ce soir.

C'est pourquoi j'ai mal joué.

L'autre moitié de moi-même a fait un arrêt cardiaque.

S'est débattue pour respirer.

Et je ne peux pas le soigner.

Je ne peux guérir personne.

46

DEKKER

KINCADE SPORTS MANAGEMENT
NOTE DE SERVICE
BILAN DES NOUVELLES RECRUES

* signale les urgences

ATHLÈTE	ÉQUIPE	SPORT	AGENT	AVANCEMENT
Carl Ryberg	n/a	Golf	Kenyon	Signé
Desi Davalos	n/a	Basket-ball	Chase	RDV semaine prochaine
Harry Osgood	Rays	Base-ball	Brexton	Contact pris
Michelle Nguyen	n/a	Football	Brexton	Contrat en vérif
*Hunter Maddox	Jacks	Hockey	Dekker	Toujours sans réponse

ATHLÈTE	ÉQUIPE	SPORT	AGENT	AVANCEMENT
Vincent Young	Rams	Football	Dekker	En pourparlers
Garrett Zetser	n/a	NASCAR	Lennox	Vient à KSM semaine prochaine

47

DEKKER

Je suis tirée du sommeil par quelqu'un qui frappe à ma porte. Comme je me suis endormie sur le canapé, les documents posés sur mon ordinateur portable tombent sur le sol lorsque je sursaute.

Les yeux à peine ouverts, je nage en pleine confusion, un peu flippée, et me demande qui peut bien se pointer chez moi à une heure du matin.

Qui, de la liste des personnes autorisées à entrer que j'ai remise au concierge, viendrait à cette heure incongrue ?

Chad ? Mes sœurs ?

Oh non. Mon père va mal.

Le cœur battant, je m'empresse d'aller répondre, les scénarios les plus dramatiques défilent dans ma tête sur cette dizaine de mètres. Toutefois, c'est lorsque je colle mon œil sur le judas que chaque parcelle de mon être se pétrifie.

Hunter.

J'ai presque envie de rire. Je l'ai ajouté à ma liste des visiteurs autorisés il y a trois ans, dans l'espoir qu'une nuit, il débarque chez moi. Pour me reconquérir.

Je ne l'ai jamais supprimé.

Quand j'ouvre la porte et me retrouve face à lui, mon sourire s'affaisse.

Les épaules avachies, blanc comme un linge et les joues creuses, le regard troublé.

– Hunter ? Tout va bien ? Que fais-tu ?

Il avance et s'accroche à moi de toutes ses forces. Ses bras m'enlaçant, il enfouit son visage dans le creux de mon épaule, et son corps tremble d'une émotion que je ressens physiquement.

– Hé, que se passe-t-il ? dis-je.

Son attitude me prend de court, surtout venant de lui, son besoin si palpable que je glisse immédiatement mes bras autour de lui, mes mains caressent son dos et mes lèvres pressent un baiser sur le côté de sa tête.

Ainsi enlacés, je me sens impuissante.

– J'avais juste besoin de toi.

Ces quelques mots prononcés d'une voix éraillée et anéantie, la chaleur de son souffle effleurant mon épaule sont tout ce qu'il faut à mon cœur pour se serrer. Il y a effectivement bien plus entre nous que du sexe. Tellement plus de partage qu'un acte physique destiné à unir deux personnes.

– Je suis là. Je suis là, je murmure.

Les scénarios s'entrechoquent dans mon esprit : il a été renvoyé de l'équipe, un malheur est arrivé à sa famille… parmi tant d'autres, alors que nous restons dans l'entrée, dans un désespoir non formulé.

– Bon sang, Dekk.

Il marche jusqu'à la fenêtre, puis revient vers moi en se passant la main dans les cheveux. Ses épaules s'enroulent vers l'avant. Il me fixe d'un air totalement vaincu.

– Est-ce que tu vas bien ?

L'une des mille questions qui encombrent mon esprit, la plus sûre de toutes. Il parlera quand il sera prêt.

– Ouais, je crois.

Voir les larmes dans ses yeux, celles d'un homme assurément vulnérable, tel que je ne l'ai jamais vu, me fait un effet incompréhensible.

Elles attestent qu'il a confiance en moi.

Elles crient qu'il a besoin de moi.

Une idée poignante, aussitôt mise de côté pour plus tard, pour y réfléchir quand je serai seule... mais dans l'immédiat, *il a besoin de moi.*

– Je devais rentrer chez moi mais... je ne savais pas où aller.

Sa voix est peu audible, ce qu'il vient d'admettre, mêlé au bouleversement dans ses yeux, suffit à me faire comprendre de quoi il a besoin. À me rappeler ce que ma mère nous disait quand nous ne trouvions plus les mots. *J'ai besoin de toi.*

Quelques mots qui enveloppaient mon cœur et sont restés gravés dans mon âme.

Il est venu me trouver.

Il a besoin de moi.

– Viens avec moi.

Je lui tends la main et, bien qu'il l'observe d'un regard débordant de questions, il la saisit.

Je l'entraîne dans le couloir, en direction de ma chambre. Si je disais à quelqu'un que j'emmenais Hunter Maddox dans ma chambre sans avoir l'intention de finir nue, il ne me croirait pas.

C'est pourtant vrai.

Et il est à ce point paumé, dans sa tête et dans le chagrin qui le submerge, qu'il ne réfléchit pas quand je rabats mes couvertures, me glisse dans le lit et tire sur sa main pour l'inviter à me rejoindre. Ses yeux canalisés sur les miens tentant de raconter une histoire que ses lèvres ne sont pas encore disposées à articuler, il se déchausse et se couche.

Ses bras noués autour de mon ventre, sa tête sur ma poitrine de façon que je pose mon menton dessus, il me serre.

Nous demeurons ainsi étendus sans dire un mot, juste moi qui le réconforte et lui qui prend ce dont il a besoin, jusqu'à ce que sa respiration se calme et qu'il s'assoupisse.

Tandis que ma main continue de caresser son dos et que je réalise à quel point c'est bon de sentir qu'on a besoin de moi, je dérive lentement vers le sommeil.

48

DEKKER

Je me réveille en sursaut.

Le soleil abonde entre les rideaux que j'ai omis de tirer hier soir, et le lit à côté de moi est encore tiède, mais je me remémore toute la soirée.

Alors que j'entends cogner dans le salon, je me glisse hors du lit, vaseuse et passablement endormie, surtout soucieuse pour Hunter.

– Hunter ?

À défaut d'obtenir une réponse, je traverse le couloir à temps pour le voir gagner l'entrée. Il jette un œil par-dessus son épaule et nos regards se rencontrent.

– Que fais-tu ?

Il a toujours une mine épouvantable : yeux rougis et front plissé, comme s'il n'avait pas fermé l'œil depuis des semaines, alors qu'il sort d'une nuit de sept heures.

– J'ai… des trucs à faire.

– Hé, je fais à son dos, alors qu'il continue d'avancer vers la porte.

Il allait filer en douce, sans un mot. Vexée, j'essaie de justifier et de rationaliser ma peine, puis renonce.

– Que t'est-il arrivé ?

– Prends cela comme un moment de vulnérabilité.

– De quoi tu parles ? dis-je, bien que je connaisse la réponse.

– Que je frappe à ta porte.

– Faiblesse ?

Je ris de l'ironie, *sa vulnérabilité* étant comparable à *mes erreurs*. Tandis que je l'examine, ma colère s'enflamme d'un coup. Manifestement, il est encore bouleversé, mais son choix de se dérober est sa façon à lui de m'utiliser… encore.

– Tu veux savoir ce qu'est la vulnérabilité ? (Je fais un pas vers lui.) C'est moi qui mets mon âme à nu devant toi. Moi sur le parking d'une patinoire qui expose mes sentiments. Qui admets que je suis prête à mettre de côté mes aspirations professionnelles, celles qui ont été dictées par mon père et au bénéfice de ma famille, à cause de toi et pour toi. C'est moi qui prends le risque de te dire que c'est toi. Ça a toujours été toi. Celui que j'ai quitté il y a trois ans parce que j'avais trop peur de ce que je ressentais pour toi, et que je suis retournée voir, malgré cette fichue peur, mais avec un travail à effectuer. C'est toi, imbécile, et une fois encore, je ne devrais pas être étonnée que tu choisisses la voie de la lâcheté et files en douce au lieu de m'affronter et de me parler.

J'inspire un souffle irrégulier tant mon corps tremble et que, électrique, j'attends une réponse, n'importe quoi d'autre que cet air affligé. *Il va réagir comme la dernière fois et me laisser partir.*

– Tu ne comprends pas, proteste-t-il en secouant la tête.

– Alors éclaire-moi, je crie, refermant la distance entre nous.

J'en ai ma claque, après ce qu'il m'a fait ressentir hier soir, craignant soudain de le perdre mais sachant que s'il me laisse le repousser une seconde fois, c'est que dès le début, il n'était pas assez bien pour moi.

– Tu ne peux pas débarquer ici comme tu l'as fait cette nuit, avoir besoin de moi, puis t'en aller sans un mot.

– Sinon quoi ?

– Sinon cela ne se reproduira plus, je l'avertis d'une voix basse et menaçante.

– Qu'est-ce que cela signifie ? demande-t-il dans un rire.

– Cela signifie que je ne suis pas à ton service. Je suis le jouet rutilant du magasin que tu ne peux pas avoir. Tu viens de temps à autre jouer un peu avec moi, pour autant que tu puisses me reposer dans les rayonnages quand tu en as assez.

– J'en ai suffisamment entendu, Dekk. (Il secoue la tête et marche vers la porte.) Tu ne comprendrais pas. Tu ne voudrais pas comprendre.

– Alors, fais le nécessaire. Aide-moi à comprendre. Parle-moi et dis-moi ce que j'ai besoin de savoir parce que je suis ici, réelle, débordante d'émotion, pendant que tu prétends que c'est sans importance alors que c'est essentiel pour moi. Pendant que je réalise que tu es plus important pour moi que je ne veux l'admettre.

– Dekker.

Il s'immobilise, la main sur la porte, et laisse retomber sa tête, utilisant mon nom comme une excuse que je refuse d'entendre.

Les larmes affluent dans mes yeux. Juste quand je prends conscience de ce que je veux, que je décide de voir comment notre relation pourrait évoluer, même si c'est flippant, que la fin n'est pas garantie et la souffrance probablement inévitable… mais je veux tenter le coup et le découvrir par moi-même.

La douleur règne.

La gêne surgit.

La colère l'emporte.

– Alors pars. Sors d'ici. Si tu ne peux pas me braver, je ne veux plus te revoir.

Submergé par l'émotion, mon cœur saute dans ma gorge et la teneur de l'enjeu se révèle pleinement.

Il se retourne. Sa grande carrure obstrue l'entrée étroite, et je jure que si le tumulte émotionnel visible dans ses yeux pouvait se peindre, je me noierais dans son immensité.

– Tu ne le penses pas.

Il soutient mon regard, les sillons creusant son visage empreint de tristesse au point que je détourne le regard pour répliquer, ma colère s'émousse bien que mon amour-propre résiste de toutes ses forces.

– Je suis lasse de me sentir exploitée. Ça suffit.

Je fais volte-face et regagne ma chambre.

Le laisse partir.

Le laisse sortir de mon domicile.

Chaque fois que je répète ces mots, mon cœur me tiraille. Chaque fois que je les prononce mentalement, je me rappelle que j'ai été naïve. D'abord en retombant entre ses bras, puis quand j'ai laissé les mots de Brexton s'enraciner, pousser et s'épanouir ces deux dernières semaines. Je commençais à croire qu'une vraie connexion, un avenir, étaient possibles. Les révélations de la nuit, avec lui dans mes bras, me laissant croire qu'il avait réalisé que nous avions notre chance.

Et à présent, ça.

Je me brosse les dents avec une vigueur qui ferait frémir un dentiste, mais c'est plus facile de me focaliser sur mon hygiène que de le poursuivre dans le couloir de l'ascenseur comme une femme sans dignité qui se languit d'amour.

Ce n'est que lorsque je m'essuie le visage, quand il est enfoui dans la serviette, que je laisse mes larmes s'échapper. Ce n'est pas avant que je laisse la déception me frapper, et l'espoir que j'ai créé de toutes pièces se dissiper.

Devant le lavabo, les yeux fermés, j'essaie de me ressaisir.

– Sais-tu ce que ça fait d'avoir l'impression de ne rien mériter ?

Interloquée d'entendre la voix de Hunter, mes yeux s'ouvrent et un cri muet franchit mes lèvres. *Il n'est pas parti ?*

– Sais-tu ce que ça fait de vivre une vie dans laquelle chaque pas, chaque pensée, chaque action sont conditionnés par la nécessité de se dédouaner ?

Je me rapproche un peu, secoue la tête en m'appliquant à le suivre.

– Comment ça ?

– Eh bien, comment mériterais-je cette vie ? Comment mériterais-je quelqu'un comme toi alors qu'aussi loin que ma mémoire remonte, on m'a sans cesse rabâché le contraire ? J'ai fini par m'en convaincre.

Sa voix flanche et le chagrin – nom d'un chien, ce chagrin – est tellement palpable que je le sens se répercuter dans l'espace qui nous sépare.

– Comment t'autoriser à entrer dans ma vie, à en faire partie, alors que tout ce que j'ai fait jusqu'à présent, chaque personne que j'ai repoussée, tout ce dont je me suis détourné, c'est une manière supplémentaire de me punir pour ce que j'ai infligé à Jonah et à mes parents.

À ses aveux, mon corps tressaille en même temps que le sien. Je le regarde rejeter physiquement les mots qu'il énonce, presque comme si c'était la première fois qu'il les entendait.

Aussi rapidement que je le remarque, Hunter s'éloigne physiquement en pressant le pas vers l'entrée.

– Non. Hunter, je l'appelle, et par bonheur, il est distrait par ses émotions, sinon je n'aurais pas pu le rattraper ni bloquer la porte.

– Écarte-toi de mon chemin, Dekker.

Son visage est un masque de fureur et de honte, et voir autant de détresse dans chacun de ses muscles me brise le cœur.

– Hors sujet. Je ne te laisserai pas franchir cette porte. Je ne te laisserai pas croire une seconde de plus que tu ne mérites pas ton succès, tes records ou l'amour et l'affection que tu reçois.

Essoufflée, j'ai l'impression de bénéficier d'un sursis pendant que je le retiens pour l'amener à me croire.

– C'est faux.

Il secoue la tête et me regarde comme un petit garçon qui ne demande qu'à y croire mais manque de confiance en lui.

– Je t'assure que si, dis-je en faisant un pas vers lui.

– Tu ignores ce qui s'est passé. Tu ne comprends pas…

– Raconte. Assieds-toi et dis-moi tout, libère-toi du poids que tu portes sur tes épaules.

– Je ne sais pas si je peux, admet-il dans un murmure.

Peu m'importe qu'il se sente à mille lieues de moi, je me rapproche et prends son visage entre mes mains. Il tente de se dérober, mais je ne le laisse pas faire.

– Je sais que tu es une bonne personne, Hunter Maddox. Je sais que tu te donnes sans compter pour chasser un fantôme que personne ne peut voir, et je sais que tu portes certainement un fardeau impitoyable.

Je sèche la larme solitaire qui s'échappe de son œil et sillonne sa joue. C'est une image dévastatrice. Mais c'est aussi le signe que j'ai une chance de l'atteindre. Peut-être même que je pourrai l'aider.

– Je t'en prie, parle-moi.

49

HUNTER

Face à Dekker, mon corps et mon esprit se rebiffent.

J'ai une peur bleue qu'elle disparaisse définitivement si elle apprend quels actes j'ai commis.

Ses yeux m'invitent à lui faire confiance, ses mots me supplient de la croire, mais cela ne vient pas naturellement quand on n'a connu que le regret. Quand on baigne dans la culpabilité.

Je les ai privés de leur champion, de leur vie, de leur espoir.

– Hunter ? Parle-moi. Tu peux avoir confiance en moi.

Mon pouls tambourine dans mes oreilles et ma poitrine s'enflamme comme si l'enveloppe de mes poumons se comprimait si fort qu'elle expulsait l'air.

La trahison passe par les révélations. Une trahison à ma détresse, à moi-même, à la manière dont j'ai vécu ma vie, et c'est clairement pas facile de s'en délester.

J'ouvre la bouche et me ravise, les mots sont si difficiles à proférer, ce jour si atroce à revivre, mais je sais que c'est nécessaire.

Je sais que si quelqu'un peut me venir en aide, c'est Dekk. Elle s'est déjà éloignée de moi car elle savait que je la ferais souffrir si elle partageait ses sentiments. Je les connaissais.

Elle les connaissait. C'était beaucoup plus facile de prétendre que la voir disparaître me laissait indifférent.

Mais à présent ? Elle est la seule à penser que je vaux la peine de se donner du mal. *La seule qui accepte d'être mon punching-ball.* La seule qui se soucie suffisamment de moi pour gratter sous la surface malgré mon attitude détestable. Pas Sanderson, pour qui mon bien-être constitue un enjeu, mais Dekk.

Elle m'a ouvert les yeux sur mon épuisement.

Elle m'a forcé à reconnaître que cela comptait pour moi.

Elle m'a convaincu qu'il était possible d'aller plus loin.

Je commence à rejeter cette idée, puis lutte contre cette réaction tenace.

Je hoche la tête. Un léger mouvement mais réel.

– Ce jour-là, j'aurais dû être à sa place, dis-je enfin.

Sa respiration s'accélère. Elle prend doucement ma main et m'entraîne vers le canapé. Ses dossiers sont restés en plan, son ordinateur ouvert et la batterie sûrement déchargée, mais elle me fait asseoir sans un mot. Elle attend que nos genoux se touchent et que nos regards se retiennent pour poser la question susceptible de me faire craquer *et* de me libérer.

– À la place de qui aurais-tu dû te trouver ?

Je la scrute aussi longtemps que possible, puis baisse les yeux vers mes pouces qui s'entrelacent… et je lui livre mon histoire.

Du début à la fin.

Terry Fischer, l'envie de me venger sur Jonah de la punition infligée par notre père.

Jonah qui conduit après avoir bu, pour aller chercher ma mère, parce que je n'ai pas voulu m'en charger.

La jeune maman de deux petites filles tuée dans l'accident quand il a traversé le terre-plein central.

Ma mère dans tous ses états quand elle réalise que c'est Jonah qui a eu un accident et pas moi.

La crise cardiaque de mon père quand il a su pour Jonah.

Et la vie d'après.

Les heures interminables sur la glace, quand mon père s'appliquait à me substituer à mon frère. Que je sentais – et sens toujours probablement – que c'est la seule façon pour nous de survivre au changement drastique qui a retourné nos vies.

Mais avons-nous guéri ?

Ma mère n'a pas vécu un seul instant depuis ce jour. Chaque seconde de sa vie éveillée est pour Jonah. Mon père aussi vit pour lui, mais aussi pour moi, pour actualiser les rêves dont j'ai privé Jonah.

Et moi ? J'ai certes vécu, mais chaque accomplissement, défaite, sms critique vise à réaliser mon unique objectif, gagner la Stanley Cup parce que c'est ce qu'on attendait de Jonah.

Pas de moi.

Pas pour moi.

Mais pour eux.

Pour lui.

Pour absurde que cela paraisse, je ne suis bon qu'à ça, et je n'ai pas d'autres moyens de réparer mes torts.

50

DEKKER

Lorsqu'il achève son récit, avec la culpabilité qui le domine depuis seize ans, les larmes innondent mes joues et mon cœur déborde de tristesse.

Je ressens également une bonne dose de colère, mais pas envers lui. Sûrement pas. Sa décision ce jour fatidique était celle d'un adolescent qui se révolte contre le cruel favoritisme d'un père. C'était sa façon de se rebeller d'avoir été amené à louper un rite de passage de jeunesse. S'il faut savoir accepter les conséquences, celles que son père lui a attribuées ce jour-là et la décision de Hunter de refuser d'aller chercher sa mère ne valent en aucun cas une vie entière de culpabilité dévastatrice ni une condamnation à perpétuité.

Or, il a porté ce fardeau jour après jour. A été contraint de croire qu'il devait accomplir ce que son frère aurait peut-être réussi, mais qui sait ? Jonah aurait pu se blesser entre-temps. Il aurait pu conduire une autre voiture en état d'ivresse, un autre jour. Comment savoir ? Mais se sentir inférieur alors que lui, Hunter Maddox, a remporté presque toutes les récompenses possibles, est le capitaine d'une équipe de la LNH et l'un des hockeyeurs les mieux payés des États-Unis. C'est… criminel.

Toutefois, le plus difficile à démêler, c'est comment faire en sorte que Hunter admette et comprenne l'injustice condamnable. C'était le choix de Jonah de prendre le volant en état d'ébriété. Personne ne sait ce que l'avenir réservait à Jonah, alors comment Hunter pourrait-il être responsable de l'avoir dépossédé de quelque chose qui ne s'était pas produit ?

Cela dit, ses mots sont d'une puissance sans pareille. Une vie sous le joug de la culpabilité et des remords. Animée par la volonté d'effacer un acte survenu des années plus tôt alors qu'en aucun cas il ne peut savoir comment les choses auraient évolué s'il avait lui-même pris le volant.

– Hunter, dis-je en secouant la tête. Il y aurait tant à dire, tant de réflexions que j'aimerais partager avec toi. Je ne sais pas par où commencer.

J'entremêle nos doigts, les larmes sur ses joues sont séchées à présent, mais la tristesse déposée par leur passage est encore visible.

– Ne dis rien. S'il te plaît. Je ne mérite pas ta compassion. Je ne mérite pas de me sentir mieux ou de rationaliser. J'ai passé des années à me prêter à ce jeu. De longues soirées à propulser le palet dans des cages de toutes mes forces pour m'apaiser, et ça ne marche pas parce qu'en fin de compte, regarde-moi et regarde la vie que je mène, à côté de la vie de Jonah.

Il tente de retirer sa main, mais je la retiens fermement.

– Je ne le mérite certainement pas.

– La culpabilité du survivant n'est pas un mythe.

Ma voix est un murmure, une minuscule offrande dans le gouffre creusé par l'accident.

Son petit rire sonne faux.

– C'est tellement plus vaste que cela.

Il se repousse du canapé et se dirige vers la fenêtre pour contempler la matinée. La ville qui émerge de sa torpeur.

Les mains enfoncées dans ses poches, les épaules carrées comme s'il se mettait sur ses gardes après s'être dévoilé.

– Tu n'as pas obligé Jonah à conduire en état d'ébriété, quoi qu'il soit arrivé avant qu'il ne s'empare des clés. Tu ne lui as pas volé sa carrière, parce que personne ne sait comment les choses auraient évolué. Tu sais, il arrive souvent que des athlètes professionnels se blessent. Et tu ne mérites sûrement pas de payer toute ta vie pour des événements qui étaient hors de ton contrôle.

Mes mots restent en suspens dans l'air. Mon seul espoir est qu'ils parviennent à s'agripper à son âme et ajoutent un peu de douceur au deuil, à la gravité et à la culpabilité éprouvante qui le tyrannisent depuis tant d'années.

– Peut-être que je le détestais parce qu'il me battait dans tous les domaines.

– Les frères et sœurs se détestent autant qu'ils s'aiment. Cela ne signifie pas que tu lui souhaitais malheur. La rivalité est une chose normale. L'espace d'une minute, il y a de la jalousie, celle d'après, on fait les fous. On moucharde une seconde auprès des parents, la suivante on se glisse dans le lit de son frère ou de sa sœur pour glousser et se raconter des histoires de fantômes au lieu de dormir. C'est un yin et yang que personne d'autre ne peut comprendre à moins d'être frères et sœurs.

– J'étais jaloux de lui. Tout simplement. Des filles qui lui tombaient dans les bras. Des louanges qu'il recevait fréquemment sur la glace. Des résultats scolaires excellents qu'il obtenait sans se donner de mal alors que je bûchais dur… d'absolument tout.

– Des domaines dans lesquels votre père vous mettait en concurrence, je hasarde timidement, de peur d'outrepasser les limites bien que son animosité transparaisse dans son récit. Cela ne signifie pas que tu es fautif. Ni que tu n'as pas le droit de vivre ta vie. Ce n'est pas pour autant que tu n'as pas le droit d'aimer ni d'être aimé. De rire et d'avoir quelqu'un avec qui rire.

– C'est le fait qu'il était meilleur que moi, assène-t-il dans un haussement d'épaules, comme s'il ne m'avait pas entendue.

Je n'en prends pas ombrage parce qu'il n'est pas encore prêt à l'entendre. Pour l'instant, c'est peut-être le bruit de fond de ses pensées, mais dès que les émotions se tasseront, il se remémorera mes encouragements, et j'espère qu'il y croira.

– C'est peut-être pour cela que j'éprouvais de la rancune envers lui. Il était parfait à tous points de vue, alors que j'avais immanquablement besoin de redoubler d'efforts. En fait, je convoitais peut-être en secret les feux de la rampe et j'étais las d'être dans son ombre. (Un petit rire, mais une forte tristesse dans sa voix.) Bon sang, tout ça semble ridicule et dérisoire. Nous étions semblables à tous les égards, pourtant même son petit orteil avait plus de talent que mon corps entier.

– C'est difficile à croire, je murmure.

– Épluche nos livrets scolaires. Il détient encore deux records enregistrés en première année. Tu imagines quel niveau il aurait atteint avec une année supplémentaire ?

Il se tourne vers moi à présent, la ville et le soleil matinal dans son dos.

– J'entends ce que tu dis, Hunter, mais ce sont des périodes normales que traversent la plupart des enfants. Je peux te dire que les athlètes ne sont pas tous au top au même âge. Certains sont dotés d'un talent inné alors que d'autres ont besoin de courage et doivent mettre les bouchées doubles pour y parvenir. Mais rien de tout cela (je désigne l'espace entre nous, là où les motifs énoncés clignotent comme des enseignes lumineuses) n'est la raison pour laquelle Jonah est paralysé.

– Comment peux-tu affirmer une chose pareille ?

Il hausse la voix, mais son enthousiasme s'étiole sur le dernier mot.

– Tu n'as pas contraint Jonah à prendre le volant, dis-je en espérant que ça fasse tilt. Évidemment, tu étais en rogne contre lui et tu n'es pas allé chercher ta mère comme tu étais censé le faire. Oui, sa petite amie t'a dupé, apparemment pour se vanter d'avoir couché avec les deux jumeaux, mais toi, Hunter Maddox n'est pas responsable de cela. Tu ne l'as pas assis derrière le volant. Il buvait déjà, alors qu'il devait passer prendre Terry Fischer pour aller danser. Il avait pris la voiture de votre mère, et pourtant il buvait. (Une pause, pendant qu'il semble réfléchir à quelque chose qu'il n'avait jamais considéré – ou plutôt, ne s'était pas autorisé à envisager.) Et, je reprends calmement, tu n'es en aucune mesure responsable du fait que vos parents semblent incapables de s'éloigner du chevet de Jonah pour te soutenir.

Car c'est l'autre partie cruciale qu'il n'a pas abordée. Non seulement, ce jour-là, il a perdu son frère dans son quotidien mais il a, en prime, perdu ses parents. À force de prendre obstinément soin de Jonah, le proclamant souverain de la famille, ils ont oublié qu'ils avaient un autre fils vivant, en sérieux manque d'affection et de reconnaissance, ce que tous les enfants recherchent auprès de leurs parents.

À son expression, je sais que j'ai touché une corde sensible avec cette autre facette de la tragédie : l'enfant en lui qui mérite amour et affection plutôt que des attentes et des accusations.

– Mais…

– Tu n'as pas provoqué l'arrêt cardiaque de ton père et tu ne mérites certainement pas de passer ta vie à essayer de compenser pour un événement sur lequel tu n'avais aucune prise.

– Arrête ça. Arrête, s'il te plaît, gronde-t-il en se bouchant les oreilles pour se préserver de mes mots.

– Non, Hunter. Sûrement pas, dis-je en me rapprochant de ses yeux incrédules et en secouant la tête. Je n'arrêterai pas parce que tu as besoin de l'entendre. (Je soulève ses mains de ses oreilles et chuchote.) Tu as besoin d'entendre que tu n'es pas fautif. Tu dois cesser de t'enfoncer dans la culpabilité et de te laisser dévorer par une colère qu'il ne te revient pas de subir.

Ses yeux larmoient et son menton tremblote, chaque partie de moi espère le persuader de la véracité de mes propos.

– Tu ne peux pas comprendre. Personne ne peut.

Gagné par la colère, il libère sa main de la mienne, son instant de vulnérabilité et son besoin laissant place au mépris de soi et à la rage.

– Chaque fois que je le vois, prisonnier dans un fauteuil ou dans un lit, je m'exècre encore plus. Sais-tu ce que c'est de savoir ce qu'il aurait pu être ? Les choses incroyables qu'il aurait pu accomplir ? *Moi si.* Je connais une fraction de ce qu'il ressent, parce que c'était déjà mon lot quotidien quand j'étais petit. Rester sur la touche pendant que mon frère réussissait tout ce que tu crevais d'envie de faire. Personne n'était jamais aussi doué que Jonah. À la maison, à l'école, à l'église. Pas une seule personne ne l'égalait.

– Est-ce pour cela que tu es constamment en colère ? je demande, tentant de relier les pointillés sur un graphique nébuleux.

Sa voix éclate dans le petit espace, poings serrés et épaules tendues.

– T'as raison, je fulmine. Tu ne comprends donc pas ? Je me suis donné tant de mal pour chasser les fantômes de celui qu'il aurait pu être que cela m'a conduit au burn-out. C'est pourquoi je déteste le sport qui était ma passion, mais je ne peux rien dire. De quoi me plaindre ? Je gagne des millions par an. Je cours après des records. Je vis le grand rêve. Tout ce qui reste, c'est la Stanley et je la décrocherai quoi qu'il m'en coûte, mais c'est la dernière chose que je puisse faire pour lui.

– Et toi dans tout ça ? Quand vis-tu pour toi ? Quand t'autorises-tu à fréquenter quelqu'un que tu retrouverais le soir à la maison ? Une femme à enlacer, avec qui t'évader dans les moments difficiles ? Avec qui rire, se chamailler et *vivre*. Quand vis-tu pour toi-même, Hunter ?

51

HUNTER

Elle ne comprend pas.

C'est tout ce que je pense pendant qu'elle me scrute, profère des paroles que je refuse d'entendre.

Pendant que je rejette ce qui est assurément des vérités, qu'elle ne cesse de réitérer pour me les implanter dans la tête.

Quand vis-tu pour toi-même, Hunter ?

Mais il y a tellement de colère, tellement de tristesse, tellement de tout, que c'est difficile d'entendre quoi que ce soit à travers ce brouhaha d'émotions.

– Tu veux savoir le plus ironique ? Pour tout, (je lève les mains) je ne peux que remercier mon père. (Je ris, sans humour.) Je n'en serais pas là sans lui et ses châtiments. C'est la bénédiction et la malédiction, n'est-ce pas ?

– Tout dépend de ce que tu en fais. Arrange-toi pour que ce qui était naguère une malédiction devienne ta bénédiction d'aujourd'hui.

Présentée comme une solution, sa formule n'est pas si simple à appliquer qu'elle y paraît.

Je le sais.

Elle le sait.

Pourtant, elle n'hésite pas à l'énoncer quand même.

– Si seulement c'était aussi facile !

– Personne ne prétend que c'est facile. Mais c'est absurde qu'on te persuade que tu ne vis pas pour toi.

– Je suis parti de chez mes parents à la première occasion.

Je m'écarte du sujet, embrayant sur la pensée qui me frappe soudain comme si je devais vider mon sac d'un seul coup. Peut-être qu'une fois que j'aurai tout déballé, ces vérités seront moins accablantes.

– J'aime mon frère plus que tout au monde. Tu sais, c'est vrai ce qu'on raconte sur les jumeaux : la connexion, ressentir la douleur de l'autre. Mais le regarder est une vraie torture, une gifle sans cesse renouvelée. Une minute, j'en veux au monde entier, celle d'après, je m'en veux horriblement… alors, le plus facile pour moi était de m'en aller, de ne pas retourner chez mes parents. Il est leur univers, et je suis juste l'erreur.

– Comment peux-tu affirmer une chose pareille ? (Je refuse de voir la compassion emplir ses yeux, malgré sa sincérité.) Regarde l'homme que tu es devenu, tes réussites. Regarde…

– Tout ce qu'ils voient, c'est cette unique décision. (Je n'ai jamais parlé avec autant de franchise. Le dire à voix haute m'ôte un fardeau de la poitrine.) Tout ce que je vois, c'est lui qui s'éteint à petit feu, un organe après l'autre, jour après jour, infection après infection. Bordel, il est à peine l'ombre de l'homme qu'il était. Il ne peut plus parler, ni manger, ni rien du tout sans l'aide de ma mère. Quel genre de vie est-ce, Dekker ? À quel maudit destin l'ai-je condamné ? (Ma voix flanche et mes épaules tremblotent.) Je le redis, ils sont obnubilés par cette unique décision.

– Ce n'est pas vrai, assure-t-elle, mais je vois que le doute l'assaille. C'est le fait que tu t'éloignes pour poursuivre ta carrière en LNH qui a fait que leur monde tourne autour de Jonah. Ils pensent à lui en premier et en dernier lieu…

alors c'est naturel pour eux qu'il passe en priorité, mais ne va pas croire qu'ils ne sont pas fiers de toi. Ne va pas croire qu'ils ne suivent pas tes matchs à la télé, souriant à l'idée de voir leur fils. Ne…

– Tais-toi !

Je hais les larmes qui me brûlent les yeux. Des larmes que je ne peux pas dissimuler. Je déteste l'espoir secret véhiculé par ses mots, mais par-dessus tout, le poids d'une lourdeur infinie qui se soulève de mes épaules. *Que j'ai porté seul.* Je ne sais pas comment cesser de croire.

– Juste. Arrête.

Par pitié.

– Arrêter quoi ? me crie-t-elle au visage. Il faut que tu apprennes que ce n'est pas mal d'être aimé. Il faut que tu apprennes que tu n'es pas fautif. Remporter la Stanley Cup n'enlèvera pas la douleur du passé. Cela ne…

– Mais Jonah saurait que je n'ai pas respecté la promesse que je lui ai faite, et le temps presse.

Quand elle noue nos doigts, je dois faire un effort monstre pour ne pas me rebiffer contre la tendresse de son contact. C'était tellement plus simple de l'accepter hier soir, enveloppés par l'obscurité, que maintenant qu'elle connaît la vérité.

Or, j'en ai terriblement besoin. Et je déteste cela. J'ai l'impression de ne pas la mériter, mais tout ce que je veux, c'est l'attirer contre moi et me perdre en elle… cette fois, pas pour oublier. Pas pour engourdir la peine par le sexe. Cette fois, je veux ressentir. J'ai besoin de ressentir. J'ai besoin de penser ne serait-ce qu'une fraction de seconde qu'elle a raison et que je ne suis pas à incriminer. Que je mérite cela.

Que je la mérite.

– Dekker.

Son nom est un murmure sur mes lèvres, son contact un onguent sur mon âme.

Ses mains encadrant mon visage, elle m'observe en se dressant sur la pointe des pieds, puis pose ses lèvres sur mes joues, aspirant les larmes que j'ai versées à mon insu.

– Dekk.

Plus bourru.

Ses yeux sondent les miens. Ses mains sur moi. Ses mots pour mon âme.

Nos fronts pressés l'un contre l'autre, son expiration est ma prochaine inspiration, et ses doigts se resserrent autour de ma chemise. Soudain, j'ai une révélation.

Je ne veux rien d'autre qu'elle.

J'ai uniquement besoin d'elle.

Elle apaise mes démons.

Elle me voit – tel que je suis réellement – et cela terrifie ma partie la plus aimante.

Je me penche et appuie mes lèvres sur les siennes.

– Laisse-moi me perdre en toi. J'ai besoin de toi.

Ce sont les mots les plus difficiles que j'ai jamais prononcés. Ce sont également les plus sincères.

Et quand elle me rend mon baiser, quand elle s'ouvre à moi après que j'ai exposé tous mes démons, sans même reculer, je suis bouleversé.

Elle me laisse imposer mon rythme. Me laisse prendre ce dont j'ai besoin. Chaque soupir, chaque contact, chaque gémissement. Elle me laisse les susciter en elle.

Elle me laisse mener la danse, alors que j'ai eu l'impression de ne plus rien contrôler pendant tant d'années.

Mes mains se glissent dans son bas de pyjama pour trouver sa peau nue. La bande de bouclettes qui couronnent son minou, la chaleur humide quand je m'insinue entre ses lèvres, l'excitation qui recouvre mes doigts, plongés en elle. Mon gémissement est absorbé par son baiser.

Comment puis-je encore l'exciter, maintenant qu'elle connaît la vérité ? Comment peut-elle continuer de vouloir de moi ?

La pensée est comme un tourbillon vicieux, mais à chaque contact, chaque soupir, chaque doigt qui cramponne ma peau, cela devient davantage une possibilité. Plus une réalité.

Nous déshabiller est comme danser au ralenti. La séduction n'est pas nécessaire. Pas plus que raviver le désir.

C'est moi qui agrippe ses hanches et m'enfonce sur le canapé.

C'est elle qui s'abaisse avec une lenteur calculée sur mon érection et m'immobilise pour m'obliger à tout ressentir. Sa chaleur. Sa moiteur. Son étroitesse.

C'est nous, dans nos regards qui se rencontrent, nos doigts qui se nouent, et Dekker se penche pour m'embrasser avec une lenteur infinie avant de remuer sur moi.

Le plaisir s'accumule. Mes parties se crispent. Ma queue enfle.

C'est la honte dont je suis en train de me libérer.

Ses seins cahotés à chaque frottement. Ses dents mordant sa lèvre inférieure. Son suc recouvrant chaque partie qu'elle touche.

C'est l'espoir de pouvoir croire.

Je veux toucher. Mon pouce et mon index sur son mamelon. Mes doigts malaxant ses hanches. Mon gland butant dans le fond de son intimité.

Et *c'est savoir* qu'un jour, je pourrai.

Notre rythme est lent et sensuel, elle me donne tout ce dont j'ai besoin, et bon sang, ce qu'elle est sexy. À califourchon sur moi, elle fait grimper la température avec ses yeux innocents et ses lèvres de chipie.

Il y a une connexion dont je veux me soustraire, mais elle ne me le permet pas. Quand je détache mes yeux des siens – pour saisir ses doigts, alors qu'elle les glisse entre ses lèvres et se masse lentement, pour admirer le rose de sa chair qui s'étire pour s'ajuster à moi, contempler son dos arqué alors que mes doigts longent le sillon de ses fesses et titillent l'anneau contracté –, elle gémit mon nom et me ramène à elle. Aux émotions qui naviguent dans ses yeux et à notre alchimie qui est tellement plus que physique.

J'ai besoin de me perdre, mais elle me montre aussi que je ressens beaucoup plus.

Elle me montre comment faire pour se trouver.

Elle me démontre qu'il est possible de trouver plus qu'une simple gratification sexuelle.

Alors que vient l'orgasme, que la cadence s'accélère, que l'agitation est à son comble, l'afflux d'émotions qui me submergent me donne les larmes aux yeux. Quand j'essaie d'esquiver, de fermer les yeux, Dekker se penche vers moi, mon nom est un gémissement sur ses lèvres avant de me ranimer par un baiser.

Je décolle. Lâche tout. Toute retenue fracassée, je l'inonde, la tête renversée en arrière, mes hanches relevées, mes doigts la cramponnant fermement.

Oh mon Dieu.

Elle est la sauveuse et la tentatrice, et je ne sais plus à laquelle j'ai besoin de me raccrocher.

En revanche, je sais une chose : *je veux les deux.*

52

DEKKER

Mes doigts dans ses cheveux, nous nous prélassons dans mon lit. Sa tête sur mon ventre et les couvertures négligemment ramenées sur nous. Je sais qu'il doit partir bientôt. Il faut compter le temps du trajet en métro jusqu'à la patinoire des Jacks à Jersey en plus de l'échauffement précédant le match, mais nous n'en parlons pas. Pas plus que nous n'évoquons ses récentes confidences, et ce que nous avons ensuite partagé à travers le sexe. Parce qu'il ne s'agissait pas seulement de sexe. C'était tellement plus qu'un échange physique et nous avons chacun nos raisons d'avoir peur de l'admettre.

Alors, allongés depuis un certain temps, nous attendons que les choses se tassent, laissons la confusion et le chaos céder le pas à une impression plus appréhendable. À une base sur laquelle progresser.

– Il est mourant. Mon frère.

Ce sont les premiers mots qu'il prononce, et je suis sûr que ce sont les plus ardus qu'il ait jamais eus à s'avouer.

Certes, tout le reste requérait des efforts, mais admettre que son frère est à l'article de la mort implique de ne pas se voiler la face. De réaliser qu'il va disparaître.

– Je sais, je murmure en posant un baiser dans sa paume. Je suis là pour toi. Je serai là le moment venu.

Je n'en dis pas plus. C'est tout ce que j'ai besoin de dire, parce que nous touchons au cœur du problème. La colère de Hunter. Son exigence. Son défi.

Il a fait une promesse à son frère et il s'inquiète que ce dernier n'ait pas le temps de la voir se concrétiser.

C'est ce qui donne du sens à tout.

53

DEKKER

Il joue avec une assurance sereine, ce soir.

Son style révèle l'arrogance inébranlable qui est la signature Mad Dog Maddox, mais il émane aussi de lui une paix que je n'ai pas discernée depuis une éternité. Je sais que sa quiétude provient en partie du fait qu'il joue à domicile après un long déplacement. Les fans, les hymnes, le soutien. Mais j'aime penser que ce n'est pas étranger à ce que nous avons partagé ces dernières vingt-quatre heures. Ce qu'il a avoué, appris et entendu. J'effleure mes lèvres, où la tendresse de son baiser, juste avant de partir cet après-midi, est encore palpable. L'expression dans ses yeux – gratitude, compréhension, et quelque chose de bien plus profond auquel j'ancre mon espoir – emplit mon cœur de bonheur ce soir. Enveloppée dans une couverture imprégnée de son odeur, je le regarde décrocher une place en séries éliminatoires pour la première fois de l'histoire des LumberJacks, espérant que quelque part, dans la banlieue de Boston, Jonah soit également devant son poste.

54

HUNTER

PAPA: IL ÉTAIT GRAND TEMPS. Heureusement que tu avais Maysen pour t'épauler ce soir, sinon tu n'aurais jamais marqué ces trois points. Il va te falloir t'entraîner plus dur pour prétendre arriver en finale.

DEKKER: Ahurissant. Chaque minute de chaque période, tu as été phénoménal. Félicitations, tu as décroché une place assurée aux éliminatoires !

L'ALCOOL COULE À FLOTS au *Dante's Inferno*, le bar qui fait office de repaire après les matchs. La salle sombre déborde de monde, mais nous réussissons à nous regrouper dans l'arrière-salle, où les serveurs nous connaissent, savent ce que nous commandons, qu'il nous arrive de nous déchaîner et que nos pourboires sont rondelets.

La tête appuyée contre la banquette, je ferme les yeux. J'étends mes jambes, chevilles croisées, les deux sms se rejouant dans mon esprit.

Curieusement, l'un des deux prend le dessus. Pour la première fois depuis longtemps, quelque chose étouffe le négatif.

– Hé, Cap, tout baigne ?

Katzen se faufile sur la banquette en face de moi et sourit.

– Je suis en bonne voie pour rouler sous la table, c'est déjà ça.

– Comme nous tous, non ?

Son rire insupportable retentit.

– Tu nous as offert des arrêts exceptionnels, ce soir, Katzy.

– Et toi, tu as joué comme ça ne t'était pas arrivé depuis un sacré bail.

Son verre au bord des lèvres, il imite ma posture. Puis, la tête sur le côté, il m'examine.

– Un problème ? dis-je.

– Qu'est-ce qui t'est arrivé ? Tu as trouvé des solutions aux grands défis de l'existence ? Rencontré le Messie ? Léché une chatte tellement juteuse qu'elle t'a purifié le corps et l'esprit ?

– Seigneur, je fais dans un rire, imperméable à la grossièreté de mon gardien de but.

– Quoi que ce soit, ne change rien. (Il écrase si bruyamment sa main sur la table que je sursaute.) Par superstition et tout le toutim.

– Très drôle.

– Sans rire. C'est sympa qu'on fasse la nouba tous ensemble, plutôt que l'un de nous soit obligé de t'avoir à l'œil, de crainte que tu frappes un gars, un supporter ou je ne sais qui parce qu'il t'a regardé de travers.

– Je vois.

En toute honnêteté, je ne sais pas quoi répondre. Mais soudain, je réalise que mon attitude déplorable a grandement affecté mon équipe. Étais-je à ce point ingérable que l'un de mes coéquipiers se voyait contraint de me surveiller après chaque match ? Même après une victoire ?

Putain. *Pourtant, ils sont restés fidèles.*

Rien ne me l'a démontré plus clairement que les tapes d'encouragement dont ils m'ont couvert quand je me suis dressé sur le banc des vestiaires pour les congratuler la semaine dernière. Est-ce ce qui fait la différence, ce soir ? Que je me joigne aux festivités ? Que je sois apte à croire que j'ai fait un bon match et bien piloté mon équipe ? La dynamique, la camaraderie, nous tous. Je devrais me sentir coupable. La pilule n'est pas facile à avaler.

Katz crie quelque chose que je n'entends pas, sûrement parce que je suis distrait par mes pensées, l'alcool, le niveau sonore du pub.

– Pardon ? je fais alors que Maysen se précipite vers notre table.

Des cris de joie se font entendre tandis qu'il pose deux petits verres devant nous.

– Putain, ouais ! Nous avons décroché notre place aux éliminatoires, bébé !

– Cul sec ! réclame Maysen.

Je ris avec lui. Je bois avec eux. Ce faisant, je continue de cogiter sur les remarques de Katz, et je me demande pourquoi j'ai joué différemment ce soir.

Dans le fond, je le sais.

Sur la glace, le poids, bien que présent, semblait moins lourd qu'avant.

La culpabilité d'être là et pas Jonah, encore forte tandis que j'accédais aux éliminatoires, je secouais les bouteilles de champagne dans les vestiaires, mais je commençais à voir au-delà de ce sentiment.

La rancœur du message de mon père était adoucie par le sms suivant, celui de Dekker.

Quantité de changements en un court laps de temps, mais bon sang, ça fait un bien fou. Je me sens tellement mieux. Et cela s'est ressenti dans mon jeu. Aussi dans ma relation avec mon équipe. Les émotions – tristesse, culpabilité, colère, douleur – sont toujours présentes, mais moins… bruyantes.

Dévorantes. Après seize années de retenue, elles sont pour ainsi dire allégées. Le changement me paraît brusque, mais je sais qu'il s'est opéré graduellement… et à la faveur d'une seule personne.

Une personne qui m'a vu tel que je suis et a cru en moi.

Je me repousse de la banquette.

– Mollo, mec. Qu'est-ce qui te prend ? bredouille Katz en me scrutant, les yeux à moitié fermés, une pile de verres vides sur la table entre nous. T'es monté sur ressort ou t'as une fusée dans le pantalon ?

– Tout roule. Je… faut que j'y aille, dis-je en trébuchant.

– T'iras pas bien loin, rit-il si fort qu'il couvre le bruit ambiant et que les gars tournent la tête vers nous. Ne perds pas le type qui était avec nous ce soir. Il… tu étais génial.

En riant, je brandis mon majeur au-dessus de ma tête.

– Pourquoi tu te casses ? crie Finch alors que je passe devant une tablée de coéquipiers.

– Trucs à faire, dis-je, bien que mon départ soit sans relation avec une quelconque obligation.

Il est entièrement lié à la personne avec laquelle je veux trinquer.

Cette fois, quand je frappe à sa porte à une heure du matin, le besoin qui m'anime n'est plus le même.

Cette fois, je viens pour partager quelque chose avec quelqu'un.

Cette fois, je la veux près de moi.

55

DEKKER

Quand j'ouvre la porte, je ne sais pas trop quel Hunter Maddox je vais accueillir. Sa façon de toquer à une heure du matin m'a surprise, mais son apparence, encore plus.

– Salut !

Je ne combats ni le grand sourire que suscitent ses cheveux en broussaille, son regard vitreux, ni l'afflux d'émotions qui m'inonde en le voyant sur le seuil de ma porte, une nuit qui est manifestement capitale pour lui.

– Que fais-tu là ?

– J'ai trop bu.

Il hausse les épaules, geste qui lui fait perdre l'équilibre.

– J'ai remarqué.

Je m'appuie contre la porte entrouverte et déteste que son sourire penaud me fasse cramponner la poignée au lieu de l'attirer dans mes bras ainsi que j'en ai terriblement envie.

– Nous avons gagné.

Une simple constatation, mais l'émotion sur son visage est si pure, si apaisée qu'elle me réchauffe le cœur. Elle nourrit l'espoir que certains de mes mots l'ont aidé à construire un pont entre son auto-enfermement et son éventuelle liberté.

– Je sais. J'ai regardé le match.

– Et ?

– Et tu étais extraordinaire. L'un de tes meilleurs matchs depuis longtemps.

– Vraiment ? Tu trouves ?

Ses joues s'empourprent et son sourire de petit garçon me tue de toutes les manières possibles – mais toutes plaisantes.

– Aucun doute là-dessus.

– Je suis de retour, annonce-t-il, ce qui nous fait rire, étant donné qu'il revient physiquement chez moi mais qu'il fait référence à son retour symbolique sur la glace.

L'amusement passé, nous nous observons et je repense à sa façon de partir, quelques heures plus tôt. Sans mot ni mention de la direction que nous adopterons après l'expérience qui nous a certainement rapprochés. Juste une longue étreinte, puissante au point de parler pour nous.

Merci.

Je suis là pour toi.

Où en sommes-nous ?

Où allons-nous ?

Mais quand il s'est écarté, nous avions tous les deux le sourire – ses yeux toujours cernés, ses épaules toujours voûtées par une culpabilité dont il ne se départira probablement pas, mais moins qu'en arrivant. Et c'est ce que j'espère. Gratter un peu plus à chaque fois. L'émousser petit à petit.

Qu'il soit là me conforte dans mon raisonnement. Ce que j'ai vu est réel quand, à cheval sur lui, je le menais à l'extase.

– Pourquoi es-tu chez moi, Hunter ?

Il se gratte la joue. Sourit en coin. Se balance sur ses talons.

– Ton lit est nettement plus confortable que le mien.

Sur ce, il me dépasse, traverse mon appartement et plonge lourdement sur mon lit en poussant le plus grand éclat de rire que j'aie jamais entendu.

Restée en retrait, je secoue la tête jusqu'à ce qu'il me remarque, saisisse ma main et me tire sur le lit.

– Viens là.

Mon cri aigu résonne dans la chambre, et si je ne doute pas que le baiser chaste mais alcoolisé qu'il fait claquer sur ma joue prenne d'autres proportions, rien de tel ne se passe. Hunter me serre contre lui, sa jambe et son bras rabattus sur moi, puis m'étreint encore plus étroitement.

– Mmm, suis fourbu.

– D'accord, jeune soûlard.

– J'ai trop bu, je sais, murmure-t-il. Et tu es aussi confortable que ce lit.

Et pour la seconde fois en autant de nuits, Hunter Maddox s'endort auprès de moi.

À ce rythme, il va me falloir des verrous plus solides pour protéger mon cœur, compte tenu du gros morceau qu'il détient déjà.

On ne prévoit jamais de tomber amoureuse. Un beau matin, on se réveille et c'est là, en haute définition.

Ce que ma sœur avait raison !

56

DEKKER

KINCADE SPORTS MANAGEMENT
NOTE DE SERVICE
BILAN DES NOUVELLES RECRUES

* signale les urgences

ATHLÈTE	ÉQUIPE	SPORT	AGENT	AVANCEMENT
Alex Redman	n/a	Football	Chase	1er contact
Desi Davalos	n/a	Basket-ball	Chase	En pourparlers
Harry Osgood	Rays	Base-ball	Brexton	RDV pris
Michelle Nguyen	n/a	Football	Brexton	Conditions en négociation
*Hunter Maddox	Jacks	Hockey	Dekker	Zéro négo, juste du sexe
Vincent Young	Rams	Football	Dekker	Contrat envoyé

J'EXAMINE MA RÉPONSE et m'apprête par quatre fois à la supprimer.

Ce n'est pas pro.

Ce n'est pas mon style d'inscrire ce genre de remarque et de l'envoyer.

C'est méchamment impudique.

Bien que ce soit vrai, personne ne le sait. Mais vu comme ils m'ont chambrée, ils le méritent. Entre les tableaux des bilans, les commentaires ridicules et les sous-entendus du lundi matin, lors de la réunion hebdomadaire, suivis de sms sollicitant des détails croustillants, c'est le moins qu'ils méritent.

Après lecture de mon commentaire – *zéro négo, juste du sexe* – soit ils me bombarderont de questions, soit ils me laisseront tranquille.

Mon père croira à une plaisanterie.

Mes sœurs ? Je gage qu'elles me ficheront la paix.

La question est de savoir si elles arrêteront parce qu'elles pensent que c'est vrai ou parce qu'elles me croient fâchée.

57

HUNTER

– HELLO, JONAH. COMMENT TU VAS aujourd'hui ?

À quoi je reçois une réponse succincte – un R laborieusement articulé – et malgré mes larmes, un sourire éclaire mon visage.

– Tu y crois ? Les éliminatoires ont lieu la semaine prochaine. La semaine prochaine. Ça semble irréel et je ne sais pas, J, c'est dément.

Je me passe la main dans les cheveux et regarde la neige tomber par la fenêtre. Le paysage paraît si paisible même si, en réalité, cela perturbe le quotidien de nombre de gens.

– Les Titans sont retors, mais j'ai étudié leurs vidéos et cartographié leur défense et leurs déplacements dans ma tête, alors je pense que nous sommes au point. Tu sais que si nous parvenons en finale, tu seras là. Je ferai tout ce qu'il faut pour ça.

Et je le pense. Je ne reculerai devant rien, engagerai une équipe médicale ambulante au besoin, mais il sera présent.

– Il y a autre chose que j'aimerais te dire et je ne sais pas… c'est pas croyable, mais j'ai rencontré une fille. Je sais. Cache ta stupéfaction.

Je ris, la raison de lui parler d'elle me rend nerveux. Partagé entre la peur de l'attrister et vouloir, avoir besoin qu'il sache et fasse partie de ma vie plus que jamais.

– Elle est tout ce que tu dirais que je ne mérite pas, mais bon... je crois qu'elle fait de moi une meilleure personne. Un meilleur homme. Je la connais depuis des années, mais le déclic ne s'est produit que récemment. C'est sûr que ça me terrifie, mais c'est top, après un match, de pouvoir me couper des critiques extérieures parce que son opinion est la seule qui compte. Elle s'appelle Dekker. Tu sais, la Dekker avec qui je frayais il y a deux ans et que tu as rencontrée à un match, mais mon pote... c'est inédit pour moi. Je suis conquis. Elle est... elle est tout et...

– Hunter ?

– Maman ? je fais, surpris et un peu contrarié qu'elle nous interrompe. Quoi... ?

– Que viens-tu de dire à ton frère ?

– Je... euh... pourquoi ? je bredouille, guère disposé à me livrer à une tierce personne.

Je n'ai même pas révélé à Dekker mes sentiments pour elle.

– Il affichait un sourire immense, je ne l'ai pas vu sourire comme ça depuis une éternité.

J'entends le soulagement exalté dans sa voix, et ma poitrine se serre à ses mots.

– Vraiment ?

– Mais oui. De quoi parlais-tu ? insiste-t-elle.

– Certaines choses doivent rester entre frères, dis-je, mon propre sourire s'élargissant à la phrase que je n'ai pas employée depuis des années.

J'entends sa courte inspiration et je sais qu'elle se fait la même réflexion.

Et peut-être que, ne serait-ce qu'une seconde, nous pouvons tous deux oublier l'accident et je peux me réjouir que Jonah ait souri à l'évocation de Dekker.

Ce n'est pas rien pour moi.

Quand je raccroche une demi-heure plus tard et me rends à l'entraînement, je ne pourrais pas me sentir de meilleure humeur.

58

DEKKER

– Tu m'expliques pourquoi tu nous as amenés ici ?

Hunter me lance un regard sans cesser d'agiter une clé qui ouvre une serrure d'aspect usagé, dans un lieu négligé de longue date.

Sur le parking, de la mauvaise herbe envahit les fissures, la peinture extérieure du bâtiment industriel s'écaille par larges spirales tandis que de gros morceaux jonchent le sol.

– Viens.

Sa brève réponse pique ma curiosité. Néanmoins, je le laisse ouvrir la marche au cas où un croque-mitaine surgirait des ténèbres. Mais à l'instant où je franchis l'entrée, je sais exactement ce qu'est cet endroit : une ancienne patinoire.

Contrairement à l'extérieur délabré, l'intérieur est plutôt bien conservé. Les murs et les gradins sont gris, la barrière séparant ce qui était jadis la piste et les gradins d'un blanc jauni, mais on peut deviner son apparence d'autrefois.

– Tu ne me feras pas croire que tu t'entraînes ici, je lâche en marchant sur la piste que la glace devrait recouvrir, alors qu'il allume les projecteurs pour remplacer la lumière naturelle que le plafond vitré ne filtre pas.

– Je n'essaierais pas.

– Je pensais que tu m'invitais à sortir pour m'apprendre certaines de tes astuces de hockeyeur déjanté.

– Mes astuces de hockeyeur déjanté ? répète-t-il en faisant un pas vers moi.

– Hunter, l'homme au bonnet complètement barré, nettement supérieur à la moyenne.

Instinctivement, mon bras s'enroule autour de sa taille sitôt qu'il presse un baiser chaste sur mes lèvres.

Ces gestes simples nous viennent tout naturellement. Comme lui frappant à ma porte après une rencontre à domicile. Sans en avoir parlé, sans rien devoir mettre au point, il saute dans le métro à Jersey et débarque à Manhattan. Sans rien planifier, nous finissons par traîner ensemble, faire une virée en voiture ou papoter au téléphone jusqu'à pas d'heure, malgré mon agenda professionnel chargé et ses matchs plus ses entraînements.

C'est à la fois amusant, exaltant, effrayant et émouvant de passer d'un mode de fonctionnement centré sur soi-même à, soudain, penser en termes de « nous » sans avoir de discussion à ce sujet.

Alors que nous explorons la patinoire désertée et nous rapprochons du centre de la piste, je sais qu'il a changé au cours des quelques semaines de notre relation, quelle qu'elle soit, en mieux, je crois.

– Alors comme ça, c'est ta façon de te rappeler d'où tu viens avant les premiers matchs de finale ?

– Si je retraçais mes débuts, je t'emmènerais sur une patinoire à ciel ouvert, tu aurais les doigts gelés avant même de pouvoir enfiler tes gants. Les lumières s'éteindraient régulièrement, et sur une chaise au bord, mon père jouerait du sifflet en nous ordonnant d'enchaîner les séries suicides. (Son doux sourire me dit que c'est un souvenir heureux.) Alors en un sens, oui… il manque juste le froid.

– Ce complexe aurait besoin d'une sérieuse rénovation, dis-je en contournant la piste, mes bottes résonnant dans l'espace.

– Je songe à l'acquérir.

Je suis sidérée.

– Tu comptes l'acheter ? dis-je en riant, mais lorsqu'il se tourne vers moi, affichant son sourire en coin, je constate qu'il ne plaisante pas.

– Ouaip.

Il hausse les épaules et se rapproche, l'émotion embrumant ses yeux.

– Qu'est-ce que tu ne me dis pas ? je fais en me glissant à son côté.

– C'est une idée absurde. N'y pensons plus.

Il commence à s'écarter, mais je le rattrape par la main.

– Je trouve ton idée fabuleuse.

Je m'écarte un peu de lui et parviens à distinguer le potentiel en faisant abstraction de la poussière et de son état de négligence. Quand je me retourne vers lui, je sens son inconfort.

– Pourquoi cette gêne ? Tu peux tout me dire.

– Je crois que c'est déjà fait, murmure-t-il, le regard aussi paisible que la voix.

Je hoche la tête.

– C'est de bonne guerre.

En fait, ça ne l'est pas. Rien n'est juste dans cette vie, et si Hunter est particulièrement bien placé pour le savoir, ma peur d'admettre que je l'ai un peu trop laissé entrer dans ma vie flotte dans le fond de mon esprit.

Je me dirige vers la partie opposée de la patinoire et passe mon doigt dans la poussière qui recouvre le bord du muret. Les souvenirs, rapides et vifs, sont d'un genre que je préfère conserver dans le tréfonds de ma mémoire…

sauf qu'il partage les siens avec moi. Il s'ouvre à moi, tandis que je continue de le tenir à distance.

Pour le moins paradoxal.

– Pendant très longtemps après le décès de ma mère (je m'éclaircis la voix), j'ai cru être la cause de sa mort.

Des mots difficiles à articuler. J'apprécie qu'il garde le silence pour me laisser le temps de m'exprimer à mon rythme.

– Nous jouions avec des battes de base-ball gonflables. Mes sœurs et moi les avions gagnées à Coney Island sur un de ces stands où il faut dépenser dans les vingt dollars pour gagner une babiole.

Avec un sourire doux-amer, je me remémore ce jour. Le parfum de crème solaire et de nourriture frite embaumant l'air. Nos chamailleries de sœurs, pendant que nos parents déambulaient devant nous, main dans la main, riant avec légèreté.

– En rentrant, nous étions vraiment pénibles, sûrement ingrates… et j'ai refusé de me doucher. J'étais trop occupée à faire je ne sais quoi, dis-je alors que je sais pertinemment à quoi je m'occupais. J'échangeais des textos avec mon béguin du moment, parce que, horreur absolue, mes parents avaient organisé une sortie en famille au lieu de me laisser à la maison où j'aurais passé mon temps à attendre de recevoir un sms de lui. Ma mère est montée me dire que je devais passer à la salle de bains, que mes trois sœurs attendaient… et les choses ont dégénéré. Au début, elle a juste pris la batte en plastique et m'a tapoté le derrière pour plaisanter, mais alors je me suis emparée de celle de ma sœur posée sur son lit, et je l'ai tapée dans le dos. Nous nous sommes livrées à un combat d'épée avec ces battes absurdes. Nous nous frappions partout : la tête, le dos, les jambes jusqu'à être obligées d'arrêter tellement nous étions tordues de rire.

Je souris. Je peux encore l'entendre rire, m'appeler Dekky-Doo, ressentir le nœud au ventre quand, au milieu de la nuit, les sirènes d'une ambulance et les pleurs paniqués de mon père m'ont tirée du sommeil.

– Que lui est-il arrivé ? demande Hunter en se rapprochant de moi.

Emportée par mes souvenirs, je réalise soudain qu'il se tient tout près.

– Elle a été victime d'une rupture d'anévrisme sévère durant la nuit. Pendant très longtemps, j'ai cru que c'était à cause des coups sur la tête que je lui avais donnés avec la batte gonflable. Je n'en ai parlé à personne, je croyais qu'ils me reprocheraient de l'avoir tuée.

– Dekker.

Mon nom est un soupir résigné, alors qu'il pose la main dans le creux de mes reins.

– Je sais désormais que ce n'est pas de mon fait mais, à l'époque, j'étais dévastée. Je m'inquiétais que la police m'arrête pour meurtre, que ma famille me haïsse d'avoir gâché leur vie. (J'appuie la tête sur son épaule.) Je n'ai confié à mon père que j'avais provoqué sa mort que bien des années plus tard.

– Comment a-t-il réagi ?

Je soupire lourdement.

– Avec une effusion de larmes et d'étreintes pour me rassurer, il me répétait que ce n'était en aucun cas ma faute… mais je m'inquiétais quand même.

– Je suis désolé.

Il presse un baiser sur ma tempe et la chaleur de son souffle caresse ma tête.

– Ne le sois pas. Je suppose que c'est la vie. On vit en pensant qu'on sait une chose, jusqu'à ce qu'on en apprenne une autre. La culpabilité peut être une garce malveillante, mais elle peut aussi rapprocher les gens.

Un silence nous enveloppe. Rempli de respect mutuel et de compréhension alors que nous sommes emportés par notre passé, nos souvenirs et les motifs de notre sentiment de culpabilité.

– Fini la tristesse, je déclare soudain, prise du besoin de me ressaisir. La tristesse n'est sûrement pas ce qu'il te faut avant le grand match de demain. Comment sens-tu la rencontre ? Tu n'en as pas vraiment parlé.

– Je la baptiserai du nom de mon frère, tu sais. (Déstabilisée par ce revirement, il me faut un instant pour déduire qu'il est question de la patinoire.) Le complexe sportif Jonah Maddox. Nous en ferions le premier établissement d'entraînement de para-hockey, dit-il en évoquant le sport adapté aux personnes à mobilité réduite. Nous proposerions des colonies pour enfants paralysés, pour leur permettre d'oublier temporairement qu'ils sont confinés dans leur fauteuil. Gratuit pour les familles. J'inviterais des joueurs de mon équipe et des amis de la Ligue à intervenir auprès d'eux. Tout serait adapté. L'équipement, l'accès, tout ce que les gamins qui veulent jouer ne trouvent pas ailleurs.

Mon cœur gonfle, et je ne peux pas cacher mes larmes en sentant sa détermination à rénover cet espace. Et quand il me regarde, lui aussi les yeux humides, mon cœur enfle tant qu'il déborde presque de ma poitrine, atterrissant à ses pieds.

Non que cela m'ennuie, vu qu'en cet instant, je sais qu'il lui appartient déjà en grande partie.

– Je pense que ce sera extraordinaire.

Je souris à travers mes larmes en même temps qu'il noue nos doigts. Geste d'une grande simplicité scellant un moment intime, parfait. Calme et délicat.

– Tu crois ?

Je hoche la tête, réalisant qu'à travers ce projet, il fera vivre son frère éternellement. C'est sa façon de le garder auprès de lui lorsque la vie terrestre ne le pourra plus.

– Quel meilleur moyen pour qu'il continue de faire partie du sport qui le passionne et de rester avec son meilleur ami ?

Son sourire est spontané. Le mouvement de sa pomme d'Adam reflète l'émotion qu'il tente de contenir.

– Je pense que tu pourrais même fonder une association caritative à son nom, une sorte de bourse ou quelque chose dans cet esprit. Cela permettrait à ta mère de s'impliquer. Ce serait comme un exutoire pour elle après…

Le décès de Jonah. Je tords la bouche et déteste que cette pensée me soit venue, mais je ne peux pas l'imaginer consacrer à sa vie à une personne puis, soudain, se retrouver seul face à un avenir, sans la personne que l'on chérissait. Je détourne mon regard sitôt que ma voix s'éteint, parce que Hunter sait ce que j'allais dire, et je me sens minable.

– C'est une bonne idée, dit-il doucement mais avec sincérité.

– Cet endroit ne sera pas seulement l'héritage laissé par Jonah, dis-je en pressant sa main, mais ce sera aussi le tien.

59

HUNTER

– Coucou Maddox.

Tandis que je me dirige vers les vestiaires, sa voix me déconcentre et me coupe dans mon élan.

Faisant demi-tour, je la trouve appuyée au mur. En jean.

– Où est ton attirail des Jacks ?

– Où est ta Stanley Cup ? réplique-t-elle, avec un large sourire, sur un ton badin me rappelant que durant le match des Darmouth, elle m'a garanti qu'elle ne s'accoutrerait à nos couleurs que si je rapportais la Coupe.

Je ris en m'approchant.

– J'y travaille. D'ailleurs, que fais-tu là ? dis-je, désorienté et surpris de la voir, en passant par toutes les émotions intermédiaires qui me parcourent.

– Tu pensais sérieusement que je raterais ton premier match éliminatoire ?

– Tu as évoqué un rendez-vous avec un client…

– Je sais ce que j'ai dit, murmure-t-elle, la tête inclinée sur le côté.

Le soleil glorifie sa chevelure, sa blondeur luit tel un halo. Un tambourinement dans ma poitrine atteste qu'elle suscite en moi des réactions stupéfiantes.

– Je suis quand même là.

– Tu fais l'impasse sur tes devoirs d'agent ? Pauvre client !

– Faire l'impasse sur ses devoirs d'agent est plutôt l'apanage de Sanderson.

Bien qu'elle plaisante, le message est clair. Pour la première fois depuis cette soirée qui semble dater de nombreux mois, elle fait allusion à son activité, à la possibilité de me représenter ou à l'incompétence de Sanderson. Le soir où, devant je ne sais plus quelle patinoire, elle m'a révélé la raison de sa visite. Et aussi sa peur de gâcher ce qu'il y avait entre nous en jouant cartes sur table.

– Sanderson n'assure pas ? dis-je, sourire aux lèvres.

– À ce qu'on raconte.

Elle hoche la tête.

– Et toi ? Tu excelles en toutes circonstances ?

Le glissement paresseux de sa langue sur sa lèvre inférieure et l'air lascif dans ses yeux en disent long sur la nature de ses pensées. Elle songe à la dernière fois, ses lèvres aspirant mon érection, ses doigts serrant agréablement mes valseuses.

– Si tu ressens le besoin de poser la question, c'est que je m'y prends mal.

Le sexe exsude de sa voix, son sourire langoureux est dans la même tonalité.

Je grogne pour toute réponse.

– Commence par gagner le match. Ensuite, nous verrons si j'excelle.

– Nous allons gagner. Je ne me fais aucun souci. Après quoi j'évaluerai ta dextérité.

Je jette un regard derrière moi et fais signe à Katz qui entre dans la patinoire.

– À propos, Dekk ?

– Mmm ?

Je fais un pas et me penche vers elle.

– Je n'ai jamais abordé la question de l'agent, car tu as déclaré que c'était l'un ou l'autre. Toi avec moi ou toi en tant que mon agent. Je ne sais pas trop si le choix reste valide.

– Oh.

La stupeur arrondit ses lèvres, et j'en profite pour lui chiper un baiser avant de reculer, tout sourires.

– Merci d'être venue. Faut que j'y aille, je lance avec un clin d'œil.

– Bonne chance, crie-t-elle alors que je m'éloigne. Hé, Cap ?

– Ouais ?

Je me retourne pour m'accorder une dernière image d'elle.

– Prends le temps de tout absorber. Ça passera en un rien de temps, et je veux que tu t'en souviennes.

Je hoche la tête et me retourne vers la porte.

– N'oublie pas Maddox : fermeté, habileté, finesse.

Je m'esclaffe.

Je me sens nerveux alors que je ne suis jamais anxieux.

Les crosses frappent la glace, le seul genre de tapement que nous parvenons à entendre depuis la zone ; pourtant à cette seconde, j'entends tout.

Le public.

Le brouhaha.

Je scrute les gradins, les spectateurs. Les gamins qui aspirent à devenir comme moi un jour. Les pères et leurs filles à qui ils enseignent les tenants et les aboutissants du match. Les groupes d'étudiants en mal d'excuse pour se saouler et chahuter un joueur. Les familles en quête de divertissement.

J'assimile tout.

Les bruits, les images, l'excitation.

C'est pour toi, Jonah. Et pour une fois, je peux te voir sourire.

Je vais faire ta fierté.

Alors peut-être… peut-être que c'est pour nous.

60

DEKKER

Tous les regards sont braqués sur moi.

– Alors ? demande Brexton, sourcils levés.

– Alors, quoi ? dis-je en feignant d'être captivée par mes notes, bien qu'elles soient sans rapport avec notre réunion-bilan.

– Hunter ? Le client que tu… (Chase tousse) *zéro négo, rien que du sexe*, euh… démarches.

Mes joues s'empourprent.

– Eh bien ?

Comme elles sont les reines des chipoteuses, pour une fois, je m'amuse à faire des difficultés.

– Ces derniers mois, les comptes-rendus hebdomadaires portent à croire que tes mains étaient moins enclines à nous tenir informées qu'à (après un regard à notre père, elle hausse les épaules d'un air contrit avant de me regarder dans les yeux) s'occuper de Hunter.

Elle décoche un sourire froid et insensible, tandis que nous autres partons d'un rire étranglé par le choc.

– Sérieusement, Chase ? Tu veux que je dresse la liste de tes exploits ? Parlons un peu de tes…

– Mesdames !

La voix de mon père retentit dans la salle de conférences, et le volume sonore de nos chamailleries passe d'un coup du niveau alerte jaune au silence le plus plat. Nous nous orientons toutes vers lui.

– Restons concentrés sur le sujet de notre réunion, compte tenu que vous êtes toutes certainement très occupées. N'ai-je pas raison ?

– *Occupées ?* s'étrangle Lennox en riant. Dekker semble littéralement *débordée.*

Nouvel éclat de rire. Je me gratte la joue en gardant mon majeur dressé.

– Allez-vous faire foutre.

Triste choix de mots, ce dont je m'en rends compte un peu tard.

– Vocabulaire pour le moins approprié, observe Brex.

– Tout cela est hilarant jusqu'à ce qu'il faille affronter les conséquences, minaude Chase de sa voix guillerette qui m'insupporte. Alors dis-nous, Dekk... où en es-tu avec Hunter et sa crosse ?

Je me lève, marche vers la fenêtre, pétrie d'embarras, sur la défensive, détestant ne pas avoir de progrès à annoncer. *La chouchoute a échoué.*

Je suis douloureusement consciente qu'ils fixent tous mon dos, pendant que je scrute les nuages amassés à l'horizon et me demande si nous assisterons au déluge sous peu.

– Dekk ? fait mon père.

Le moment est venu de braver la tempête.

– Je commencerai par rappeler que si votre charge de travail est restée inchangée, je suis devenue le cobaye humain de l'opération « Dégager Sanderson », dis-je en me retournant, bras croisés.

Appuyant mes hanches à la console dans mon dos, je les regarde chacun leur tour dans les yeux.

– Regarde Sanderson de cette façon et il disparaîtra sous terre, marmonne Lennox. Problème résolu.

Mais c'est le « s'te plaît » que Chase murmure qui nous fait pouffer de rire.

– J'ai un rendez-vous dans vingt minutes dans cette salle, poursuivons, avertit mon père, après quoi nos rires s'éteignent lentement.

– Hunter Maddox.

Je prends une longue inspiration et atermoie entre la vérité, une presque vérité et lâcher officiellement mon père.

– Il sait que je le chasse. Il sait qu'il nous intéresse…

– Doux euphémisme, raille Lennox, mais lorsque je croise le regard de Brexton, son sourire m'encourage à poursuivre.

– Pour tout vous dire, il sait pourquoi je suivais l'équipe. Il a saisi mon objectif, mais il traverse une période difficile. Je l'aide à la surmonter. Je suis…

Amoureuse de lui. Ma respiration se coupe face à l'évidence que j'élude depuis ce qui semble des jours mais qui se compte en réalité en années. Cillant, je repousse mes larmes en espérant qu'elles aient échappé à leur attention. Mes mains se crispent, cachées sous mes coudes, croisées pour ne pas laisser paraître mes émotions. Jamais je ne les dévoile…

… je lis en toi comme dans un livre ouvert.

La voix de Hunter rejaillit des premiers jours du voyage, et je souris parce qu'il a raison. Je ne les lui cache pas.

N'est-ce pas révélateur ?

Je tords la bouche, affronte le regard de chacune de mes sœurs et redresse le dos.

– Il prépare les matchs ultimes, changer d'agent n'est pas sa première préoccupation.

C'est vrai… même si l'enjeu est bien plus vaste.

Pour moi.

– Il n'avait pas encore accédé aux éliminatoires quand tu les as retrouvés, ça ne tient pas la route, conteste Lennox, sourcils haussés.

Je me retiens de la fusiller du regard. À grand-peine, mais j'y parviens.

– Exact. D'ailleurs je m'emploie à l'approcher depuis tout ce temps, en plus de gérer mes clients habituels. N'empêche que je ne peux pas vous dire comment ça se terminera. J'aide l'homme avant de penser à l'athlète, contrairement à ce que vous espérez. Je lui montre que je suis là pour lui.

J'inspire profondément avant de me confronter au regard de mon père. Cela fait, je ne vois pas trace du désappointement que je m'attendais à recevoir… à la place, je discerne des questions non formulées.

– Je sais que je suis agent, que mon job consiste à le recruter et plus généralement, à nous aider, mais je suis aussi une personne qui ne saurait presser un autre être humain qui souffre.

Son hochement de tête est aussi réservé que son regard, le muscle de sa mâchoire tremblote.

– Donc… lâche Lennox, que pouvons-nous en conclure ? Attendu que tout a été dit et fait ? J'actualise son statut dans le fichier pour toi ?

J'ouvre la bouche pour fournir une réponse vague, mais mon père me coupe.

– Les filles, vous me laissez un moment seul avec Dekk ?

Certainement hérissées par sa requête, conclure la réunion alors qu'elles sont probablement surchargées de travail prime sur l'irritation.

– Chouchoute, lance Brexton avec un clin d'œil au moment de refermer la porte, une fois mes sœurs parties.

– Assieds-toi, dit mon père.

– Je préfère rester debout.

– Assieds-toi.

Comme il a recours au ton paternel, pas à celui du directeur, je me glisse à contrecœur sur un fauteuil à l'exacte extrémité de la table. Si mon échec l'irrite, j'ai à mon avantage la distance, et s'il commence à me questionner, je peux espérer que l'espace camoufle l'émotion dans mes yeux.

– Que puis-je faire pour toi, papa ?

– Rien.

Je ris.

– Rien ? Alors pourquoi m'as-tu demandé de rester ?

À son tour, il s'enfonce dans son fauteuil et m'examine. Il joue avec son stylo, laissant le temps s'étirer.

– Qu'as-tu à me demander, Dekk ? interroge-t-il de cette façon qui dit qu'il devine précisément la nature de mes besoins sans que je doive prononcer un mot.

Il n'a pas tort.

J'ai tellement de questions.

Certaines me préoccupent dans les moments où le doux ronflement de Hunter emplit ma chambre aux petites heures du matin. D'autres me taraudent lorsqu'il fond en larmes.

– Comment se fait-il que tu ne te sois pas remarié après le décès de maman ?

Il paraît surpris et je sais que ma question le prend au dépourvu.

– Je n'ai jamais rencontré quelqu'un que j'aie envie d'épouser.

– Mais tu n'as fréquenté personne.

Il hoche la tête, sa bouche esquisse le plus tendre des sourires.

– J'ai fréquenté plusieurs femmes. J'ai connu des histoires de plusieurs mois, m'apprend-il à mon plus grand étonnement.

– Quand ? Avec qui ? Pourquoi ne suis-je pas au courant ?

– La dernière chose que je voulais pour mes filles était qu'elles pensent que je cherchais à remplacer leur mère. (Il pose le stylo.) Je sortais le soir. Quelquefois, des dîners avec des clients n'étaient pas vraiment des dîners avec des clients. Parfois, des voyages d'affaires étaient un peu plus que cela.

Oh mon Dieu. Je l'ignorais totalement. Comment ai-je pu être aussi naïve ?

– Je tombe des nues.

– Pourquoi ? Parce que ton vieux père a eu des amoureuses ou parce que…

– Parce que je ne m'en suis jamais doutée. Tu as mené cette vie secrète de tombeur, alors que je te plaignais de te sacrifier pour ta famille, dis-je avec humour.

– Tombeur, c'est vite dit. Votre bien-être, à toi et tes sœurs, comptait en premier lieu pour moi. (Son sourire me réchauffe le cœur autant que ses propos.) Autre chose te tracasse ?

– Tu en as aimé certaines ?

– Quelques-unes. Pas de la même façon que j'aimais ta mère. Bon, regarde un peu ce que nous avons créé ensemble. (Ses yeux s'emplissent de larmes.) Toi et tes sœurs, cette agence… mais oui, je pense en avoir aimé une ou deux.

– Je ne sais même pas quoi dire. Je suis soufflée.

– Pourquoi ?

– Tu n'avais pas peur de souffrir ? Tu n'étais pas…

Ma voix s'évanouit.

– Ah, fait-il, les doigts croisés devant lui, quand je pose enfin la question qu'il attendait.

– Quoi, ah ?

– Dekker, pour rencontrer quelqu'un, il faut accepter de s'exposer au chagrin.

Je l'observe un instant, cherchant un moyen d'apaiser le tumulte dans ma tête et d'ouvrir le dernier verrou qui enchaîne mon cœur.

– Pas ce genre de peine… quand…

Les larmes aux yeux, je tente de les repousser, alors que mon père quitte son fauteuil pour prendre celui qui se trouve à côté du mien. Il oriente mon siège face à lui, comme quand j'étais enfant et qu'il me grondait ou me faisait la morale.

– Quand l'être cher décède et que tu as l'impression de mourir intérieurement, que ton cœur ne se rétablira pas et aura encore moins de chance de se remettre à battre ?

Je ne me sens pas assez forte pour parler. Il se rapproche dangereusement de la vérité, alors j'opine, et ce faisant, une larme s'échappe.

– Cette peur perdure au fond de moi, parce que personne ne peut oublier ce genre de douleur, mais Dekk, c'est en rencontrant un nouvel amour que l'on sait que l'on n'est pas brisé. C'est comme cela que tu sais que ton cœur peut battre encore. C'est à la fois le remède et la fin. Pouvoir aimer à nouveau signifie que tu es toujours en vie.

Il essuie une larme sur ma joue, comme autrefois, ses mains me paraissent toujours aussi imposantes, bien que je sois adulte. J'appuie ma joue dans sa paume et son regard se verrouille au mien.

– L'amour est quelque chose de puissant, Dekker. C'est pour cela que tu es là. C'est pourquoi tu te donnes tant de mal pour me contenter. C'est pour cela que tu te bats obstinément avec tes sœurs. Mais c'est aussi une force infinie quand on trouve la personne à qui on a envie de donner son amour. N'aie jamais peur. Tu ne peux pas donner la moitié de ton cœur, cela équivaut à offrir ton cœur brisé. Non, tu dois tout donner et faire confiance à cette personne pour qu'elle le chérisse et le protège.

Quand on frappe à la porte, nous nous tournons en même temps vers l'origine de l'intrusion.

– Entrez, crie mon père.

Le choc me traverse quand Hunter pousse la porte et passe la tête à l'intérieur.

– Bonjour, Monsieur Kincade. Désolé de vous interrompre. Je me demandais si Dekker était disponible pour déjeuner.

– Inutile de vous excuser, assure mon père.

J'attends qu'il permute de père aimant à agent avisé quand il se dirige vers Hunter. Mais au lieu du revirement, il lui serre la main et lui tapote l'épaule.

– Vous avez l'air en forme. Pour la première série, c'est dans la poche. La seconde partie commence quand ? Demain ?

Hunter acquiesce.

– Exactement, Monsieur. J'ai quelques heures devant moi avant de me rendre à l'aéroport.

– Bonne chance. Vous en aurez besoin.

– Je n'en doute pas.

Mon père m'accorde un regard illisible avant d'adresser un mouvement de tête à Hunter et de quitter la salle.

Seule avec Hunter, je le regarde s'adosser à la porte close. Il a assorti son jean à un tee-shirt boutonné, à l'encolure bleu marine. Les cheveux soigneusement peignés, il arbore un grand sourire et je suis sûre que mon visage expose les émotions que je viens de partager avec mon père. À sa vue.

Pour qu'il les décrypte.

Pour qu'il réalise.

– Tu as du cran de te pointer ici.

Je ris en me rapprochant de lui.

Il hausse les épaules.

– Les agents se trouvent à la pelle.

– En ce cas, changer d'agent ne devrait pas avoir tellement d'importance, dis-je sans grand sérieux.

Mais alors, il me surprend en me tirant par la taille pour m'embrasser avec une délicatesse qui me coupe le souffle et stimule mon pouls.

– Salut, toi, dit-il en se redressant.

– Salut, toi.

Essoufflée, j'ai les genoux en guimauve. Comment peut-il susciter pareilles réactions aussi aisément ?

– Tu es ravissante. (Il effleure le revers de ma veste.) Dans le genre, « je vais te les briser, mais pas avant de les avoir suçotées ».

J'ai un petit rire gêné.

– Ça t'est réservé, Maddox.

– C'est bon à savoir. (Sa main longe mon buste et se pose sur ma hanche.) Je pensais que nous pourrions déjeuner sur le pouce avant mon départ.

Son attention, pour simple qu'elle soit, me touche plus que de raison, mais le fait est qu'il est venu à l'agence pour m'inviter, sans craindre ma famille. Donc, il se contrefiche de ce que pensent les autres.

La panique que je m'attendais à ressentir comme à chaque fois ne vient pas. Elle est trop occupée à être tranquillisée par les paroles de mon père et les mains de l'homme qui encadrent mes joues.

– Déjeuner ?

– Tu sais, ce repas entre le petit déjeuner et le dîner, taquine-t-il alors que je le regarde avec une sensation de normalité. J'ai faim. Toi aussi, j'imagine… alors, déjeunons.

– Volontiers. Merci pour l'invitation. (Je prends l'initiative de l'embrasser sur les lèvres.) Prépare-toi à ce que mes sœurs te tarabustent en sortant de la salle.

Son sourire s'illumine aussitôt, me procurant des sensations qui devraient être illégales.

– Elles ne m'ont pas loupé, tout à l'heure, mais tu sais aussi bien que moi (un clin d'œil) que je ne me laisse pas faire.

Je ris et, lorsque nous ouvrons la porte, Lennox patiente dans le couloir avec son téléphone.

– Ça ne t'ennuie pas de faire un selfie avec moi ? Ce serait génial de te montrer dans nos locaux sur Instagram, demande-t-elle avec un sourire mielleux.

– Len ! je l'avertis.

Toutefois, Hunter semble amusé et perplexe.

– J'imagine déjà la légende : La superstar du hockey Hunter Maddox en visite à l'agence KSM.

Elle lève les mains comme si elle la lisait sur une affiche.

– Arrête… je fais.

– Toi, arrête. Tu sais que Tête de Lard serait vert de rage s'il voyait Hunter ici.

– Tête de Lard ? questionne Hunter, puis il rit en réalisant de qui il s'agit. Sanderson, vous voulez dire ?

– Lui-même. Tête de Lard, réitère Lennox.

Je la pousse d'un air joueur.

– J'en déduis que tu as fait la connaissance de Lennox ? dis-je en le tirant par la main vers l'accueil.

– De toutes tes sœurs, confirme Hunter.

Je me demande si je dois m'inquiéter de ne pas avoir assisté aux présentations.

– Je crois que nous avons notre réponse, murmure Chase à l'instant où je passe devant elle.

Je ne peux que supposer qu'elle fait allusion à leurs soupçons sur ma relation avec Hunter.

Je suis sur le point de répliquer d'un trait d'esprit quand je surprends le regard de mon père, dans le fond du bureau. Assis bras croisés, le plus gentil des sourires aux lèvres, il ne me lâche pas des yeux. Au moment où il m'adresse un discret hochement de tête – presque son approbation –, mes pieds vacillent une fraction de seconde et je l'entends distinctement.

Donner la moitié de son cœur équivaut à offrir un cœur brisé… alors donne-le tout entier.

61

HUNTER

PAPA: PAS TROP MAL. L'une de tes meilleures performances, même s'il te reste encore d'énormes progrès à faire. Tu rattraperas ton retard si tu continues à travailler dur. Sans aucun doute.

DEKKER: Échappe-toi et viens me retrouver. Je te montrerai à quel point je suis fière de ton match de ce soir. Tu as mis le feu !

– Voilà ce que j'attendais.

Levant les yeux de mon téléphone, je vois Sanderson traverser les vestiaires au pas de charge, dans ma direction. J'ai ôté mes gants mais pas mes protections, et je n'ai même pas eu le temps de m'asseoir avant de devoir m'entretenir avec lui.

– Rien n'aurait pu t'arrêter sur la glace. Bravo pour ton jeu.

Il lève la main, mais je la regarde sans m'embêter à taper dans sa paume. C'est amusant comme les tapes complices pleuvent à présent. Intéressante, la lucidité avec laquelle je perçois notre relation désormais : quand je joue bien, elle est au beau fixe. Quand je faiblis, il fait bloc avec la direction et m'abreuve de menaces. Je peux concevoir que ce sont les affaires. Mais j'ai de plus en plus besoin de m'entourer de personnes qui se préoccupent davantage de moi quand je touche le fond que lorsque je suis au sommet.

– Un problème ? demande-t-il.

– Aucun. Juste fatigué, affamé et prêt à rentrer. La bataille a été longue, je suis décidé à remporter les deux prochains matchs sur notre territoire, devant nos supporters.

– Si tu continues comme ça, les propositions afflueront. J'ai déjà cinq messages sur mon téléphone.

– Super. Je vais me doucher.

Ces temps-ci, je considère tout ce qu'il me dit avec scepticisme. Je hoche néanmoins la tête pour ne pas laisser paraître que je ne suis pas d'humeur. Il commence à s'éloigner quand une idée me vient.

– Finn ?

– Oui ?

– Pas de négociations, sous aucun prétexte, pendant la finale.

– Tu peux répéter ? dit-il en revenant vers moi, sa main en cornet comme s'il avait mal entendu.

– Mets en attente les appels téléphoniques et tout arrangement promotionnel. Je suis hyper-focus sur mon jeu. En phase avec l'univers. Je ne voudrais pas m'attirer la poisse.

– Je vois. Ça marche. Je ferai patienter ceux qui peuvent attendre. Tu es concentré sur la Coupe. J'ai compris. J'aime cet état d'esprit.

Et quand il s'éloigne, je me demande s'il continuera de l'apprécier au moment des adieux.

***

Il est tard, et dans un froid de canard, j'attends sur le parking de la patinoire que l'équipe monte dans le car qui nous conduira à l'aéroport.

– Salut.

Au téléphone, la voix endormie de Dekker, diablement excitante, me fait me sentir *chez moi*.

Comment sa voix est-elle devenue la première chose que je souhaite entendre après chaque match ? Depuis quand me fait-elle oublier le reste du monde ?

– Je te réveille ?

Son petit rire assoupi suscite mon sourire.

– Je me suis écroulée en potassant des contrats.

Elle remue des documents, et je l'imagine enveloppée dans son épaisse couverture, sur son canapé, la chaîne sportive en sourdine, un verre de vin vide sur la table basse. De la paperasse éparpillée autour d'elle, son ordinateur à moitié déchargé sur un coussin à côté d'elle.

– Ça semble excitant.

– Tu m'as donné ma dose d'excitation ce soir, merci bien. (Une pause.) Je ne pense pas t'avoir jamais vu jouer aussi brillamment. Toute l'équipe, vous avez évolué comme une machine bien huilée. C'était un pur bonheur à regarder.

– Il nous reste deux matchs à gagner avant de pouvoir célébrer quoi que ce soit, dis-je en faisant signe à Jünger de patienter.

– Je suis pour célébrer toutes les victoires, grandes et petites.

– Ah ça oui, hein ?

Son petit rire séducteur vibre dans mon oreille.

– Je te montrerai à quel point sitôt que tu seras à la maison.

À cette perspective, mes parties se contractent. Cesserai-je un jour d'en vouloir toujours plus d'elle ? Aussi bien son côté guindé, son côté borné que son côté chipie, que j'espère être le seul à connaître.

J'espère vraiment.

Parce qu'il est clair que je ne me suis jamais senti aussi paisible. Il me reste du chemin à parcourir, mais ça – elle – est certainement un excellent début.

– Je dirai au pilote d'accélérer.

Son rire est tout ce que j'entends avant de raccrocher et de regagner le car.

62

DEKKER

KINCADE SPORTS MANAGEMENT
NOTE DE SERVICE
BILAN DES NOUVELLES RECRUES

* signale les urgences

ATHLÈTE	ÉQUIPE	SPORT	AGENT	AVANCEMENT
Alex Redman	n/a	Football	Chase	En pourparlers
Desi Davalos	n/a	Basket-ball	Chase	Signé !
Harry Osgood	Rays	Base-ball	Brexton	Contrat envoyé
Michelle Nguyen	n/a	Football	Brexton	Signé !
*Hunter Maddox	Jacks	Hockey	Dekker	****
Vincent Young	Rams	Football	Dekker	*Bye bye*

**** Dekk, quoi que tu lui fasses (à lui ou à sa crosse)… n'arrête surtout pas ! Il met le feu.

Tout ce que je peux faire, c'est m'esclaffer.
Tout ce que je peux faire, c'est espérer qu'il approuve.

63

DEKKER

Hunter se trouve à la table de la cuisine, seulement éclairé par le doux halo du plafonnier. Bien qu'avachi, son attention est canalisée par l'ordinateur portable devant lui.

Il est harassé. Je le vois à ses yeux, à sa posture, à la facilité avec laquelle il s'est assoupi dès que sa tête a touché l'oreiller un peu plus tôt.

Alors, pourquoi est-il levé ? Le second tour des éliminatoires l'a exténué. Comme Finch est sorti à cause d'un genou explosé et Katz a fini le match en boitant, si les Jacks décrochent leur place en finale demain, ils bénéficieront de plusieurs jours de repos, tandis que les autres séries ont encore au moins deux matchs à disputer.

Toutefois, la pression que subit Hunter est décuplée, qu'il se l'inflige lui-même ou pas.

Pour ne pas le déranger, mais ayant néanmoins besoin d'être près de lui, je me tiens au pied de l'escalier et promène mon regard sur la pièce à vivre de sa maison. Si mon appartement est ordonné, chaque élément à sa place, son domicile rassemble un fatras d'objets dépareillés qui, curieusement, n'encombrent pas l'espace et s'accordent contre toute attente.

Un peu comme nous.

– Hello, murmure-t-il pour attirer mon attention.

– Que fais-tu debout ? dis-je en marchant vers lui. Tu es claqué.

– J'arrive pas à dormir.

Il sourit alors que j'appuie ma fesse contre la table, en face à lui. Mon amour pour lui grandit de jour en jour d'une manière que je n'aurais jamais imaginée.

– Je cherche à craquer leur défense. (Ses yeux dardent vers l'écran qui diffuse une vidéo des Eagles.) À voir, elle paraît simple, mais sur la glace, quand on se rue sur eux, c'est plutôt fabuleux.

– Tu es plutôt fabuleux toi aussi.

– Ce n'est pas l'effet que je me suis fait, hier soir.

Sitôt que je passe les doigts dans ses cheveux, il renverse sa tête en arrière en soupirant. Même quand il ferme les yeux, je distingue l'usure provoquée par la nécessité, la volonté, l'envie et sa détermination à réussir.

Je sais que c'est pour lui, mais aussi pour Jonah.

– Tu es trop dur avec toi-même, je murmure, penchée pour embrasser ses lèvres. (Aux aguets, son corps tressaille et ses yeux s'ouvrent dans un battement de cils.) Tu sais, tu as dit que ton père t'entraînait à la dure, de longues heures durant. Connaît-il ce sport aussi bien que toi ? Aurait-il un point de vue qui t'échapperait, compte tenu du fait que tu manques de recul ? Aurait-il des suggestions pour déjouer leur défense ?

Je ne sais pas trop comment il recevra ma question, mais une partie de moi a l'impression qu'il serait bon d'apaiser leurs relations, pour l'aider à se réparer et à avancer.

– Même pas envisageable.

Il écarte l'ordinateur, puis me saisit par les hanches pour m'amener devant lui, ses mains s'insinuant sous mon tee-shirt.

– Et si tu t'asseyais juste ici et me laissais te goûter.

Immanquable, ce changement de sujet. Je m'étais préparée à ce que ma suggestion le mette en rogne, le crispe ou qu'il aille se coucher, mais ça ? Il esquive clairement, mais qui suis-je pour lui interdire ? Pas avec une langue comme la sienne.

Aussi, je me glisse sur la table, mes fesses nues sentant la fraîcheur du bois, et m'appuie en arrière, cuisses ouvertes.

Cette image. Ce sourire. Je pense que le sexe le fatiguera, le relaxera et l'aidera à s'endormir.

– Tu es en panne d'inspiration ? dis-je d'un filet de voix alors que nos regards se verrouillent et que je promène un doigt le long de ma fente.

Un gémissement m'échappe au moment où mes yeux se ferment. Ma tête part en arrière dès que je masse mon clitoris avec mon pouce, me trouvant déjà moite pour lui.

Son gémissement fait écho à ce que j'éprouve, assise là, offerte et méchamment excitée.

– Inspiration ? demande-t-il, les paupières alourdies par le désir alors qu'une main presse le haut de ma cuisse.

– Mmm.

La friction langoureuse, mélangée à ses mains sur moi et à ses yeux qui reflètent son propre désir, m'excite au plus haut point. Plus encore le sentiment de confort de me caresser devant lui, le plaisir accru par la vulnérabilité à laquelle je m'expose.

– D'abord des petites victoires, et maintenant de l'inspiration ?

Son sourire s'élargit.

– À ton service, je murmure, et je mordille ma lèvre inférieure. L'inspiration s'exprime à une multitude d'endroits.

– Ici ? demande-t-il, et j'inspire d'un coup sec quand ses pouces s'aventurent en moi. (Un contact suggéré, mais que je ressens dans toutes mes terminaisons nerveuses jusqu'à mes orteils.) Ou ici ?

Ses doigts repoussent ma main et m'écartent, l'air frais aguiche mes parties les plus intimes.

Hunter me regarde, un sourire malicieux aux lèvres et un désir incomparable dans ses yeux. Ils soutiennent mon regard cependant que sa tête descend lentement entre mes cuisses.

– Là, c'est encore mieux.

Et quand sa bouche me touche, quand la tiédeur de ses lèvres aspire mon clito, puis lorsque la chaleur de sa langue sillonne jusqu'à mon centre, quand ses doigts renforcent cet assaut purement sensuel, tout ce que je peux faire, c'est m'accrocher à la table derrière moi et le laisser puiser toute l'inspiration dont il a besoin.

64

DEKKER

HUNTER FEND LA GLACE avec la vélocité d'un évadé de l'enfer.

Le décompte du temps restant indique trente secondes.

Il contourne un défenseur, puis un second.

Vingt secondes.

Il poursuit l'adversaire, l'attaquant se dirigeant droit vers la cage sans qu'un joueur ne se place en opposition.

Dix secondes.

Il se prépare à envoyer le palet dans le filet entièrement dégagé. Katz s'est hâté de reprendre son poste pour défendre sa cage et, sur ce coup-là, ça passe ou ça casse. Si l'équipe adverse marque, nous aurons droit au temps additionnel. Sinon, les Jacks iront en finale.

Cinq secondes.

Hunter plonge sur la piste au moment où le palet décolle. Son corps le bloque, encaissant un coup visible dans l'abdomen.

Soudain, le buzzer retentit et la patinoire des LumberJacks se déchaîne. Le bruit, la musique, les acclamations composent la symphonie d'un chaos, la plus sublime de toutes.

Encore plus touchant, voir Hunter porté et acclamé par ses coéquipiers. Les larmes inondent mes yeux, et mon cœur s'élève vers une dimension que je n'aurais jamais crue possible.

Il me faut quelques secondes pour saisir le mot entonné par la foule. Faible au début, il devient le battement de cœur de la patinoire. *Mad-dox. Mad-dox.*

Je crois que les joueurs mettent plus de temps à l'entendre parce qu'alors, ils le reposent lentement sur ses pieds, l'un après l'autre, reculent d'un pas et laissent Hunter savourer les feux de la rampe qu'il exècre.

Mais pour moi, cet instant a quelque chose de poignant. Voir Hunter debout au cœur de la patinoire, regardant autour de lui avec cette expression incrédule, inqualifiable, entendant tout. Absorbant tout.

Il se tourne vers chaque angle de la patinoire, la main sur le cœur pour montrer aux fans que, sans eux, tout effort serait futile. Ce sont eux qui le motivent.

Quand il pivote vers moi, malgré la distance, nos regards se rencontrent et son petit hochement de tête, tout en se tapotant le cœur, est tout ce que j'ai besoin de savoir.

Les sentiments jamais formulés, les mots jamais prononcés, l'avenir jamais évoqué importent peu.

Parce que cet instant me dit tout de ce qu'il ressent pour moi.

Et, sans l'ombre d'un doute, mes sentiments pour lui sont du même ordre.

65

HUNTER

– Je ne recommencerai pas à me disputer avec toi à ce sujet. Maman, il assistera au premier match, et si Dieu le veut, au dernier match que nous gagnerons, voire à tous les matchs intermédiaires. Les dispositions ont été prises. Tu les as supervisées et ses médecins les ont validés.

– C'est très aimable à toi, mais…

– Tu n'es pas obligée de l'escorter, mais je remuerai ciel et terre pour que Jonah soit présent. J'en ai les moyens et je ferai le nécessaire pour que cela se concrétise.

– Sa santé, tout de même. Tu ne comprends pas…

– Mais si. Je comprends que tu veux le garder dans ta bulle jusqu'au jour de sa mort, et même si cela le maintient en vie, il ne vit pas.

– Ne prends pas ce ton…

– Nous avons ce rêve depuis très jeunes. Depuis l'adolescence, quand nous sortions en douce la nuit et forcions la porte de la patinoire pour patiner dans l'obscurité. Nous avons partagé de franches parties de rigolade en sifflant les bières que nous dérobions à papa, dans son frigo du garage, et rêvions du jour où il serait en lice pour la Stanley Cup.

– Mais il ne jouera pas.

– Bien sûr que si, je crie, l'émotion annihilant ma raison et mon respect. Nous sommes une seule et même personne. Tu ne le vois donc pas ? Je suis ses jambes parce qu'il est dans l'incapacité de marcher. Je suis sa bouche parce qu'il ne peut pas parler. Je suis son cœur, et je le sens encore battre, alors n'essaie pas de le tuer parce que tu as peur des microbes. Laisse-le vivre, putain. Laisse-le venir regarder son rêve, celui que j'ai promis de réaliser pour lui.

– Bon, dit-elle sur un ton guindé, signe que je l'ai vexée. Je dois consulter ton père.

– Ne t'avise pas de priver Jonah de ce moment. (Devant son silence, je continue.) L'équipe médicale sera là à neuf heures pour évaluer et préparer le transport en toute sécurité. (Des étapes qui ne sont pas impératives, mais grâce auxquelles elle ne pourra pas refuser.) Trois billets vous attendent au guichet.

Cependant, lorsque je raccroche et lance mon téléphone au milieu du lit, je sais que je ne dois pas compter sur la venue de mon père.

66

DEKKER

– Désolée pour l'intrusion. Je ne voulais pas écouter aux portes.

Au son de ma voix, Hunter se retourne vers l'embrasure de sa chambre où je me tiens. La tristesse justifiée sur son visage me chagrine.

– Il fallait s'y attendre, bougonne-t-il en nouant ses doigts dans sa nuque avec un lourd soupir. Ne te tracasse pas.

– Au contraire.

– J'ai l'habitude. (Il secoue la tête et fait un sourire forcé dans l'espoir d'atténuer sa tristesse.) Nous commandons des plats pour le dîner ?

– Si tu veux.

Je tapote ma poche arrière où je pense trouver mon téléphone.

– Prends le mien, dit-il en indiquant le lit.

L'esprit ailleurs, je m'en empare, et il me faut une seconde pour croire ce que je vois. L'en-tête du déroulé des sms affiche « Papa » comme expéditeur, mais il me semble inconcevable que son père ait pu composer ces messages.

Un mot après l'autre, ce n'est que négativité. Commentaire après commentaire de cruauté.

– Dekk ? Qu'est-ce qu'il y a ? demande Hunter.

Horrifiée par ces textos, je ne peux que le regarder et lui tendre son téléphone.

– Je n'ai pas fureté. La page était ouverte quand je l'ai pris. Tu m'expliques ?

Avec un soupir mêlant résignation et défaite, il reprend le téléphone et le jette là où je l'ai pris, sur le lit.

– Je ne serai jamais assez bien pour mon père.

Il n'en dit pas plus. Une réponse affligée, sans détour, qui me brise le cœur.

– Tu joues en LNH, Hunter. Tu es le capitaine, tu enregistres plusieurs records et…

– Et je ne suis pas Jonah.

Nos regards qui se verrouillent échangent tant de choses. Une nuée d'émotions qu'il a peur de montrer se révèle clairement.

– C'est comme ça après tous les matchs ?

Il opine.

– Je m'en fiche. Il ne m'affecte pas.

C'est probablement le plus gros mensonge que j'aie jamais entendu. Comment peut-on compter parmi les meilleurs joueurs et endurer la désapprobation de son père, l'homme dont il recherche sûrement l'approbation ?

– Tu ne lui réponds pas. Je n'ai pas vu de message de toi.

Du moins pas dans les derniers messages affichés.

– Si, une fois. Je n'en ai pas tiré la satisfaction que j'escomptais, alors j'ai arrêté.

Je ne tolère pas cette agressivité. Je déteste découvrir cela la veille de son départ pour son premier match en finale. Je déteste que cela fasse partie de sa vie alors qu'il mérite tellement mieux… tellement plus.

– Pourquoi ne bloques-tu pas son numéro ?

Je sais pourtant que c'est plus complexe. Ses parents sont le filin de sécurité qui le relie à Jonah. S'il coupe ce lien, il perd tout contact avec sa moitié. C'est pour le moins compliqué, mais c'est encore plus dur d'écouter son ton stoïque quand je sais que ces sms le minent forcément.

Il a un petit rire.

– Tu ne peux pas comprendre.

– Essaie toujours.

Il secoue la tête, mais je sens qu'il va céder.

– Tu sais, quand on s'habitue à quelque chose ?

– Ouais, je fais, même si je ne vois pas ce qu'il peut y avoir de sain dans ce contexte.

– C'est devenu une sorte d'automatisme. Après un match, je regagne les vestiaires et, avant toute chose, je vérifie mon téléphone.

– Mais ses remarques sont violentes. Enfin, tu as fait un match mémorable et c'est tout ce qu'il trouve à dire ?

Le volume de ma voix grimpe alors que je réalise le tourment qu'il supporte, les conséquences à long terme sur sa santé mentale.

– J'enrage rien que d'y penser.

– Mais il me regarde.

Et il y a quelque chose dans sa façon de le dire qui me retient de répliquer. De la tristesse mêlée à de la résignation, mais autre chose encore.

– C'est malveillant et pervers et ça n'a de sens que pour moi, mais ces textos me disent qu'au moins il me suit. Ce n'est pas grand-chose. (Il s'arrête quand sa voix flanche, et une autre partie de moi meurt intérieurement.) Mais cela prouve qu'il continue de me regarder jouer. Des miettes.

Hunter n'en demande pas davantage à son père. Des miettes d'amour, d'encouragements, d'attention... n'importe quoi venant d'un père qui se cramponne obstinément à une vie qui n'existe plus.

Je déteste le voir ainsi. Je déteste le voir accepter tellement moins que ce qu'il mérite.

Je resserre ma queue-de-cheval et tente de suivre sa logique, mais Dieu sait qu'elle est déviante.

– Il te regarde, mais il te rabaisse. Il regarde pour voir si tu es à la hauteur de ton frère qui n'a pas joué depuis une quinzaine d'années.

Je me lève du lit et marche de long en large, incapable de dompter la colère qui m'envahit.

– C'est insensé. Tu dois lui dire. Mais tu n'as pas besoin de le lui dire parce qu'il peut le voir sur son précieux écran de télévision quand il regarde son fils, vedette du hockey, marquer but sur but.

Mais durant ma diatribe, la détresse laisse place à un doux sourire sur son visage. Il se tient l'épaule contre l'armoire, une lueur amusée dans les yeux qui me coupe dans mon élan.

– Quoi ?

– Tu es plus remontée contre lui que je ne le suis moi même.

– Remontée, c'est peu dire. Furieuse au point que je suis prête à lui téléphoner pour lui dire qu'il peut se mettre ses sms où je pense. Furieuse serait…

– Dekker…

Ce sourire. Ces yeux.

– Quoi ?

– J'adore que tu t'insurges en mon nom, mais il ne changera pas.

– Pourquoi pas ? Pourquoi ne peut-il pas te voir tel que tu es ? Pourquoi ne peut-il pas voir les heures que tu passes à étudier des vidéos, t'entraîner, participer à des œuvres de bienfaisance et l'amour que tu portes à ton frère… et bon sang, Hunter, il y a une foule de choses ahurissantes en toi et une multitude d'autres que j'aime en toi…

Ma voix s'estompe, ma confession flottant dans la chambre avant que je rassemble le courage de rencontrer son regard.

Cette fois, je m'exprime d'une voix à peine audible. Une phrase ténue énoncée à haute voix, qui hurlait dans ma tête depuis des semaines.

– Et encore plus de raisons qui ont fait que je suis tombée amoureuse de toi.

D'un battement de cils, il repousse les larmes qui voilent son regard non sans que j'aie le temps de les apercevoir.

– Ce n'est pas possible.

Des mois plus tôt, il ne m'aurait pas crue, mais plus maintenant. Pas après que j'ai passé des heures à évoquer son passé, sa culpabilité et le fait qu'il mérite le meilleur.

– Bien au contraire, dis-je en faisant un pas vers lui. C'est on ne peut plus possible. Considérant l'infinité de choses formidables en toi, c'est une gageure de *ne pas* tomber amoureuse de toi.

– Dekker.

Il secoue la tête, mais le soupçon de sourire qui apparaît sur son visage me dit qu'il m'entend. Il me dit qu'il lui faut encore du temps pour parvenir à le croire.

J'encadre son visage de mes mains et souris.

– Inutile de dire quoi que ce soit. Écoute-moi simplement. Sache-le. Et si je ne doute pas que ton cœur cogne fort et que ta tête se demande comment c'est possible, sache que le mien martèle ma poitrine chaque fois que mes yeux se posent sur toi. À tous les coups. Et ça fait un bien fou.

67

DEKKER

Dès l'entrée, une excitation palpable fait vibrer la patinoire. L'avantage de concourir à domicile aide. Où qu'on regarde, tout est noir et rouge : des visages et des cheveux peints à la bombe pour s'accorder à leurs couleurs. Au lieu de me rendre directement dans la loge de la direction, je traverse lentement la patinoire pour m'imprégner de l'ambiance.

Je repense à ma soirée avec Hunter. Ma confidence que je n'effacerais pour rien au monde. La nuit à faire l'amour avant de s'endormir enlacés. Il a beau jurer ses grands dieux qu'il ne mérite pas d'être aimé, il sait assurément prodiguer de l'amour.

Je repense à ce matin : quand il a appris que Jonah avait contracté une énième infection pulmonaire et n'était pas en mesure de prendre l'avion. Le fait que ce soit l'équipe médicale de Hunter qui ait pris la décision, et non sa mère, donne du crédit au choix final, même si son absence le bouleverse néanmoins. Toutefois, le calme que j'ai discerné dans son expression l'a emporté sur la déception. C'est ce que j'ai vu en lui voilà des années, une force intérieure que détiennent peu de gens. La différence tient à l'absence de colère. Ces derniers mois, il serait sorti de ses gonds.

Là, il a accepté calmement la nouvelle et, pour cela, mon cœur est tombé encore plus profondément amoureux de lui.

Je repense qu'il est resté dans son bureau pendant plus d'une heure, au téléphone avec Jonah. La conversation était peut-être à sens unique, alors que Hunter reprenait la défense et l'attaque des Cyclones, ainsi que leurs forces et leurs faiblesses, mais sait-on jamais ? Ils semblent avoir leur propre mode de communication.

Il donnait l'impression de réellement entendre son frère. Encore plus touchant, Hunter a averti Jonah de regarder attentivement le moment où ils tireront à pile ou face, et que les caméras zoomeront, il pourra apercevoir « Jonah » qu'il a écrit juste à côté de son numéro treize pour qu'il puisse jouer avec lui.

Et quand Hunter est sorti de son bureau puis de la maison pour rejoindre son équipe à la patinoire, je ne l'ai jamais vu aussi serein.

68

HUNTER

L'EXCITATION ME FAIT FRÉMIR comme jamais.

Je sens l'énergie de la foule et l'anticipation d'un match que j'ai attendu toute ma vie d'avoir la chance de jouer.

– On va leur mettre la pâtée, les gars ! je hurle en remontant l'allée et en tapotant les épaulettes de chaque joueur de mon équipe. Commence par une victoire, termine avec la Coupe ! Commence par une victoire, termine avec la Coupe !

Ils entreprennent de chanter alors que, assis sur le banc, l'adrénaline commence à affluer.

Je hasarde un regard dans le box. Les propriétaires sont là, le directeur général à côté d'eux. Finn est également présent. Mais c'est sur Dekker que je me concentre. Dans un angle du fond, les coudes sur le rebord, elle se penche en avant, mais ses yeux sont concentrés sur moi.

Elle m'envoie un baiser et, souriant, je hoche la tête.

Elle m'aime.

Moi.

Elle m'aime, putain.

– Commence par une victoire, termine avec la Coupe !

L'hymne de mes coéquipiers me ramène dans l'instant. Ici. Maintenant.

À la glace sous mes lames.
À la sensation de la crosse dans ma main.
À la fraîcheur de la patinoire sur mes joues.
Exactement comme avec Jonah quand nous étions petits.
Je suis avec toi, frère.
Je n'ai jamais cessé d'être là.

69

DEKKER

– Qu'est-ce que c'est ? dis-je en plongeant les yeux dans l'immense carton que porte Hunter en traversant l'entrée de mon appartement.

– Des bricoles.

– Des bricoles ? dis-je en riant.

– Oui, des trucs.

Une fois posé sur le plan de travail de la cuisine, il le pousse dans ma direction.

– Je peux ouvrir le… truc ? je demande en triturant les rabats.

– D'accord. (Un baiser chaste sur mes lèvres.) Je ne peux rester que le temps de ta première réaction, après quoi je devrai partir travailler.

– Très bien.

J'étire les syllabes tout en soulevant les rabats du carton, puis je pouffe de rire en découvrant des accessoires aux couleurs des Jacks. Quantité d'articles. Casquettes, tee-shirts, sweat-shirts, porte-cannettes, stylos, le tout noir et rouge.

– Aurais-tu agressé un marchand ? dis-je, sitôt mon fou rire dissipé.

– Possible, dit-il en haussant les épaules avec innocence, non sans un sourire facétieux.

– Et ça ? je demande en tirant sur un string frappé du logo des Jacks sur le seul morceau de tissu suffisamment grand pour le contenir, et le laissant pendre au bout de mon doigt. Ils sont en vente à la boutique ?

– Nous tenons à ce que tout le monde soit dignement couvert.

– Couvert étant le mot-clé, dis-je en le tenant à deux mains pour lui montrer qu'il est minuscule.

– Je ne me plaindrai pas de devoir vérifier s'il te couvre convenablement. (Il arque un sourcil et je roule des yeux.) Tu n'as plus d'excuse pour ne pas porter l'équipement des Jacks au prochain match.

– Je te l'ai dit, je ne porterai l'attirail de l'équipe qu'après la victoire. (Je lance le string dans le carton et considère les vêtements en secouant la tête.) Et puis, pourquoi tu insistes ? Je pensais que les athlètes étaient superstitieux et que vous veilliez à ne pas vous attirer la guigne.

– C'est vrai… mais quelquefois, quand on ressent quelque chose jusque dans les tripes, on sait que même la superstition ne saurait compromettre le match.

– Tu ne deviendrais pas un peu trop sûr de toi ?

Il fait un pas vers moi et presse son entrejambe.

– Normal, vu comme je suis monté.

– Au secours. (Je repousse son torse en levant les yeux au ciel, mais je ne peux pas nier que l'image m'échauffe.) N'oublie pas que la plupart des joueurs ne seraient pas d'accord avec toi.

– Je ne suis pas la plupart des joueurs.

Il me donne un baiser sur les lèvres, aussi inopiné que sincère, attisant les braises avec un talent inné.

– Merci pour les fringues, M'sieur Maddox, mais si tu n'es pas superstitieux, sache que je le suis. (Je lui fais un clin d'œil et passe un doigt au centre de son torse.) Pas avant que tu aies gagné.

– Comme tu voudras, soupire-t-il appuyant son propos d'un geste théâtral. Une fois que nous aurons gagné, je t'obligerai à les porter tous les jours pendant une semaine.

– Une semaine ?

– Une semaine. En particulier la culotte.

Je souris.

– Marché conclu.

Il m'embrasse, ses mains s'aventurant vers des parties que je n'ai aucune envie qu'il quitte. Tout dans cet instant me paraît parfaitement en place.

Jonah a reçu le feu vert pour assister au match.

J'aime Hunter Maddox.

Que demander de plus ?

– Donc on se retrouve sur place ? demande-t-il en se redressant.

– Rien ni personne ne m'en empêchera. (Je lui presse la main, contente qu'il ait du temps disponible à partager avec son équipe et sa famille avant que les meilleures équipes s'affrontent demain.) Et j'aurai peut-être quelque chose pour toi, moi aussi.

– Pour moi ?

– Eh oui, dis-je avec un mouvement de tête, en attrapant une grande enveloppe sur le comptoir.

– C'est quoi ?

– Tu vas devoir patienter pour l'ouvrir.

– Pourquoi ?

– C'est une surprise et si tu ne l'aimes pas, j'aime autant ne pas voir ton expression.

Je ris, bien que ce soit en partie vrai.

– À ce point-là ?

– Je ne crois pas.

– Bon, si je dois patienter pour l'ouvrir, tu dois me promettre de fouiller ce carton jusqu'à ce que tu tombes sur la surprise cachée à l'intérieur.

Je l'observe avec prudence.

– Soit. (Je lui donne un dernier baiser époustouflant.) Bonne chance, Maddox.

– Je risque d'en avoir besoin.

– Fermeté. Habileté. Finesse.

Et ce n'est pas avant qu'il soit sorti, et que je me sois installée par terre avec l'imposant carton, que je réalise la quantité de babioles qu'il contient. Bonnets, chaussettes, ours en peluche, et nombre d'autres choses dont mon objet préféré : un chandail Maddox.

En fait, il y en a deux.

Puis, au moment de retourner le second, je découvre ma surprise.

Le souffle court, je le contemple pendant une éternité sans pouvoir m'arrêter. Des larmes trempent mes joues et mon âme soupire de contentement. Du bout du doigt, je retrace les mots inscrits au feutre noir qui remplissent le chiffre 1 du numéro 13 au dos du chandail.

JE T'AIME AUSSI.

Je continue de l'admirer pendant une durée indéfinissable. Cet aveu fait de moi une personne entière comme je ne l'aurais jamais cru possible. Je ne pensais pas qu'il se savait capable de l'admettre.

Il me faut plusieurs minutes pour tout digérer. Le mal qu'il a certainement eu à tracer les lettres et encore plus à se l'avouer. Mais, sitôt remise du choc, je cherche mon téléphone et bien sûr, impossible de mettre la main dessus. Au terme de quelques minutes de recherche, je le localise dans la salle de bains, à côté du lavabo. Un sms m'attend sur l'écran.

HUNTER: Moi non plus, je ne voulais pas voir ton expression si tu n'aimais pas ma surprise.

Mon rire se répercute dans l'appartement silencieux, alors que je me laisse retomber sur mon lit, mon téléphone sur ma poitrine.

Mon premier appel bascule vers la messagerie. De même que le second. Le désespoir de l'entendre prononcer ces mots se renforce à chaque seconde.

HUNTER: Nous visionnions la vidéo avant de partir. Peux pas parler.

MOI: J'ai trouvé ta surprise. Balles de tennis. Des tonnes de balles de tennis.

HUNTER: LOL. Je pense ce que j'ai écrit.

MOI: Je sais.

Mes cris d'allégresse se répercutent dans tout l'appartement. J'effraie probablement les voisins, mais ce n'est pas bien grave.

Hunter Maddox m'aime.

70

HUNTER

Un car spacieux a été affrété pour l'occasion. La patinoire des Cyclone se situe trop près pour prendre l'avion, et trop loin pour nous y rendre par nos propres moyens. C'est pourquoi nous sommes tous dispersés sur les sièges du car, chacun dans sa rangée, et roulons vers ce qui pourrait être le match final de la saison si nous réussissons notre coup.

Je considère longuement l'enveloppe kraft avant que la curiosité me pousse à la décacheter. J'étale son contenu sur ma tablette, et il me faut une seconde pour comprendre de quoi il retourne.

Alors, je reste bouche bée. La concrétisation de l'un de mes rêves s'affiche devant mes yeux.

Les rendus, dans un large éventail de couleurs, montrent une gamme de logos représentant le même motif, ou plutôt le même endroit. Dekker a commandé à un graphiste des propositions de logos pour la patinoire que j'espère acquérir. *Le complexe sportif d'entraînement au hockey Jonah Maddox.*

Je feuillette la quinzaine de versions, à plusieurs reprises, et des frissons recouvrent ma peau. Du fait de savoir qu'elle a entendu mon rêve et m'aide à le réaliser. Voir les logos rend mon idée nettement plus réelle, si bien que je sais que je remuerai ciel et terre pour l'accomplir.

Je m'empare de mon téléphone pour lui envoyer un sms, content qu'elle comprenne que l'entraîneur interdit les conversations téléphoniques à bord.

MOI: Je suis sans voix. Ils sont incroyables. J'ai trop hâte que tu m'aides à choisir.

DEKKER: Tu vois ? Les rêves se réalisent. Tâche de concrétiser ton autre rêve demain.

MOI: Je t'aime.

DEKKER: Je t'aime aussi.

Je contemple le sms. Les trois mots et le poids qu'ils véhiculent alors que je pensais ne jamais les mériter et qu'ils viennent du fond du cœur. Putain, comment ne pas aimer une femme comme Dekker ?

Elle est tout ce dont j'ai besoin, et que je ne mérite pas.

Elle est forte, passionnée, déterminée… et j'adore qu'elle ne se laisse pas marcher sur les pieds, encore moins par moi.

Elle a vu mes côtés les moins flatteurs et m'aime malgré tout.

Elle défend mes rêves quand le doute me gagne et se bat pour moi quand je perds la volonté de me battre pour moi-même.

Comment se fait-il que j'aie autant de chance ?

71

HUNTER

– C'est un honneur de te rencontrer, mon gars, dit Katz à Jonah avant de quitter le salon où nous traînons dans les entrailles de la patinoire.

– À tout de suite, lui dis-je.

– Eh bien, quel bel homme ! allègue ma mère avec un sourire en se recoiffant.

– Je préfère penser à ses compétences sportives plutôt qu'à son physique, mais ça n'engage que moi, je plaisante, la tension se dénouant un peu plus à chaque minute que nous partageons. Toi aussi, pas vrai, J ?

Mon frère paraît atrocement faible – sa pâleur, ses traits creusés, sa maigreur –, mais ce sont ses yeux, quand il me regarde, qui m'émeuvent par-dessus tout. Il est fier. Tellement fier de moi que je refuse de le décevoir ce soir.

Je me penche pour lui murmurer à l'oreille ce que j'ai l'impression d'avoir attendu toute ma vie de lui dire.

– Le grand soir est arrivé, Jonah. Nous allons remporter la Coupe, comme nous nous sommes promis quand nous étions gamins. Tu m'as poussé à m'améliorer et, putain… je donnerais n'importe quoi pour que ce soit toi sur la glace, et moi qui t'encourage. Je le ferais. (Je ferme les yeux pour lutter contre les larmes, afin d'aller jusqu'au bout.) Je t'ai promis qu'un jour j'y arriverais et que, ce jour-là, nous réussirions ensemble… alors ce match est pour toi, frérot. Chaque frappe, chaque feinte, chaque blocage. J'ai besoin que tu sois présent pour gagner, parce que je n'y parviendrai pas sans toi.

J'appuie mon front contre le sien, mes épaules tremblotent sous le poids des mots et la chance au bout de mes doigts. Quand je m'écarte pour plonger les yeux dans les siens, des larmes humidifient ses joues. Il comprend. Il m'entend. Il me pardonne.

Il est avec moi.

– Je dois faire un détour par les vestiaires. (Me retournant vers ma mère, je me fige en avisant mon père dans l'entrée.) Papa, dis-je d'une voix enfantine.

Tu es venu au match. Mon match.

Tu es là.

– Fiston.

Il hoche la tête et avance un peu. Il me tend la main et nous échangeons une poignée de main, alors que je me sens détaché, incertain.

– Père, merci d'être venu, je bredouille.

Un autre mouvement de tête solennel.

– Bonne chance pour ce soir.

Nos regards se retiennent, et je ne peux pas nier que ma poitrine se serre.

– Je dois vous laisser.

À l'extérieur de la pièce, je marque une pause, les mains sur les genoux, le temps de reprendre mon souffle.

L'homme que j'appelle papa depuis trente-deux ans me dépassait autrefois. Si l'on ajoute sa colère, sa honte, sa… haine, je me sentais minuscule à côté de lui.

Mais plus maintenant.

À présent, je me sens grand, comme si je le dominais.

À présent, je me sens fier, parce que j'ai gagné chaque partie de cet instant. C'est mon sang, ma sueur et mes larmes que j'ai injectés. Je suis celui qui a sacrifié des pans entiers de sa vie pour s'octroyer cette opportunité.

Ouais, sa présence signifie quelque chose pour moi, mais ce soir, je joue pour un motif plus vaste que lui et ses critiques incessantes. Sa venue n'efface rien…

J'ai une tâche à accomplir. Une victoire à décrocher pour mon équipe. Une place dans l'histoire à me tailler. Alors, le dos droit, je me tourne vers la salle d'échauffement, prêt à emmener mon équipe à la victoire.

Prêt à concrétiser mon rêve.

72

DEKKER

La tribune de presse n'est pas l'endroit où j'ai envie de suivre le match. Je veux être parmi les fans. Je veux échanger des tapes dans les mains à chaque but et huer quand l'arbitre siffle à tort.

Je ne souhaite sûrement pas assister au match de ce soir depuis les sièges de première catégorie.

Mais j'ai passé une bonne partie de l'heure écoulée dans les bonnes places, alors que s'égrenait le compte à rebours jusqu'au début de la rencontre. Je suis montée saluer Carla, étant donné que Hunter semble lui avoir annoncé que nous sortons ensemble, et j'ai longuement bavardé avec Jonah pour lui expliquer à quel point ses longues conversations téléphoniques avec Hunter lui confèrent une clarté rare. Et j'ai fait la connaissance de Gary, leur père.

Un homme difficile à percer, mais ma colère et mon ressentiment n'aident probablement pas.

Faute de savoir quoi dire, mais certaine de mes intentions, je me suis approchée de l'endroit où il restait planté sans bouger, bras croisés, scrutant l'échauffement des équipes.

Il n'a pas montré qu'il avait remarqué que j'étais là, mais pour une raison ou pour une autre, je ne m'attendais à aucune réaction.

– Votre fils est un homme bien, vous savez. Merveilleux, même.

Il hoche la tête, mais ne pipe pas mot et ne m'accorde pas un regard.

– Toute sa vie, il s'est efforcé de vous rendre fier, de faire amende honorable pour le cruel coup du sort qui a provoqué l'accident de Jonah, dont Hunter n'est pas responsable, pour commencer. Je comprends que vos vies ont été bouleversées ce jour-là. Je n'imagine pas la colère que cela soulève en vous, et je ne peux pas imaginer le chagrin et les souffrances que vous avez tous endurés à cause de cela… mais si, ce jour-là, vous avez perdu le Jonah que vous connaissiez, Hunter a en plus perdu les parents qu'il connaissait.

Quand je darde un regard vers lui, les larmes emplissent ses yeux et son menton tremble, mais il ne laisse transparaître aucun autre signe qu'il m'a entendue.

– Je suis amoureuse de votre fils et je ne tolérerai pas que vous vous acharniez à lui faire du mal. Je ne vous laisserai pas continuer. Êtes-vous prêt à risquer de perdre votre second fils ou allez-vous chercher un moyen de surmonter votre colère pour le traiter comme il le mérite ? (Je recule un peu.) À vous de décider.

Et sans adresser un autre mot à Gary Maddox, je fais volte-face malgré tout ce qui me reste sur le cœur, mais que je retiens fermement, et me dirige vers mes places bon marché.

73

HUNTER

Un coup d'œil à l'horloge.

Il reste dix minutes de la troisième période.

Le match est serré.

Il reste dix minutes pour devenir un héros ou tomber dans l'oubli.

Deux à deux.

Il reste dix minutes pour créer l'événement.

Katz récupère le palet et me l'envoie.

Je le passe à Finch, puis esquive un défenseur. Mon grognement, quand son épaule me bloque, résonne fort dans ma tête.

Vas-y, Hunter. Vingt billets et je m'acquitterai de toutes tes corvées de la semaine si tu marques ce but. Montre à papa que tu en es capable.

Le palet échappe à Finch et nous nous hâtons de seconder Katzen.

Withers fend la glace pour intercepter notre passe. Changeant de tactique, nous repartons en sens inverse.

Nous jouons à ce rythme effréné depuis quarante-cinq minutes.

Nos jambes sont fourbues. Nos thorax nous brûlent à force de respirer si fort.

Nous devons rester concentrés.

Ne pas manquer une seule passe.

Aucun coup ne doit dégénérer en bagarre.

Nous devons nous concentrer.

Il faut qu'on gagne.

Je dois décrocher la victoire.

Une passe après l'autre, nous remontons la glace. Withers à moi. Moi à Heffner.

Heffner me la renvoie.

Coup d'œil à l'horloge.

Temps perdu.

Nous devons marquer.

Il n'y a plus de bruit.

Pas de public.

Pas de pression.

C'est entre moi et le gardien de but.

Le palet et la cage.

C'est Jonah à mes côtés, qui me pousse à tirer.

Me défie de prouver que j'en suis capable.

74

DEKKER

– Dix. Neuf. Huit.

Les supporters des Jacks égrènent le compte à rebours jusqu'au buzzer.

– Sept. Six. Cinq.

Jusqu'à leur première Stanley Cup.

– Quatre. Trois. Deux.

Pour vingt hommes, leur rêve d'enfant est sur le point de se concrétiser.

– Un.

La foule hurle, en proie au délire.

Encore plus déments, les joueurs qui s'empilent sur la glace dans un déferlement de jubilation.

Pétrifiée par l'exaltation, je me mets debout sur les sièges médians de la patinoire, les mains sur la bouche, alors que j'accuse le choc.

Ils ont réussi.

Cette fois, c'est la bonne.

Je ne peux plus arracher mon attention de Hunter, qui se libère du lot et se rapproche de la barrière de la patinoire, au plus près de la tribune où sont assis ses parents. Il se tient là, le doigt tendu vers Jonah assis dans son fauteuil dans la loge, et je n'ai pas besoin de voir le visage de Hunter pour savoir que les larmes déferlent sur ses joues, un mélange d'allégresse, de soulagement et d'un cocktail de toutes les émotions intermédiaires.

Il a décroché la Stanley Cup pour Jonah. L'exploit qu'il a fait le vœu de réussir… il l'a réussi.

Je ne réalise même pas que les larmes déferlent aussi sur mes joues, alors que je vois Hunter scruter la patinoire, ses lèvres remuant tandis qu'il lit les numéros de section des sièges jusqu'à repérer le mien. Cela prend un court instant, mais quand il me localise, son expression restera gravée dans ma mémoire.

– Nous l'avons fait, articule-t-il, et je ne peux que hocher la tête et le regarder irradier de joie durant ce moment clé de sa vie.

Il est rapidement assailli par les journalistes et ses coéquipiers, qui détournent son attention, mais mon cœur déborde sans commune mesure.

Mon attention se déplace vers la loge de la famille de Hunter. Là où elle s'est aventurée à plusieurs reprises au cours de la soirée. Vers l'homme debout au bord, bras croisés dans une posture impressionnante, sinon que sa main tamponne ses yeux à l'aide d'un mouchoir blanc.

Ma colère persiste à l'égard du père de Hunter, toujours aussi vive. Je ne pense pas trouver la force nécessaire en moi pour lui pardonner les années de torture qu'il a infligées à Hunter. Peut-être qu'une femme meilleure pardonnerait et oublierait.

Je ne suis pas celle-là.

Mais alors, où cela nous mène ? Où allons-nous si, d'un côté, je protège l'homme que j'aime et, de l'autre, cet homme, son père, fait un pas vers lui alors qu'il a campé sur ses positions pendant de longues années ?

Je ne sais pas trop comment interpréter le fait qu'il assiste au match, pendant que je me fraie un passage vers le bord de la piste, mais une pensée persiste. Il est venu. Il a fait le premier pas. C'est lui qui pleure devant son fils parvenu au sommet de son art, fidèle à la promesse qu'il a faite à son jumeau.

Peut-être que ma diatribe lui a ouvert les yeux.

Peut-être qu'elle changera les choses.

Seul le temps nous le dira.

Je me rapproche de la piste, poussée par l'envie, le besoin d'être plus près de Hunter. Plus proche de l'homme que j'aime.

Pile au moment où j'accède au bord, quand je me tiens aussi près que possible pendant que les chaînes de télévision installent le matériel pour filmer la remise de la Coupe, Hunter traverse cette zone en patinant.

– Toi, crie-t-il en me montrant du doigt.

Il grimpe sur le banc de l'équipe afin de passer la tête au-dessus de la paroi en plexiglas.

– Laissez-la descendre, crie-t-il à ses admirateurs qui braillent pour attirer son attention.

Il leur faut un petit moment pour comprendre sa requête, à savoir me laisser accéder aux sièges voisins du banc de l'équipe. Je monte sur les gradins pour que Hunter puisse me hisser jusqu'à lui et m'envelopper de ses bras. Ses lèvres rencontrent les miennes dans un baiser exalté.

– Nous sommes champions, Dekk ! Putain, nous avons gagné !

Dans son dos, il récupère un bonnet des LumberJacks qu'il a manifestement caché là et l'enfonce tout de go sur ma tête.

Je rejette la tête en arrière et ris, mais je dois le tenir en place pour éviter de le perdre.

– Il te va à ravir, crie-t-il pour couvrir le brouhaha.

– Je suis tellement fière de toi, lui dis-je avant de l'embrasser encore une fois. À présent, va fêter la victoire avec ton équipe.

Il descend du banc, mais sans me quitter des yeux, et son immense sourire béat me dit qu'il a du mal à tout assimiler.

– Je t'aime, articule-t-il.

– Je t'aime encore plus, dis-je, mais mes mots sont noyés dans le rugissement du public à l'instant où la Stanley Cup est apportée sur la glace.

75

HUNTER

Papa : FÉLICITATIONS.

Je baisse les yeux sur le sms nouvellement affiché sur mon téléphone, puis les relève vers mon père. Debout contre le mur au fond de la pièce, il tient son portable, mais me fixe du regard.

J'attends ses critiques. L'alerte d'un second message, qui soulignerait mes fautes ou les points à améliorer. Je me prépare à ce que rugisse le pessimisme que j'ai toujours connu.

Mais il n'en envoie pas d'autre, ne prononce pas un mot. Il m'adresse un simple hochement de tête, mais qui en dit plus long que je ne saurais en réclamer. Il exprime des choses que j'ai crevé d'envie d'entendre depuis bien trop longtemps et, maintenant que je n'en ai plus besoin, je les apprécie sûrement davantage.

Cependant, ce geste me renvoie au passé. Il me défie de me remémorer une occasion où le pessimisme n'est pas venu étouffer un événement positif.

Il n'empêche que le sms ne vient pas.

Je ne sais pas quoi ressentir. Soulagement. Confusion. Incertitude. Perplexité. J'aurais cru que l'un de ces sentiments se démarquerait, mais cela fait si longtemps qu'il ne m'a pas été donné d'éprouver une émotion autre que la honte ou la colère envers mon père que je suis paumé.

Sans oublier qu'il m'observe, en peine de prononcer le mot.

Je devrais lui en tenir rigueur. Je devrais espérer plus… mais j'ai perdu tout espoir dans ce domaine depuis belle lurette.

Alors que faire ? Comment procéder ?

Le corps de Jonah porte peut-être des cicatrices physiques, mais les miennes, invisibles, ne sont pas moins dévastatrices.

Certaines blessures ne cicatrisent sûrement jamais mais, pour la première fois, j'ai vraisemblablement accompli l'impensable. J'ai gagné la Coupe. J'ai été à la hauteur de ses standards insensés.

Et une partie de moi se sent libre tout à coup.

Je devrais m'en balancer de rendre mon père fier ou heureux parce qu'il a volé ou dominé nombre d'années de ma vie, mais j'ai plus de raisons de me sentir reconnaissant qu'en colère.

J'ai fait cela pour Jonah.

J'ai fait cela pour moi.

J'ai fait cela pour mon équipe.

J'ai rencontré Dekker.

Un rêve a été conquis. Mon cœur regorge de l'amour d'une femme que je n'aurais pas cru mériter.

Je suis gagnant à bien des égards.

Et putain… ce que je suis reconnaissant !

76

DEKKER

1 SEMAINE PLUS TARD

Il m'ignore.

M'ignore royalement.

Chase, Lennox et Brexton sont sorties démarcher de nouveaux clients pendant que je reste plantée sur ma chaise, à me demander pourquoi il se lève sans arrêt et ferme la porte chaque fois que son téléphone sonne.

Est-ce son médecin ? Est-ce comme cela que tout a commencé ? Mon père me chargeant d'une mission et nous qui paniquons à la perspective qu'il souffre d'un sérieux problème de santé ?

Je coule un regard vers mon père par la vitre de la salle de réunion, mais il est de dos et s'entretient avec je ne sais qui.

Non pas que le téléphone sonne rarement. Nous ne faisons que ça ici : blablater.

Alors, pour quelle raison suis-je sur la défensive sans qu'il ait dit quoi que ce soit ? Pourquoi je redoute de lui parler bien que j'en brûle d'envie ?

C'est parce qu'il sait. Parce que je l'ai désappointé en n'accédant pas à sa requête. Bien sûr, le bilan des nouvelles recrues était divertissant, suite à quoi mes sœurs et moi nous sommes lancées dans un échange de facéties, mais j'ai échoué à intégrer Hunter à l'agence, et maintenant il cherche une solution pour maintenir la boîte à flot.

Dekk, tu rumines trop.

Oh, et puis zut !

Je lâche un long soupir et quitte le bureau, ma main saisit la poignée à l'instant où il ouvre la porte.

– Tu as une minute ? dis-je comme il me regarde sans piper mot.

Il a l'air usé. Ses cheveux en broussaille à force de se passer les mains dedans, ses joues rougies.

– De quoi as-tu besoin ? Je suis occupé, répond-il retournant à son bureau où il farfouille dans sa paperasse.

– Papa ?

– Hmmm ? marmonne-t-il distraitement. J'attends mon rendez-vous. Il va arriver d'un instant à l'autre.

– Papa, dis-je plus fermement.

Sa tête se redresse, il me voit pour la première fois, selon moi.

– Désolé. Oui. (Il cesse de s'agiter.) Qu'est-ce qu'il y a ?

Je change de pied d'appui, anxieuse à la perspective de le questionner, une femme adulte réduite à se sentir comme une petite fille sur le point de décevoir son père.

– Cela fait une semaine qu'ils ont gagné la Stanley Cup. Qu'attends-tu pour me demander pourquoi nous avons modifié l'agent de Hunter dans le tableau ?

D'autant plus que tu sais que je le retrouve presque tous les soirs.

Il m'examine avec une intensité déstabilisante.

– Assieds-toi un instant.

– C'est sans importance. Oublie que je t'en ai parlé. Je vois que tu es occupé.

– Assieds-toi, réitère-t-il, alors que j'ai presque regagné mon bureau.

Naturellement, j'obtempère.

Il prend place dans son fauteuil, son regard se perd derrière mon épaule, là où Marge notre réceptionniste s'entretient avec quelqu'un que je suppose être un client.

– Comment penses-tu que les Jacks ont gagné la Coupe ?

Pardon ?

– La meilleure équipe a gagné ? dis-je timidement, bien que je sache que c'est vrai.

Les Jacks étaient la meilleure équipe en compétition. Leur potentiel s'est révélé à point nommé, les distractions et le monde extérieur disparaissant. Il ne s'agit pas des Jacks, mais de Hunter et de moi qui n'ai pas répondu à tes attentes.

Son rire est un faible ricanement. *Il en sait plus long que moi.*

– Je te repose la question. Comment ont-ils gagné la Coupe ?

Je marque une pause. Je le vois dans ses yeux. Il me dispense l'une de ses leçons de morale. La dernière fois que nous avons partagé un tel moment, il m'a incitée à chercher l'amour – à donner tout mon cœur. Ce que j'ai fait. Je me suis affranchie de ma peur et j'ai cru que l'amour était possible. J'ai réalisé que le jeu en valait la chandelle.

C'est alors que j'ai une révélation.

– Ils ont gagné parce qu'ils y ont cru. Ils ont gagné parce qu'ils ont joué en tant qu'équipe. Ils ont gagné parce qu'ils ont fait confiance à leur capitaine et ont fait en sorte que les longues heures de souffrance et de travail acharné ne comptent pas pour rien. Ils se sont libérés de la peur de perdre et ont cru en leurs capacités.

Sourire ne lui vient pas aisément, mais là, je vois se dessiner mon favori. *Celui de la fierté.* Il est fier de moi et quelque chose me dit que ce n'est pas uniquement dû à ma réponse.

– Bien vu. Ils ont joué en équipe. Exactement comme nous ici. Ce que tu laisses tomber fera le bonheur d'un autre. Idem pour ce que je laisse en plan. Nous survivrons sans Maddox… mais ce n'est pas le propos.

– Alors, où veux-tu en venir ?

– Il veut dire qu'il t'a missionnée pour me recruter.

Je reste abasourdie par sa voix, puis par lui qui se tient dans l'entrée du bureau de mon père. Appuyé au chambranle, son pouce crocheté dans un passant de la ceinture de son jean, il arbore un petit sourire tout contrit.

– Parce qu'il a vu en moi ce que je ne parvenais pas à voir moi-même. Il a discerné du potentiel sous ma colère et mes aptitudes derrière mes frasques. Il a vu quelque chose que la plupart ont loupé. Il savait que si je réussissais à me concentrer, cela me serait bénéfique. Il savait que tu ne me verrais pas uniquement comme un hockeyeur, contrairement au commun des mortels. Il savait que tu m'aiderais à dépasser l'affliction, parce que comme moi, tu te débattais contre ta propre peine.

Mâchoire tombante, je le regarde fixement, et mon cœur se gonfle. Sans oublier les larmes. Pour une curieuse raison, des larmes naissent alors que je n'ai aucun motif de me sentir attristée.

Au vrai, je suis on ne peut moins triste.

Je suis folle de bonheur, tellement gratifiée que je n'aurais pas cru que ce sentiment puisse être réel ou possible ou même que je souhaite l'éprouver.

Je me tourne vers mon père et secoue la tête, tout en digérant ses propos.

– Vraiment ? dis-je enfin.

– Tout est authentique. Je n'ai pas percuté au début. (Riant, il se lève et appuie ses hanches contre la desserte derrière lui.) J'ai pensé que ta ténacité te prédisposait à chasser Hunter, que tu ne te laisserais pas duper par sa façade, mais plus je conversais avec toi, plus tu me questionnais, plus je réalisais que tout ce que Hunter vient de déclarer est vrai. Tous les deux, vous êtes plus semblables que je ne l'aurais cru. Amusant, ce tour du destin.

J'observe mon père. Le voile humide qu'il dissipe en cillant. Je sens sa fierté envers Hunter et moi.

Il hoche la tête, souriant doucement.

– Si vous voulez bien m'excuser, je dois me préparer pour mon rendez-vous client. (À son approche, il serre la main de Hunter.) Content de vous revoir. Et encore bravo.

– Merci, Monsieur.

– C'est Kenyon.

Hunter acquiesce de la tête alors que mon père emprunte le couloir en direction de son bureau.

– Que fais-tu là ? dis-je en me levant.

Un sourire lascif étire ses lèvres.

– Je vérifie si tu remplis ta part du marché.

– Ma part du marché ? je fais, sourcils haussés, alors qu'il pénètre dans la salle de conférences, referme la porte et entreprend de baisser les stores.

Que se figure-t-il que nous allons faire dans cette pièce ?

Une main dans le creux de mes reins, il m'attire contre lui. Aussitôt, ses lèvres trouvent les miennes. Il est chaleur, excitation et bien-être… et ma place.

N'est-ce pas ce que j'ai appris ces derniers mois ? Que même si mon père m'a envoyée recruter Hunter, je me suis également trouvée.

Je devrais sans doute me soucier de me trouver à l'agence, qui plus est dans la salle de réunion, et de manquer de professionnalisme, mais c'est terriblement facile de se laisser emporter par Hunter.

Par son contact. Par son sens de l'humour. Par la facilité avec laquelle il m'aide à m'évader du train-train quotidien. Par l'état dans lequel je me sens avec lui.

Mon corps s'embrase sous ses mains, même si cela ne fait que quelques heures que je me suis glissée hors de son lit pour me rendre au bureau.

Ce n'est pas avant que ses mains tentent de s'immiscer sous la ceinture de mon pantalon que je l'arrête en poussant son torse.

– T'emballe pas, dis-je en rigolant, mes lèvres sur sa bouche. Pas ici.

– Juste pour contrôler si tu honores ta part du marché, se défend-il, essuyant avec son pouce le rouge à lèvres sur sa lèvre.

– Mais quelle part du marché ?

Ses yeux trahissent son envie de me dévorer.

– Tu sais, mes accessoires des LumberJacks ?

Je ris en m'écartant d'un pas.

– Va savoir.

Je reste délibérément évasive, en écho à son côté taquin diablement divertissant.

– Va savoir ? répète-t-il.

– Tu devras attendre que je rentre à la maison ce soir pour contrôler si je porte ma culotte des Jacks.

– C'est promis ?

– Mais oui.

– Et si je connaissais un moyen de te délivrer de ta part du marché ?

La tête inclinée sur le côté, il m'examine, l'humour se nuançant d'espièglerie sur son visage.

– Je compte porter cette petite culotte. (Je m'assois sur le bureau derrière moi.) Il faut se méfier de ceux qui modifient les termes d'un contrat en cours de route.

– Dit qui ?

– Moi.

Où diable veut-il en venir ?

Son sourire langoureux titille chaque partie de moi.

– Tu es agent. Modifier les contrats, c'est ton domaine. Remplacer. Nuancer.

– Dois-je me soucier de ce que tu envisages de revoir précisément ?

– Disons plutôt que je souhaiterais moduler certains termes.

– Tu es bien énigmatique, Hunter, dis-je, et son sourire s'élargit.

– Par bonheur, tu perces les énigmes à jour comme personne.

– C'est pas faux.

Toutefois, la conversation tourne en rond.

– Bon, dis-moi ce que tu veux.

– *Toi.*

Boum. Mon cœur par terre.

– Oh.

Cueillie à froid, je ne cache ni ma stupéfaction ni mon grand sourire godiche.

– En ce cas…

Je saisis les pans de sa chemise, alors qu'il avance vers moi, encadre mon visage entre ses mains et baisse la tête pour plonger ses yeux dans les miens. Les siens sont intenses et vibrants d'émotion.

– En ce cas ?

Ses lèvres frôlent les miennes.

– Nouvelles conditions acceptées. Négociation réussie.

Il rit, nouant ses bras autour de ma taille. Il pose le menton sur ma tête et je me délecte de la sensation et de savoir qu'il est tout à moi.

Qui aurait cru qu'un jour, je dirais cela à propos du seul homme qui m'a sérieusement brisé le cœur ?

– J'ai pas mal cogité, Dekk, murmure-t-il, son menton remuant sur le sommet de mon crâne. Ça fait peur, je sais.

– À quel sujet ?

– Des trucs.

– Genre ?

– Ma carrière. Ma vie. Ce que j'en attends. (Il s'écarte et me scrute.) Tout cela – la lucidité, ta confiance en moi, ton soutien, la Coupe – jette une nouvelle lumière sur mes perspectives.

– Je ne vois pas ce que j'ai à voir là-dedans.

– Comment peux-tu dire une chose pareille ? Tu as entendu ton père. Si j'ai pu donner le meilleur de moi-même, c'est seulement parce que tu as cru en moi.

– Je n'ai fait que mon boulot.

– C'est surtout parce que tu es toi. (Ses lèvres rencontrent les miennes dans un baiser léger, mais rempli de tendresse.) Je suis fou amoureux de toi, Dekker Kincade. Peut-être que je l'ai toujours été, mais tu m'as ouvert les yeux sur le moi que j'avais perdu. Tu m'as permis d'être celui que j'aspirais à devenir. Tu m'as permis de raconter mes vérités les plus sombres et, au lieu de disparaître, tu t'es accrochée avec plus de vigueur. Tu aimais le moi que je détestais.

– Et j'aime aussi le toi que tu aimes maintenant.

– Je sais.

Les larmes aux yeux, il cille pour les réprimer au plus vite.

– Si j'ai appris une chose, c'est qu'on ne sait jamais de quoi demain sera fait. Je ne veux rater aucun lendemain avec toi. Je pense que nous devrions passer à la vitesse supérieure. Nous installer ensemble et commencer à bâtir l'avenir, demain et le jour suivant et la semaine suivante.

– C'est vraiment ton souhait ?

– Bien sûr, rit-il. Je commence à ne plus savoir dans quel appartement j'ai laissé ma brosse à dents, si je dois rentrer chez moi ou chez toi ou d'où je sors. C'est tellement plus simple si je sais que je vais te retrouver en rentrant à la maison en fin de journée. Rien d'autre ne compte désormais.

– Dit le MVP[6] de la Ligue.

– Exactement. (Il me presse la main.) Nous n'avons jamais parié sur ce que je gagnerais si on m'attribuait le MVP, mais moi si… (Il hausse les épaules.) La cohabitation.

– Cohabitation, dis-je en pouffant.

Il hoche la tête.

– Je sais que je risque d'être maladroit. Je sais que je suis entêté et agaçant, que parfois je me replierai sur moi-même alors que je n'aurai envie que d'être enlacé… mais je peux te promettre que je veux bien faire avec toi. Pour toi. Pour moi. Pour nous. Je veux que ça marche, parce que je suis trop malheureux sans toi.

– Remarque, ça fait un certain temps que tu n'as pas passé une journée sans moi.

– Précisément, parce que c'est à tes côtés que j'ai envie d'être, ajoute-t-il d'une voix radoucie.

J'ai des difficultés à déglutir tant ses mots génèrent d'amour, enveloppant mon âme et s'y enracinant.

– Hunter.

– Ne pleure pas. (Il essuie ma larme.) Il n'y aura plus de larmes.

– Juste des lendemains.

Son sourire reparaît.

– Juste des lendemains.

Je ne saurais dire combien de temps je reste blottie entre ses bras, m'adaptant à l'idée de pouvoir me réveiller tous les matins auprès de lui et l'embrasser tous les soirs. Le fait est que je n'ai pas grand mal à l'accepter.

Vraiment pas.

Quand on frappe à la porte, nous nous écartons d'un bond comme deux ados pris en flagrant délit.

---

6. Most Valuable Player : distinction attribuée à un joueur pour ses performances exemplaires au cours d'une saison.

– Dekk ?

Mon père avance la tête dans l'entrebâillement.

– Oui ?

J'ouvre la porte en grand.

– Je peux récupérer mon client maintenant ? Tu perturbes mon agenda.

– Comment ça, ton client ?

Mon regard va de mon père à Hunter qui affiche un grand sourire béat et a un rire qui vibre, puis revient sur mon père.

– Ce que tu laisses tomber fera le bonheur d'un autre, susurre mon père.

– Hunter ? je fais, confuse mais débordante d'espoir.

– Dis plutôt *son* client. Un jour tu m'as dit que je ne pouvais pas avoir l'un et l'autre avec toi et tu sais mieux que personne laquelle je préfère.

– Moi ? dis-je d'un ton incrédule, alors que mon monde se complète.

– Tu ne m'as pas écouté ? rit-il. Bien évidemment, *toi*. (Un baiser chaste sur mes lèvres.) Pour la seconde partie, ton père.

Il me presse la main tandis que je le scrute, sans m'inquiéter que mon père nous voie – ou même le monde entier – car quand Hunter me regarde, tout le reste devient secondaire.

– Je serai dans mon bureau, glisse mon père avant de nous laisser seuls.

– D'accord, répond Hunter, mais ses yeux ne se détachent pas des miens.

– C'est ce que tu veux ?

– Quoi donc ?

– Cela. Moi. Nous. KSM, dis-je avec un rire nerveux. Sinon, c'est ton unique chance de te dérober. Tu nous connais. Nous, les Kincade, ne quittons jamais la table des négociations.

– Je ne peux que m'en réjouir. Je t'ai déjà laissée filer une fois, je ne referai en aucun cas la même erreur.

Il se penche pour m'offrir un baiser fait d'autant d'émotion que de ferveur. Mais quand il s'écarte, l'air dans ses yeux n'est que de l'émotion pure.

– Quoi ? dis-je doucement.

– J'essaie juste de comprendre comment tu peux être avec moi. Comment j'en suis arrivé là. Comment la vie fonctionne.

– Fermeté. Habileté. Finesse, Maddox.

La tête renversée en arrière, il éclate de rire.

Et c'est le son le plus agréable du monde.

Épilogue I

HUNTER

6 MOIS PLUS TARD

Je triture distraitement les bords de la lettre. Bien que légère, son poids m'interpelle.

Incapable de me résoudre à lire les mots imprimés, je m'assois sur le vieux ponton et regarde le lac scintiller sous le soleil.

Nous aurons notre chalet ici, un jour, dis-je à Jonah. Il tourne les yeux vers moi et lance un caillou sur la surface. Nous comptons ensemble ses cinq ricochets avant que le caillou ne coule à pic.

– Va savoir. (Appuyé sur ses coudes derrière son dos, il offre son visage au soleil.) Peut-être que nous posséderons un chalet et viendrons ici avec nos familles. Peut-être pas. En tout cas, c'est ici que je veux mourir, le jour venu.

– Mec, t'es dingue, je ris. Pourquoi faut-il que tu deviennes morbide et que tu casses l'ambiance ? Nous n'avons que seize ans. C'est un peu tôt pour penser à ça.

Je lève la bière que j'ai chapardée dans le frigo du chalet et avale une rasade.

Je persiste à croire que ça a un goût de pisse, mais j'essaie de m'y habituer.

Sans me faire prendre. S'il nous surprend, nous sommes morts.

– C'est la vie, petit frère. Nous vivons. Nous mourons. La terre continue de tourner.

– Tu ferais bien de terminer cette bière avant que les parents rentrent du supermarché, sinon nous expérimenterons cette théorie quand papa nous surprendra.

Il rit et boit une gorgée. Je suis soulagé qu'il tique et qu'il n'apprécie pas beaucoup non plus. Mais les garçons aiment la bière, alors nous trouverons un moyen de l'apprécier.

– Réfléchis, quand même. Quel meilleur endroit pour mourir ? Ici, on est entourés par tout ce que nous aimons.

– Sûrement.

– Juste ici sur ce ponton. C'est ici que je veux passer l'arme à gauche.

Ma vue s'embrouille à ce souvenir.

Ma poitrine me brûle d'une manière que je n'aurais jamais crue possible.

Il manque un morceau à ma vie et je dois apprendre à faire sans lui.

Tu me manques horriblement, Jonah.

Mes pensées sont truffées de souvenirs relatifs à cet endroit. À cette conversation. Je l'avais complètement oubliée jusqu'à ce que Jonah décède et que son avocat nous informe que, selon ses volontés, ses cendres devaient être dispersées ici.

De la même façon, il a émis le souhait que l'avocat me remette la lettre que je tiens dans la main. Lettre qu'il lui a dictée voilà plus de deux ans.

Je ne sais pas trop de quoi j'ai peur. Que ce soit la dernière bribe de Jonah qui me reste ? Qu'en la lisant, sa mort devienne réelle et qu'il disparaisse pour de vrai ? Est-ce parce qu'une petite partie de moi se culpabilise de se sentir reconnaissant qu'il se soit éteint parce qu'il ne souffre plus ?

Est-ce parce qu'il me manque et que lire sa lettre me montrera à quel point ?

J'essuie mes larmes et bois un peu de bière. La même marque bon marché que nous sirotions il y a de nombreux étés, et je ris parce qu'elle a toujours un goût de pisse.

Sur une longue inspiration, je déplie la missive.

Hunter,

Il y a tant de choses que j'ai besoin de te dire depuis longtemps, mais je savais que tu ne les écouterais pas. Tu es un petit morveux entêté et déterminé (si, tu resteras le petit à mes yeux, quel que soit notre âge) et si je te disais tout cela en face, tu claquerais sûrement la porte.

Si tu lis cette lettre, c'est que je ne suis plus là. Putain, ça craint pour nous deux. La vie n'était pas censée se dérouler de cette façon. Nous devions clamser quand nous serions devenus deux vieux ronchons sur ce ponton branlant du lac. Nous étions supposés remporter la Stanley Cup et avoir des enfants. Des enfants auxquels apprendre à jouer au hockey s'ils en avaient envie. Nous nous disputerions pour savoir lesquels de nos petits-enfants étaient les plus craquants, avant de les goinfrer de sucre et de les renvoyer chez leurs parents. Nous aurions eu des femmes qui étaient aussi meilleures amies.

Nous aurions vécu à fond de train et sans regret.

Je ne suis plus en mesure de le faire, mais tu dois me promettre de mener cette vie. Que tu vivras pour toi. Chaque seconde. Chaque minute. Chaque jour. Chaque année.

Pour y parvenir, tu dois entendre cela: ce qui m'est arrivé n'était pas ta faute. J'ai eu de nombreuses années pour y réfléchir et du temps à revendre pour dérouler tous les scénarios qui auraient pu se produire ce jour fatidique. L'essentiel: je suis responsable.

J'ai bu. J'ai pris le volant. J'ai tué cette femme. Je me suis infligé cela à moi-même.

Et je le referais si cela empêchait que l'accident t'arrive à toi. C'est le rôle du grand frère. Même maintenant, je veux te protéger. Et pour moi, je ne peux le faire qu'en te disant que je ne t'ai jamais rien reproché, que tu n'es pas responsable de l'accident.

J'aurais dû envoyer papa au diable ce jour-là, lui dire que tu viendrais avec nous à la fête. J'aurais dû prendre ta défense - cette fois-ci et tant d'autres

auparavant –, mais je ne l'ai pas fait.
Je t'ai lâché.

J'ai fini par en prendre mon parti et j'espère qu'un jour tu pourras me le pardonner.

Je n'aurais pas pu rêver meilleur frère. Tu ne bronchais pas pendant que papa me mettait sur un piédestal, alors que tu es aussi compétent et doué que je l'étais. Tu m'encourageais alors qu'il te rabaissait. Je le vois désormais. Je suis désolé. Tu es en tous points aussi bon que j'aurais pu le devenir. Je te regarde jouer à la télévision à présent, et je suis hyper-fier de toi.

Mais ça va plus loin que le hockey. Il s'agit de toi. De ce que tu te démènes pour nous faire vivre à nous deux. Ton application à m'inclure dans chacun de tes pas. Le fait que tu me téléphones et bavardes pendant des heures alors que je sais que tu n'as pas que ça à faire.

Et maintenant, Hunter? Je sais que je vais te manquer autant que tu vas me manquer.

Tu vivras.

Pour toi-même.

Sans regret.

Et, de temps en temps, retourne sur ce ponton, décapsule une cannette de bière bas de gamme et bois une gorgée pour moi.

En vérité, tu es la seule chose à laquelle je me suis raccroché toutes ces années.
Tu es celui qui m'a fait tenir bon.
Tu étais mon inspiration.
Je t'aime.
Jonah

Secoué par un sanglot, j'enfouis ma tête dans mes bras. Les phrases rédigées par mon frère pulvérisent chaque maillon de la chaîne de culpabilité que je me suis habitué à porter depuis l'enfance.

C'est tellement lui, de savoir ce que j'ai besoin d'entendre.

C'est tellement lui, de savoir que je lutte pour trouver comment continuer dans un monde sans lui, et comment me lancer une bouée de sauvetage.

C'est tellement lui de conclure en dissipant les doutes sur ses sentiments à mon égard.

Je sais qu'en temps voulu, la souffrance s'étiolera et la tristesse deviendra latente, mais c'est clair que ma peine sera toujours là.

Je laisse mes larmes couler, et quand elles se calment, quand j'ai pleuré toutes les larmes de mon corps, je lève cette bière imbuvable et avale une lampée.

Mon rire est inopiné, mais je ne peux pas m'empêcher de me souvenir de lui ici, l'été précédant l'accident. Comme il était barjot et insouciant. Nos parties de rigolade. Tout l'amour.

Je saisis le petit pot qui contient ma part de ses cendres et les verse lentement dans le lac.

Je lui donne ce qu'il voulait ce jour-là.

Reposer ici.

Avoir le soleil et l'eau et les souvenirs.

Je ne saurais dire combien de temps je reste ici, mais je sais qu'elle est là. Je sais qu'elle est restée assise pendant tout ce temps, me laissant l'espace nécessaire pour pleurer tout mon soûl, me laissant le temps de clarifier mes pensées.

Mais quand je suis enfin prêt à partir, quand je me lève et me retourne, je suis tellement reconnaissant de la voir auprès de moi. Ses cheveux blonds soulevés par le vent, la compassion dans son sourire.

Je sais que je laisse mon frère ici aujourd'hui, mais après cela, je suis profondément reconnaissant de marcher vers elle. Et je suis fermement décidé à appliquer les ultimes volontés de mon frère.

Je vivrai.

Pour moi-même.

Sans regret.

Épilogue 2

DEKKER

1 AN PLUS TARD

L'EXCITATION CRÉPITE DANS L'AIR.

J'observe tout. La foule qui se presse. Les groupes de gens réunis dans les gradins. L'estrade aménagée spécialement pour que les enfants troquent leur fauteuil roulant contre la luge qui leur permet de se déplacer sur la glace. Le personnel en tenue bleu ciel qui vient en aide à tous ceux qui en ont besoin.

Puis je le vois. Lui.

Hunter se tient debout dans un coin, au bout de la patinoire. Dans la zone de parking – un espace qu'il a créé pour que les parents puissent garer les chaises roulantes de leurs enfants puis ressortir directement par les gradins. C'est là que les enfants peuvent se sentir comme des enfants. Là qu'ils sont divertis par des clowns, parlent hockey ou de tout et de rien, et qu'ils disposent d'un minimum d'autonomie. Avec un immense sourire, il s'accroupit pour converser avec une fillette.

Tout ce que j'aime en lui peut se résumer par ce seul instant : sa passion, son dynamisme, sa bienveillance, son amour et son dévouement.

L'année écoulée n'a pas été facile pour lui, ce qui fait que le voir ainsi, plein de vie, alors qu'il immortalise le souvenir de son frère, me réconforte.

Quelqu'un lui tape sur l'épaule et lui tend un micro. La cérémonie d'ouverture va commencer.

Les gens l'acclament et sifflent pendant qu'il emprunte le tapis déroulé jusqu'au centre de la piste. Le sifflement de mon père est parmi les plus bruyants.

– Merci à tous d'être venus aujourd'hui, annonce Hunter avant de se racler la gorge. Ce qui a débuté comme mon rêve il y a un an et demi est officiellement à présent, aujourd'hui, une réalité. *Le complexe sportif Jonah Maddox* est officiellement ouvert.

Un tonnerre d'applaudissements se répercute dans la patinoire, mais les yeux de Hunter trouvent les miens. Malgré son petit sourire, je suis sûre d'être la seule à remarquer les larmes dans ses yeux.

– Cette patinoire est pour vous. Peu importent les capacités que vous avez ou n'avez pas, l'essentiel est l'envie de jouer et d'apprendre le hockey… et je ferai tout ce qui est en mon pouvoir pour vous offrir cette possibilité. (Une autre série d'acclamations.) Mon frère était un être exceptionnel, et il continuera de vivre à travers ce programme. (Hunter baisse momentanément la tête pour contrôler son émotion avant de la relever et d'accrocher mon regard.) Dekker, tu veux bien me rejoindre ? À toi l'honneur.

Sa requête me prend au dépourvu bien que, dans le fond, cela se justifie. Nous avons travaillé main dans la main, sans relâche, pour préparer l'endroit pour le grand jour.

Je traverse rapidement le tapis pour le rejoindre. Il entrelace nos mains et me décoche son sourire désinvolte.

– La plupart du temps, on coupe un ruban pour officialiser un événement. Mais ici, à la patinoire Jonah P. Maddox, nous ne faisons pas les choses comme tout le monde. (Il me lance un coup d'œil.) Vous êtes prêts ? Vous vous souvenez de ce qu'on a préparé ? demande Hunter aux enfants massés sur la glace. Cinq Quatre. Trois. (Le public poursuit le compte à rebours avec lui pendant que je promène un regard confus autour de moi, comme si j'avais manqué un truc.) Deux. Un.

À zéro, les gamins sur la piste et les adultes dans les gradins se mettent à lancer des balles de tennis sur la glace.

– Des balles de tennis ?

– Et quoi d'autre ?

En riant, je regarde les enfants de tous âges, toutes origines, présentant toutes sortes de handicaps, jeter des balles de tennis sur la glace. Des éclats de rire se mêlent aux gloussements, et des frissons me parcourent en voyant le rêve de Hunter se réaliser.

Devant cette planche de salut qui l'arrime à la vie.

J'oriente mon attention vers lui, m'attendant à le trouver de profil, enregistrant tout, mais curieusement, il me contemple sans détour. Son regard est grave, délibéré. Mais son sourire, large et sublime, contraste étrangement.

– Qu'est-ce que tu as ? dis-je, juste assez fort pour couvrir le bruit.

– Rien.

Cependant, son expression me défie de détourner le regard.

– Je croyais que tu détestais être au centre de l'attention, je le taquine sous une pluie de balles qui rebondissent autour de nos jambes.

– C'est vrai.

– Alors, pourquoi restons-nous au milieu de cette pluie de balles de tennis ?

– Parce que certaines choses méritent d'être mises en valeur.

– Ton frère le méritait très certainement.

Je lui presse la main. Son sourire s'adoucit, son regard s'assombrit de tristesse et il caresse ma joue avec son pouce.

– Toi aussi.

Je m'apprête à protester quand j'avise la balle de tennis dans sa main. Excepté qu'il ne s'agit pas d'une vraie balle – ou pas utilisable – étant donné qu'elle est coupée en deux. Lorsque Hunter soulève la moitié supérieure, mon esprit se vide de toute pensée. Je dois me rappeler de respirer.

Nichée à l'intérieur, une bague en diamant. Sûrement splendide, scintillante et tout ça, mais son style ne compte guère. Il s'estompe dans l'ombre de l'homme qui la tend.

– Hunter ? je fais, par réflexe.

– Certaines choses méritent sans aucun doute d'être mises en lumière. Et toi, Dekker Kincade, fais étinceler chaque facette de ma vie depuis que tu en fais partie. Avec ta volonté farouche et ton ardeur. Avec ton besoin d'aider et ton amour guérisseur. Avec simplement toi. Nous avons déjà surmonté notre lot d'épreuves, et je ne peux concevoir de traverser la vie avec personne d'autre que toi. Acceptes-tu de m'épouser ?

– Est-ce sujet à négociation ? dis-je, réprimant un sourire et mon envie brûlante de sauter dans ses bras pour le couvrir de baisers.

– Non. C'est le seul point non négociable.

– Chapeau ! Je t'ai bien formé.

– Et ?

– Oui ! Naturellement, la réponse est oui.

Alors, je cède à mes envies.

Je lui saute au cou et l'embrasse à en perdre haleine.

Sous le regard du public qui remplit la patinoire.

Parce que ce jour est à mettre à l'honneur.

Aujourd'hui est le jour où les rêves se réalisent.

REMERCIEMENTS

Hard to Handle m'a donné l'opportunité de réunir mes trois thèmes de prédilection : le sport, l'adversité en amour et la seconde chance. J'espère sincèrement que vous apprécierez l'histoire de Dekker et Hunter autant que j'ai pris de plaisir à l'écrire.

J'aimerais exprimer ma reconnaissance à l'équipe qui me permet de garder le cap : Christy la garante de l'ordre. Chrisstine pour son retour franc sur le premier cinquième d'un livre alors que j'ai de cesse de répéter : « Ce livre est irrécupérable. » Ali, Steph, Annette, Val et Emma, qui veillent à faire fonctionner la VP Pit Crew. Marion qui peaufine mes textes et supprime les répétitions (et il y en a des tonnes). Mes relectrices Karen, Kara, Janice, Michele et Marjorie qui s'assurent que mes fautes soient peu nombreuses et espacées.

En dernier point, merci à mes lectrices d'avoir choisi ce livre plutôt qu'un autre, et pour votre soutien infaillible, toutes ces années.

À PROPOS DE L'AUTEURE

Auteure à succès, K. Bromberg écrit des romans contemporains qui mêlent tendresse, émotion, une forte dose de séduction et une pointe de réalisme. Elle aime mettre en scène des héroïnes fortes et des héros blessés que nous aimons détester et détestons aimer.

Mère de trois enfants, elle écrit entre deux allers-retours à l'école et les entraînements de football, le plus souvent avec son ordinateur portable sous le bras.

Depuis la publication de son premier roman en 2013, Kristy a vendu plus d'un million et demi d'exemplaires dans vingt pays et est arrivée en tête des ventes plus de vingt-cinq fois dans le *New York Times*, *Usa Today* et le *Wall Street Journal*. Sa trilogie *Driven* (*Driven, Fueled* et *Crashed*) fait actuellement l'objet d'une adaptation par Passionflix, le premier volet étant déjà sorti.

Son imagination toujours à plein régime, elle est actuellement occupée à ficeler l'intrigue de son nouveau héros qu'elle dorlote. Pour en apprendre davantage sur lui, le meilleur moyen est de chatter avec Kristy sur les réseaux sociaux. Pour recevoir les dernières actualités et les dates de parution de ses prochains romans, inscrivez-vous à sa newsletter ou suivez-la sur Bookhub.

Pour rester en contact avec K. Bromberg
www.kbromberg.com

Facebook : www.facebook.com/AuthorKBromberg
Instagram : www.instagram.com/kbromberg13
Twitter : www.twitter.com/KBrombergDriven
Goodreads : bit.ly/1koZIkL

À PROPOS DES ROMANS DE K. BROMBERG

« K. Bromberg livre comme toujours une romance sensuelle, construite intelligemment et riche en émotions… » *USA Today*

« K. Bromberg vous fait croire au pouvoir du grand amour. » Audrey Carlan, N°1 des ventes du *New York Times*

« Une histoire de survie poignante, d'une beauté envoûtante, qui parle de secondes chances et du pouvoir de guérison de l'amour. À lire absolument. » Helena Hunting, auteure de best-sellers du *New York Times*

« Un coup de maître ! *The Player* est captivant, sexy et vibrant d'énergie. J'ai hâte de découvrir *The Catch* ! » Lauren Blakely, N°1 des ventes du *New York Times*

« Une romance irrésistiblement enflammée qui reste avec vous bien après que vous avez terminé de la lire. » Jennifer L. Armentrout, N°1 des ventes du *New York Times*

« Bromberg excelle dans l'art de faire grimper la température ! » Katy Evans, auteure de best-sellers du *New York Times*

K. BROMBERG

« Débordant de passion et d'émotions. Bromberg nous emporte avec brio de la première à la dernière page. » Kylie Scott, auteure de best-sellers du *New York Times*

« Envoûtant, bouleversant et diablement ardent ! » S.C. Stephens, N°1 des ventes du *New York Times*